BASTEI
LÜBBE
TASCHENBUCH

Weitere Titel der Autorin:

Gentlemen of New York-Trilogie:
Band 1: Hart wie Stahl
Band 2: Rau wie Eisen
Band 3: Sündig wie Silber

ÜBER DIE AUTORIN

Joanna Shupe hat mit ihrem Debütroman den prestigeträchtigen Golden Heart Award der Romance Writers of America gewonnen und startete damit ihre Karriere als Schriftstellerin. Ihre Romane wurden in mehrere Länder übersetzt. In Deutschland erscheint 2017 ihre *Gentlemen of New York*-Trilogie, mit der sie in den USA für Furore sorgte. Die Serie wurde von Lesern und Journalisten begeistert aufgenommen.

JOANNA SHUPE

Gentlemen of New York

Rau wie Eisen

Roman

Aus dem amerikanischen Englisch
von Anita Krätzer

BASTEI LÜBBE
TASCHENBUCH

BASTEI LÜBBE TASCHENBUCH
Band 17 582

Dieser Titel ist auch als E-Book erschienen

MIX
Papier aus verantwortungsvollen Quellen
FSC® C083411
FSC
www.fsc.org

Vollständige Taschenbuchausgabe

Deutsche Erstausgabe

Für die Originalausgabe:

Titel der amerikanischen Originalausgabe: »Baron«
Originalverlag: Zebra Books, New York
Published by Arrangement with Kensington Publishing Corp.,
New York, NY 10018 USA
Dieses Werk wurde vermittelt durch die Literarische Agentur
Thomas Schlück GmbH, 30827 Garbsen.

Für die deutschsprachige Ausgabe:

Textredaktion: Antonia Zauner, Olching
Umschlaggestaltung: Guter Punkt, München ¦ www.guter-punkt.de
Unter Verwendung von Motiven von © Thinkstock/stocksnapper;
hotdamnstock; Thinkstock/AnnaPoguliaeva; Thinkstock/Reinhold Leitner;
Thomas Northcut; shutterstock/NotarYES; Thinkstock/ValuaVitaly
Satz: Urban SatzKonzept, Düsseldorf
Gesetzt aus der Adobe Garamond Pro
Druck und Verarbeitung: CPI books GmbH, Leck – Germany
ISBN 978-3-404-17582-6

5 4 3 2 1

Sie finden uns im Internet unter www.luebbe.de
Bitte beachten Sie auch: www.lesejury.de

Für Lin, einen der liebenswürdigsten und großzügigsten Menschen auf dieser Erde. Danke, dass du mich immer auf Trab hältst.

DANKSAGUNG

Es hat mir großen Spaß gemacht, dieses Buch zu schreiben. Manche von Ihnen erinnern sich eventuell noch an Will, den überkorrekten älteren Bruder der Heldin aus *Hart wie Stahl.* Nachdem ich den ersten Band beendet hatte, konnte ich es kaum erwarten, diesem attraktiven Eisenbahnbaron sein eigenes ewiges Glück zu schenken.

Einer der Gründe, warum ich es sehr genossen habe, *Rau wie Eisen* zu schreiben, ist die Tatsache, dass die Protagonistin ein Medium ist. Nach dem Ende des Amerikanischen Bürgerkriegs interessierte man sich in den USA zunehmend für Spiritismus. Mary Todd Lincoln veranstaltete sogar eine Séance im Weißen Haus. Da es für Frauen in der damaligen Zeit nur sehr eingeschränkte berufliche Möglichkeiten gab, wurde der Spiritismus zu einer beliebten Tätigkeit, mit der sie sich ihren Lebensunterhalt verdienten. Angesichts der vielen jungen Söhne und Ehemänner, die im Krieg ihr Leben verloren, können Sie sich vielleicht vorstellen, wie einträglich dieser Beruf für manche Medien war, die ihren Kunden den Kontakt zum Jenseits versprachen.

Ein Riesendankeschön schulde ich meinem Freund Todd

Robbins, dem Mitschöpfer der Off-Broadway-Show *Play Dead* und Autor von *The Modern Con-Man. How to Get Something for Nothing.* Todd ist ein wandelndes Lexikon des Spiritismus, und ich habe ihn stundenlang ausgefragt, als ich an diesem Buch schrieb. Alle von Avas Tricks haben ihren Ursprung in diesen Gesprächen.

Eine Buchserie über das Gilded Age, das »Vergoldete Zeitalter«, die in New York spielt, wäre nicht vollständig, wenn sie sich nicht auch mit Politik und Tammany Hall befassen würde. Tammany, ein politisches Netzwerk in New York, das fast zwei Jahrhunderte lang die Wahlen und die Politik von New York entscheidend beeinflusste, ist vor allem für seine beispiellose Korruption bekannt. Ich danke Jon Grinspan für seine Vorträge über die Taktiken politischer Parteien am Ende des 19. Jahrhunderts. Sie haben mir ungemein geholfen, die Wahlkampfdetails in *Rau wie Eisen* zu beschreiben.

Meine Bücher profitieren stets von der Hilfe anderer Menschen. Michele Mannon hat mit mir auf einem Berg in Pennsylvania ein wunderbares Mittagessen eingenommen. Dabei haben wir gemeinsam Details zu Will besprochen. Mit J. B. Schroeder habe ich Pizza gegessen, während sie meinen Plot noch einmal kritisch abgeklopft hat. Lin Gavin hat ihre umwerfenden selbstgemachten Pfannkuchen aufgetischt, als wir über die Entwicklung der Charaktere diskutierten. Diana Quincy hat mir beim Brunch Verbesserungsvorschläge gemacht. (Offenbar kann ich beim Essen am besten denken.) Mein Dank geht an all diese Frauen. Ich liebe euch alle!

Danken möchte ich ferner: Peter Senftleben für seine Tweets, die mich stets zum Lachen bringen, und dafür, dass er ein so toller Lektor ist; der großartigen Jane Nutter und den anderen Teammitgliedern bei Kensington für ihren enormen Einsatz für meine Romane; der rundum fantastischen Laura Bradford; Sonali Dev dafür, dass sie mich großzügig an ihrem Wissen und Denken teilhaben ließ; und all meinen Schreiberfreunden – den Dashing Duchesses, den Lucky 13s, NJRW und den Violet Femmes – für Wein, Lachen und Unterstützung.

Außerdem danke ich von Herzen meinem Mann und meinen Töchtern, die geduldiger und verständnisvoller sind, als es irgendein Autor verdient. In steter Liebe danke ich meiner Mutter, die ebenso versessen auf Liebesgeschichten ist wie ich, sowie dem Rest meiner verrückten Familie für ihre bedingungslose Unterstützung.

Zu guter Letzt möchte ich den Wichtigsten von allen danken: den Lesern und Fans historischer Liebesromane. Ich bin unendlich dankbar für jeden von euch!

KAPITEL EINS

Es gibt ehrliche Korruption, und ich bin ein Beispiel dafür, wie sie funktioniert. Ich könnte das Ganze mit folgenden Worten zusammenfassen: »Ich habe meine Chancen gesehen und sie ergriffen.«
George Washington Plunkitt, Senator des Staates New York und Mitglied von Tammany Hall

Atlantic Theater, New York City
Mai 1888

William Sloane glaubte nicht daran, dass es möglich war, mit der Geisterwelt zu kommunizieren. Zum Teufel, er glaubte noch nicht einmal daran, dass es überhaupt eine Geisterwelt gab.

Aber hier saß er nun in einem heruntergekommenen Theater im New Yorker Viertel Tenderloin und sah sich dieses unverfrorene Spektakel an. Madame Zalikow, wie sie sich nannte, das rätselhafte Medium, das mit den Geistern kommunizieren und außergewöhnliche Kunststücke vorführen konnte. Die

Frau war die schlechteste Schauspielerin, die er je gesehen hatte – und Will hatte schon sehr viele gesehen.

Sie hatte die Augen geschlossen, wiegte sich hin und her und bewegte die Arme auf und ab, während sie singsangartig murmelte. Der Mann ihr gegenüber, den sie zuvor auf die Bühne hochgeholt hatte, starrte sie wie gebannt an, während Madame mit seiner verstorbenen Mutter zu sprechen versuchte. Die Glühbirnen über ihnen flackerten, und das Publikum kicherte.

»Ah! Gleich ist es so weit!«, verkündete sie mit einem haarsträubenden russischen Akzent.

Will war kurz davor, die Augen zu verdrehen. Kaufte ihr wirklich irgendjemand dieses Affentheater ab?

Er rutschte auf seinem unbequemen Sitz hin und her und sah sich im spärlich erschienenen Publikum um, das aus etwa zwanzig Männern und Frauen bestand. Alle wirkten gewöhnlich, ganz anders als die extravaganten Leute, mit denen er sonst verkehrte. Keine Diamantendiademe oder Straußenfedern waren zu sehen, lediglich Melonen und schlichte Hauben. Aber alle Blicke waren auf die junge Frau auf der Bühne gerichtet.

Für jemanden, der Lügner und Betrüger bevorzugte, mochte sie ganz attraktiv sein, doch er gehörte nicht zu dieser Sorte Mensch. Dennoch, ihr hellblondes Haar brachte ihre bemerkenswerten hellbraunen Augen zur Geltung. Und sie hatte eine gerade, zierliche Nase, hohe Wangenknochen, geschwungene Augenbrauen und volle Lippen, die sie in einem geradezu anstößigen Rot angemalt hatte.

Ihm gefielen diese Lippen. Sehr sogar. Wenn er tot wäre, könnten ihn allein diese Lippen wieder zum Leben erwecken.

»Ich höre sie!« Von allen Seiten des Raumes war der Widerhall eines gleichförmigen Klopfens zu hören. Es stammte zweifellos von einem Komplizen, aber das Publikum schnappte nach Luft. »Mr. Fox, Ihre Mutter ist jetzt hier bei uns. Was würden Sie sie gern fragen?«

Während der nächsten fünfzehn Minuten stellte der Mann auf der Bühne einfache Fragen, und Madame Zalikow »übersetzte« die Antworten der verstorbenen Mutter. Will rieb sich geistesabwesend den Magen. Er war voller Zorn über diese Vorführung und darüber, dass das Medium auf eine so durch und durch betrügerische Art aus der Trauer von jemandem Profit schlug. Als Wills eigene Mutter gestorben war, hatte er sich inbrünstig irgendetwas – was es auch sein mochte – gewünscht, das sie zurückbringen würde. Nichts hatte das jedoch vermocht, und er war in einem kalten Haus mit einem noch kälteren Mann zurückgeblieben.

Madame Zalikow plapperte weiter und zog seine Aufmerksamkeit wieder auf sich. Hatte diese Frau keine Scham? Kein Mitgefühl mit dem tiefen Kummer, der mit dem Verlust eines geliebten Menschen einherging? Zum ersten Mal, seit er Platz genommen hatte, freute er sich auf die Konfrontation mit ihr.

Er plante, dem Medium das Handwerk zu legen. Er wollte diese Frau notfalls mit Schimpf und Schande aus Manhattan jagen, weil sie etwas Größerem im Weg stand. Es ging um Macht, eine andere Art von Macht, als er sie jetzt besaß, aber eine, die von größerer Bedeutung war; eine Macht, die er sich ganz sicher aneignen würde.

John Bennett, früherer Senator des Staates New York und gegenwärtiger Gouverneurskandidat, hatte Will gefragt, ob er nicht als Vizegouverneur mit ihm kandidieren wolle. Politischen Einfluss auszuüben war etwas, das Wills Vater sich immer gewünscht hatte, doch er war gestorben, noch bevor seine politische Karriere beginnen konnte. Jetzt würde Will der Sloane sein, der dieses Ziel erreichte – und er würde auf dem Grab seines Vaters tanzen, nachdem Bennett und er die Wahl gewonnen hatten.

Aber John Bennett hatte eine Schwäche, und die trug den Namen Madame Zalikow. Offenbar hatte die Madame Bennett am Haken, sodass alle Warnungen bezüglich der Gefahren dieser Verbindung bei ihm auf taube Ohren stießen. Aber Will war nicht bereit, es zuzulassen, dass sie Bennetts politische Karriere – und damit auch seine eigene – gefährdete. Sie konnten sich sechs Monate vor der Wahl keinen Skandal leisten.

Als die Vorstellung schließlich endete, verzichtete Will darauf, wie die anderen Besucher zu klatschen oder mit den Füßen zu stampfen. Er erhob sich, machte auf dem Absatz kehrt und steuerte direkt auf die Tür zu, die ihn, wie er erfahren hatte, direkt hinter die Kulissen führte.

Niemand hielt ihn auf, doch ihm folgten zahlreiche neugierige Blicke. Er zog die Melone tiefer in die Stirn, um sein Gesicht zu verbergen. Seit dreizehn Jahren führte er Northeast Railroad als Inhaber, und er stammte aus einer der bedeutendsten New Yorker Familien. Der Name Sloane war ebenso bekannt wie die Namen Astor, Stuyvesant oder Van Rensselaer. Daher hatte er die öffentliche Aufmerksamkeit nie gescheut, aber hier wollte er lieber nicht erkannt werden.

Mehrere Minuten lief er durch die langen Flure, die das Innere des Theaters durchzogen. Schließlich klopfte er an die Tür ihrer Garderobe. Ein Riegel wurde zurückgeschoben, dann öffnete sich die Tür und gab den Blick auf eine dunkelhaarige Frau in schwarzen Kleidern frei – das Kostüm, das sie auch auf der Bühne getragen hatte. Ihre Lippen waren noch immer mit einem dunklen Rot angemalt. Er deutete eine leichte Neigung seines Kopfes an.

»Madame Zalikow.«

»Kommen Sie doch bitte herein.«

Ihre Stimme war dunkel und heiser und hatte einen sinnlichen Klang, der besser in ein Schlafzimmer als auf die Bühne passte. Zum Glück war keine Spur des lächerlichen russischen Akzents mehr zu hören, mit dem sie vor ihrem Publikum sprach. Vielleicht würde dieses Gespräch doch nicht so schwierig werden, wie er gefürchtet hatte.

Sie trat zur Seite. »Ich habe Ihren Besuch erwartet, Mr. Sloane.«

Es war nicht verwunderlich, dass sie sein Gesicht kannte, aber hatte sie ihn wirklich im Publikum bemerkt?

Mit drei Schritten war er in ihrem Ankleidezimmer, wenn man einen Raum, der nicht größer war als ein Schrank, denn als »Zimmer« bezeichnen konnte. Die vorhandene Fläche reichte gerade für einen kleinen Tisch und einen Stuhl aus. An der Wand hing ein Spiegel, und eine blonde Perücke ruhte auf einem Ständer auf dem Tisch. Da er nirgendwo hingehen konnte, faltete er die Hände hinter dem Rücken.

Sie glitt an ihm vorbei und ließ sich auf dem einzigen Stuhl nieder. Ohne ihn anzusehen, griff sie nach einem Tuch. Er beobachtete sie im Spiegel, während sie sich langsam damit über den Mund fuhr, um sich die Farbe ihres Lippenstifts abzuwischen. Sie beeilte sich nicht, und Will hatte reichlich Zeit, ihren Mund zu betrachten. Er hatte den starken Verdacht, dass diese Zurschaustellung darauf angelegt war, ihn zu irritieren.

»Gibt es einen anderen Namen, mit dem ich Sie ansprechen darf? Einen anderen als den Bühnennamen?«

»Nein.«

»Ich fühle mich albern, wenn ich Sie Madame Zalikow nenne.«

»Das ist Ihr Problem, nicht meins.« Sie war mit dem Abwischen fertig und ließ das Tuch auf den Tisch fallen. Dabei fing sie seinen starrenden Blick im Spiegel auf. »Wir sind keine Freunde, Mr. Sloane, also lassen Sie uns auch nicht so tun, als ob es anders wäre. Ich weiß, warum Sie hier sind.«

»Tun Sie das?« Er hatte nicht damit gerechnet, dass sie ihm so direkt begegnen würde. Vielmehr hatte er erwartet, dass sie sich unterwürfig und verängstigt verhalten und voller Sorge sein würde, angesichts der Unannehmlichkeiten, in die ein Mann in seiner Position eine Frau in ihrer Position bringen konnte. Aber diese Frau wirkte weder unterwürfig noch verängstigt. »Und warum bin ich hier?«

»Sie wollen mich von John wegjagen. Ihn aus meinen bösen Klauen reißen.« Sie krümmte ihre Finger bedrohlich, während sie den letzten Satz aussprach. »Stimmt's?«

»Gut. Das spart uns beiden Zeit. Dann werden Sie sich einverstanden erklären, Bennett nie wiederzusehen, aufzuhören, ihn um Hunderte von Dollar zu prellen, und sich dann für immer aus seinem Leben herauszuhalten.«

»Ihn prellen?« Sie verzog den Mund, wodurch sich Wills Aufmerksamkeit erneut auf ihre Lippen richtete. Verdammt. »Ich habe eine gute Nachricht für Sie, Sie Schnösel. Ich habe jeden Dollar dadurch verdient, dass ich Ihrem Freund Dienste erwiesen habe – und zwar nicht solche Dienste, wie Sie meinen. John und ich haben eine rein geschäftliche Beziehung.«

Will grinste. Er hatte noch nie erlebt, dass ein unverheirateter Mann und eine unverheiratete Frau, die viele Stunden miteinander verbrachten, wobei Geld den Besitzer wechselte, eine »rein geschäftliche Beziehung« hatten. »Miss, wer auch immer Sie sein mögen, mich interessiert nicht, was für Lügen Sie dem Publikum da draußen auftischen. Ich jedenfalls bin kein unwissender Bauerntölpel. Ich weiß, worum es Ihnen geht, und das stinkt gewaltig.«

»Ach ja? Worum geht es mir denn?«

»Um Erpressung. Und wenn er nicht zahlt, werden Sie alle persönlichen Details, die Sie von ihm erfahren haben, an die Zeitungen weitergeben und ihn zur Lachnummer machen. Ich werde das nicht zulassen.«

Sie erhob sich. In dem engen Raum kam sie ihm nahe genug, dass er die grünlichen Tupfen in ihren braunen Augen sehen konnte. Hatte sie etwa Sommersprossen auf der Nase?

»Mir ist gleichgültig, wer Sie sind und was Sie über mich denken«, entgegnete sie. »Wenn Sie glauben, dass mir irgendein aufgeblasener, wichtigtuerischer Eisenbahnmann meinen besten Kunden vergraulen kann, haben Sie sich ganz gewaltig geirrt.«

Ava Jones mühte sich, weiter zu lächeln, während der attraktive Mann ihr gegenüber damit beschäftigt war, ihren letzten Satz zu verarbeiten. *Ja, allmählich kapierst du's, Eisenbahnmann. Ich habe keine Angst vor dir.*

Jeder in New York kannte William Sloane. Er war unanständig reich und stammte aus einer der versnobten High-Society-Familien der Stadt. In den Zeitungen wurde häufig über ihn berichtet, sowohl auf den Finanz- als auch auf den Klatschseiten. Zweifellos beugten sich Männer und Frauen täglich von morgens bis abends seinen Forderungen. Nicht so Ava. Sie schuldete ihm nichts, und seine Forderungen waren ihr gleichgültig. Wenn sie sich nicht gewünscht hätte, ihn für immer loszuwerden, hätte sie ihn einfach vollständig ignoriert.

Zumindest hätte sie *versucht*, ihn zu ignorieren. Unglücklicherweise war Mr. Sloane ein Mann, der auffiel. Sie hatte ihn sofort im Publikum entdeckt. Ein kräftiges, kantiges Kinn. Ausgeprägte Wangenknochen, die eine aristokratische Nase betonten. Sandfarbenes blondes Haar, das sorgfältig eingeölt und aus der Stirn gekämmt worden war. Ein scharf geschnittener, strenger Mund, der Frauen verlockte herauszufinden, was ihn weicher machen konnte.

Aus der Nähe betrachtet sah er erheblich besser aus. Durchdringende Augen, die im Theater blau gewirkt hatten, aber tatsächlich stahlgrau waren. Er war groß, schien selbstbewusst wie ein Prinz, und sein Körper strahlte eine geradezu greifbare Energie aus. Breite Schultern füllten den Schnitt seines modischen Mantels perfekt aus. Sie hatte sich stets von starken Schultern angezogen gefühlt, die etwas von Atlas hatten, der das Gewicht der Welt trug …

Aber sie hatte schon vor langer Zeit gelernt, dass es niemanden gab, der ihr das Gewicht ihrer Sorgen abnahm. Sie zu tragen war allein ihre Sache.

»Kunde?«, meinte er höhnisch. »Wäre ›Betrugsopfer‹ nicht der zutreffendere Begriff?«

Du meine Güte. In ihr wuchs die Abneigung gegen diesen Mann. »Sie vermuten, dass ich ihn betrüge, wenn ich ihm meine Dienste zur Verfügung stelle.«

»Indem Sie mit Johns toten Verwandten kommunizieren?

Nun kommen Sie, Madame Zalikow. Wir wissen beide, dass das unmöglich ist.«

Verärgert trommelte sie mit dem Fuß auf den Boden. Hatte er eigentlich eine Vorstellung davon, wie einsam John Bennett war? Ob ihre Kunden nun an ihre Kräfte glaubten oder nicht, die meisten brauchen jemanden, der ihnen Zuwendung zeigte. Einen Freund, mit dem sie sprechen konnten. Einen Menschen, der ihnen die Hoffnung gab, dass etwas über diese Plackerei hinaus existierte, die sich Leben nannte. Das war es, was Madame Zalikow anbot – gegen ein kleines Entgelt selbstverständlich.

Die Vorführungen waren etwas anderes. Die Leute wünschten sich ein Spektakel, eine einmalige Erfahrung, die sie mit ihren Freunden und Nachbarn teilen konnten. Ein bisschen Magie, die von der Erschöpfung ablenkte. Nicht jeder kam aus einer wohlhabenden Familie und hatte das Glück, ein großes Unternehmen zu leiten. Die meisten Menschen brauchten eine Pause von ihren täglichen Mühen.

»Sie sprechen über Dinge, von denen Sie nichts verstehen«, erwiderte sie. »Wenn John mir sagt, dass er meine Gabe nicht länger benötigt, werde ich mich respektvoll zurückziehen. Aber Sie tun, als wäre er ein Opiumkonsument und als würde ich ihn mit der Droge versorgen. Ich zwinge ihn nicht, sich mit mir zu treffen.«

»Was ich verstehe, ist, dass Sie einen vermögenden und bald einflussreichen Mann ausnutzen.«

Ihre Muskeln spannten sich an, und in jedem Zentimeter ihres Körpers baute sich Wut auf. »Ich würde ihn nie erpressen. Es geht mir nicht darum, Ärger zu machen. Es ist nur hilfreich für mich, wenn ich den Gouverneur als Kunden habe.«

Bekannte Kunden bedeuteten mehr Kunden und damit auch mehr Einnahmen. Sie musste lediglich genug Geld zusammensparen, um ihre beiden Brüder und ihre Schwester aus den Fabriken holen zu können. Ihren Berechnungen nach brauchte sie dafür nur noch vier weitere Monate, wenn alles so blieb, wie es war. Vier weitere Monate, nachdem sie vor zwei Jahren die Identität der Madame Zalikow angenommen hatte, und sie würde genug haben, um ihre Familie abzusichern.

Raus aus New York. Weg von dem Dreck und dem harten Leben in dieser Stadt. Fort von den schmerzlichen Erinnerungen. Stattdessen würden sie auf einer Farm saubere Luft und weites Land haben. *Freiheit.*

Mr. Sloane schüttelte den Kopf und kniff sich in die Nasenwurzel, was Ava veranlasste, die Augen zu verdrehen. Wie konnte jemand, der so wohlhabend war, auftreten, als geschähe ihm großes Unrecht? Wusste dieser Mann nicht, was wirkliche Probleme waren? Am liebsten hätte sie ihm angeboten, ihn zur Zündholzfabrik mitzunehmen, um ihm Fälle von Phosphornekrose zu zeigen. Hatte er schon einmal die jungen Mädchen mit ihren verwesenden Gesichtern gesehen, deren Kieferknochen in der Dunkelheit leuchteten und die sich das alles nur antaten, weil sie etwas zu essen brauchten?

Das war Not, und nicht die Tatsache, dass ihr sein Freund und politischer Partner fünf Dollar die Woche dafür bezahlte, dass sie ihm etwas aus Teeblättern las und »Nachrichten« aus dem Jenseits an ihn weiterleitete.

»Wie viel kostet es?«, fragte Sloane sie. »Wie viel brauchen Sie, um fortzugehen?«

Oh, wie verführerisch. Ava konnte einfach einen hohen Betrag nennen und sehen, ob der Eisenbahnmann anbiss. Falls er es tat, könnten ihre Geschwister ihre Arbeit in den Fabriken kündigen. Dann hätte sie genug, um das Stück Land zu kaufen, und sie könnten alle zusammen dort leben. Endlich.

Aber sie konnte es nicht. Zum einen erlaubte es ihr Stolz nicht. Wenn sie Sloanes Geld nahm, kam das einem Eingeständnis gleich, dass sie andere Menschen ausplünderte, was sie nicht tat. Zum anderen wusste sie besser als die meisten, dass die Annahme von Geld immer mit bestimmten Bedingungen verbunden war. Wenn man nahm, was einem angeboten wurde, hatten die Geldgeber das Gefühl, dass sie einen besaßen.

Und niemand besaß Ava Jones. Nicht mehr.

»Sie haben nicht genug Geld, um mich verschwinden zu lassen. Aber wenn es Ihr Wohlbefinden hebt, gebe ich Ihnen einen Rabatt auf eine Séance.«

Er räusperte sich. »Das ist das Letzte, was ich brauche.«

Ein Klopfen an der Tür, dann rief Robbie, einer der Hilfskräfte: »Ava, beeil dich. Ich brauche den Raum.«

Mr. Sloane hob die Augenbrauen, und Ava fluchte innerlich, verärgert über die Enthüllung. »Ava«, sagte er gedehnt, als wollte er den Klang auf seiner Zunge testen. »Hübsch. Außerdem gefällt mir Ihr Haar so besser, ohne die Perücke.«

Sie drehte sich um und begann, ihre Sachen in ihrer bunt gemusterten Reisetasche zu verstauen, wobei sie sich bemühte, das flatternde Gefühl in ihrem Bauch zu ignorieren. Die Komplimente kamen so unerwartet wie unerwünscht. »Sparen Sie sich Ihre Sprüche für Ihre Debütantinnen von der Fifth Avenue, Eisenbahnmann. Sie verschwenden Ihre Zeit mit mir.« Vorsichtig legte sie die Perücke und den Perückenständer in ihre Tasche. Dann setzte sie sich ihre Haube auf und machte sich daran, ihren Mantel überzustreifen.

Eine große Hand griff nach dem Mantel und hielt ihn ihr hin. Mit einer leichten Bewegung schlüpfte sie mit den Armen hinein. »Danke«, murmelte sie.

Ohne auf ihn zu warten, schob sie sich in den Flur und marschierte auf den Ausgang zu. Die Absätze ihrer Schaftstiefel klapperten auf dem harten Boden, und sie konnte hören, wie Sloanes elegante Abendschuhe mit ihr Schritt hielten. Zweifellos hatte er noch irgendetwas Glamouröses vor wie einen Besuch der Oper oder eines High-Society-Balls. Er war nicht wie sie auf dem Weg zu einer winzigen Dreizimmerwohnung an der West Side, in der sie mit ihren Geschwistern wohnte.

Sie öffnete die Tür zur Eingangshalle. »Alles in Ordnung, Ava?«, fragte Robbie und musterte sie aufmerksam, um seinen Blick dann auf den schweigenden Mann hinter ihr zu richten.

»Alles gut, Robbie. Sag deiner Schwester, dass ich spätestens morgen da bin. Bis nächste Woche dann.«

Er nickte, und sie setzte ihren Weg durch die Eingangstüren fort. Während ihrer Aufführung am frühen Abend hatte es geregnet, und die Luft war etwas stärker abgekühlt, als man es mitten im Frühling erwarten würde. Das Gaslicht der Straßenlampen warf einen gelblichen Glanz über die dunklen, nassen Pflastersteine.

Ava liebte den Regen. Er wusch die Stadt sauber und verschaffte den Bewohnern eine Atempause von den üblichen Gerüchen nach Schweiß, Abfall, verfaulenden Nahrungsmitteln und Pferdeäpfeln.

»Sie haben ja eine ziemliche Anhängerschaft mit diesen Shows gewonnen.«

»Sie sind noch immer da?« Sie marschierte los, ohne darauf zu achten, ob er mitkam. Leider hatte er mit seinen langen Beinen keine Mühe, mit ihr Schritt zu halten. »Ich bin sehr gut in dem, was ich tue, Mr. Sloane. Geben Sie zu, dass Sie sich unterhalten gefühlt haben.«

Er verzog den Mund, als hätte er in eine Zitrone gebissen. »Ich habe mich verärgert gefühlt, wenn Sie es denn wissen wollen.«

Sie waren jetzt an der Ecke angelangt, und sie überquerte die Twenty-Seventh Street, um Richtung Süden zu gehen. Sie bemühte sich, ihren Unmut zurückzuhalten, als sie sagte: »Wir servieren keinen Champagner und keinen Kaviar, daher kann ich mir vorstellen, wie entbehrungsreich der Abend für Sie gewesen sein mag.«

»Ich habe mich auf den Schwindel bezogen, den Sie vor diesen armen ahnungslosen Menschen aufgeführt haben.«

»Schwindel? Diese ›armen ahnungslosen Menschen‹ wollten eine Show, und die habe ich ihnen geboten. Ich trete aus gutem Grund in einem Theater auf, und ich bin verdammt gut in dem, was ich da tue.«

»Sie nehmen das Geld der Leute und geben vor, dass ihre toten Verwandten zu ihnen sprechen.«

Er redete in einem herablassenden, scharfen Tonfall mit ihr, als wäre sie eine Kriminelle, und das Blut schoss ihr in die Ohren.

»Erstens wüsste ich gern, wieso Sie sich so sicher sind, dass meine Gaben nicht wirklich existieren.« Er wollte den Mund öffnen, aber sie blieb auf dem Bürgersteig stehen und zeigte mit einem Finger auf sein Gesicht. »Sie haben keinerlei Ahnung, Mr. Sloane, also sparen Sie sich Ihr Urteil. Zweitens wusste ich gar nicht, dass Ihre eigenen Geschäftspraktiken stets so über alle Maßen untadelig waren.« Seine Augen verdunkelten sich, und sie wusste, dass ihr Hieb gesessen hatte. »Ich bin sicher, dass Sie in der ganzen Zeit, in der Sie ein großes Eisenbahnunternehmen geleitet haben, nie irgendwelche Gesetze übertreten oder sich politische Gefälligkeiten erkauft haben. Also verschonen Sie mich mit Ihrer Scheinheiligkeit.«

»Na schön«, fauchte er und beugte sich zu ihr vor. »Betreiben Sie Ihre Gaunerei, wo immer Sie wollen, Schätzchen, aber lassen Sie John Bennett zufrieden.«

Will Sloane war groß, erheblich größer als sie, aber sie knickte nicht ein, keine Sekunde lang. Sie hatte sich bereits einmal von einem überprivilegierten, gut aussehenden Mann fast ihr Leben ruinieren lassen, und diesen Fehler würde sie ganz gewiss nicht wiederholen.

Wütend starrte sie zu ihm hoch. »Selbst in Ihren kühnsten Träumen werde ich von Ihresgleichen keine Befehle annehmen. Drangsalieren Sie jemand anderen.«

Dieses verfluchte Weibsstück. Will konnte es nicht fassen. Er hatte ihr einen beliebigen Geldbetrag angeboten, damit sie verschwand, und sie lachte ihm ins Gesicht. Ihm, William Sloane. Eine bodenlose Unverschämtheit!

Sie ging weiter, und er eilte ihr mit großen Schritten auf dem schmalen Bürgersteig hinterher. Tenderloin, ein besonders stark von Gewalt geprägtes Viertel, war kein Ort, auf dessen Straßen sich eine junge Frau nach Anbruch der Dunkelheit aufhalten sollte. Doch sie ging mit erhobenem Kopf weiter, ohne sich um ihre Sicherheit zu sorgen.

Er nahm sich einen Moment Zeit, sie zu betrachten – Ava, nicht Madame Zalikow. Ihr schlichter, im Militärstil geschnittener Mantel umschloss ihre zarten Schultern, verriet die üppigen Kurven ihres Oberkörpers und betonte ihre schmale Taille. Eine kleine Strohhaube mit künstlichen Blumen bedeckte ihr zobelbraunes Haar. Ihre Stiefel waren abgenutzt, aber sauber. Sie trug keinen Schmuck. Er hatte auch keinen Ehering an ihrer Hand bemerkt, bevor sie sich ihre Handschuhe übergestreift hatte. Ihm war allerdings aufgefallen, dass das Mieder ihres Oberteils gut ausgefüllt war.

An der Ecke lungerten einige Männer in einem Eingang herum, und ihre Blicke folgten Ava, als sie an ihnen vorbeiging. Einer der Kerle sprang die Treppe hinab, als wollte er ihr folgen. Will zeigte mit dem Finger auf den Mann und flüsterte: *Nein.* Der Mann blieb stehen und hob kapitulierend die Hände.

Mit zwei weiteren Schritten war Will neben ihr. »Sie sollten eine Begleitung haben. Das hier ist kein Stadtteil, in dem eine Frau allein draußen sicher ist.«

Sie schnaubte verächtlich. »Es gibt keinen Stadtteil, in dem eine Frau allein sicher ist. Selbst in Ihrer noblen Gegend nicht.« Sie schob die Hände in ihre Manteltaschen. »Und Sie brauchen mich nicht zu beschützen. Ich kann allein auf mich aufpassen.«

Das bezweifelte er nicht. Das Bild einer Löwin kam ihm in den Sinn, die einen Mann zerfleischte und ihn dann ausspuckte. »Sind Sie immer so schwierig?«

Sie warf den Kopf in den Nacken und lachte – es war ein unverfälschtes Lachen, das höchst sinnlich klang und ihn mit voller Wucht in der Magengrube traf. Er schob diese Reaktion beiseite und verstaute sie dort, wo auch all die anderen Dinge waren, die er ignorierte. »Nur gegenüber Männern, die versuchen, mich herumzukommandieren.«

»Gibt es viele davon in Ihrem Leben?«

»Im Moment nur einen. Haben Sie eine Idee, wie ich ihn am besten loswerde?«

Will unterdrückte ein Lächeln, aber seine Lippen zuckten. »Nein, es sei denn, Sie geben nach. Ich verschwinde nicht, solange Sie John nicht in Ruhe lassen.«

Sie blieb unvermittelt stehen und stemmte die Hände in die Hüften. Ein zorniges Funkeln trat in ihre braunen Augen, und ihr üppiger Busen hob sich in einer irritierend verführerischen Weise.

»Warum liegt Ihnen so viel daran? Mit Ihrem Geld könnten Sie sich jede Wahl kaufen und jede Spur eines Skandals vertuschen. Also geht es Ihnen nicht wirklich darum, was ich mit John mache. Sagen Sie mir, warum Sie mir folgen. Denn ganz im Ernst, das kaufe ich Ihnen nicht ab.«

Was zum Teufel wollte sie damit andeuten? Dass er hinter *ihr* her war? Seine Muskeln verkrampften sich, als er auf sie zutrat und hoffte, sie durch den Größenunterschied einzuschüchtern. Erstaunlicherweise wich sie nicht von der Stelle, sondern hob nur eine Braue, als wollte sie sagen: *Komm du nur!* Er versuchte, nicht beeindruckt zu sein.

»Erstens würde ich nie Geld einsetzen, um eine Wahl zu kaufen. Ich will *gewinnen*, und zwar auf faire Weise. Zweitens kann ich so ziemlich jeden Skandal vertuschen, den ich will, aber es braucht nur einen Hauch, eine *Andeutung* ungebührlicher Vorgänge, und schon endet meine Karriere, bevor sie begonnen hat, und ich werde zur Lachnummer. Und ich werde auf keinen Fall zulassen, dass das passiert.«

»Nein, John wird zur Lachnummer. Johns politische Karriere wird zu Ende sein. Und Sie«, sie gab einen ungläubigen Laut von sich, »treten auf, als wäre New Yorks Politik sauber und fair. Wir wissen beide, dass Politiker schmutziger sind als Schornsteinfeger, und das will etwas heißen.«

»An Ihrer Stelle würde ich lieber keine Steine nach der Rechtskonformität anderer Berufe werfen.«

»Ach!« Sie warf die Hände in die Luft und stapfte von dannen. »Lassen Sie mich in Frieden, William Sloane.«

Er lief hinter ihr her und hatte sie mit ein paar Schritten eingeholt. »Sie irren. In meiner Welt werden Sie nicht nur nach Ihren eigenen Handlungen beurteilt, sondern auch nach den Handlungen derer, die Sie umgeben. Am Umgang, den Sie pflegen. Wenn John untergeht, gehe ich mit unter.«

»Dann kann ich nur vermuten, was *Ihre Welt* von Ihnen denken würde, wenn sie erführe, dass Sie mit mir im Tenderloin Umgang pflegen.«

»Sie würden denken, dass ich von allen guten Geistern verlassen bin«, murmelte er.

»Dann schwirren Sie zurück nach Hause in die Fifth Avenue. Ich bin sicher, dass Ihr Butler Sie mit Brandy und Zigarren erwartet.«

»Washington Square.«

Ihr Kopf ruckte herum. »Bitte?«

»Ich wohne am Washington Square.« Es war lange her, dass er das jemandem hatte sagen müssen. Die Sloanes lebten dort, seit die Stadt die Gräber des ehemaligen Friedhofs zugeschüttet und den Platz in einen öffentlichen Park verwandelt hatte.

»Oh, verzeihen Sie«, erwiderte sie mit spöttischem Ernst. »Dann schwirren Sie zurück nach Hause zum *Washington Square.*«

»Nachdem Sie mir versprochen haben, mit dem Mumpitz mit John aufzuhören.«

»Sloane!«

Die Stimme kam von hinten, also wirbelte er herum, um zu sehen, wer da war. Zwar waren einige Menschen auf den Straßen unterwegs, aber niemand war dicht genug bei ihm. Niemand trat auf ihn zu oder blickte ihm auch nur in die Augen. Wer hatte seinen Namen gerufen? Merkwürdig.

Als er sich wieder umdrehte und nach vorn sah, fiel ihm sofort etwas anderes auf. Er war jetzt allein.

»Ava?« Er stand da und ließ den Blick suchend über den Bürgersteig und die Straße streifen. Er spähte auf die andere Seite, vielleicht hatte sie ja einfach die Straße überquert. Keine Spur von ihr. Nichts. Sie hatte sich in Luft aufgelöst.

KAPITEL ZWEI

Ava stapfte die Außentreppen zu ihrer Unterkunft hinauf. Sie war den ganzen Weg vom Theater bis hierher zu Fuß gegangen, statt noch in eine der späten Straßenbahnen zu springen. Die Nachtluft und die Bewegung hatten ihr geholfen, einen klaren Kopf zu bekommen. Außerdem hatte sie das Fahrgeld sparen wollen.

Hatte es je einen ärgerlicheren Mann als Will Sloane gegeben? *In meiner Welt ... Ich verschwinde nicht, solange Sie John nicht in Ruhe lassen ... Ich wohne am Washington Square.* Ava schob den Schlüssel ins Schloss und drehte ihn ungehalten. Verdammt, er war in jeder Beziehung genau so, wie sie vermutet hatte: aufgeblasen, anmaßend, privilegiert.

Das ist nicht alles, was du über ihn gedacht hast.

Ja, gut. Er war unverschämt attraktiv für einen Mann in seiner Position. Aber derartige Gedanken würden sie nur in Schwierigkeiten bringen.

Nachdem sie das Haus betreten hatte, begann sie, die Treppen zum zweiten Obergeschoss hinaufzusteigen. Die Stufen knarrten unter ihren müden Füßen. In weniger als einer Woche war die Miete fällig. Sie musste sehen, wie viel ihre Geschwister in diesem

Monat beitragen konnten. Die Summe schwankte und hing von der Arbeit in den Fabriken ab und davon, ob sie krank gewesen waren, es Feiertage gegeben hatte und so weiter. Ava zahlte fast die gesamte Miete allein, und wenn es einmal nicht reichte, konnte sie auf ihre Ersparnisse zurückgreifen, aber sie zog es vor, das nicht zu tun. Wenn es sein musste, konnte sie in den nächsten Tagen die ein oder andere Mahlzeit ausfallen lassen, um ein wenig Geld zu sparen. *Geld sparen bedeutet, es nicht auszugeben.*

Madame Zalikow ermöglichte ihnen ein annehmbares Leben, das zweifellos besser war als das der meisten, mit denen sie in der Stadt aufgewachsen waren. Sie konnte ihren Brüdern und ihrer Schwester neue Kleidung, Schuhe und Essen kaufen. Sie waren sauber und hatten ein respektables Dach über dem Kopf. Vor vierzehn Monaten hatte sie mit ihnen aus einer feuchten alten Mietskaserne an der Lower East Side hierher umziehen können – ein Kraftakt, zu dem ihre Eltern zu ihren Lebzeiten nicht imstande gewesen waren.

Darüber hinaus sparte sie Geld für ihre Zukunft. Schon bald würde sie ihre Familie aus diesem gottverfluchten Drecksloch befreien und mit ihr an einen schönen Ort auf dem Land umsiedeln. Die Kinder konnten dann als Kinder aufwachsen statt als erschöpfte und unterbezahlte Arbeiter, die ebenso mies behandelt wurden wie die herrenlosen Straßenhunde, die draußen herumstreunten. Dort auf dem Land würden ihre Geschwister nicht die gleichen Fehler begehen wie sie einst.

Daher: Nein, William Sloane. Sie würde nicht nachgeben. Nicht jetzt, wo sie so kurz vor ihrem Ziel stand.

Sie schloss die Tür zu ihrer Wohnung auf, trat ein und stellte ihre Reisetasche ab. Der schwere Geruch von Kartoffelsuppe stieg ihr in die Nase. Am Tisch fand sie Tom und Mary beim

Essen vor. »Guten Abend«, sagte sie, verriegelte die Tür und knöpfte ihren Mantel auf. »Wie ich sehe, habt ihr schon mit der Suppe begonnen, die ich heute gekocht habe.« Ihre dreizehnjährige Schwester nickte mit vor Erschöpfung eingesackten Schultern. »Sie ist lecker. Danke, Ava.«

Mary arbeitete in einer Textilfabrik in der Ludlow Street als Appreturarbeiterin. Ihre Aufgabe bestand darin, letzte Feinheiten an Kleidungsstücken mit der Hand zu nähen. Diese Arbeit war zwar eintönig und ermüdend, aber Gott sei Dank nicht gefährlich.

Tom sagte nichts, sondern schaufelte sich lediglich noch mehr Suppe in den Mund. Ava wusste, dass dies für den Fünfzehnjährigen wahrscheinlich die erste Mahlzeit seit dem Frühstück war. Er arbeitete in einer Zigarrenfabrik in der Rivington Street, nicht weit von Marys Kleiderfabrik entfernt.

»Wo ist Sam?«

Mary schluckte und sagte: »Er hat sich hingelegt. Er sagt, er fühlt sich schlecht.«

Ein nur zu bekannter Knoten der Furcht verkrampfte sich in Avas Brust. Sam war immer schon ein kränkliches Kind gewesen. Schwaches Blut, hatte ihre Mutter häufig gesagt. Doch Ava wusste, dass das Unsinn war. Aus irgendeinem Grund neigte der zwölfjährige Sam dazu, häufiger krank zu werden als die anderen Familienmitglieder. Ava war sich sicher, dass sich seine Gesundheit verbessern würde, sobald sie New York verließen und er sich ausruhen und frische Luft atmen konnte.

Sie ging zu Sams und Toms Schlafzimmer und klopfte an die geschlossene Tür. »Sam, Schatz, hier ist Ava. Darf ich reinkommen?« Ein dumpfes Husten war zu hören, dann erklang Sams Stimme: »Ja.«

Der Raum lag in dunklen Schatten. Sie ließ die Tür offen, damit etwas Licht hereinfiel, und zündete die Gaslampe an seinem Bett an. Eine dünne Gestalt lag unter den Decken und zitterte, obwohl das Zimmer ausreichend beheizt war.

»Sam, was ist los?«

»Ich musste meinen Platz verlassen. Dachte, ich kipp gleich um.«

Sie strich ihm das wirre braune Haar aus dem Gesicht und fühlte seine Stirn. »Du bist ganz heiß vor Fieber. Wie lange fühlst du dich schon so?«

»Seit gestern«, gestand er. »Tut mir leid, Ava. Ich musste gehen, bevor ich alle meine Zeitungen verkaufen konnte ...«

Sie hörte das Beben in seiner Stimme. Als Zeitungsjunge wurden Sam alle Zeitungen, die er nicht verkaufte, vom Lohn abgezogen. Die Zeitungsverlage nahmen keine nicht verkauften Exemplare zurück.

»Ach, mach dir deswegen keine Sorgen. Es ist wichtig, dass du wieder gesund wirst.«

»Morgen bin ich wieder gesund. Das muss ich. Sonst nimmt mir jemand meinen Platz weg, wenn ich nicht da draußen bin.«

Ein guter Verkaufsplatz bedeutete ihm alles, denn eine belebte Ecke konnte bedeuten, dass man hundert Exemplare statt zehn verkaufte. Sam hatte hart darum gekämpft, seine Ecke nahe Vesey Street und Broadway zu behaupten.

»In Ordnung, wenn es dir dann wirklich wieder gut genug geht. Allerdings würde ich es lieber nicht riskieren. Hast du etwas zu Abend gegessen?«

»Nein, ich hab keinen Hunger. Ich will einfach nur schlafen.«

»Ich hol ein kühles Tuch. Und du wirst etwas essen. Dann kannst du schlafen.«

»Ava …«

»Keine Widerrede.«

Sie ging zum Schrank, fand ein sauberes Tuch und eilte zum Wasserklosett im Flur, das sie mit der anderen Familie auf der Etage teilten. Dort tränkte sie den Lappen mit kaltem Wasser, bevor sie zu Sam zurückkehrte und ihm zugleich auch eine Schüssel mit Suppe brachte. Nachdem sie ihn versorgt hatte, ließ sie sich auf einen Stuhl am Küchentisch sinken.

»Harten Tag gehabt?« Tom hatte seine Mahlzeit beendet und saß nun bei einem Glas Bier da.

Mary kam mit einer Schüssel heißer Suppe in der Hand und stellte sie Ava hin.

»Danke. Setz dich, Mary. Du siehst erschöpft aus.«

»Mir geht's gut. Dazusitzen und zu nähen ist nicht so schwer. Nicht im Vergleich zu dem, was du tust.«

Ava war da natürlich anderer Meinung. Sie wusste, dass Marys Hände vom Halten der Nadel ständig wund waren und dass sie durch ihre gekrümmte Arbeitshaltung dauernd Rückenschmerzen hatte.

»Die Show heute Abend ist gut gelaufen. Es waren sogar noch mehr Leute da als letzte Woche.«

»Mary, ich muss mit Ava sprechen«, sagte Tom. »Allein.«

Mary runzelte die Stirn. In den vergangenen Monaten waren Toms Wut und Frustration immer offenkundiger geworden. Je älter er wurde, desto weniger schien er mit Ava übereinzustimmen. Avas Inneres krampfte sich zusammen, aber sie bemühte sich, ihre Schwester zu beschwichtigen. »Ist schon gut, Mary. Geh ins Bett.«

Mary ließ ihren Blick zwischen beiden hin und her schweifen und fixierte dann Tom. »Schön. Aber ich hoffe, es geht nicht um diese Kerle, mit denen ich dich nach der Arbeit habe reden sehen.«

»Ich hab dir doch gesagt, dass du dich um deine eigenen Angelegenheiten kümmern sollst«, fuhr ihr Bruder sie an.

»Ava, er will sich einer Gang anschließen.« Mary verschränkte ihre knochigen Arme. »Diese Kerle stehlen Sachen, ich hab sie gesehen.«

»Halt den Mund, Mary!«, schrie Tom, und in diesem Moment glich er so sehr ihrem Vater, dass Ava einen tiefen Schmerz verspürte.

»Bitte, Mary. Lass mich mit ihm reden.«

Mary biss sich auf die Lippe, nickte und ließ die beiden allein.

Zunächst sagte keiner von beiden etwas. Schließlich schob Ava ihre Schüssel weg, ohne die Suppe angerührt zu haben. »Stimmt das? Hoffst du, dich einer Gang anschließen zu können?«

»Die sind keine Gang.« Er trank den Rest seines Bieres aus und lehnte sich zurück. »Sie sind nur ein Haufen Freunde.«

»... die stehlen. Ein Haufen Freunde, die Sachen stehlen und sie dann für Geld verkaufen.«

»Du tust so, als wäre das eine schreckliche Sache, wo du doch fast dasselbe machst. Triffst dich mit diesen reichen Leuten und lässt sie glauben, du würdest ihre toten Eltern hören. Also bitte, Ava.«

Das traf sie, vor allem deshalb, weil Will Sloane ihr vor noch nicht ganz zwei Stunden das Gleiche vorgeworfen hatte.

»Aber was ich tue, schadet niemandem. Sie geben mir freiwillig Geld, um unterhalten zu werden. Das ist etwas völlig anderes, als Menschen direkt zu bestehlen.«

Seine Wut wuchs. »Ich hasse diese verfluchte Fabrik. Du hast mich gebeten, noch ein weiteres Jahr durchzuhalten, aber ich ertrage es nicht mehr. Ich bin erschöpft. Dieser Job bringt mich um oder raubt mir den Verstand. So oder so, ich kann das nicht mehr tun.«

»Ich weiß, Tom. Aber ich brauche nur noch vier weitere Monate, wenn die Dinge so weiterlaufen. Vier weitere Monate, und dann werden wir alle in der Lage sein, dieses gottlose ...«

»Vielleicht will ich ja gar nicht weg. Vielleicht wollen Mary und Sam ja auch nicht weg. Hast du schon mal darüber nachgedacht?«

Mit diesem Einwand hatte sie nicht gerechnet. Warum sollten sie hierbleiben wollen, wenn sie ein eigenes Haus und ein Stück Land haben konnten? »Wir können außerhalb der Stadt ein besseres Leben führen.«

»Wo wir dann von Sonnenaufgang bis Sonnenuntergang auf einer Farm arbeiten? Wie zum Teufel unterscheidet sich das von dem, was wir jetzt tun? Ich bin es müde, die ganze Zeit zu arbeiten, Ava. Es gibt Leute, die Geld haben – richtiges Geld –, und sie arbeiten nicht sechs Tage die Woche vierzehn Stunden am Tag.«

»Weil sie stehlen, willst du sagen.«

Er zuckte mit den Schultern. »Betteln, borgen, stehlen ... Wo ist der Unterschied?«

»Da ist ein Unterschied, Tom. Ein riesiger. Ich will nicht, dass du zu einem jämmerlichen Dieb wirst. Du bist besser als das.«

»Nein, bin ich nicht. Und je früher uns allen das klar wird, desto besser ist es für uns.« Er stand auf. »Du hast so viel für uns getan. Glaub nicht, dass ich nicht dankbar bin. Aber ich bin fast sechzehn, und es ist Zeit für mich, meinen Beitrag für die Familie zu leisten.«

»Bitte, gib mir noch vier Monate. Mehr brauchen wir nicht.«

Er verschränkte die Arme und starrte aus dem Fenster, einen unzufriedenen Zug um seinen Mund. »Ich werde es versuchen. Das ist alles, was ich versprechen kann.«

New York City hatte viele Gesichter, und Will liebte jedes von ihnen. Angefangen mit den überfüllten, schmutzigen Mietskasernen der Lower East Side über die Bohème und die Einwanderer nördlich von seinem geliebten Washington Square bis hin zu den riesigen Läden und dem wachsenden Handel des Union Square und dem Vergnügungsviertel in der Nähe des Longacre Square – er wusste all das zu schätzen. Jede Ecke, jedes Gebäude und jedes Haus in dieser Stadt war tief im Mark seiner Knochen verwurzelt.

Dies war seine Stadt. Die Sloanes hatten Manhattan beim Wachsen geholfen und ihr Geld in die Infrastruktur reinvestiert, um das erforderliche Fundament bereitzustellen. Sein Urgroßvater hatte entscheidend dazu beigetragen, dass Wasser von einem Stausee durch Rohre geleitet wurde, um die Stadt zu versorgen. Und Will seinerseits hatte in Hochbahnen sowie in Telefon- und Telegrafenleitungen investiert, die den Himmel durchkreuzten wie die Netze eines Fischers.

Er hatte mit sechzehn Jahren das Ruder von Northeast Railroad übernommen und seit seinem neunzehnten Lebensjahr ohne Pause durchgearbeitet. Es waren Jahre langer Arbeitstage mit wenig Schlaf, vielen Sorgen und Ränkespielen gewesen, in denen das Schicksal des riesigen Erbes seiner Familie in seinen Händen lag. Er hatte in kurzer Zeit sehr viel lernen müssen.

Viele Jahre lang hatte ihn der Hass angetrieben. Die Abscheu vor einem grausamen, kalten toten Mann hatte Will angespornt, erfolgreich zu sein. *Du bist schwach, genauso wie deine Mutter.* Wie oft war Will als Enttäuschung, als Schande für den Namen Sloane bezeichnet worden! Alles nur, weil er als Kind an Scharlach erkrankt war und, wie ihm später erzählt wurde, es nicht ertragen konnte, von seiner Mutter getrennt zu sein, selbst nachdem er wieder gesund war. Woher hätte Will wissen sollen, dass seine Eltern sich hassten und dass sein Vater Wills Liebe zu seiner Mutter als Verrat erachtete? Die Jahre vergingen, doch sein Vater ignorierte seinen einzigen Sohn weitgehend.

Und als der Bastard starb, schwor Will, auf dem, was Archibald Sloane erreicht hatte, aufzubauen und es um Längen zu übertreffen.

Allerdings wurde all das fast zerstört, als Wills Investmentfirma Geld – *viel* Geld – des Unternehmens veruntreute. Alles, wofür er gearbeitet hatte, all das Blut und der Schweiß, wurden ihm fast genommen, und die Schande seines Versagens bereitete ihm dauerhafte Magenschmerzen. *Du wirst alles ruinieren*, hörte er die Stimme seines Vaters höhnen.

Mit übertriebener Eile brachte er die Situation wieder in Ordnung, und das Unternehmen gedieh wieder. Aber selbst jetzt noch konnte er sein Büro nicht betreten, ohne einen stechenden Schmerz unter seinem Brustbein zu verspüren, als hätte ihn die Schuld physisch krank gemacht.

»Du darfst nicht so hart arbeiten, William«, hatte sein Arzt Dr. van Kirkland zu ihm gesagt. »Du solltest dich in ein Sanatorium begeben. Ruh dich etwas aus, sonst wird dein Körper sich nie wieder regenerieren.«

»Aber klar doch«, hatte Will ungehalten erwidert. »Schließlich stürzen die Aktien nicht ab, wenn bekannt wird, dass der Präsident von Northeast Railroad krank ist.«

Er konnte nicht einfach weggehen und das Unternehmen und alles, was seine Vorfahren aufgebaut hatten, aufgeben, um zu genesen. Sosehr er auch eine Atempause brauchte, er würde das Imperium, das er aufgebaut hatte, nicht gefährden. – Vor allem jetzt nicht, wo das politische Amt, von dem sein Vater einst geträumt hatte, in Reichweite war. Und der Posten eines Vizegouverneurs erschien ihm wie ein Kinderspiel im Vergleich zu dem, was Will sonst täglich erledigen musste. Daher würde er beide Pflichten erfüllen, wenn er gewählt wurde. Zum Teufel, er *wollte* beides tun. Selbst wenn er dann nur noch vier statt fünf Stunden schlief.

Madame Zalikow stellte ein unvorhergesehenes Problem dar. Sie gefährdete durch ihre zweifellos schändliche Anwesenheit in Bennetts Leben seine Pläne. Will würde es nicht zulassen, dass der ehrwürdige Name Sloane zur Zielscheibe öffentlichen Spotts wurde und dass man in den Kneipen und Clubs vom Battery Park bis zur Bronx über ihn kicherte und lachte. Nein, nur über seine Leiche. Er würde diese Wahl sauber und ohne Skandal gewinnen.

Das war der Grund, warum er an diesem Donnerstagnachmittag einen raschen Abstecher in die Fifth Avenue machte, tief in das Land der vulgären, überdimensionierten Villen. Die Überheblichkeit, die sich in diesen Mini-Palästen ausdrückte, verschlug ihm den Atem. Einer war größer und protziger als der andere, was auch für das Ungetüm seines neuen Schwagers galt. Hatten diese Leute denn keinerlei Geschmack? Der Sinn von Geld bestand nicht darin, damit anzugeben, sondern es für die eine Sache einzusetzen, auf die es ankam: Macht.

Er erkannte das Haus weiter unten im Block. Will stieß die Tür der einspännigen Kutsche auf, noch bevor die Räder stillstanden. Er hoffte, nicht zu spät zu kommen.

Der Butler erschien und zog unverzüglich die vertäfelte Tür weit auf. »Mr. Sloane, bitte kommen Sie herein. Mr. Bennett ist im Augenblick in seinem Arbeitszimmer mit einem Gast beschäftigt, aber Sie können gern im blauen Salon warten, bis er ...«

Will ging mit großen Schritten an dem Butler vorbei. Er wusste, wer der Gast war, und auch, was sie taten. Hatte er der Frau nicht vor drei Tagen gesagt, sie solle sich verdammt noch mal von John Bennett fernhalten?

Als er ins Arbeitszimmer platzte, fand er die beiden eng nebeneinander auf dem langen Samtsofa sitzend vor. Ava beugte ihren Kopf dicht neben Bennetts über eine Porzellantasse, auf deren Boden sie starrte.

Sie blickten beide zur Tür hoch. Auf Bennetts Gesicht stand pure Überraschung geschrieben, während sich Avas üppige Oberlippe langsam widerwillig verzog. Will spürte, wie er darauf mit einem höhnischen Lächeln reagierte. *Die wunderschöne Scharlatanin.*

»Sloane.« Bennett erhob sich und trat Will entgegen, um ihm die Hand zu schütteln. »Waren wir verabredet?«

Will nahm mit der freien Hand seine Melone ab. »Nein, aber ich habe gehört, dass Madame Zalikow hier zu Besuch ist, und musste einfach vorbeikommen.« Er wandte sich an Ava. »Es macht Ihnen doch nichts aus, oder? Ich bin ziemlich neugierig auf Ihre allseits gefeierten Fähigkeiten.«

Ihr Blick verriet, dass sie ganz genau wusste, was er wollte, aber sie antwortete mit ihrem grässlichen russischen Akzent: »Natürlich. Sie müssen sich setzen. Setzen Sie sich, Mr. Sloane.«

»Danke.« Ohne Bennett die Möglichkeit zum Widerspruch zu geben, ließ sich Will auf einem Stuhl nieder. »Bitte, beachten Sie mich nicht. Machen Sie weiter.«

Bennett nahm wieder seinen Platz ein und fragte die Frau ernst: »Bringt seine Anwesenheit die Sitzung durcheinander?«

»Nein«, erwiderte sie und winkte ab. »Ich kann problemlos so tun, als würde er nicht existieren.«

Will unterdrückte ein Lächeln und schwieg, während sie sich wieder ihren Teeblättern zuwandte. »Also ich sehe hier ein Insekt.« Sie zeigte auf irgendeine Stelle auf dem Boden der Tasse. »Das bedeutet, dass Ihnen Ablenkungen oder Erschwernisse zu schaffen machen. Gibt es jemanden in Ihrem Leben, der Sie von Ihrem Vorhaben abhält?«

»Ja«, stimmte Bennett ihr bereitwillig zu. »Woher wissen Sie das?«

Vielleicht, weil jeder unter Ablenkungen und Erschwernissen leidet. Will seufzte laut, aber die beiden ignorierten ihn, und Ava fuhr fort.

»Die Teeblätter lügen nie. Sie müssen diese Person, die nicht vollkommen auf Ihrer Seite ist, von sich schieben. Er wird Sie nur zu Fall bringen.«

Will umklammerte die Armlehnen des Stuhls. Sprach sie von ihm? Bevor er etwas sagen konnte, setzte sie ihre nichtssagenden Prophezeiungen fort.

»Das hier scheint ein Fuß zu sein, ein Hinweis darauf, dass Sie voranschreiten, weitergehen müssen. Dass eine Veränderung Ihres Standortes oder Ihrer Laufbahn eintreten wird.«

Bennetts Haltung straffte sich, und sein Gesicht erhellte sich deutlich. »Die Wahl. Hören Sie das, Sloane? Wir stehen kurz davor, ins Gouverneurshaus einzuziehen.«

Will stieß ein undefinierbares Geräusch aus. Ava fuhr mit dem Reading fort und beugte den Kopf wieder über die Porzellantasse. »Ah, da sehe ich einen bellenden Hund. Das bedeutet, dass jemand, der Ihnen nahesteht, Dinge gesagt hat, die er nicht hätte sagen sollen. Er ist nicht vertrauenswürdig. Wissen Sie, wer das sein könnte?«

Bennett rutschte mit zusammengekniffenen Augenbrauen auf dem Sofa herum, als würde er über diese Albernheit nachdenken, und Will spürte, dass die Spitzen seiner Ohren heiß wurden. *Wie kann sie es wagen.* Dieses betrügerische Reading verwandelte sich in einen Angriff auf *ihn*, und das gefiel ihm gar nicht.

Aus Rache versuchte sie, Unfrieden zwischen ihm und Bennett zu stiften. Das konnte sie sich gleich wieder aus dem Kopf schlagen. Bennett wusste, dass Will ihm ein loyaler Freund war – einer, der nie versuchen würde, ihre Zukunft zu sabotieren. Anders als eine gewisse kleine braunhaarige Hexe, deren Geschäft aus Lügen und Schwindeleien bestand und die überall, wo sie war, Chaos verbreitete.

Aber gut, wenn sie spielen wollte, dann würde er mitspielen.

»Sehen Sie dort irgendetwas Konkretes für Mr. Bennett?«, schaltete er sich ein. »Vielleicht können ihm die Teeblätter den Namen eines Pferdes nennen, auf das er morgen in Saratoga Springs wetten kann?«

Madame Zalikow rümpfte widerwillig die Nase. »Die Teeblätter lassen sich nicht für Pferderennen einsetzen, Mr. Sloane. Die Geister sind nicht für so unwesentliche Dinge wie Wetten oder Glücksspiel da.«

»Unwesentlich? Erzählen Sie das mal den Verlierern«, brummte Will.

Ihre braunen Augen verengten sich gefährlich, und Will hob herausfordernd eine Braue. »John«, sagte sie zu ihrem Kunden, »vielleicht sollte ich morgen wiederkommen. In diesem Raum befindet sich eine negative Energie.«

»In Ordnung, Madame Zalikow. Wir haben ohnehin unser vereinbartes Zeitpensum fast erreicht.« Er stand auf und hielt ihr seine Hand hin, um ihr beim Aufstehen zu helfen, als wäre sie eine unschuldige Debütantin und keine abgebrühte Schwindlerin. Gott im Himmel, war Will der einzige rational denkende Mann, den es noch in dieser Stadt gab?

Bennett starrte ihn wartend an, und Will wurde klar, dass er noch immer saß. Er hatte nicht absichtlich unhöflich sein wollen, aber es fiel ihm schwer, ihr Respekt zu erweisen. Langsam erhob er sich. »Darf ich Sie irgendwo absetzen, Madame Zalikow?«, fragte er.

Ihr rechtes Auge zuckte leicht. Zweifellos hätte sie ihm am liebsten eins mit ihrer scharfen Zunge übergebraten, aber Bennetts Anwesenheit zwang sie zur Zurückhaltung. »Das ist nicht nötig, Mr. Sloane«, brachte sie mühsam hervor. »Ich bin durchaus imstande …«

»Oh, das sind Sie zweifellos, aber es wäre mir eine Freude.«

»Madame, wehren Sie Sloane nicht ab«, sagte Bennett und tätschelte ihre Hand. »Er ist durch und durch ein Gentleman. Sie brauchen keine Angst zu haben.«

»Ich habe keine Angst.« Vor Ärger legte ihre Stimme den aufgesetzten russischen Akzent ab und hinterließ den warmen, rauchigen Klang, der Will viel besser gefiel. Aber sie fing sich schnell wieder und schlüpfte zurück in ihre Rolle. »Ich meine, Mr. Sloane hat sicher erheblich wichtigere Dinge zu erledigen. Schließlich bin ich hierhergekommen, um mich mit Ihnen zu treffen, John.«

Mit übertriebener Geste schnippte Will mit den Fingern und warf den Kopf zurück. »Ja. Aber nun habe ich völlig vergessen, worüber ich mit Bennett sprechen wollte. Macht nichts. Ich werde es Ihnen telegrafieren, wenn es mir wieder einfällt, Bennett.«

»Hervorragend, abgemacht«, sagte Bennett. »Passen Sie auf sie auf, Sloane. Sie ist ein Geschenk des Himmels.«

»Ein Geschenk des Himmels«, höhnte der Mann neben ihr. »Mein Gott, wie können Sie nachts nur schlafen?«

Ava starrte unverwandt auf das Fenster der Kutsche. Es fiel ihr schwer genug, sich zu konzentrieren, während Sloanes Schenkel und Hüfte eng an ihren Körper gepresst waren und seine breite Schulter jedes Mal gegen ihre stieß, wenn sie über ein Schlagloch fuhren. Sie wünschte, sie wäre sich seiner Gegenwart nicht so bewusst, aber man konnte diesen Mann nicht ignorieren. Er strahlte in höchstem Maße Stärke, Entschlossenheit und ein geradezu greifbares Selbstvertrauen aus. Macht hatte sie schon immer angezogen, aber dieser Mann hatte einen scheußlichen Charakter. Er war unnachgiebig und verwöhnt, ein Rüpel im Frack. Sie musste stark bleiben.

Avas Grinsen triefte vor geheuchelter Aufrichtigkeit. »Ich schlafe genauso wie Sie, Eisenbahnmann. Wie ein Baby. Auf einem Haufen Geld.«

»Das glaube ich Ihnen nicht. Wenn Sie Geld hätten, würden Sie besseres Schuhwerk besitzen. Und eine eigene Kutsche.«

Er hatte recht, aber das würde sie nicht zugeben. Ava sparte jeden Penny, den sie konnte, und das bedeutete, dass sie ihre Schuhe abnutzte, während sie sich zu Fuß durch die Stadt bewegte. Es war unsinnig, für die Hochbahn oder eine Droschke zu bezahlen, wenn sie ihre eigenen zwei Beine gebrauchen konnte, um irgendwo hinzukommen.

»Haben Sie erreicht, worauf Sie hofften, indem Sie John vor meinem unzumutbaren Einfluss retteten?«

»Wohl kaum. Sie haben den Mann so tief in Ihren Fängen, dass er vielleicht nie wieder das Tageslicht erblickt. Wohin bringe ich Sie? Alles, was Sie meinem Kutscher sagten, war Süden.«

»Als ob ich Ihnen meine Adresse nennen würde. Nein, Sie fahren zu Ihrem Haus, und ich werde von dort aus zu Fuß weitergehen.«

»Haben Sie Angst davor, mich Ihr Lebkuchenhaus sehen zu lassen, wo Sie kleine Kinder braten?«

»Nein, keine kleinen Kinder. Jeder weiß, dass unausstehliche, maßlose, reiche Männer erheblich besser schmecken. Es ist klüger, Sie halten sich fern – am Ende bin ich nicht in der Lage, der Versuchung zu widerstehen.«

Er schnaubte, schwieg jedoch. Sie hätte es vorgezogen, wenn er weitergeredet und sie von seiner Arroganz und Selbstbeherrschung abgelenkt hätte, den Eigenschaften, die er mit jedem Atemzug ausstrahlte. Sie wusste nicht, warum sie ihn so anziehend fand, aber, so vermutete sie, manche Frauen wurden eben nie klüger.

Seine Beine wippten federnd, eine Angewohnheit, die sie zuvor schon bemerkt hatte. Ging sie ihm auf die Nerven? Sie wandte ganz bewusst die Augen von ihm ab, fest entschlossen, nichts mehr von ihm wahrzunehmen. »Warum haben Sie überhaupt darauf bestanden, mich mitzunehmen?«

»Der Grund ist, dass wir unser Gespräch neulich Abend nicht beendet haben. Verdammt, ich dachte, jemanden zu hören, der meinen Namen rief. Aber als ich mich umdrehte, war niemand da.«

»Seltsam«, sagte sie und unterdrückte ein Lächeln. Bauchreden war einer der ersten Tricks, die sie bis zur Perfektion gelernt hatte. »Allerdings haben wir einander alles gesagt, was es zu sagen gab, meinen Sie nicht?«

»Nein. Es ist offensichtlich, dass wir das nicht haben.« Er griff sanft nach ihrem Kinn und drehte ihr Gesicht zu sich. Ein Prickeln lief über Avas Haut, ein weibliches Kribbeln, das sehr unselige, unangebrachte Dinge signalisierte. Er ließ seinen Arm wieder sinken. »Sie scheinen den Ernst der Lage nicht zu begreifen. Es ist meine Aufgabe, Sie dazu zu bringen, es zu verstehen. Mit allen erforderlichen Mitteln.«

»Was heißt erforderlich? Mein Gott, Sie sind ja entschlossen. Was, wenn ich sagen würde, dass ich John in Ruhe lasse, wenn Sie einverstanden wären, am kommenden Montag in meiner Show mitzuwirken?«

»Mitwirken? … In Ihrer Show?« Er warf den Kopf in den Nacken und lachte, wobei die kräftigen Sehnen seines Halses hervortraten.

Plötzlich verspürte sie einen starken Drang, mit ihrer Zunge über diese Sehnenstränge zu fahren und sein Lachen auf ihren Lippen zu schmecken. Du lieber Himmel, sie musste damit aufhören. Sie riss den Blick von ihm los und sah beschämt auf die Straße. Sie durfte derartige Gedanken nicht haben, vor allem nicht in Bezug auf William Sloane. Beim Allmächtigen, vermutlich wollte er den Nachweis des Stammbaums einer Frau sehen, bevor er bereit war, sie zu küssen. Außerdem hatte sie vor Jahren als junges Mädchen ihren niederen Instinkten nachgegeben, und was hatte sie davon gehabt? Ein Kloß bildete sich in ihrem Hals, und die schwere Last der Reue raubte ihr den Atem.

Du hast mit dem Feuer gespielt, Mädchen, und dich dabei verbrannt. Die schrille Stimme ihrer Mutter klang in Avas Kopf. Ja, sie war dumm gewesen, und es verging kein Tag, an dem sie sich nicht selbst ermahnte, niemals wieder dumm zu sein.

Schließlich hörte er auf zu lachen, der Schuft. »Ich würde mich nicht mal dazu erniedrigen, in Ihrer Show mitzuwirken, wenn es mir die Präsidentschaft sichern würde.«

»Sind Sie sicher? Ich kann John nämlich problemlos davon überzeugen, dass er mich zweimal die Woche treffen muss.«

Das vertrieb die Belustigung aus seiner Miene. »Das wagen Sie nicht. Ich schwöre Ihnen, wenn Sie das tun …«

»Immer mit der Ruhe, Eisenbahnmann. Selbst für John hätte ich vermutlich keine Zeit.« Sie warf ihm einen scharfen Blick zu. »Aber ich könnte mir die Zeit *nehmen*, wenn Sie mich nicht in Frieden lassen.«

»Ich kann Sie nicht in Frieden lassen, bevor Sie mir nicht versprochen haben, dass Sie *John* in Frieden lassen. Ich habe zu viel zu verlieren, wenn jemand davon erfährt. Oder Sie beschließen, seine Geheimnisse zu verkaufen.«

»Sie haben mein Wort, dass ich das nicht tun werde«, entgegnete sie scharf. »Warum können Sie das nicht akzeptieren und einfach wieder Wahlkampfplaketten verteilen?«

»Verzeihen Sie mir, wenn ich ein Problem damit habe, auf das Wort einer Frau zu vertrauen, die eine blonde Perücke aufsetzt und einen russischen Akzent annimmt, der, nebenbei bemerkt, miserabel ist. Sind Sie je einem echten Russen begegnet?«

Hilfe. Sie war es müde, sich von diesem Mann beleidigen zu lassen. Als müsste er alle, denen er begegnete, darauf hinweisen, wie unterlegen sie seiner erhabenen Größe waren. »Müssen Sie nicht ein Imperium führen? Wie kommt es, dass ein Mann, der für so vieles verantwortlich ist, so viel freie Zeit hat, sich in der Stadt herumzutreiben?«

»Ich habe keinerlei Freizeit«, erwiderte er. »Überhaupt keine. Tatsächlich habe ich ein sehr wichtiges Treffen verlassen, als ich erfuhr, dass Sie bei Bennett sind. Was bedeutet, dass ich meine Reservierung für ein Abendessen um 21 Uhr zugunsten eines Abendbrots an meinem Schreibtisch aufgeben musste.«

Sie schob die Unterlippe vor und machte einen Schmollmund. »Ach, Sie armer, armer Millionär. Ich bin sicher, dass die schwachsinnige Unschuld, die Sie heute Abend ausgeführt hätten, Verständnis zeigen wird.«

Komischerweise ruhten seine Augen weiter auf ihren Lippen. Fühlte sich der Eisenbahnmann zu vollen Lippen hingezogen? Ihre waren ebenso üppig wie ihre Brüste. Ein- oder zweimal hatte er auch dorthin gestarrt, wie sie bemerkt hatte. Zweifellos war er an die dünnen, anmutigen Frauen der Gesellschaft der Upper Fifth Avenue gewöhnt. Blasse Frauen, die im Haus blieben und bei denen nie auch nur ein Haar schlecht saß.

Die sich ein anständiges Korsett leisten konnten, um ihre Brüste abzuflachen. Avas Kurven und ihre olivfarbene Haut faszinierten ihn vermutlich wie eine von Barnums Kuriositäten.

Nun, er konnte alles anstarren, was er wollte. Vielleicht konnte sie seine Faszination sogar zu ihrem Vorteil nutzen. Männer wie Will Sloane machten sich nichts aus einer aggressiven, modernen Frau. Zweifellos bevorzugte er ein fügsames Geschöpf, das zu Hause blieb und am Tee nippte, bis er aus seinem Club zurückkehrte. War das nicht das, was sich jeder verwöhnte, reiche Mann wünschte?

Wenn das der Fall war, würde ihn vermutlich ein wenig Unerschrockenheit ihrerseits für alle Zeiten verjagen.

»Geben Sie je nach?«, fragte er sie.

Sie beugte sich zu ihm und freute sich, dass seine grauen Augen aufblitzten und sich verdunkelten. Sie nahm den Duft einer teuren Seife wahr, ein Hauch von Sandelholz und Zitrone, während sie ihn durch ihre Wimpern hindurch ansah. »Niemals«, flüsterte sie. »Ich gebe niemals nach, und Sie tun gut daran, sich das zu merken, Mr. Sloane.« Nachdem sie das gesagt hatte, schlug sie mit der Faust an die Wand der Kutsche. »Hier bitte!«

Der Kutscher fuhr an den Straßenrand und verlangsamte das Tempo der Pferde. Als sie zum Stehen kamen, öffnete sie die Tür. »Danke für's Mitnehmen«, sagte sie, sprang auf den Bürgersteig hinunter und verschwand in der Menge.

KAPITEL DREI

Will trommelte mit den Fingern auf das Geländer seiner Loge im zweiten Rang und blickte auf das gut gekleidete Samstagabendpublikum hinab. Da die Opernsaison vor der Fastenzeit geendet hatte und die Sommersaison in Newport noch nicht angebrochen war, hatte die Benefizvorführung von *Viel Lärm um nichts* am heutigen Abend die gesellschaftliche Elite dazu bewogen, zahlreich zum Metropolitan Opera House zu strömen.

Zwar unterstützte Will das Anliegen der Wohltätigkeitsveranstaltung – das Leben der Armen in der Stadt zu verbessern –, doch er besuchte die Aufführung aus einem bestimmten Grund. Er hatte kürzlich beschlossen, auf Brautschau zu gehen.

Es war an der Zeit. Selbst seine kleine Schwester – das Mädchen, das er seit dem Tod ihrer Eltern aufgezogen hatte – war nun verheiratet. Warum sollte er nicht auch heiraten? Er war schließlich inzwischen fast dreißig. Vor ein paar Monaten hatte er einige finanzielle Probleme in Ordnung gebracht, indem er die diebische Leitung seiner Investmentfirma gefeuert und stattdessen seine Schwester eingestellt hatte, und nun quollen die Geldschatullen der Sloanes wieder über. Er hatte sich in der vergangenen Woche sogar von seiner Geliebten Mrs. Osborne getrennt.

Die öffentliche Aufmerksamkeit, die eine Hochzeit erregen würde, war dem Wahlkampf sicher nicht abträglich. Schon bald würde er Vizegouverneur, verheiratet und von den quälenden Magenschmerzen befreit sein, die ihn plagten.

Derzeit gab es vier Kandidatinnen, die für die Ehre in Frage kamen, die nächste Mrs. Sloane zu werden. Jede von ihnen war sorgfältig überprüft worden, und ihre Familien waren ohne Tadel. Alle waren schön und unschuldig, genau wie es seine Mutter gewesen war, als sie seinen Vater geheiratet hatte. Bevor Archibald sie mit seinen grausamen, beißenden Worten niedergedrückt hatte.

Wills Ehe würde sich von der Beziehung seiner Eltern grundlegend unterscheiden. Er würde seine Braut respektieren. Er würde sie nicht vor ihrem gemeinsamen Sohn abkanzeln und ihr am Frühstückstisch Tränen in die Augen treiben. Nein, welche Frau auch immer er erwählte, er würde behutsam und rücksichtsvoll mit ihr umgehen und sie sein Leben lang ehren.

Das Bild einer kleinen dunkelhaarigen Frau mit runden Augen und einer noch runderen Figur schoss ihm durch den Kopf. Sein Kiefer verspannte sich bei dem Gedanken daran, wie sich Ava in der Kutsche vorgebeugt und zu ihm hochgestarrt hatte. Nur Zentimeter hatten sie voneinander getrennt, und er hätte den Abstand leicht überwinden und sie küssen können. Und einen Moment lang war er sich sicher gewesen, dass sie das wollte. Die Frau bedeutete Ärger.

Noch schlimmer war, dass sie nichts hatten klären können. Er wollte, dass Ava sich verdammt noch mal von Bennett fernhielt. Warum war es so schwierig, sie dazu zu bringen? Nun musste er ihre Show am Montag besuchen, um sie zur Vernunft zu bringen. Allmächtiger, er wurde es allmählich müde, der Scharlatanin durch ganz New York nachzujagen.

»Will!«

Beim Klang der Stimme seiner Schwester fuhr er herum. Lizzie, die ein umwerfendes weißes Abendkleid mit Straußenfedern trug, kam auf ihn zu. Eine große Gestalt folgte ihr, und Will biss die Zähne zusammen, um einen verärgerten Laut zu unterdrücken.

Liebevoll lächelnd ging er auf sie zu und küsste sie zur Begrüßung auf die Wange. »Hallo, Lizzie. Danke, dass du mir Gesellschaft leistest. Du bist heute Abend wunderschön.«

»Du siehst auch nicht schlecht aus. Emmett kennst du ja.«

Eine drückende Stille senkte sich auf sie, und Will zwang sich zu sagen: »Cavanaugh.«

Der massige Gatte seiner Schwester neigte den Kopf. »Sloane.«

»Ach, ihr beiden.« Lizzie seufzte übertrieben – ein Laut, der Will nur allzu vertraut war. Schließlich hatte er sich seit ihrem achten Lebensjahr um sie gekümmert. »Nun hört schon auf. Ich erwarte, dass ihr beide euch zivilisiert verhaltet.«

Das war Will angesichts der Tatsache, dass Cavanaugh Lizzie verführt und fast ihren Ruf ruiniert hatte, kaum möglich. »Selbstverständlich«, antwortete er. »Warum sollten wir das auch nicht tun?«

»Weil ihr die beiden dickköpfigsten Männer in ganz New York seid. Aber heute Abend bin ich glücklich, also verderbt mir nicht den Abend. Das gilt auch für dich«, sagte sie über die Schulter hinweg zu Cavanaugh.

Ihr Mann nahm ihre Hand und küsste ihre Knöchel durch

die Handschuhe hindurch. Der liebestrunkene Ausdruck in seinem Gesicht drehte Will den Magen um. »Selbstverständlich, Elizabeth.«

Will schüttelte den Kopf. Er hätte nie gedacht, dass der mächtige Emmett Cavanaugh – einst ein Junge aus Five Points, dem Armenviertel im Süden von Manhattan, und jetzt der Besitzer von East Coast Steel – von einer Frau gezähmt werden würde. Aber es war nicht verwunderlich, denn Lizzie war anders als andere Frauen, und solange Cavanaugh das nicht vergaß, würde Will sich zivilisiert verhalten.

»Also«, sagte Lizzie, wieder an Will gewandt. »Du hast gesagt, es sei wichtig, dass wir dir heute Abend Gesellschaft leisten. Worum genau geht es?«

»Ich brauche deine Hilfe. Ich habe beschlossen zu heiraten.«

Cavanaugh stieß einen lauten, dröhnenden Lacher aus, der die Aufmerksamkeit einiger ihrer Nachbarn auf sich zog. Er versuchte, ihn mit einem Hüsteln zu überdecken, aber sowohl Will als auch Lizzie warfen ihm wütende Blicke zu.

»Emmett, warum holst du dir nicht ein Glas von einem der Getränke, die Will im Salon bereitstellen hat lassen? Und ich hätte gern etwas Limonade.«

Mit einem Grinsen, das Will die Fäuste ballen ließ, küsste Cavanaugh seine Frau auf die Wange. »Ich lasse dich und deinen Bruder mal für einen Augenblick allein«, kicherte er. Mit vor Belustigung bebenden Schultern trampelte der Tölpel von dannen.

»Es gibt so viele würdige junge Männer in New York«, sagte Will und verschränkte die Arme vor der Brust. »Du hättest jeden Mann außer *ihm* wählen können.«

»Du hast die Ehe erzwungen, darum kannst du nur dir selbst die Schuld zuschreiben. Aber jetzt ist es ohnehin zu spät, weil ich ihn behalte. Zufällig liebe ich ihn wahnsinnig – und er ist der Vater deiner künftigen Nichte oder deines künftigen Neffen, also sei nett zu ihm.«

»Ein Kind, von dem ich grundsätzlich glaube, dass es durch eine unbefleckte Empfängnis entstanden ist. Und wage nicht, mich von der Vorstellung abzubringen.«

»Natürlich nicht, mein lieber Bruder«, erwiderte sie und tätschelte sein Revers. »Genauso wie ich vorgebe, nichts über deine Mrs. Osborne zu wissen.«

»Du ...« Er riss den Mund auf. »Lizzie! Du solltest nichts von ...«

»... deiner Geliebten wissen?«, beendete Lizzie unbekümmert seinen Satz, als würde es ihn nicht zutiefst demütigen, dieses Wort aus dem Mund seiner jüngeren Schwester zu hören. »Ja, ich weiß davon. Jeder, der mit ihr bekannt ist, weiß davon. Sie prahlt ziemlich offenherzig mit dir. Nicht, dass ich mich in ihrer Nähe aufgehalten hätte, um Details zu erfahren.«

Ein stechender Schmerz brach unter Wills Brustbein aus, und er zuckte zusammen. Er hatte schon vor dem Tod ihrer Eltern große Anstrengungen unternommen, Lizzie vor jeder Ungehörigkeit zu schützen. Offenbar war ihm das hinsichtlich seiner Geliebten nicht gelungen. »Ich habe keine Beziehung mehr mit ihr. Mir ist es ernst mit dem Heiraten.«

Lizzies graue Augen, die den seinen so sehr ähnelten, weiteten sich. »Oh, du musst es ernst meinen.« Sie schlug ihre behandschuhten Hände zusammen und rieb sie. »Hm, mal sehen ... Da ist meine Freundin Edith. Ein wenig temperamentvoll, aber man hat Spaß mit ihr. Dann ist da noch das

Chester-Mädchen. Sie ist durch Heirat mit den Roosevelts verwandt.«

Er hob eine Hand. »Ich habe die Auswahl bereits auf vier Mädchen eingegrenzt: Misses Iselin, Cameron, Baldwin und Rives.«

Lizzie machte ein langes Gesicht und runzelte die Stirn. »Ich hoffe, du scherzt.«

»Natürlich scherze ich nicht. Die Ehe ist nichts, worüber ich Scherze machen würde. Miss Cameron ist gerade angekommen. Ich brauche dich. Du musst mit mir kommen, weil du die Familie besser kennst als ich.« Er machte einen Schritt auf den Gang zu, aber Lizzie streckte die Hand aus, um ihn aufzuhalten.

»Will, diese vier Mädchen passen überhaupt nicht zu dir. Ich würde mich freuen, wenn du heiratest, aber jemanden, den du gernhast. Jemanden, der deiner würdig ist, nicht irgendein dummes Mädchen, das kein Gespräch führen kann. Das Rives-Mädchen ist kaum imstande, sich an ihren eigenen Namen zu erinnern. Willst du nicht auch so eine Ehe führen wie unsere Mutter und unser Vater?«

Will zuckte unmerklich zusammen. Lizzie hatte keine Vorstellung von der wahren Natur der Ehe ihrer Eltern – und er wollte, dass das auch so blieb.

Er starrte hinaus auf das Meer aus schwarzen Fracks und glitzerndem Geschmeide und dachte an die Art von Ehe, die er sich vorstellte. Was er sich wünschte, war eine friedvolle Verbindung mit gemäßigten Erwartungen und traditionellen Pflichten. Eine ehrbare geschäftliche Vereinbarung mit Respekt und Gelassenheit. Lizzie hatte ihre Liebe gefunden, aber Will hatte nicht die Absicht, es ihr nachzutun. »Nun komm«, sagte er schließlich, »lass uns die Loge der Camerons besuchen.«

»Warum hast du es so eilig? Warum wartest du nicht, bis im Herbst wieder mehr Feste gegeben werden?«

Es war klar, dass Lizzie herausfinden würde, was los war, und er hütete sich, sie anzulügen. Im Handumdrehen würde sie die Unwahrheit wittern und so lange in ihn dringen, bis er ihr den wahren Grund gestand. Also gab er es lieber gleich zu: »Die mit der Hochzeit verbundene öffentliche Aufmerksamkeit wird mir bei der Wahl helfen.«

»Du willst heiraten, um … Stimmen zu gewinnen? *Bist du wahnsinnig?*«

»Sprich nicht so laut.« Er nickte Mrs. McVickar in der benachbarten Loge zu und schenkte der älteren Dame ein routiniertes Lächeln. Sie errötete und begann, sich Luft ins Gesicht zu fächeln. Das beruhigte ihn etwas, und er flüsterte Lizzie zu: »Die Öffentlichkeit liebt es, einen glücklich verheirateten Mann im Amt zu haben, und ich brauche eine Gastgeberin. Ich denke, das ist ein vernünftiger Plan.«

»Natürlich denkst du das. Du bist schließlich der Bräutigam und nicht das Mädchen, das eines Tages entdeckt, dass sie nur Mittel zum Zweck für deine politische Karriere war. Verdammt noch mal, Will!«

»Ich bin mir nicht sicher, ob ich die Kraftausdrücke gutheiße, mit der du dein Vokabular würzt, seit du mit Cavanaugh verheiratet bist.«

»Versuch nicht, das Thema zu wechseln. Ich werde nicht zulassen, dass du dein Leben – und das von jemand anderem – ruinierst, nur um die Wahl zu gewinnen.«

»Lizzie, es wird mein Leben ruinieren, wenn ich sie *nicht*

gewinne. Dies ist eine riesige Chance, und ich lasse mich von nichts und niemandem aufhalten.«

Ganz sicher nicht von der Missbilligung seiner Schwester. Und erst recht nicht von einem betrügerischen Medium, das darauf aus war, das schnelle Geld zu machen – selbst wenn ihr Mund irritierende Fantasien bei ihm hervorrief.

»Will, du hast bereits fast alles, was sich ein Mann wünschen kann. Du brauchst nicht auch noch eine politische Karriere. Du treibst dich mit so großer Härte an, und ich habe nie verstanden, warum. Was musst du denn noch erreichen?«

Im Grunde wusste er, dass sie recht hatte. Er war nie zufrieden mit dem, was er erreichte; er wollte stets *noch mehr*. Vielleicht würde er nie genug haben. Aber das war eine Sorge, mit der er sich in einigen Jahren befassen konnte. »Eine politische Karriere, das muss ich noch erreichen. Und ich möchte, dass du aufhörst zu versuchen, mich von meinen absolut vernünftigen Ideen abzubringen.«

»Gut, aber ich bin mit besagten Ideen nicht einverstanden.«

»Das habe ich zur Kenntnis genommen. Und nun komm mit zur Loge der Camerons.« Er legte ihre Hand auf seinen Ärmel und führte sie zum Ausgang der Loge. »Du musst allerdings deinen Ehemann zurücklassen. Er verschreckt die Leute nur.«

Als Lizzie und Will bei der Loge der Camerons ankamen, unterhielten sich die Familienmitglieder gerade leise miteinander. Mrs. Cameron bemerkte sie als Erste. Sie stand auf und zog Miss Cameron mit sich. »Guten Abend, Elizabeth.« Die beiden Frauen begrüßten einander, während Will Mr. Camerons

Hand schüttelte. Dann reichte Mrs. Cameron Will ihre Hand. »Guten Abend, Mr. Sloane. Wie reizend von Ihnen, bei uns vorbeizuschauen.«

»Guten Abend, Mrs. Cameron.« Will verbeugte sich über ihrer ausgestreckten Hand.

»Erinnern Sie beide sich noch an meine Tochter?« Sie griff den Ellenbogen der jungen Frau und zog sie ein wenig nach vorn.

»Selbstverständlich«, sagte Lizzie geschmeidig. »Wie hübsch Sie heute Abend aussehen, Miss Cameron.«

Das Mädchen sah tatsächlich hübsch aus. Ihr hellbraunes Haar war sorgfältig frisiert, lag eng an ihrem Kopf an und hob die großen, aber geschmackvollen Perlenohrringe in Tropfenform hervor. Eine dazu passende Perlenkette war um ihren Hals geschlungen, der von dem schlichten Ausschnitt ihres eleganten cremefarbenen Abendkleides eingerahmt war. Ihr Gesicht wirkte ansprechend, blass und makellos. Sie entzündete zwar kein Feuer in ihm, stieß ihn aber auch nicht ab. Und dann kicherte sie. Es war ein mädchenhaftes, ungleichmäßiges Kichern, das ihm mit spitzen Nägeln in den Nacken fuhr wie eine Geisterhand.

»Guten Abend, Mrs. Cavanaugh«, sagte Miss Cameron höflich, bevor sie sich Will zuwandte und ihm ihre Hand entgegenstreckte. »Mr. Sloane.«

Er machte die obligatorische Verbeugung. »Miss Cameron.«

Wieder ertönte das Geräusch – ein hohes, schartiges Kichern –, und Will unterdrückte ein Schaudern. Vielleicht war das Mädchen nervös. Jeder der Anwesenden kannte den Anlass dieses Besuchs und war sich der Tatsache bewusst, dass Miss

Cameron ein Köder war, mit dem ein unverheirateter Gentleman in die Loge gelockt werden sollte. Das Ritual war nicht neu, aber er konnte sich vorstellen, dass es eine beängstigende Erfahrung für den Lockvogel war.

»Freuen Sie sich schon auf die Aufführung?«, fragte er.

»Ja, sehr«, antwortete sie, und ein weiteres Kichern folgte ihren Worten.

Kicherte sie bei allem, was sie sagte?

Er wandte sich seiner Schwester zu und lächelte freundlich, doch seine Augen flehten sie an. Lizzie, die intelligenteste Frau auf Erden, wusste ganz genau, was in ihm vorging. Sie wandte sich an Miss Cameron und fragte: »Haben Sie dieses spezielle Stück von Shakespeare schon einmal aufgeführt gesehen?«

»Nein, ich habe es nur gelesen.«

»Lillian ist sehr belesen«, sagte ihre Mutter stolz.

Will liebte Bücher ebenfalls. Vielleicht konnten sie da ansetzen.

»Und wer ist Ihr Lieblingsautor?«

»Oh, ich habe keinen Lieblingsautor.« Wieder ein Kichern. »Ohnehin würde ich viel lieber hören, wer *Ihr* Lieblingsautor ist, Mr. Sloane.«

Seine Stimmung sank. Selbst ohne das Gekicher würde ihn eine Frau, die unfähig war, eine Meinung zu äußern, unerträglich langweilen. Er hatte zweifellos zu viele Jahre mit Lizzie verbracht. Seine Schwester schreckte nie davor zurück, ihre Meinung zu sagen … und Ava Jones tat das auch nicht. Er erstarrte. Warum um alles in der Welt war sie ihm jetzt in den Sinn gekommen?

Er zwang sich, seine Aufmerksamkeit wieder auf die Unterhaltung zu lenken. »Ich habe viele«, sagte er routiniert. »Aber inzwischen lese ich meist Zeitungen und Geschäftsberichte.«

Lizzie tätschelte seinen Arm. »Ich fürchte, dass man mit meinem Bruder nicht sonderlich viel Spaß hat. Er arbeitet ständig viel zu hart.« Bevor er den Mund öffnen konnte, um zu protestieren, fragte seine Schwester: »Was tun Sie, wenn Sie Spaß haben möchten, Miss Cameron?«

Die junge Frau blinzelte. »Spaß? Wie zum …«

»Ja, zum Spaß«, sagte Lizzie freundschaftlich, worin Will einen verzweifelten Versuch erkannte, das Mädchen aus der Reserve zu locken. »Sie wissen schon, Hobbys. Haben Sie irgendwelche Hobbys oder Interessen außer …« – mit einer ausschweifenden Geste deutete sie an, dass sie die Oper meinte – »… all dem hier?«

Miss Cameron öffnete den Mund, aber es kam nichts heraus. Hilflos warf sie ihrer Mutter einen Blick zu, und Mrs. Cameron erwiderte scharf: »Meine Tochter ist eine vollendete Musikerin. Sie spricht drei Sprachen und wird eines Tages eine hervorragende Gastgeberin sein. Nicht alle Frauen streben danach, sich geschäftlich zu betätigen, Mrs. Cavanaugh.« Mrs. Cameron presste die Lippen aufeinander und zeigte damit klar ihr Missfallen über Lizzies Entscheidung, eine Investmentfirma zu eröffnen.

Lizzies Haltung versteifte sich. Will handelte schnell und beendete den Besuch, bevor der Abend einen katastrophalen Verlauf nehmen konnte. »Und das sind in der Tat edle Bestrebungen«, sagte er. »Wie ich sehe, beginnt die Aufführung gleich. Wir sollten vermutlich besser unsere Plätze einnehmen. Guten Abend, meine Damen.«

So schnell er konnte, ohne unhöflich zu wirken, begleitete

er seine offensichtlich verärgerte Schwester hinaus auf den Gang.

»Wie kann diese Frau es wagen«, zischte Lizzie auf dem Weg zu Wills Loge. »Hast du gehört, was sie gesagt hat? Hast du gehört, wie sie mich beleidigt hat? Was für eine Frechheit von ihr, zu ...«

»Beruhige dich, Lizzie. Verschwende deinen Groll nicht auf Menschen, die es nicht wert sind.«

»Du heiratest sie nicht. Das verbiete ich.«

Er lachte leise und nickte einem vorbeigehenden Bekannten zu. »Ich erinnere mich daran, vor nicht allzu langer Zeit etwas Ähnliches zu dir in Bezug auf deinen Ehemann gesagt zu haben.«

»Das ist nicht lustig, Will. Sie passt absolut nicht zu dir, und die Mutter ist ein Ungeheuer.«

»Keine Sorge, das Gekicher hat gereicht, um mich von einer Ehe abzubringen, ganz zu schweigen davon, wie armselig ihre Mutter dich behandelt hat.« Das Gekicher hatte geklungen, als wollte eine Gans eine Hand voll Kieselsteine herauswürgen. Er konnte die Vorstellung nicht ertragen, für den Rest seines Lebens jeden Tag dieses Geräusch hören zu müssen.

Seine Schwester entspannte sich etwas. »Na, Gott sei Dank. Du brauchst eine Frau, die dich intellektuell fordert und dich auflockert, wenn du zu bedacht auf Schicklichkeit und alberne gesellschaftliche Regeln bist. Ganz zu schweigen davon, wenn du die gesamte Nacht hindurch am Schreibtisch hockst.«

»Das klingt, als wäre ich unerträglich.«

»Na ja ...«

Er versuchte, nicht beleidigt zu sein. »Weiter so, dann werde ich davon absehen, meine Nichte oder meinen Neffen zu verwöhnen.«

»Als ob ich dir das glauben würde«, spottete Lizzie. »Du hast mir bereits genug Geschenke für sechs Kinder vorbeigeschickt. Und wo wir gerade dabei sind: Emmett hat gesagt, dass das riesige Schaukelpferd verschwinden muss, wenn es ein Mädchen ist.«

»Das ist lächerlich. Er kennt dich doch, oder? Kaum vorstellbar, dass deine Tochter vor irgendetwas Angst haben könnte.« Lizzie blieb plötzlich stehen, direkt vor dem Vorhang zu Wills Loge, und presste ihre freie Hand an ihren Mund. Will blickte mit angestrengt gerunzelter Stirn auf sie hinab. Bei Gott, da standen Tränen in ihren Augen. »Was ist ... weinst du etwa?«

»Das ist das Netteste, was du je zu mir gesagt hast.« Sie reckte sich auf die Zehenspitzen und drückte ihm einen Kuss auf die Wange. »Du bist ein guter Bruder.«

Eine Welle der Gefühle stieg in ihm hoch und blieb ihm in der Kehle stecken. Sie sagte das oft zu ihm, und er schätzte sich glücklich, dass sie nie die Wahrheit über ihre Eltern erfahren hatte und nichts von der Scham und Angst wusste, mit der ihre Mutter gelebt hatte; nichts von der Kälte, die vor dem Tod ihres Vaters im Haushalt der Sloanes geherrscht hatte; nichts von den unzähligen Lügen, die sich ein älterer Bruder ausgedacht hatte, um ein kleines Mädchen zu beruhigen, das beide Elternteile verloren hatte.

Lizzie war mit der Vorstellung aufgewachsen, dass sich ihre Eltern geliebt hatten und einander restlos ergeben waren, und Will hatte nie die Absicht gehabt, sie etwas anderes erfahren zu lassen. Er hätte sich eher den Arm abgeschnitten, als ihr eine idyllische Kindheit zu nehmen.

Sie betraten den Salon im hinteren Teil von Wills Loge. Lizzie schlüpfte als Erste hinein. Bei ihrem Anblick sprang

Cavanaugh auf. Drohend wanderte sein Blick von dem Gesicht seiner Frau zu Will. »Was hast du zu ihr gesagt?«

Lizzie wischte sich über die Augen. »Beruhige dich. Er hat etwas Zauberhaftes gesagt, das schwöre ich. Und gerade du solltest wissen, dass ich dieser Tage bei jeder Kleinigkeit weine.«

Cavanaugh entspannte sich und streckte die Hand nach ihr aus. Mit dem Daumen wischte er über Lizzies Wangen und flüsterte ihr etwas zu.

Will hatte nicht das Bedürfnis, diesem zärtlichen Augenblick beizuwohnen, also kehrte er zurück zu seinem Platz in der Loge. Die Aufführung hatte begonnen, und er bemühte sich, über den bisherigen Verlauf des Abends nicht enttäuscht zu sein. Schließlich standen noch drei weitere Mädchen auf seiner Liste. Noch vor dem Ende des Sommers würde er verlobt sein.

Die Show war eine absolute Katastrophe. An manchen Montagen hatte Ava Probleme, eine Verbindung zu ihrem Publikum herzustellen. Sie waren nicht im gleichen Maße bereit, an ihre Fähigkeiten zu glauben und mitzumachen, wie die Zuschauer anderer Aufführungen. Unter Einsatz ihres überbordenden Charmes fand sie jedoch immer einen Weg, sie mitzureißen und sie während ihrer Aufführung in Erstaunen zu versetzen.

Das Publikum am heutigen Abend blieb davon vollkommen unberührt. Sie fühlte, wie sich auf ihrer Stirn und ihrer Oberlippe Schweißperlen bildeten, während sie sich abmühte. Sie blickte nur in ernste, fast finstere Gesichter, die zu ihr zurückstarrten, und stieß auf Teilnehmer, die keine Bereitschaft zu dem gegenseitigen Austausch hatten, der ihr sonst so leichtfiel.

Sie weigerte sich zu glauben, dass ihr Scheitern etwas damit zu tun hatte, dass *er* wieder zugegen war. Die Show hatte gerade begonnen, als Will Sloane in der ersten Reihe Platz genommen hatte. Die Arme über seiner untadelig gekleideten Brust verschränkt, begann er, sie mit gerunzelter Stirn anzusehen.

Gott, wie sie diesen Mann hasste. Er machte sie ... sprunghaft. Nervös. *Unruhig.* Und sie verstand nicht, warum. Sie hatte vor ihm bereits viele attraktive Männer gesehen – New York triefte geradezu vor ihnen –, sodass es nicht allein daran liegen konnte. Aber Will Sloane hatte etwas Starkes an sich, das in ihrem Inneren eine Reaktion hervorrief. Er wirkte irgendeinen Zauber, der sie in eine bebende Masse weiblicher Torheit verwandelte.

Es war an der Zeit, zu drastischen Maßnahmen zu greifen. Sie machte ein Zeichen in Richtung des Bereichs hinter ihrem Stuhl, den das Publikum nicht einsehen konnte. Matthew, der Junge, der hinter den Kulissen arbeitete, schob zwei schwere Kabel unter den Stoff an ihrem Rücken. Ava tat, als wäre sie in Trance, und schlug in der fast vollständigen Dunkelheit um sich. Während sie ihre Arme und Beine bewegte, ließ sie die mit Schlingen versehenen Enden der Kabel unter die Beine des kleinen Tisches gleiten. Als die dunklen Kabel sicher positioniert waren, gab sie Matthew ein weiteres Handzeichen.

Die Kabel strafften sich, als Matthew sie über den Schnürboden nach oben zog. Der Tisch begann sich zu heben, wobei er über der Bühne hin und her schaukelte. Das Publikum kicherte, und sie dachte schon, dass sie es möglicherweise gewonnen hatte, als Matthew die Kabel frühzeitig losließ. Eines der Tischbeine landete auf ihrem Zeh. Der Schmerz ließ Tränen in ihre Augen schießen, und sie wollte die Vorführung schleunigst beenden.

Will Sloanes Gesichtsausdruck wurde nun deutlich süffisant, als würde er sich an ihrem Elend laben. Ava beendete die Show abrupt und wartete kaum, bis der spärliche Applaus verebbte, bevor sie hinter die Bühne und zu ihrer Garderobe eilte.

Sie riss sich die Perücke vom Kopf, stopfte sie in ihre Tasche und warf sich den Mantel über. Sie machte sich noch nicht einmal die Mühe, ihr grelles Make-up abzuwischen, sondern hastete zum Dienstboteneingang des Theaters. Von dort aus hatte sie einen längeren Weg nach Hause, aber wenigstens wartete William Sloane da draußen nicht auf sie. Schnell lief sie in die Gasse und umklammerte ihre Reisetasche fester, während sie in Richtung Straße schritt.

Ein langsames Klatschen schallte ihr aus der Dunkelheit entgegen, bevor sie auch nur fünf Schritte gemacht hatte. *O verdammt!* Sloane glitt aus der Finsternis auf sie zu und applaudierte. Seine Melone war tief nach unten gezogen, und er hatte sich einen Gehstock aus Ebenholz unter den Arm geklemmt.

Ein breites Lächeln verwandelte sein Gesicht in etwas Atemberaubendes, und ihr Kleid fühlte sich plötzlich zu eng an. Doch sie bemühte sich, gelassen zu erscheinen. Sie wollte nicht, dass er ihr Unbehagen spürte, weil er sich mit Sicherheit auch darüber hämisch freuen würde. *Du bist eine Schauspielerin, Ava. Also spiel ihm etwas vor.*

»Danke, Mr. Sloane. Hat Ihnen die Show gefallen?«

»O ja, recht unterhaltsam. Ich habe gerätselt, ob sie zuerst mit den matschigen Tomaten oder dem verfaulten Salat werfen würden.«

Sie biss die Zähne zusammen. Er war eine Plage. Ein unmöglicher, verwöhnter Mann mit zu viel Freizeit. »Warum sind Sie hier? Man wird Sie schwerer los als eine Typhusinfektion.« Sie blickte zur Straße, wo sie in der Menge untertauchen und ihm so entkommen könnte.

»Ich bin hier, um einen Handel mit Ihnen abzuschließen.«

Sie wich ein paar betrunkenen Männern aus, die die Twenty-Sixth Street entlanggetorkelt kamen, und wedelte mit der Hand den Gestank von Whiskey weg. Manchmal verabscheute sie diese Stadt. »Ich bin nicht daran interessiert, mit Ihnen zu verhandeln. Schließlich tue ich nichts Unrechtes.«

»Wir drehen uns ständig um diese Frage, und ich verliere allmählich die Geduld, Ava.«

Sie warf den Kopf zurück. »Ich habe Ihnen nicht die Erlaubnis gegeben, diesen Namen zu benutzen.«

»Ich habe sonst keinen Namen, mit dem ich Sie ansprechen kann. Keinen anderen als Madame Zalikow. Erinnern Sie sich?«

»Dann spreche ich Sie vermutlich mit Will an.« Er erstarrte, und Missfallen grub sich in sein attraktives Gesicht ein. Sie unterdrückte ein Grinsen. So schicklich und herablassend. Seinen Vornamen aus ihrem Mund zu hören, musste ein Affront gegen seine gesamte noble Erziehung sein. »Wenn Sie das ablehnen, bedeutet das wohl, dass Sie ein Heuchler ersten Ranges sind.«

»Es wäre mir lieber, Sie würden mir Ihren Nachnamen nennen.«

»Auf keinen Fall, Wiiiiiill.« Sie zog seinen Namen extra in die Länge und beobachtete zufrieden, wie sich seine Miene verfinsterte.

Auch heute war er makellos gekleidet, und sein schwarzer Wollmantel war perfekt auf seine große, breitschultrige Gestalt zugeschnitten. Keine Flecken oder Gebrauchsspuren, keine ausgebesserten Stellen. Sein glänzender Spazierstock besaß einen polierten Silbergriff. Wie war es wohl, solche Privilegien und Reichtümer zu besitzen? Sich nie darüber Gedanken machen zu müssen, woher man das Geld für Essen oder Kleidung nahm, ganz zu schweigen von drei Geschwistern, die es zu versorgen galt. Solch eine Art von Sicherheit hatte Ava nie auch nur annähernd erreichen können. Seit dem Tod ihrer Eltern – und vermutlich schon davor – lebte sie mit den täglichen Sorgen um ihre Zukunft.

William Sloane hingegen war der König von New York City. Oder zumindest der Großfürst. Er leitete eines der größten Unternehmen im Lande und verkehrte mit wichtigen Politikern und der Elite der Gesellschaft. Wohlhabend und gut aussehend, wie er war, hatte er zweifellos ganze Armeen von Angestellten und Bediensteten, die sich danach drängten, ihm auf Schritt und Tritt zu Diensten zu sein. Allein in der vergangenen Woche hatte Ava seinen Namen nicht weniger als zweiunddreißigmal in den Zeitungen gesehen.

Aber sie würde ihm nicht zu Diensten sein. Nicht jetzt, wenn sie und ihre Geschwister so kurz davorstanden, diese Stadt hinter sich zu lassen. Denn falls sie versagte … Ein Bild von Tom hinter Gitterstäben zuckte vor ihrem inneren Auge auf und ließ ihr Blut zu Eis erstarren. Sie zitterte.

»Ist Ihnen kalt?«

»Nein«, fuhr sie ihn an. Die Sorge in seiner Stimme ärgerte sie. Wenn sie krank wurde und tot umfiel, wären seine Probleme gelöst. Warum also heuchelte er Interesse an ihrem Wohlbefinden?

Sie wandte sich nach rechts, um die Twenty-Fifth Street zu überqueren, und beeilte sich, einer herannahenden Kutsche zuvorzukommen. Sloane hielt mit ihr Schritt und griff nach ihrem Ellenbogen, um sie sicher über die Straße zu geleiten, wobei er sie mit seinem Körper vor dem bedrohlichen Verkehr abschirmte. Diese ritterliche Geste erzeugte ein Flattern in ihrer Brust, auch wenn sie wusste, dass ihre Reaktion albern war. Zweifellos war dieses Verhalten für ihn Routine und keine besondere Höflichkeit ihr gegenüber. Noch etwas, worin sie sich grundlegend voneinander unterschieden.

»Wollen Sie mich durch die gesamte Stadt begleiten?«, fragte sie ihn. »Ich würde es nämlich vorziehen, wenn Sie sagen würden, was auch immer Sie zu sagen haben, und dann verschwinden.«

Er räusperte sich. »Wenn Sie mal stehen bleiben und mir zuhören würden, bräuchte ich Ihnen nicht überall hinterherzujagen.« Auf der anderen Straßenseite angelangt, nahm er ihren Ellenbogen und zog sie zu den Häusern. »Ich will, dass Sie mich ausreden lassen.«

Er ließ ihren Arm nicht los, und sie standen nun beide eng zusammen – viel enger, als es irgendein Benimmbuch in seiner noblen Bibliothek gutheißen würde. Sie sah zu ihm hoch, überrascht von ihrem Größenunterschied. Er überragte sie – was allerdings bei den meisten Männern der Fall war –, und Ava hatte erwartet, dass sie das hassen würde. Merkwürdigerweise war das Gegenteil der Fall.

Die glatte Haut seines Halses über seinem Kragen führte zu einer ausgeprägten Kieferpartie empor. Es war nicht die Andeutung eines Stoppels dort zu sehen, keinerlei Gesichtshaar, das man hätte verstecken müssen. Mit seiner Melone auf dem Kopf verkörperte er vollendetes Selbstvertrauen, durch und durch männliche Arroganz und scharfe Intelligenz. Und während ein

Teil von ihr von ihm abgestoßen war, spürte sie zugleich eine unerklärliche Anziehungskraft. Eine wirbelnde Hitze entfaltete sich in ihrem Unterleib, und unter ihrer Haut vibrierte der Drang, sich an seine große Gestalt zu pressen.

»Ich würde zu gern wissen, was Sie in diesem Moment denken«, sagte er in einem leisen, vertraulichen Ton, den sie bisher noch nicht bei ihm gehört hatte.

»Ich denke an die Wäsche«, log sie, »die ich morgen erledigen muss. Ich habe wirklich keine Zeit mehr zu verlieren. Also spucken Sie aus, was Sie zu sagen haben, damit ich nach Hause kann.«

KAPITEL VIER

Sie war zwar eine geübte Lügnerin, aber Will glaubte ihr keinen Augenblick lang. Der Gedanke an Wäsche konnte nicht der Grund für dieses Funkeln in ihren honigbraunen Augen sein – ein Funkeln, das ein unverkennbar lüsternes Interesse signalisierte. Nicht, dass sie ihm anzügliche Blicke zuwarf, aber da war eindeutig etwas Feuriges gewesen. Ein Aufblitzen. Etwas Unerwartetes. Und sein Körper ging in Habachtstellung. *Sieh nicht auf ihre Lippen und das Heben und Senken ihres üppigen Busens.*

Es war zu spät. Verdammt. Sie trug noch immer die Lippenfarbe von ihrem Auftritt – ein leuchtendes Rot, das ganz offensichtlich aus Brooklyn stammte –, und der Anblick des prallen Fleisches, das so aufreizend zur Schau gestellt wurde, ließ seine Haut straff und empfindlich werden. Diese Reaktion ärgerte ihn, aber Herr im Himmel, er war nur ein Mann. Der Mund jeder Frau würde ihn erregen, wenn er derart voll und verführerisch war. Oder etwa nicht? Bedauerlicherweise gehörte der Mund zu einer Frau, die er weder dulden noch leiden konnte.

Sie trat zurück und riss ihren Arm aus seinem Griff. »Haben Sie jetzt plötzlich keine Lust mehr zum Reden? Ich habe keine Zeit für so was, Will.« Sie machte auf dem Absatz kehrt und eilte mit flinken, zielstrebigen Schritten den Bürgersteig entlang.

Zum Teufel. Er zwang seine Beine, sich in Bewegung zu setzen. Als er sie eingeholt hatte, platzte er los: »Bennett und ich haben in der kommenden Woche eine politische Großkundgebung in Albany. Ich will, dass Sie dabei sind.«

Sie blieb stehen und starrte ihn mit offenem Mund an. »Was? Warum um alles in der Welt sollte ich zu Ihrer politischen Kundgebung gehen? Außerdem kann ich in der kommenden Woche nicht nach Albany reisen. Ich habe nämlich *Verpflichtungen.*« Das letzte Wort dehnte sie, als würde er seine Bedeutung nicht verstehen.

»Ist mir schon klar. Aus diesem Grund lade ich Sie auch zu der Kundgebung in der kommenden Woche ein statt zu der Veranstaltung an diesem Samstag in Yonkers. Ich will, dass Sie sehen, welche Gefahr Ihre Nähe zu Bennett birgt. Bennett und ich haben die Möglichkeit, viel Gutes für die Menschen von New York zu tun. Sobald Sie das sehen, werden Sie besser verstehen, warum ich so erpicht darauf bin, Sie von Bennett fernzuhalten.«

Eine Sache, die er während seiner Jahre in der Wirtschaft gelernt hatte, war die, dass es manchmal nicht reichte zu argumentieren. Manchen Gegnern musste man zeigen, dass sie sich im Unrecht befanden. Wie denen, die 1883 Northeast bestreikt hatten, weil sie behaupteten, die Eisenbahnarbeiter würden unfair bezahlt. Er hatte die Anführer persönlich zu einer Stadt in Pennsylvania begleitet und sie die überdurchschnittlichen Lebensbedingungen begutachten lassen, die Northeast seinen Beschäftigten bot. Und als Reporter behaupteten, die Eisenbahnunternehmen würden verletzten Arbeitern in West

Virginia nichts bezahlen, hatte Will eine Reise organisiert, um dort mehrere Familien zu besuchen, deren Ernährer nach Arbeitsunfällen fortwährend Beihilfen von Northeast erhielten.

Häufig mussten die Menschen etwas sehen, um es zu glauben. Das galt natürlich nicht für Avas Kunden. Die glaubten bereitwillig alles ohne irgendeine Art von Beweisen. Aber Will hielt nichts davon, blind zu glauben. Er setzte auf Fakten, und sobald sie begriff, was Bennett und er zu erreichen hofften und dass sie planten, den zerstörerischen Zugriff Tammanys auf den Staat zu zerschlagen, würde sie schon zur Vernunft kommen.

»Mein Gott, wie arrogant Sie sind!«, rief sie. »Wenn Sie mich von ihm fernhalten wollen, warum laden Sie mich dann ein? Ist das nicht kontraproduktiv?«

»Sie gehen als Ava, nicht als Madame Zalikow dorthin. Und Sie werden nicht mit Bennett sprechen. Sie sind lediglich Beobachterin.«

Ihre Augen verengten sich. Zweifellos plante sie, ihn auf Schritt und Tritt zu bekämpfen. Aber er war darauf vorbereitet, unfaire Mittel einzusetzen, so unfair wie nötig, um zu beweisen, dass er recht hatte.

»Ich verspüre nicht den Wunsch, an irgendeiner Kundgebung in Albany teilzunehmen, egal, wer dort spricht.«

»Das mag ja sein«, entgegnete er. »Aber ich glaube, dass Sie darüber nachdenken sollten zu kommen. Vor allem, wenn Sie erfahren, was geschehen könnte, wenn Sie *nicht* kommen.« Um seinem Satz Nachdruck zu verleihen, stieß er mit seinem glänzenden Ebenholzstock auf den Bürgersteig.

Sie presste ihre Lippen aufeinander, vermutlich, um ihn nicht anzubrüllen. »Sie drohen mir«, sagte sie schließlich.

»Ich habe Ihnen bereits gesagt, dass ein Mann in meiner

Position einer Frau Ihres Metiers einiges an Unannehmlichkeiten bereiten kann. Haben Sie schon mal etwas von der Society for Mediumship Research gehört?«

Selbst in dem fahlen Licht der Gaslaternen in der Twenty-Third Street konnte er sehen, wie sie erbleichte. »Nein«, antwortete sie.

»Das ist ein Verband in England, der sich mit der Echtheit übernatürlicher Phänomene befasst. Mit jedem Medium, das sie überprüfen, passiert etwas Merkwürdiges. Wollen Sie raten, was?«

Sie schüttelte den Kopf. Offenbar war sie intelligent genug, zu verstehen, was er andeutete.

Will fuhr fort, um sicherzugehen. »Jedes Medium, mit dem sich diese Organisation befasst, wird als Betrüger entlarvt. Es wird aus der Stadt gejagt und ist gezwungen, irgendwo anders ganz neu anzufangen.« Er machte eine Pause, um das Gesagte wirken zu lassen, bevor er weitersprach. »Wollen Sie das, Ava? Ich kann ihnen nämlich ein Telegramm schicken und ihnen ihre Überfahrt buchen. Sie können hier sein, bevor die Sommersaison in Newport beginnt.«

»Sie sind ein Dreckskerl, Will Sloane.«

»Stimmt. Nun, wollen Sie mir immer noch eine Absage für die Kundgebung erteilen?«

Sie wandte ihr Gesicht zur Straße. Wenn er zu unliebsamen Maßnahmen greifen musste, um von einem Gegner das zu bekommen, was er wollte, dann konnte er das, ohne mit der Wimper zu zucken. Er hatte Northeast Railroad nicht zu dem mächtigsten Unternehmen im Lande gemacht, indem er alle mit Samthandschuhen angefasst hatte. *Viel Feind, viel Ehr.*

Er ließ die lastende Stille andauern. Ava war dickköpfig, aber nicht dumm. Sicher war sie in der Lage zu erkennen, dass es sich negativ auf ihren Lebensunterhalt auswirken würde, wenn sie ihm seine einfach Bitte, nach Albany zu reisen – das nun nicht gerade am anderen Ende der Welt lag –, abschlug. Es sei denn, sie glaubte nicht, dass er seine Drohungen in die Tat umsetzte – womit sie sich gewaltig irren würde.

Sie wirkte müde heute Abend. Ihr braunes Haar war ein wenig zerzaust, und unter ihren Augen hatten sich dunkle Ringe gebildet. Die Show war nicht gut verlaufen, und ihn überkamen Schuldgefühle, weil er ihr auch noch das Leben schwer machte. Dennoch, er würde nicht zulassen, dass sie seine politische Karriere ruinierte, noch bevor sie begonnen hatte.

Sie atmete tief ein und sah ihn direkt an. Zorn funkelte in den braunen Tiefen ihrer Augen, ihre Wangen röteten sich, und eine ungute Vorahnung machte sich in seinem Magen breit.

»Scheren Sie sich zum Teufel, Will.«

Verdammt. Das Gefühl der Enttäuschung brachte ihn dazu, sie anzufahren: »Das werden Sie bereuen.«

»Nein, das werde ich nicht. Bereuen würde ich, wenn ich es zulassen würde, dass mir irgendein Mann, den ich kaum kenne, vorschreibt, wie ich zu leben habe. Machen Sie, was Sie wollen, Eisenbahnmann.«

Sie wirbelte herum, trat an den Straßenrand und hob den Arm, um einer vorbeifahrenden Droschke zu winken. Der Kutscher riss an den Zügeln, um die Pferde zum Stehen zu bringen. Bevor Will ihr beim Einsteigen helfen konnte, war sie im Inneren der Kutsche verschwunden und rollte fort in die Nacht.

Ava fuhr drei Blocks, dann bat sie den Kutscher zu halten. Sie wollte kein Fahrgeld für den Heimweg verschwenden, aber sie hatte Will Sloane loswerden müssen. Nachdem sie dem Kutscher ein paar ihrer hart verdienten Münzen gegeben hatte, sprang sie auf den Gehsteig und ging weiter Richtung Süden.

Dieser verdammte arrogante Kerl. Gerade, als sie gedacht hatte, er könne sie nicht noch mehr auf die Palme bringen, setzte er noch eins drauf. Sollte er doch irgendeinen Verband hinzuziehen, um sie zu überprüfen. Was sie tat, war kein Verbrechen. Sie mussten beweisen, dass sie die Menschen wissentlich betrog, was fast unmöglich war. Ein Medium behauptete nie, dass seine Kräfte unfehlbar waren – es musste Raum für Irrtümer geben. Darum würde kein Verband, sei er nun britisch oder amerikanisch, dazu imstande sein, sie ins Gefängnis zu bringen oder sie aus der Stadt zu verjagen. Möglicherweise würde sie eine andere Arbeit finden müssen, aber Ava hatte im Laufe der Jahre viele Tätigkeiten angenommen. Eine weitere zu finden, würde nicht allzu schwierig sein.

Aber du würdest nur einen Bruchteil dessen verdienen, was Madame Zalikow dir einbringt.

Das stimmte. Vor ihrer Verwandlung in eins von New Yorks beliebtesten Medien hatte sie für zwei Dollar die Woche in einem Büro gearbeitet. Davor war sie Garderobenfrau in einem Restaurant gewesen. Sie hatte Böden gewischt, Wäsche gewaschen, Essen serviert ... Alles, um ihren Geschwistern Nahrung und Obdach geben zu können. Aber Madame Zalikow war ein Geniestreich gewesen.

Die Idee stammte von einer Freundin, die die Aufführung eines Mediums gesehen und Ava ausführlich darüber berichtet hatte. Ava hatte sich dann eingehend mit übersinnlichen Fähigkeiten befasst und hatte sogar selbst einige Vorführungen besucht. So eine Show zu machen, war ihr einfach erschienen, vor allem, wenn man bedachte, wie viel Geld man damit verdienen konnte.

Die Menschen in New York bezahlten gut für Unterhaltung. An einem Abend als Madame Zalikow verdiente Ava mehr als das Dreifache von dem, was sie bei ihrer letzten Stelle in einem Monat nach Hause gebracht hatte. Ganz zu schweigen davon, dass die Arbeit angenehmer war und sie mehr Freizeit hatte … und nicht mit attraktiven jungen Männern konfrontiert wurde, die sie ausnutzen wollten.

Avas Brust krampfte sich bei der Erinnerung daran vor Reue und Scham zusammen. Waren alle sechzehnjährigen Mädchen derart dumm?

Stephen van Dunn war der Sohn des Chefs gewesen; reich und ausgesprochen gut aussehend. Als Charmeur hatte er Avas Arbeit gelobt und ihr Komplimente wegen ihres Haars oder ihrer Kleidung gemacht. Stephens Vater Richard war nur selten im Unternehmen gewesen und hatte seinem Sohn die Leitung überlassen. Stephen hatte Ava immer häufiger gebeten, bis spät zu arbeiten. Schon bald war es zu intimen Augenblicken gekommen, die sich – so hatte sie geglaubt – zu einer richtigen Beziehung entwickelten.

Das Schlimmste dabei war, dass sie ihn *wirklich* gemocht und von einem Leben zu zweit geträumt hatte. Außerdem hatte er sie dazu gebracht, an eine gemeinsame Zukunft zu glauben. *Ich liebe dich, Ava. Du bist ganz anders als alle Frauen, denen ich je begegnet bin.*

Stephen hatte oft von einer Heirat gesprochen – bis zu dem Moment, als sie schwanger geworden war. Da hatte Ava die härteste von allen Lektionen lernen müssen: Egal, was dir jemand versprochen haben mag, am Ende bist du immer allein auf dieser Welt.

Ein müder Seufzer entschlüpfte ihren Lippen. Sie hatte keine Zeit, alte Wunden zu lecken. Sie musste sich um die neuen Wunden kümmern – etwa um ihre Füße, die stark schmerzten, als sie zu Hause ankam. Nach dem unschönen Tag versprach auch der Abend unerfreulich zu werden. Zum Abendbrot gab es heute einfache Kost – verlorene Eier mit gebratenen Steckrüben. Das würde ihren Geschwistern nicht gefallen. Unglücklicherweise hatte Ava sonst nichts gekauft, sodass sie kaum etwas anderes zur Verfügung hatten.

Ein köstlicher Duft erfüllte das Gebäude, während sie die Treppen emporstieg. Jemand hatte ein wunderbares Essen zubereitet. Einen Braten, wenn sie sich nicht irrte. Ihr Magen knurrte laut. Eines Tages würde es so etwas auch in ihrer Familie geben. Brathühnchen, Hammel- und Schweinefleisch, das Fleisch all der Tiere, die sie auf der Farm halten würden.

Der Geruch wurde intensiver, und das Wasser lief ihr im Munde zusammen. Als sie ihre Wohnungstür aufschloss, hätte sie schwören können, dass der verlockende Duft aus ihrer eigenen Unterkunft strömte. Das musste Einbildung sein.

Sie trat ein und blieb wie angewurzelt stehen. Ihr hungriger Magen verkrampfte sich irritiert. Ihre drei Geschwister saßen um den Küchentisch vor einem halb aufgegessenen gebratenen Fasan, der auf dem verschrammten Holztisch thronte.

»Ava«, rief ihr Sam mit vollem Mund entgegen. »Guck mal, was Tom mit nach Hause gebracht hat.«

Sie ließ ihre Reisetasche fallen, die dumpf auf dem Boden aufschlug. Ihr Blick sprang zu dem älteren ihrer Brüder, dessen Miene eine Mischung aus Trotz und Stolz widerspiegelte. *O nein. Sag mir, dass er es nicht getan hat.* Enttäuschung und Wut schnürten ihr die Kehle zu.

»Komm und setz dich«, sagte Mary und legte sich weitere Fleischstücke auf den Teller. »Es schmeckt himmlisch.«

Essen war das Letzte, wonach Ava jetzt der Sinn stand. »Tom«, sagte sie, »ich würde gern im Schlafzimmer mit dir sprechen.«

»Jetzt nicht. Der Fasan ist noch warm.« Tom schob sich ein großes Stück in den Mund und kaute mit einem selbstgefälligen Lächeln.

Avas Züge verspannten sich. Sie erwiderte: »Doch, jetzt. Der Fasan kann warten.«

Sie starrten einander an. Keiner von ihnen sprach ein Wort. Doch Ava war fest entschlossen. Sie würde nicht nachgeben und ihm das hier durchgehen lassen, und Tom kannte sie gut genug, um zu wissen, wenn er geschlagen war. Er wischte seine Hände an einer Serviette ab, legte das Tuch auf den Tisch und stand auf. Avas Hacken hämmerten über den Holzboden, während sie zum Schlafzimmer eilte. Tom kam hinter ihr her und schloss die Tür. Dann hob er die Hände.

»Bevor du anfängst ...«

»Woher hast du das Geld?«

»Ava, lass mich ausreden, bevor du ...«

»*Woher hast du das Geld?*«

»Ich hab gearbeitet.« Er verschränkte die Arme vor seiner knochigen Brust.

»Nicht in der Fabrik. Also, welche Art von Arbeit hat es dir ermöglicht, genug Geld dafür zu verdienen?« Sie gestikulierte in Richtung des Küchentischs.

»Ich habe den Jungs bei der Erledigung einer ihrer Abendaufgaben geholfen.«

»Mit Jungs meinst du die in einer Gang, die stehlen. Bist du zum Taschendieb geworden, Tom?« Er hob den Kopf und verweigerte ihr eine Antwort. »Lüg mich nicht an. Als Mama und Papa starben, haben wir uns versprochen, dass wir uns niemals anlügen.«

Der Muskel an seinem Kinn verkrampfte sich. »Ja, es geht ums Stehlen. Sie haben mich behalten lassen, was ich gefunden habe, sobald ich den Trick gelernt hatte. Und du wirst nicht glauben, wie viel Geld ich gefunden habe.«

»Du hast es nicht *gefunden*«, fauchte sie ihn an. »Du hast es *gestohlen*. Ist dir der Unterschied nicht klar? Und diese Gangs machen Folgendes: Sie lassen dich zunächst das behalten, was du stiehlst, damit es unglaublich lohnend wirkt. Sobald du dich ihnen allerdings fest angeschlossen hast, wirst du gezwungen werden, einen Anteil deiner Beute an jemand anderen abzuliefern. Du bist naiv, wenn du was anderes glaubst.«

»Ich bin nicht naiv, und es macht mir nichts aus, einen Anteil abzugeben. Weißt du, wie viel Geld ich heute eingenommen habe? Über ...«

»Das will ich gar nicht wissen«, schnitt sie ihm das Wort ab. »Und statt das Geld für eine bessere Zukunft für uns alle zu sparen, bist du losgegangen und hast das teuerste Fleisch gekauft, das du finden konntest.«

»Oh, ich soll also nicht stehlen, aber wenn ich es tue, soll ich das Geld sparen, damit die Familie an irgendeinen wunderbaren Ort auf dem Land umziehen kann. Und welcher wäre das, Ava?«

»Ich will nicht, dass du stiehlst. Du wirst ins Gefängnis kommen, abgesehen davon, dass es unrecht ist.«

»Ja? Also das, was du machst, ist auch nicht gerade grundehrlich. Ich begreife nicht, wieso es für dich in Ordnung ist, die Menschen zu betrügen, und ich nicht ab und zu anderen in die Taschen greifen soll. Da besteht doch kein Unterschied, jedenfalls nicht in meinen Augen.«

»Es wird nicht ab und zu sein, sobald dich diese Gang erst einmal im Griff hat. Es wird ein Fulltime-Job sein, Tom. Und ich betrüge die Leute nicht.«

Sie blickten einander fest in die Augen, ein Kampf ihrer beider Willen, der sich, wie Ava spürte, ihrer Kontrolle entzog. Wann war ihr Bruder so widerspenstig geworden?

Seine Lippen verzogen sich zu einem zynischen, ungläubigen Lächeln. »Mein Fasan wird kalt.« Damit wandte er sich um und riss die Tür auf.

Übelkeit befiel Avas Magen, während sie beobachtete, wie er sich wieder hinsetzte und sich über den Fasan hermachte. Sie musste sie alle schleunigst hier rausbringen.

Ein Klopfen erklang an Wills Bürotür, bevor sie eine Sekunde später geöffnet wurde. Will blickte von dem Vertrag auf, den er gerade durchsah. John Bennett und sein politischer Berater, Charles Tompkins, kamen herein, wohingegen Wills Assistent Frank zögernd an der Türschwelle stehen blieb. Will erhob sich und winkte alle herein. »Treten Sie ein, ich bin fertig.«

Die beiden Kandidaten trafen sich jeden Mittwochmorgen zusammen mit Tompkins in Wills Büro. Hier planten sie ihre

Kampagne, mit der sie in Albany an die Macht kommen wollten. Nachdem sich alle die Hände geschüttelt hatten, setzten sie sich.

Bennett war 1881 zum Senator des Staates New York gewählt worden. Dieses Amt hatte er bis 1886 bekleidet. Tompkins unterstützte den früheren Senator schon lange. Die beiden hatten sich an der Yale University angefreundet, und irgendwann hatte Tompkins die Rolle des politischen Beraters übernommen, vermutlich, weil er dadurch auf bequeme Weise zu Geld kam.

Will und Tompkins waren nicht immer einer Meinung, aber Will war nur der Nebendarsteller in der Truppe, und so hatte er gelernt, notfalls nachzugeben. Er wusste, dass Bennett und Tompkins ihn nur wegen des Prestiges dabeihaben wollten, das mit dem Namen Sloane verbunden war. Will machte das nichts aus, weil er erheblich größere Pläne hatte. Das hier war lediglich ein Sprungbrett.

Allerdings hatte er nicht viel für Tompkins übrig. Trotz Wills wiederholten Protesten hatte Tompkins nichts gegen die Anwesenheit von Madame Zalikow in Bennetts Leben unternommen. Tompkins war fest davon überzeugt, dass sich aus dem Kontakt des Mediums zu Bennett keine verhängnisvollen Konsequenzen ergeben würden. Will war da völlig anderer Meinung. Die anderen politischen Parteien würden nach irgendeiner Schwäche, irgendeiner Abweichung suchen, um sie dann in den letzten Wochen vor der Wahl für eine Schmutzkampagne zu verwenden.

»Wir haben einen Ort für die Kundgebung«, sagte Tompkins, und Frank begann, sich in einem kleinen Buch Notizen zu machen. »Das Saratoga Eisstadion. Ich dachte, dass wir dort

Ende Juli unsere eigene Kundgebung veranstalten, um mit den Massen in Kontakt zu kommen. Das wäre doch kein Problem für Sie, oder, Mr. Sloane?«

Sie nahmen an, dass er den Sommer wie jedes Jahr in Newport verbringen würde, aber das hatte er bisher nur getan, um Lizzie bei Laune zu halten, damit ihr Sommer dem der anderen Mädchen in ihren Kreisen entsprach. Doch jetzt war sie eine Cavanaugh, und Will sah keinen Grund, das Ferienhaus allein zu beziehen. »Nein. Ich werde in der Stadt bleiben.«

»Gut«, sagte Bennett und lächelte breit, als hätte er erwartet, dass Will ablehnen würde. »Tompkins wird alles organisieren, und wir werden Sie über den genauen Termin informieren.«

»Schön. Was wissen wir über die anderen Kundgebungen?«

»Die Prohibitionspartei trifft sich wie erwartet am 26. Juni in Syracuse. Die Dems versammeln sich am 12. September in Buffalo, aber wir wissen nicht, wo. Zweifellos wird Robert Murphy mit der Macht von Tammany Hall im Rücken nominiert werden. Labor trifft sich ebenfalls im September, aber die machen mir keine Sorgen.«

»Ich bin mir nicht sicher, ob Sie mit Murphy recht haben«, sagte Will. »Er ist nicht sonderlich beliebt, seit er sich gegen das Reformgesetz ausgesprochen hat.«

Die Republikaner hatten versucht, ein Gesetz zu verabschieden, das dem zügellosen Wahlbetrug im Staate New York einen Riegel vorschieben sollte, und jeder, der mit Tammany Hall, dem mächtigen politischen Apparat, in Verbindung stand, hatte dieses Bestreben heftig bekämpft. Was sagte das über die Politik in New York aus?

»Das ist fraglich«, erwiderte Tompkins. »Die Mitglieder von Tammany haben das Veto erzwungen, weil es sie unter anderem daran gehindert hätte, die Iren dafür zu bezahlen, dass sie die Demokraten wählen. Aber wir können uns ohnehin noch nicht auf Murphy fokussieren. Wir müssen erst einmal die Nominierung sicher haben.«

Will machte sich deswegen keine Sorgen. Bennett hatte die Gabe, die Massen für sich zu gewinnen, und Will war ein allgemein bekannter Unternehmer, der den Menschen billige und gut funktionierende Beförderungsmittel zur Verfügung stellte. Überall im Staat schüttelten ihm die Leute die Hand und dankten ihm, dass er ihnen die Möglichkeit gab, Tante Martha oder die liebe, im Sterben liegende Cousine Sally zu besuchen. Die Eisenbahn hatte die Lebensweise der Amerikaner verändert, und Will hatte bei diesem Wandel eine wesentliche Rolle gespielt. Wenn nichts dazwischenkam, wäre es kein Problem, die Nominierung zu sichern.

Die wirkliche Hürde bestand darin, Robert Murphy und Tammany Hall zu besiegen. Kein einfaches Unterfangen angesichts des eisernen Griffs, mit dem die Organisation die Zügel der New Yorker Politik in den Händen hielt. Um wirklich Veränderungen für die Menschen in diesem Staat herbeizuführen und den Massen einen besseren Lebensstandard zu ermöglichen, mussten Korruption und Ausbeutung beendet werden.

»Gibt es irgendetwas Neues zur Kundgebung in Albany?«, fragte Will.

»Sollte ablaufen wie besprochen. Die Bennett Band steht bereit«, antwortete Tompkins und bezog sich auf den Wahlkampfclubnamen, den sich die örtlichen Republikaner selbst gegeben hatten. »Erst findet die Parade statt, dann folgt ein Barbecue und schließlich die Reden und das Händeschütteln.«

»Das ist schön. Ich werde schon früh am Morgen aufbrechen.«

Sie klärten noch einige weitere Fragen, angefangen bei vermutlichen Gegnern über angedachte Termine für zusätzliche Kundgebungen bis hin zu schlagkräftigen Themen für die Reden. Bennett schwieg wie üblich und überließ weitgehend Tompkins das Reden. Als das Gespräch zu seinem Abschluss kam, sagte Tompkins: »Mr. Bennett, würden Sie Mr. Sloane und mich einen Augenblick lang allein lassen?«

Das war keine gänzlich ungewöhnliche Bitte. Daher nickte Bennett, schüttelte Will die Hand und ging. Will gab Frank mit dem Kinn ein Zeichen, woraufhin dieser eilig seine Sachen zusammensammelte und sich zurückzog. Als die beiden Männer allein waren, lehnte sich Tompkins in seinem Sessel zurück. »Wie ich gehört habe, haben Sie Bennett einen Besuch abgestattet, während das Medium da war.«

»Ja, das habe ich, und Sie wissen auch, warum.«

Tompkins seufzte, was seinen vollen Bart erzittern ließ. »Wir haben darüber gesprochen. Sie sorgt dafür, dass er ...« Er schien nach dem rechten Wort zu suchen. »... dass er geerdet bleibt. Bennett ist ein hervorragender Redner und ein noch besserer Politiker. Die Menschen mögen ihn. Aber bevor er Madame Zalikow gefunden hatte, war er ängstlich wie ein drei Tage altes Hengstfohlen. Er war davon überzeugt, dass es alle auf ihn abgesehen haben. Nichts und niemandem hat er getraut. Doch seit er sie gefunden hat, ist er konzentriert und zielstrebig. Hören Sie, was ich sage?«

»Ja, das tue ich. Aber ich weiß, wie diese Menschen vorgehen. Sie versucht entweder, ihm Geheimnisse zu entlocken, die sie dann nutzt, um ihn zu erpressen. Oder sie arbeitet für die

Opposition und wird ihn öffentlich in Verlegenheit bringen. So oder so verlieren wir drei.«

»Sie haben so etwas schon einmal gesagt, Mr. Sloane, und ich stimme nicht mit Ihnen überein. Das Mädchen ist harmlos.«

Harmlos? Ava war alles andere als harmlos. Will dachte an die rauchige Stimme, die einen Mann wahnsinnig vor Begierde machen konnte. An den üppigen Busen, der nach der Hand und dem Mund eines Mannes rief. Und an die Lippen ... diese verfluchten, die Fantasie anregenden Lippen. Diese Frau war das in einen Petticoat gehüllte Verderben eines Mannes.

Er räusperte sich. »Mein Ansehen wird ebenso leiden wie das von Bennett – wenn nicht noch mehr –, sobald diese Frau beschließt, aus ihrem Kontakt zu ihm Profit zu schlagen. Wenn Sie also nichts dagegen unternehmen, tu ich es. Ich habe vor, das Mädchen dazu zu bringen, sich zurückzuziehen. Soll er sich ein anderes Medium suchen, wenn die Wahl vorüber ist.«

»Er will kein anderes Medium. Es hat ewig gedauert, bis er eins gefunden hatte, das er mochte. Ich sage Ihnen, halten Sie sich da raus. Sie werden alles nur schlimmer machen.«

Will ballte die Faust. Er ließ sich von niemandem Befehle erteilen, und schon gar nicht von diesem Mann. Anweisungen für den Wahlkampf zu befolgen war die eine Sache. Aber Will wollte verdammt sein, wenn er es zuließ, dass Tompkins in irgendeinem anderen Bereich seines Lebens etwas zu sagen hatte.

»Es ist mir sehr wohl bewusst, warum Sie mich bei dieser Wahl dabeihaben wollen«, sagte Will und beugte sich vor. »Mein Name verleiht der Kandidatenliste ein gewisses Gewicht, und Sie zählen darauf, dass meine Kontakte dabei helfen werden, das Gouverneursamt zu sichern. Aber mein Name bedeutet *nichts*, wenn ich zur öffentlichen Witzfigur werde. Und genau das wird passieren, wenn diese Betrügerin Bennett dazu bringt, etwas zu sagen, was er besser nicht gesagt hätte.«

»Sie haben recht, ich will Ihren Namen auf der Kandidatenliste haben. Aber vergessen Sie nicht, dass Bennett bei all dem die Hauptrolle spielt. Er ist wertvoll für mich, also überlassen Sie die Sorgen um die Menschen in seinem Leben mir. Alles, was Sie tun müssen, ist, sich zu zeigen und attraktiv auszusehen.«

Wills Mund begann, sich unwillig zu verziehen, aber er hatte seine Gesichtszüge schnell wieder unter Kontrolle. Tompkins behandelte Will, als wäre er ein Müßiggänger, ein Lackaffe, der zu ernsthaften Gedanken unfähig war. Der verdammte Idiot. Will stand seit seinem sechzehnten Lebensjahr an der Spitze eines großen Unternehmens. Er hatte seinen Abschluss an der Columbia University gemacht, während er das Imperium von Northeast Railroad aufgebaut und sich vom Schatten seines Vaters befreit hatte. Er hatte bewiesen, dass er eine ausgezeichnete Führungskraft war, und genau das würde er auch hier tun. Schluss mit dem blinden Gehorsam und dem Vortragen von Reden, die Tompkins für ihn vorbereitet hatte. Von jetzt an würde Will selbst über seinen Wahlkampf bestimmen.

Er erhob sich und schob die Hände in die Taschen. »Sie sind für den Wahlkampf zuständig, Tompkins. Überlassen Sie mir die Sorge um meinen Namen und um diejenigen, die ihn zerstören wollen.«

KAPITEL FÜNF

Die Kutsche hielt vor der Nummer 12 am Washington Square, einem großen Haus Ecke Fifth Avenue und Washington Square North. Das stattliche Gebäude erstreckte sich über fünf Stockwerke aus roten Ziegeln und weißem Marmor und prunkte mit einem auf Säulen ruhenden Vorbau und einem stabilen schwarzen Eisenzaun als äußere Abgrenzung. Das Ganze strahlte Eleganz und einen hohen gesellschaftlichen Status aus und war Welten von Avas Alltag entfernt.

Selbst im Licht der Lampen wirkte die Fassade genauso kalt und korrekt wie der Besitzer des Gebäudes. »Bitte sehr, Miss«, rief der Kutscher. Sie nahm schnell ein paar Münzen aus der Geldbörse, die an ihrem Rockbund befestigt war, und öffnete die Tür der Kutsche. »Danke.« Nachdem sie dem Kutscher das Fahrgeld gegeben hatte, eilte sie den Weg zum Eingang hoch.

Die Tür öffnete sich, noch bevor sie den Klopfer berührt hatte. Ein tadellos gekleideter Butler mit einer Uniform, die vermutlich mehr kostete als die Jahresmiete ihrer Wohnung, musterte sie mit offensichtlicher Missbilligung. »Guten Abend, Miss. Ich bin mir zwar sicher, dass Sie für einen guten Zweck sammeln, aber wir bitten Sie, uns während des Tages aufzusuchen.«

»Ich sammle nicht für irgendeinen Zweck. Ich bin hier, um mit Mr. Sloane zu sprechen.«

Der Gesichtsausdruck des Butlers wurde noch abweisender. »Und wen darf ich bitte melden?«

Die meisten Besucher hätten dem Butler nun ihre Visitenkarte überreicht, aber Ava besaß so etwas gar nicht. Also erwiderte sie: »Bitte sagen Sie ihm, dass Ava da ist.«

»Ich werde nachsehen, ob Mr. Sloane jemanden empfängt.«

Damit schlug er Ava mit Nachdruck die Tür vor der Nase zu, und sie musste die Demütigung hinnehmen, auf der Treppe stehen gelassen zu werden, wobei alles in ihr auf Flucht drängte. Aber Flucht kam für sie nicht in Frage, denn Ava hatte niemanden sonst, an den sie sich wenden konnte, wenn sie ihrem Bruder helfen wollte. Tom war vor einigen Stunden festgenommen worden.

Trotz ihrer Warnungen und des halbherzigen Versprechens, das sie ihm abgerungen hatte, war ihr Bruder in der Nähe des Union Market wegen Taschendiebstahls verhaftet worden. Er saß derzeit im Dreizehnten Revier ein, zusammen mit zwei weiteren Mitgliedern seiner Gang, angeblichen Freunden, die eine schlimme Situation noch schlimmer gemacht hatten. Die anderen beiden Jungen waren polizeibekannte Diebe, und die Polizisten glaubten Ava nicht, dass Tom nicht zu dieser Gang gehörte. Sie hatte gebettelt und gefleht, aber sie hatten ihre Bitte abgelehnt, ihren Bruder freizulassen. Diebesbanden wurden nicht geduldet, vor allem keine, die bereits mehrmals in Auseinandersetzungen mit Polizeibeamten verwickelt gewesen waren.

»Diese Jungs sind ein Herd der Fäulnis in unserer Stadt«, hatte der Wachtmeister gesagt. »Es tut mir leid, Miss, aber diese Banden müssen ihre Lektion lernen. Und wenn sie für ein paar Monate in die Tombs geschickt werden, sollte ihnen das eine Lehre sein.«

Ihr drehte sich erneut der Magen um. Mein Gott, die Tombs. Das war das schlimmste, härteste Gefängnis von New York City. Wenn Tom da hineinkam, ließ sich nicht sagen, wann – und ob – er wieder entlassen wurde. Sie musste ihren Bruder freibekommen, bevor er verurteilt wurde. Das bedeutete, dass jemand mit genug politischem Einfluss die Polizei zur Vernunft bringen musste, damit sie verstand, dass Tom ein junger, fehlgeleiteter Fünfzehnjähriger war, kein abgebrühter Krimineller. Dass er eigentlich nicht hatte stehlen wollen und dass alles in Wahrheit ihre Schuld war, weil sie ihre Familie nicht schon vor Jahren aus der Stadt gebracht hatte.

Nur zwei Männer aus ihrem Bekanntenkreis besaßen den für ein derartiges Unterfangen erforderlichen Einfluss – und John Bennett war bereits nach Yonkers abgereist.

Sie schluckte hart, weil sie wusste, dass Sloane niemals bereit sein würde, ihr zu helfen, zumindest nicht aus Herzensgüte. Zweifellos würde Ava ihm dafür etwas geben müssen, etwa das Versprechen, sich von John Bennett fernzuhalten. Schließlich hatte Sloane sie von Anfang an von Bennett trennen wollen. Sie hasste es, in dieser Position zu sein, aber sie hatte keine Wahl. Sie verzichtete gern darauf, Johns Geld zu nehmen, wenn sie dafür ihren Bruder aus dem Gefängnis bekam. Wenn Sloane ihr nun half, würde sie sich bereiterklären, all seinen Forderungen zu entsprechen, und anschließend würde er nie wieder etwas von ihr sehen oder hören.

Die schwere Holztür öffnete sich wieder. Der Butler starrte auf sie hinab, und in sein hochmütiges Gesicht stand eine tiefe Ablehnung geschrieben. »Sie dürfen hereinkommen. Mr. Sloane wird Sie in seinem Büro empfangen.«

Erleichterung trieb sie vorwärts, und sie wäre beim Eintreten fast gestürzt. Der Butler bot ihr an, ihr den Mantel abzunehmen. Sobald sie herausgeschlüpft war, führte er sie durch eines der elegantesten, prachtvollsten Privathäuser, die sie je gesehen hatte. Schwarzer Marmor, Parkettböden, Kranzprofile. Dunkle, massive Möbel standen an den Wänden – an makellosen Wänden ohne Flecken und Handabdrücke. Zweifellos arbeitete das Personal den ganzen Tag daran, alles sauber zu halten. Hier war Sloane aufgewachsen? Ein derartiges Elternhaus erschien ihr unfassbar.

Als sie tiefer in das Haus vorgedrungen waren, klopfte der Butler an eine vertäfelte Eichentür. Eine undeutliche Stimme rief von der anderen Seite: »Herein.«

Der Butler hielt Ava die Tür auf und bedeutete ihr mit einer Geste einzutreten. Also straffte sie die Schultern und marschierte hinein. Sie erspähte Will Sloane hinter einem riesigen Schreibtisch, wo er auf und ab schritt und Befehle erteilte. Zwei Männer saßen ihm gegenüber auf Stühlen und machten sich hastig Notizen.

Ava wartete, während Will ihnen Anweisungen zu Vertragslaufzeiten, Getreidepreisen, Transportkosten und dem Kauf eines Immobiliengrundstücks in San Francisco erteilte. Derweil sah sie sich in seinem Arbeitszimmer um und versuchte, ihr rasendes Herz zu beruhigen. Es war ein männlicher, offenbar häufig genutzter Raum mit einem Mobiliar voller Gebrauchsspuren, Stapeln von Papieren und zahlreichen Bücherreihen an den Wänden. Ein flackerndes Feuer brannte im Kamin, und das orangefarbene Licht reflektierte die goldenen Akzente wie ein Topaz. Ihr gefiel dieser Raum erheblich besser als alles andere, was sie an diesem Abend gesehen hatte.

»Das ist alles«, sagte Will schließlich. »Erledigen Sie das noch, und anschließend gehen Sie nach Hause. Ich sehe Sie beide dann morgen früh.«

Die beiden Männer erhoben sich und eilten hinaus, aber nicht, ohne dabei verstohlen neugierige Blicke auf Ava zu werfen. Sie bemerkte es kaum. Aufmerksame graue Augen durchbohrten sie jetzt, und eine knisternde Energie erfüllte den Raum. Ein Ruck durchfuhr sie, ein aufregendes Summen in ihrem Blut, das sich in jeden Teil ihres Körpers ausbreitete. Sie erkannte das Gefühl – *Anziehung* – und blockte es sofort ab. Es war lächerlich, eine animalische Lust für einen Mann zu empfinden, der sich so weit außerhalb ihrer Reichweite befand.

Nicht, dass sie einen derart verklemmten und arroganten Mann überhaupt wollte. Sie musste sich das immer wieder ins Bewusstsein rufen, um ihr Inneres daran zu hindern, so auf ihn zu reagieren. Wenn er bloß nicht so verdammt attraktiv wäre.

»Ava. Das ist aber eine Überraschung.«

Sie durfte keine Zeit verlieren. »Ich brauche Ihre Hilfe. Mein Bruder wird auf der Polizeiwache festgehalten, und ich brauche jemanden mit Einfluss, um ihn da rauszuholen.«

Eine arrogante Augenbraue hob sich, während er sich an seinen Schreibtisch lehnte. Er verschränkte die Arme, die feine Wolle seines Abendjacketts spannte sich und ließ die breiten, starken Schultern hervortreten. »Ihr Bruder ... Auf der Polizeiwache. Weswegen wurde er verhaftet?«

»Taschendiebstahl«, stieß sie hervor und errötete beschämt.

Sie erwartete, dass er lachen oder die Gelegenheit nutzen würde, um Parallelen zwischen der Festnahme und ihrem eigenen Gewerbe zu ziehen. Aber er überraschte sie. Er ging zur Tür, öffnete sie und rief den Butler. »Frederic, lassen Sie meine Kutsche vorfahren, ja? Ich habe heute Abend noch etwas zu erledigen.«

Ava sank vor Erleichterung fast zu Boden. Er würde ihr helfen, Gott sei Dank.

»Dies ist zweifellos eine interessante Wendung der Ereignisse«, sagte er. »Ich werde nicht nur Ihren Nachnamen erfahren, sondern auch Ihren Bruder kennenlernen.«

Leider stimmte beides. »Ich hatte keine andere Wahl. Wenn John nicht bereits nach Yonkers abgereist wäre, hätte ich ihn um Hilfe gebeten.«

»Und wie hätte das funktionieren sollen? John hätte bemerkt, dass Ihr Bruder kein Russe ist. Einen Bruder aus dem Knast zu holen, wirft doch gleich ein ganz anderes Licht auf die Madame-Zalikow-Nummer, nicht wahr?« Er grinste und zeigte dabei einen Mund voller gesunder Zähne.

»Ich hätte mir schon etwas einfallen lassen.«

»Daran habe ich keinen Zweifel«, antwortete er, obwohl sein Tonfall das Gegenteil ausdrückte. Er rieb sich fast vergnügt die Hände. »Nun dann. Ein Glück, dass ich in der Stadt geblieben bin. Lassen Sie uns Ihren Mantel holen.« Er riss die Tür auf. »Sie können mich in der Kutsche genauer über diese Situation unterrichten.«

Draußen half Will Ava in die Kutsche und folgte ihr ins Innere. Er konnte sein Glück kaum fassen. Das Geheimnis um Madame Zalikow war dabei, sich zu entwirren, und das alles, weil ihr Bruder wegen Taschendiebstahls verhaftet worden war. Zum Teufel, was für eine Art von Familie war das? Gingen sie etwa alle verschiedenen kriminellen Aktivitäten nach?

Ihr schönes Gesicht unter der kleinen, an ihrem Kopf festgesteckten Haube war bei ihrer Ankunft erschreckend bleich gewesen. Die Situation peinigte sie zweifellos ... und er stellte fest, dass es ihm *gefiel*, ihr Ritter in glänzender Rüstung zu sein. Töricht, wenn man ihre Situation und die Tatsache bedachte, wie sehr diese Frau ihn hasste.

Aber heute Abend strahlten ihre Gesichtszüge eine ungeschützte Ehrlichkeit aus, eine Verletzlichkeit, die er noch nie bei ihr gesehen hatte und die an einem Punkt tief in seinem Inneren zog. Sie war zu ihm gekommen, um ihn um Hilfe zu bitten, und Will wollte verflucht sein, wenn er ihr diese Bitte abschlug.

Außerdem war er es gewohnt, gebraucht zu werden. Er hatte seine Schwester von ihrem achten Lebensjahr an aufgezogen, ihr beigestanden, den Tod ihres Vaters zu überwinden, sie bei ihrer Entwicklung zu einer jungen Dame begleitet, ihr Debüt miterlebt ... Aber nun war sie verheiratet und erwartete ihr erstes Kind. Lizzie hatte einen Ehemann – Wills Meinung nach ein grobschlächtiger, unkultivierter Grobian –, den sie sonderbarerweise zu lieben schien, und Will war nicht mehr der wichtigste Mann in ihrem Leben. Das war etwas gewöhnungsbedürftig gewesen, auch wenn er im Grunde gewusst hatte, dass dies eines Tages geschehen würde.

Also machte es ihm nichts aus, Ava zu helfen, vor allem, da das bedeutete, dass sie dann in seiner Schuld stand.

»Lassen Sie uns damit beginnen, in welchem Revier sich Ihr Bruder befindet.«

»Im dreizehnten.«

Das war gut. Er kannte den dortigen Captain Hogan. Es würde also nicht nötig sein, den Polizeipräsidenten anzurufen. Will gab dem Kutscher die Adresse und lehnte sich in den weichen Sitz zurück. Seine Schulter berührte Avas, aber er machte keine Anstalten, von ihr wegzurücken. »Jetzt nennen Sie mir seinen Namen.«

»Thomas Jones.«

Ava Jones. Hervorragend. »Und er ist ein Taschendieb.«

»Nein«, widersprach sie, und ihre Stimme war plötzlich laut, als würde eine Erhöhung der Lautstärke ihre Aussage glaubwürdiger erscheinen lassen. »Das ist er nicht. Er arbeitet in einer Zigarrenfabrik an der Rivington Street. Er arbeitet da seit vier Jahren, obwohl er es hasst. Er ...« Sie biss sich auf die Lippe, eine Geste, die etwas in Will auslöste. Wie erwartet, reagierte sein Körper ganz instinktiv, und Blut sammelte sich in seinen Lenden. Er war noch nie einer Frau begegnet, die eine so intensive Wirkung auf ihn hatte. Der Drang, sie zu schmecken, sie zu erkunden, hatte ihn seit Tagen zum Wahnsinn getrieben. Er hatte mit schönen Frauen unterschiedlichster Gestalt und Größe geschlafen, mit Frauen, die umwerfender waren als die, die jetzt neben ihm saß. Also was hatte Ava Jones, das in ihm den Wunsch weckte, all ihre Geheimnisse zu erkunden? Sich in ihr zu verlieren?

Was auch immer diesen Reiz auslöste, er musste ihn ignorieren. Er konnte nicht mit dieser Frau schlafen, so atemberaubend ihre Brüste auch sein mochten.

»Ja ...?«, hakte er nach, weil sie weiterhin schwieg.

»Er hat eine Gruppe von Jungs gefunden und wollte sich ihnen anschließen. Ich habe ihm gesagt, dass er das auf keinen Fall tun soll. Aber neulich Abend ist er mit einem gebratenen Fasan nach Hause gekommen, mit einem, der größer war, als wir ihn uns je hätten leisten können. Ich war zornig. Ich habe versucht, ihn zur Vernunft zu bringen und ihm klarzumachen, dass es falsch ist zu stehlen. Aber er hat mir nicht zugehört.« Sie drehte ihren Kopf zu ihm. »Und wenn Sie jetzt ein Wort über mein Gewerbe sagen, stoße ich Sie unter die Räder dieser Kutsche.«

Will hob kapitulierend die Hände. Er konnte nachempfinden, wie es war, wenn Geschwister nicht hören wollten. Er hatte Lizzie wiederholt davon abgeraten, eine Investmentfirma zu eröffnen, aber sie hatte es trotzdem getan – mit Hilfe des finanziellen Rückhalts, den ihr Mann ihr bot.

»Wie viele andere Geschwister haben Sie?«, fragte er.

Sie seufzte, und er wusste, dass sie es hasste, ihm so viel von sich selbst zu erzählen. »Noch zwei. Einen jüngeren Bruder und eine jüngere Schwester.«

»Und arbeiten sie?«

»Meine Schwester ist eine Appreturarbeiterin in einer Textilfabrik. Mein jüngster Bruder ist Zeitungsverkäufer.«

»Eltern?«

»Tot.«

Also war sie für die anderen drei verantwortlich, und das war der Grund dafür, warum sie die Rolle der Madame Zalikow angenommen hatte. Zweifellos verdiente sie durch Dummköpfe wie Bennett mehr als all ihre Geschwister zusammen. Er bewunderte sie fast dafür.

»Und diese Freunde, mit denen sich Ihr Bruder zusammengeschlossen hat … Erlauben Sie mir zu vermuten, dass sie der Polizei wohlbekannt sind.«

»Ja, scheinbar ist es so. Als ich hinging, um ihn herauszuholen, haben sie mir gesagt, dass die anderen zwei Jungen einige Auseinandersetzungen mit der Polizei hatten. Sie haben mir nicht geglaubt, dass Tom kein professioneller Krimineller ist wie die Übrigen.«

Das leuchtete ein. Straßendiebe hatten nur aus einem einzigen Grund Freunde: damit sie ihnen beim Stehlen halfen.

»Der Wachtmeister hat mir gesagt, dass sie in den Tombs landen.« Ihre Stimme brach in der Mitte des Satzes, und ihre Verletzlichkeit drang ihm tief unter die Haut und quälte ihn. Der Riss in ihrer selbstsicheren, frechen Fassade weckte seinen Beschützerinstinkt und löste Gefühle in ihm aus, die an Zärtlichkeit grenzten. Gütiger Gott, was geschah da mit ihm?

Er räusperte sich. »Nur ein Richter kann etwas Derartiges verfügen, Ava, und ich werde ihn rausholen, bevor es dazu kommt. Sie werden vermutlich eine Strafe zahlen müssen, aber er wird noch heute Abend rauskommen.«

»Ich bin Ihnen für alles, was Sie tun können, sehr dankbar.«

Wie dankbar, hätte er am liebsten gefragt, aber die Andeutung, dass er sich etwas Schmutziges als Gegenleistung für die Hilfe an diesem Abend wünschte, würde ihn zum größten Schuft von New York machen. Trotzdem, er wollte *etwas* von ihr. Es würde ihr nicht gefallen, aber das machte nichts.

Die Kutsche bog in die Houston Street ein. Die Wache befand sich weiter hinten im Block, an der Ecke Sheriff und Houston Street. »Ich will, dass Sie hier warten«, sagte er zu ihr. »Ich werde hineingehen und Toms Situation klären.«

»Sollte ich nicht mitkommen? Ich bin schließlich seine Schwester.«

»Nein. Sie würden es nur noch schlimmer machen. Er wird sich zweifellos schuldig fühlen und nicht wollen, dass Sie ihn vor den Polizisten und den anderen Gefangenen anschreien. Außerdem ist der Captain ein Bekannter von mir. Es wird einfacher sein, Tom rauszubekommen, wenn er und ich uns allein unterhalten.«

»Gut.« Sie faltete mit einem kleinen Schnauben die Hände im Schoß. »Ich werde als nutzlose Frau, die ich bin, hier warten.«

»Sie sind nicht nutzlos. Ihr Bruder wird Sie fürwahr brauchen. Springen Sie nicht zu hart mit dem Jungen um. In so jungen Jahren der Mann der Familie zu sein, ist nicht einfach.« *Ich muss das wissen*, hätte er gern gesagt. *Ich konnte die ersten drei Jahre aus Angst, zu versagen und alles zu verlieren, was meine Familie über vier Generationen aufgebaut hat, kaum atmen. Aus Angst, den Beweis zu erbringen, dass mein Vater recht hatte.*

Die Kutsche blieb stehen, und Will stieß die Tür auf. »Bevor ich hineingehe, will ich mich versichern, dass Sie den Bedingungen zustimmen werden, unter denen ich Ihnen diesen Gefallen tue.«

Wie erwartet verengten sich ihre Augen. »Und wie lauten diese Bedingungen?«

»Befinden Sie sich in einer Position, in der Sie verhandeln können?«

Ihr Gesicht verhärtete sich, und ihre Muskeln spannten sich an, aber sie widersprach nicht. »Hören Sie auf, so dramatisch zu sein, und sagen Sie mir einfach, was Sie wollen, Mr. Sloane.«

»Das werden Sie noch früh genug erfahren, Madame Zalikow.«

Die dunkle und schmuddelige Polizeiwache hatte etwas Bedrückendes, gleichgültig, auf welcher Seite des Tresens man sich aufhielt. Selbst im Büro des Captains, einem der wenigen abgeschirmten Bereiche in der Wache, herrschte eine Atmosphäre der Trostlosigkeit und Verzweiflung, eine Hoffnungslosigkeit, die selbst den rissigen Wandputz durchtränkte.

Will benötigte zwanzig Minuten, um den Captain dazu zu bringen, den Jungen zu entlassen. Hogan war nicht begeistert davon, Jones gehen zu lassen. Die Polizei hatte vorgehabt, ein Exempel an allen drei Taschendieben zu statuieren. Aber schließlich beugte er sich Wills Beharrlichkeit.

Nur sehr wenige widersetzten sich Will Sloane, besonders wenn eine Nachricht an die richtige Stelle den Captain seine Position kosten konnte. Zudem hatte Will versprochen, dass der Junge von jetzt an keinen Ärger mehr machen würde. Das schien ein leicht einzuhaltendes Versprechen zu sein, da Ava ihren Bruder ab jetzt wahrscheinlich an der kurzen Leine halten würde.

Hogan verschwand, um den Jungen aus der Gefängniszelle zu holen. Will blieb zurück und wartete. Es hatte keinen Sinn, Ava jetzt holen zu lassen. Er wollte zuvor mit dem Jungen unter vier Augen sprechen.

Schließlich öffnete sich die Tür. Hogan kam herein und zog einen jungen Mann hinter sich her. An Thomas Jones war nicht viel dran. Der Junge war dünner, als gut für ihn war, und hatte die schlaksigen Glieder eines allmählich zum Mann werdenden Jugendlichen, der noch nicht ganz ausgewachsen war. Seine Kleidung war ihm zu klein und an den Knöcheln und Aufschlägen ausgefranst. Er wies mit seinen braunen Augen, seinen Haaren und diesem verdammt störrischen Kinn eine starke Ähnlichkeit zu Ava auf.

»Ich würde gern einen Augenblick mit Mr. Jones sprechen«, sagte Will zu dem Captain. »Allein, wenn es Ihnen nichts ausmacht.«

»Selbstverständlich, Mr. Sloane.« Hogan verließ das Büro und schloss die Tür hinter sich.

Avas Bruder trat nervös von einem Bein auf das andere, sah Will jedoch entschlossen in die Augen. Will war beeindruckt, der Junge hatte Mumm. »Wer sind Sie?«, fragte Tom argwöhnisch.

»Mein Name ist Mr. Sloane. Ich bin ein Freund deiner älteren Schwester.« Der Junge riss erstaunt die Augen auf. »Wollen wir uns hinsetzen?« Will wies auf zwei Stühle, die in der Nähe des Schreibtisches standen.

Der Junge ging zu einem Stuhl und setzte sich vorsichtig hin. »Was will denn einer von Avas piekfeinen Schnöseln von mir?«

Will setzte sich auf den anderen unbequemen Holzstuhl. »Ich will mit dir sprechen.«

»Wozu? Ich hab den Ledermützen bereits gesagt, dass ...«

»Deine Ausreden gegenüber der Polizei interessieren mich nicht. Ich will die Wahrheit wissen. Was ist geschehen?«

»Und warum bitte schön sollte ich Ihnen irgendetwas erzählen?«

Will konnte das Misstrauen des Jungen verstehen, aber seine Abwehrhaltung grenzte an Dummheit. »Weil ich derjenige bin, der dich davor bewahrt hat, drei Monate lang in den Tombs einzusitzen. Und wenn du mir nicht erzählst, was passiert ist, werde ich Captain Hogan wieder hereinrufen und ihm mitteilen, dass ich meine Meinung geändert habe.«

Toms Gesicht wurde bleich. Und wie Will vermutet hatte, brachte ihn die Drohung zum Reden. »Die anderen Jungs sind bloß Freunde. Wir hatten Spaß, haben ein wenig Beute gemacht. Ich hätte nie gedacht ...«

»Du hättest nie gedacht, dass du erwischt wirst«, beendete Will den Satz, als Tom abbrach. »Also warst du der Bremser oder der Greifer?«

Tom riss den Mund auf. »Woher wissen Sie ...?«

»Ja, ich weiß, wie die Gaunerei funktioniert, Tom. Einer hält das Ziel auf und lenkt es ab, während der andere die Beute klaut. Also, wer von beiden warst du?«

»Keiner von beiden.« Er verschränkte die Arme und sah nach unten. »Ich war der Späher. Sollte aufpassen, ob die Bullen kommen. Sie haben gesagt, dass ich noch nicht so weit bin, um mehr zu machen.«

Und das hatte ihn offensichtlich verärgert. Tom war ziemlich erpicht darauf, sich den Kriminellen anzuschließen.

»Deine Schwester hat mir erzählt, dass du in einer Zigarrenfabrik arbeitest.« Der junge Mann antwortete nicht, und Will wusste sofort, warum. »Du hast da aufgehört, nicht?«

»Erzählen Sie das Ava nicht.« Er beugte sich vor und sah Will flehentlich an. »Sie reißt mir den Kopf ab.«

»Und das völlig zu Recht, finde ich. Warum bist du denn so versessen darauf, dich einem Leben als kleiner Dieb zuzuwenden?« Der Junge öffnete den Mund, um etwas zu sagen, schloss ihn dann aber wieder. Will ermunterte ihn: »Du kannst es mir sagen, Tom. Was auch immer du sagst, wird vertraulich behandelt.«

»Selbst gegenüber Ava?«

»Selbst gegenüber Ava.«

Der Junge seufzte tief. »Ava hat lange für uns drei gesorgt – meinen Bruder, meine Schwester und mich. Sie arbeitet hart. Sie hat uns sogar aus den Mietskasernen geholt und ist mit uns in ein ordentliches Appartementhaus an der West Side gezogen.« Er starrte auf die Armlehne und grub mit seinem Fingernagel eine Rille hinein. »Ich hab, seit ich zwölf bin, in der Zigarrenfabrik gearbeitet. Vorher hab ich einen anderen bedeutungslosen Job gemacht, für den ich fast nix gekriegt hab. Wir vier kommen kaum über die Runden. Ich will nicht mehr gerade so über die Runden kommen. Ich hab es satt, hungrig zu sein und mein Badewasser mit anderen zu teilen und meiner Schwester das Essen klein zu schneiden, weil ihre Hände von der Näherei, die sie den ganzen Tag machen muss, wund sind.«

Will hatte noch nie eine Armut kennengelernt, wie der Junge sie beschrieb, aber er hatte zweifellos schon zahllose trostlose Beispiele für die Mühen gesehen, denen manche in dieser Stadt unterworfen waren. Aber es gab auch Chancen. »Du brauchst nicht zu stehlen und einen Gefängnisaufenthalt zu riskieren, um deine Lebensumstände zu verbessern.«

Tom schnaufte und schüttelte den Kopf. »Mir bleibt nichts anderes übrig. Ich bin fast sechzehn. Ich muss anfangen, für die Familie zu sorgen. Und außerdem funktioniert es bei Ava.«

»Was funktioniert bei Ava?«

»Das Stehlen.«

Etwas zog sich in Wills Brust zusammen. Es war eine Emotion, mit der er sich nicht weiter befassen wollte, weil er ahnte, dass es sich um Schuldgefühle handeln könnte. Hatte er ihr nicht genau das vorgeworfen? Er hörte sich entgegnen: »Deine Schwester stiehlt nicht. Sie ist eine Darstellerin.«

»Eine Darstellerin? Sie ist keine Schauspielerin.«

»Du irrst. Sie spielt die Rolle der Madame Zalikow, und den Leuten gefällt das. Sie beraubt niemanden und hält auch niemandem eine Pistole an den Kopf. Sie geben ihr aus freien Stücken Geld.«

Will entging die bizarre Tatsache nicht, dass er sie verteidigte. Doch obwohl er wusste, dass sie eine Betrügerin war, gab es keinen Grund, warum ihr Bruder dasselbe denken sollte. Die Familie hatte schon genug Probleme.

»Vermutlich stimmt das«, sagte Tom. »Aber grundehrlich ist das auch nicht.«

Will konnte ein Lächeln nicht unterdrücken. Der Junge war intelligent. »Stimmt.«

Tom war fast im selben Alter, in dem Will beim Tod seines Vaters gewesen war. Die Sloanes konnten auf mehr als ein Jahrhundert des Wohlstands und der Privilegien zurückblicken. Aber was wäre geschehen, wenn die Umstände für ihn andere gewesen wären? Was, wenn Will Probleme gehabt hätte, Lizzie zu versorgen und wenn er für einen Hungerlohn hätte arbeiten und mit zwei oder drei anderen Familien in einer winzigen Wohnung hätte leben müssen? Möglicherweise hätte er dann genau das getan, was Tom getan hatte. Welcher Heranwachsende würde das nicht zumindest in Erwägung ziehen?

Will fasste einen Beschluss. »Ich würde dir gern eine Arbeit anbieten.«

Toms Augen verengten sich – eine Reaktion, die weit von der Erleichterung oder der Freude entfernt war, die Will eigentlich erwartet hatte. »Eine Arbeit? Für mich? Und was genau?«

»Hast du schon mal was von Northeast Railroad gehört?«

»Sicher. Was hat das mit mir zu tun?«

»Ich besitze Northeast. Wir haben große Büros an der Vesey Street, nicht weit von City Hall entfernt. Einen intelligenten, hart arbeitenden jungen Mann kann ich im Büro immer gebrauchen.«

»Wie hoch ist die Bezahlung?«

Will musste ein Lachen unterdrücken. Ihm gefiel dieser Junge. »Ich werde dir zehn Dollar die Woche geben.«

Das hatte die erwünschte Wirkung. Tom blinzelte Will mit aufgerissenem Mund an. Dann sammelte er sich und schüttelte den Kopf. »Ich hab keinerlei feine Bürokleidung. Ich ...«

»Das lass mal meine Sorge sein«, unterbrach ihn Will. »Alles, was du tun musst, ist, Montagmorgen in meinem Büro zu erscheinen. Abgemacht?«

Tom reichte ihm seine schmutzige Hand. »Abgemacht.«

Nachdem sie einander die Hände geschüttelt hatten, erhob sich Will. »Jetzt lass mich dir noch einen kleinen Rat geben. Deine Schwester ist aufgebracht – berechtigterweise. Du solltest dich nun bei ihr entschuldigen und nicht anfangen, mit ihr herumzustreiten. Denn selbst wenn du versuchst, dich zu rechtfertigen, wirst du nicht gewinnen.«

Tom erhob sich und lächelte breit. »Yep. Sie sind eindeutig ein Freund von Ava.«

Will klopfte ihm auf die Schulter. »Ja, und darum weiß ich auch, dass dir heute Nacht die Ohren klingeln werden. Komm, bringen wir es hinter uns.«

KAPITEL SECHS

Ava trommelte nervös mit dem Fuß auf den Boden und widerstand nur mühsam dem Drang, über die Straße zu rennen und in die Polizeiwache zu stürmen. Warum dauerte das so lange? Der Uhr zufolge, die sie an ihr Kleid geheftet hatte, wartete sie bereits fast eine halbe Stunde.

Sie hätte Will Sloane niemals um Hilfe bitten sollen. Gott mochte wissen, was da drinnen geschah. Warum hatte sie auf ihn gehört, als er zu ihr gesagt hatte, dass sie in der Kutsche bleiben solle?

Ava war es nicht gewohnt, dass andere ihr sagten, was sie zu tun hatte, geschweige denn, dass sie deren Anordnungen befolgte. Doch Will Sloane hatte gesagt, sie solle bleiben, und Ava war wie ein Hund sofort gesprungen, um seinem Befehl zu gehorchen. Was war bloß los mit ihr?

Gerade als sie am Griff drehte, um aus der Kutsche zu steigen, öffneten sich die Türen der Wache. Will erschien – und da war Tom. Sie sank in den Sitz zurück. *Dem Himmel sei Dank.*

Doch schnell verdrängte Ärger ihre Erleichterung, denn ihr Bruder hatte ein seltsames Lächeln auf den Lippen, was ihr angesichts der Tatsache, dass er gerade erst verhaftet worden war, befremdlich vorkam. Hatte er eine Vorstellung davon, welchen Gefahren er in den Tombs ausgesetzt gewesen wäre? Er hätte vor Dankbarkeit und Zerknirschung weinen sollen.

Ihr Kiefer verspannte sich, als die beiden zu ihr kamen. Will zeigte nach oben und sagte etwas zu Tom. Ihr Bruder nickte, winkte ihr kurz zu und kletterte auf den Sitz neben Sloanes Kutscher. Will öffnete die Tür und glitt herein.

Seine große Gestalt erdrückte das kleine Innere der Kutsche, und seine Gegenwart schien die verbliebene Luft aufzusaugen. Sie saßen von der Schulter bis zum Knie aneinandergedrückt, und sie bemühte sich nach Kräften, das prickelnde, stürmische Gefühl zu ignorieren, das ihr über die Haut lief.

Er klopfte mit dem silbernen Griff seines Stocks an die Wand der Kutsche, und die Räder setzten sich in Bewegung. Ein Schweigen senkte sich über sie, und Sloane konzentrierte sich auf die Stadt, die vor dem Fenster vorbeizog. Sie ärgerte sich, dass er sie hinhielt, also fragte sie: »Nun?«

Sein Kopf drehte sich langsam zu ihr, und er hob eine Braue. »Ja?«

Am liebsten hätte sie ihm einen Schlag gegen den Arm verpasst. »Was ist da drinnen geschehen?«

»Ich habe Ihren Bruder herausgeholt«, antwortete er ruhig. »Wie Sie mich gebeten haben.«

»Und?«

Er beugte sich zu ihr, und seine grauen Augen strahlten. Mit seinem kräftigen Kinn und seinem sinnlichen Mund war er ein außergewöhnlich gut aussehender Mann. Selbst wenn sie wütend auf ihn war, was häufig der Fall war, konnte sie nicht umhin, das zu bemerken.

»Was würden Sie denn jetzt noch gern wissen, Ava?«

Warum hat mein Bruder gelächelt? Worüber haben Sie mit ihm gesprochen? Wurde er da drinnen misshandelt? Warum will ich Sie gleichzeitig küssen und erwürgen?

Die Fragen rasten ihr durch den Kopf, und besonders die letzte ließ sie leicht zusammenzucken. Woher war das gekommen? Sie wollte Will Sloane nicht küssen. Alles an ihm war zu kontrolliert, zu korrekt. Vermutlich hatte er noch nie eine wie auch immer geartete echte Leidenschaft erfahren. Sie konnte sich nicht vorstellen, dass sein Haar je von den Fingern einer Frau zerzaust oder seine Kleidung durch die Ungeduld einer Partnerin zerknittert war.

Schmutzig und *verschwitzt* waren die zwei Worte, die sie einfach nicht mit Will Sloane in Verbindung bringen konnte, selbst dann nicht, wenn sie ans Schlafzimmer dachte.

»Warum starren Sie auf meinen Mund?«

Er hatte die Frage mit einer tiefen, heiseren Stimme geflüstert, die darauf schließen ließ, dass er die Antwort bereits kannte. Peinlich berührt riss Ava den Blick von seinem Mund los – nur um festzustellen, dass er ihren eigenen Mund mit der Aufmerksamkeit eines zum Sprung ansetzenden Raubtiers betrachtete. Ihr Herz pochte wie wild unter ihrem Korsett, und das stetige Schlagen war viel zu laut in ihren Ohren. Unbewusst leckte sie sich über die Lippen, um sie zu befeuchten. »Warum starren Sie auf *meinen* Mund?«

»Weil er das Faszinierendste ist, was ich je gesehen habe.«

Sie konzentrierte sich auf ihre Atmung und versuchte verzweifelt zu ignorieren, was für bedauerliche Gefühle sie offenbar für diesen Mann entwickelt hatte. Das plötzliche Anschwellen ihrer Brüste und das rhythmische Pulsieren zwischen ihren Schenkeln würden ihr nichts als Ärger einbringen, aber es gab kein Entkommen vor der unerbittlichen Spannung, die sich zwischen ihnen aufbaute. Selbst wenn sie aus der Kutsche stürzte, würde ihr dieses Ding, diese verflixte Anziehung folgen.

»Ich weiß, was ich im Austausch dafür haben möchte, dass ich heute Abend Ihrem Bruder geholfen habe.«

Sie blinzelte und versuchte, ihr Gleichgewicht wiederzufinden. *Konzentrier dich, Ava.* »Dass ich Ihre Kundgebung in Albany besuche.«

»Nein, das werden Sie ohnehin tun. Ich habe beschlossen, dass ich etwas anderes möchte.«

Seine Arroganz verblüffte sie. Sie hatte nie zugestimmt, nach Albany zu reisen, und sie hatte auch nicht die Absicht, das zu tun. Es war besser, das Gespräch darüber zu einem anderen Zeitpunkt zu führen. Also nie.

»Was denn?«

»Ich will, dass Sie mich küssen.«

Ihr stockte der Atem. Ein drängendes Verlangen erfüllte sie, breitete sich wie Whiskey in ihren Adern aus und ließ sie schwindelig werden. Es war Ewigkeiten her, dass sie so etwas gegenüber einem Mann gefühlt hatte – eine alles andere ausblendende Begierde, jemand anderem Vergnügen zu bereiten und im Gegenzug Vergnügen zu empfangen. Aus irgendeinem verrückten Grund zog Will Sloane sie an, und ein Teil von ihr sehnte sich danach, entsprechend zu handeln. Doch wenn sie ihn küsste, würde alles nur noch komplizierter werden. Er verhielt sich bereits jetzt so, als hätte er das Recht, sie herumzukommandieren. Körperliche Intimitäten würden diese Tendenz nur verstärken. Niemand besaß Ava Jones.

»Auf gar keinen Fall.«

Er legte den Kopf schräg. »Wieso? Ich weiß, dass Sie fühlen, was ich fühle. Es ist zu stark, um einseitig zu sein, Ava.«

Die Bestätigung, dass er sich genauso zu ihr hingezogen fühlte, stärkte nicht gerade ihre Entschlossenheit. Stattdessen spürte sie, wie sich ihr Bauch erwärmte und die Hitze weiter nach unten wanderte, bis sie auf ihrem Sitz herumrutschte. *Erinnerst du dich, wie du das letzte Mal durch einen Kuss den Kopf verloren hast? Erinnerst du dich, wie du das letzte Mal einem reichen, attraktiven Mann erlaubt hast, dir zu sagen, was du tun sollst?*

Erinnerungen an Stephen van Dunn gemahnten sie, Abstand von William Sloane zu halten. Sie hob das Kinn. »Erzählen Sie mir von meinem Bruder. Sie sind ziemlich lange da drinnen gewesen.«

Er senkte die Lider, schloss die Augen und entspannte sich. »Der Captain brauchte etwas Überredung. Außerdem wollte ich noch allein mit Thomas sprechen.«

»Warum?«

»Eine private Unterhaltung unter Männern. Nichts, worüber Sie sich den Kopf zerbrechen müssten.«

Hatte er gerade …? Ja, das hatte er. Sie spürte ein stechendes Pochen an ihren Schläfen. »Seien Sie nicht herablassend zu mir. Das mag bei den anderen Frauen in Ihrem Leben funktionieren, aber es funktioniert nicht bei mir.«

Sein Blick hielt den ihren fest, ein undurchdringliches Stahlgrau in dem matten Lampenlicht. »Ist es das, was Sie sind? Eine Frau in meinem Leben?«

Natürlich hatte sie das nicht *so* gemeint. »Ich bin die Frau, die versucht, aus Ihrem Leben *raus*zukommen.«

»Ja, bestimmt ist das der Grund, warum Sie sich heute

Abend ausgerechnet an mich gewandt haben. Um aus meinem Leben rauszukommen.«

Darauf hatte sie keine Antwort, doch sie konnte fühlen, wie ihr Gesicht zu glühen begann. Sie hatte eine Gefälligkeit gebraucht, und Will war ihre einzige Möglichkeit gewesen. »Gut, nach heute Abend werden Sie mich nie wieder sehen.«

»Falsch. Sie schulden mir noch immer meine Bezahlung.«

Ein Kuss. Eine gespannte Erwartung surrte in ihrem Blut, eine Reaktion, die sie standhaft zu ignorieren versuchte. »Ich werde Sie nicht küssen.«

»Sagen Sie mir, warum.«

»Aus vielen Gründen. Der wichtigste ist, dass Sie es mir *befohlen* haben, statt mich zu *bitten*.«

Wills Mund zuckte, als würde er ein Lächeln unterdrücken. »Ist das so?« Er beugte sich vor und stützte einen Arm an der gegenüberliegenden Seite der Kutsche ab, sodass sie festsaß. Statt ihn zu bekämpfen, wurde ihr Körper sogar noch wärmer, und eine rauschhafte Erregung baute sich unter ihrer Haut auf, während eine entsetzliche Leere zwischen ihren Beinen schmerzte.

Sein Gesicht war nun entwaffnend nahe, und sie konnte die Andeutung von Abendstoppeln an seinem Kinn sehen. Schmale Linien krümmten sich an den Winkeln seiner außergewöhnlichen Augen – kamen sie vom Lächeln? –, und die leichte Röte auf seiner makellosen, bleichen Haut deutete darauf hin, dass er ebenfalls erregt war. Leider machte ihn der Gedanke daran noch verlockender.

»Faszinierend, dass Sie sich nicht aufgrund eines Mangels an Verlangen geweigert haben.«

Sein Kopf senkte sich, und sie erstarrte, unsicher, was er als

Nächstes tun würde. Aber seine Lippen schwebten lediglich in der Nähe ihres Ohres. Die warme Luft aus seinem Mund ließ sie erschaudern, und ihr Widerstand begann zu schmelzen wie ein Block Eis auf einer heißen New Yorker Straße im August.

Sie blieben eine gefühlte Ewigkeit so, sein Gesicht einen Atemzug weit entfernt, beide auf einem Seil über einem gefährlich gähnenden Abgrund gefangen. Er war ihr bereits nahe, aber sie sehnte sich nach mehr und musste sich zurückhalten, nicht vorwärtszudrängen und ihn zu küssen. Himmel, sie hatte sich noch nie in ihrem Leben etwas so sehr gewünscht. Sie konnte seinen Atem an ihrem Ohr hören, schnell und heftig, und das Tempo entsprach dem ihrer eigenen Atmung. *Was geschieht hier?*

»Küsst du mich, Ava? *Bitte?*«

Das letzte, über ihrer brennenden Haut geflüsterte Wort gab ihr den Rest. Sie hatte nicht gedacht, dass Will Sloane das Wort *bitte* auch nur kannte, und erst recht nicht, dass er fähig war, es in einem derart inbrünstigen, stürmischen Ton auszusprechen. Ohne nachzudenken und ohne auch nur mit der Wimper zu zucken, stürzte sie nach vorne und legte ihren Mund auf seinen. Alle Bedenken hinsichtlich der Zukunft und aller Verdruss über die Vergangenheit waren hinweggefegt. Nur das Jetzt existierte, und nur die Befriedigung dieses unglaublichen Verlangens, ihn zu schmecken, zählte, der Wunsch zu sehen, ob sie sein kontrolliertes Äußeres erschüttern konnte.

In dem Augenblick, in dem sich ihre Lippen berührten, wurde sein Mund hart und hungrig, seine Lippen passten sich den ihren an, er hob die Hände und umfasste ihr Kinn, um sie festzuhalten. Hatte sie gedacht, er sei kalt? Wie sehr sie sich geirrt hatte! Flammen schlugen zwischen ihnen hoch, während er seine Lippen fest und leidenschaftlich gegen ihre presste und der Kuss eine sengende Hitze entfaltete.

Sie packte seine Mantelaufschläge, um sich festzuhalten, und ein Schwindel erfasste sie. Und dann öffnete er den Mund, um seine Zunge über die Ränder ihrer Lippen gleiten zu lassen. Sie sog Luft ein, dann öffnete sie schnell den Mund, um ihn hereinzulassen. Er zog sie enger zu sich, während seine Zunge sich forschend in ihren Mund grub, ein sündiges Gleiten erregender Hitze, das nach teuren Getränken und Gewürzen schmeckte.

Wills Küsse waren das genaue Gegenteil zu seinem zugeknöpften Auftreten. Ein Hinweis auf eine kaum kontrollierte Leidenschaft, die unter der Oberfläche lauerte wie Dampf, der sich in einem Kessel aufbaute. Plötzlich wollte sie sehen, wie er aus der Fassung geriet und wegen ihr jede Selbstkontrolle und jeden Selbstschutz verlor.

Sie konnte nicht sagen, wie lange es so weiterging. Ava verlor jedes Gefühl für die Zeit, für ihre Umgebung, für ihr Denken … Es gab nichts als Lippen und Zungen und ihren gemeinsamen Atem, der sie die ganze Nacht hindurch hätte tragen können. Der Kuss war nicht sanft oder gesittet; er war vielmehr schmutzig und hart – und Ava genoss jeden Seufzer und jedes Ächzen aus seinem Mund.

Als er abbrach, empfand sie eine stechende Enttäuschung – bis seine Lippen begannen, an ihrem Hals hinabzugleiten. *Oh, dem Himmel sei Dank, dass er nicht aufhört.* Sie warf den Kopf zurück und genoss die fieberhafte Wanderung seiner Zähne und seiner Zunge über ihre empfindliche Haut. Ihr Rücken bog sich durch, weil ihre Brüste vor Verlangen nach seiner Aufmerksamkeit schmerzten. Sie konnte ihm nicht nahe genug sein, konnte nicht genug von dem bekommen, was er mit ihr tat.

»Du bist so schön«, murmelte er an ihrem Hals.

Seine Worte legten sich über sie wie eine eisige Schneedecke. Sie hatte das schon einmal gehört, diese falschen Komplimente, ebenfalls von einem älteren, vermögenden Mann, der sie nicht ernster gemeint hatte, als Will es jetzt tat. Eine kalte Taubheit breitete sich in ihrer Brust aus, und sie drückte seine Schultern von sich weg. »Stopp.« Sie atmete ein und sammelte ihre Willenskraft. »Sie müssen jetzt aufhören.«

Verwirrt vor Begierde, die durch sein Blut toste, taumelte Will zurück. Dann bemerkte er die Verletzlichkeit in Avas weit aufgerissenen braunen Augen – ein Blick, den er kaum begriff. Was war geschehen? Er war sich sicher, dass sie ihren Kuss genossen hatte, doch irgendetwas hatte sie verschreckt.

Es war dumm gewesen, sie um den Kuss zu bitten, doch er hatte eine kleine Kostprobe von ihr gebraucht, um sie für immer vergessen zu können. Dieser Plan war allerdings jämmerlich gescheitert, denn sein Hunger hatte sich nur noch verstärkt. Er wischte sich mit der Hand über das Gesicht und atmete tief durch. »Das ist weiter gegangen, als ich beabsichtigt hatte.«

»Weiter, als wir beide beabsichtigt hatten, denke ich.« Wills Magen verkrampfte sich noch etwas mehr, als sie mit unnahbarer, reservierter Stimme weitersprach. »Lassen Sie es uns nicht zu etwas machen, das es nicht ist. Sie haben mich gebeten, Sie zu küssen, also habe ich Sie geküsst. Betrachten Sie das als Dank dafür, dass Sie mir bei Tom behilflich waren.«

Bei Tom behilflich? Ihre Gleichgültigkeit wurmte ihn gewaltig, zumal er mit seiner steinharten Erektion noch immer

Nägel hätte einschlagen können. Sie war genauso entrückt gewesen, also warum sollten sie sich verhalten, als ob der Kuss so wenig bedeutet hatte? »Soll ich glauben, dass das Ihre einzige Motivation war?«

»Haben Sie mehr erwartet?«, erwiderte sie.

Wut ergriff ihn und verdrängte schnell die Begierde in seinen Adern. Er sollte es dabei bewenden und sie in Ruhe lassen. Verdammt, es war absolut erforderlich, dass er sich von dieser Frau fernhielt. Sie war eine Schauspielerin, eine Betrügerin, die mit einem Bein im Gefängnis stand. Was für edle Gründe sie auch haben mochte, sie übervorteilte andere, um sich dadurch ihren Lebensunterhalt zu sichern. Davor konnte er keinen Respekt haben – und die Wähler würden das ebenfalls nicht, falls auch nur die leiseste Andeutung ihrer Verbindung bekannt wurde.

Und dennoch … Da war etwas an Ava, das ihn zu ihr hinzog – als wäre er einer der Bauerntölpel, die bereitwillig an ihre »Kräfte« glaubten. Sie faszinierte ihn, und das konnte Will nicht oft von einer Frau sagen. Diese Stadt zerfleischte einen Menschen und spuckte ihn wieder aus. Aber sie war auf ihre eigene Weise erfolgreich. Und sie hatte ganz sicher keine Angst vor ihm, sondern nutzte jede Gelegenheit, um ihn zurechtzuweisen. Er hatte jedoch einen Blick unter ihre stahlharte Hülle auf einen weicheren, liebevolleren Kern werfen können, der ihn anzog. Was musste er tun, damit sie auch ihm diese weiche, sanfte Seite zeigte?

Aber in seiner Welt war eine Frau vollständig berechenbar und zweckmäßig, und wenn man sie zu einem Essen oder einer Veranstaltung ausführte, brauchte man keine Überraschungen fürchten. So war es bei den Debütantinnen, die er für eine mögliche Heirat in Betracht gezogen hatte. Jede von ihnen entstammte einer anständigen, alten New Yorker Familie und würde sich ganz und gar so verhalten, wie es sich für die Frau eines Politikers geziemte – und nicht kostümiert durch die Stadt rennen und in einer zweitklassigen Nebenvorstellung auftreten.

Das musste ein Ende haben, hier und jetzt. Er hatte wichtigere Dinge zu tun, als seine Zeit mit Madame Zalikow zu vergeuden, etwa den Wahlkampf oder die Suche nach einer Ehefrau. »Schön«, sagte er. »Wir werden ohnehin kaum einen Grund haben, uns nach dem kommenden Samstag noch einmal zu sehen.«

Sie wandte sich ihm zu und verzog ihre vollen Lippen. »Dem kommenden Samstag?«

»Haben Sie es schon vergessen? Die Kundgebung in Albany.«

Eine behandschuhte Hand winkte ab. »Ich werde keine Ihrer Kundgebungen besuchen, Eisenbahnmann, und sicherlich fahre ich nicht den ganzen Weg rauf bis nach Albany.«

»Die Fahrt dauert mit dem Zug nur drei Stunden. Ich besorge Ihnen einen Fahrschein. Sie nehmen den Northeast Limited, Abfahrt 8:05 Uhr. Selbst der um 9:20 Uhr sollte Sie bis kurz nach zwölf dort hinbringen.«

»Haben Sie alle Fahrpläne im Kopf?«, fragte sie und musterte ihn.

Er kniff die Augen bei dieser seltsamen Frage etwas zusammen. »Für die meisten meiner Züge, die von New York abfahren, habe ich das in der Tat.«

Sie antwortete nicht, und es herrschte Schweigen. Ein kurzer Blick sagte ihm, dass die Kutsche die Bank Street entlang durch die West Side fuhr. Tom hatte Wills Kutscher wohl die

Richtung gewiesen, was bedeutete, dass Will bald erfahren würde, wo sie wohnte. Irgendwie war er nicht überrascht darüber, herauszufinden, dass sich ihr Zuhause nicht weit vom Washington Square entfernt befand. Das Schicksal hatte es in letzter Zeit nicht gerade gut mit ihm gemeint.

Sie sah aus dem Fenster und betrachtete die Gegend, wobei sie ihn entschieden ignorierte. Er wünschte sich, sie ebenfalls ignorieren zu können, aber das war unmöglich. Jede Zelle in seinem Körper nahm sie wahr, erinnerte sich daran, wie sie schmeckte, wie sie leise hungrig gestöhnt und geseufzt und sein Blut zum Kochen gebracht hatte. Trotz seines Entschlusses hätte er sie nur zu gern erneut geküsst.

Reiß dich zusammen, Mann, besitzt du keine Würde?

Die Kutsche verlangsamte ihre Fahrt und hielt vor einem massiven Gebäude aus roten Ziegelsteinen. Nummer 57. Er prägte sie sich ein.

»Nette Bleibe«, sagte er. Bewundernswert, dass sie ihre Familie aus den überfüllten Unterkünften der Lower East Side geholt und mit ihr hierher umgezogen war.

»Danke. Noch mal: Ich bin dankbar für Ihre Bemühungen, Toms Freilassung zu erreichen.«

»Es war mir ein Vergnügen, und ich freue mich darauf, Sie am kommenden Samstag zu sehen.«

Ihre Schultern versteiften sich, und sie durchbohrte ihn mit einem stechenden Blick, der so gar nicht zu der Frau passte, die ihn gerade eben intensiver geküsst hatte, als er es je erwartet hätte. »Ein liebenswürdiges Angebot, Ihr Ultimatum, aber ich bin mir ziemlich sicher, dass ich nein gesagt habe.«

»Ja, aber ich habe Ihnen noch nicht den Grund genannt, warum Sie ganz sicher kommen werden.«

»Ach nein. Und welcher Grund könnte das sein?« Ihr Mund verzog sich zu einem höhnischen Lächeln, als hätte er nichts anzuführen, was sie überzeugen würde.

»Der Grund ist der, dass ich Ihrem Bruder eine Stelle in meinen Büros gegeben habe, und zwar ab Montag.«

Ihre Lippen öffneten sich, und sie schnappte nach Luft. »Sie haben Tom eine *Stelle* gegeben? Und was soll er machen?«

»Ganz sicher keine Taschendiebstähle begehen. Aber er wird seine Stelle nicht lange haben, wenn Sie nicht zu der Kundgebung kommen.«

»Schon wieder Erpressung?«, fuhr sie ihn an. »Haben Sie denn keinerlei Skrupel?«

Er musste fast lächeln. Hatte er sie nicht genau darum vor nicht allzu langer Zeit gebeten? Und die Antwort auf ihre Frage sollte sie bereits kennen. Er hatte keinerlei Skrupel, wenn es darum ging zu bekommen, was er wollte. Und tatsächlich hatte er, wie angekündigt, der Society for Mediumship Research bereits am Dienstag ein Telegramm geschickt. Aber das würde er jetzt nicht extra erwähnen. Sollte sie es herausfinden, wenn die Mitglieder der Gesellschaft eintrafen und ihre Behauptungen entlarvten.

»Nein, ich habe keine, und offensichtlich passen wir an dem Punkt gut zusammen. Haben Sie wirklich ernsthaft geglaubt, dass ich fair spielen würde?«

Abscheu überzog ihr Gesicht, aber sie schien über seine Worte nachzudenken. »Wollen Sie sagen, dass Sie Tom feuern, wenn ich nicht zu Ihrer albernen Kundgebung komme?«

»Zweifellos.« Es war eine Lüge, aber er kannte nun Avas Schwachstelle – ihre Geschwister –, und Will würde diese

Information wann immer möglich zu seinem Vorteil nutzen. »Und Sie müssen auch den Nachmittag über bleiben. Nicht einfach nach dem Festzug verschwinden.«

Ein Gesicht erschien im Fenster. Tom stand auf dem Gehsteig und war offensichtlich ungeduldig geworden. »Ava, Mr. Sloane!«, rief er. »Ist alles in Ordnung?«

Will sah Ava mit hochgezogenen Brauen und vor der Brust verschränkten Armen an, ohne den Jungen zu beachten. »Nun, Ava? Wie lautet Ihre Entscheidung?«

Ihre Kiefer arbeiteten, während sie sichtlich all die Flüche zurückhielt, die sie ihm am liebsten entgegengeschleudert hätte. Allein schon der Gedanke an ihre Wut erregte ihn. *Himmel eins.* So, wie sie auf ihn wirkte, glaubte er fast schon, dass sie *tatsächlich* bestimmte Kräfte besaß.

»Warum muss ich da sein?«

»Um zu begreifen, warum ich Sie von Bennett fernhalten muss. Wir dürfen der Opposition nichts in die Hand geben, was sie für eine Schmutzkampagne gegen uns nutzen könnte. Der Kampf wird auch so schmutzig genug werden, sobald die Veranstaltungen vorbei sind.«

»Gut«, stieß sie hervor. »Aber ich bezahle meine Fahrkarte nicht. Das wäre eine verdammte Geldverschwendung.«

Er nickte zustimmend. »Bis Donnerstag lasse ich Ihnen eine Fahrkarte vorbeibringen.«

»Wenn ich erfahren sollte, dass Sie ihn misshandelt haben ...«

»Sie haben mein Wort, dass ich das nicht tun werde.«

Er rückte seinen Hut auf dem Kopf zurecht, stieß die Tür auf und stieg aus. Dann streckte er die Hand aus, um ihr beim Aussteigen zu helfen. Ava wirkte irritiert, doch sie legte ihre Finger in seine behandschuhte Hand und raffte ihre Röcke, um hinabzusteigen. Sobald ihre Absätze den Gehweg berührten, riss sie ihre Finger aus seinem Griff. Eine hübsche rötliche Färbung überzog ihre Wangen, und Will fragte sich, was diese Reaktion wohl zu bedeuten hatte. Verlegenheit oder – Herr im Himmel – *Erregung?*

»Mr. Sloane.« Sie neigte den Kopf, als wären sie sich gerade bei einem Nachmittagsspaziergang auf der Fifth Avenue begegnet und hätten nicht einen Kuss ausgetauscht, der in den kommenden Wochen in seinen erotischen Träumen auftauchen würde.

»Miss Jones.« Er zog ihren Nachnamen bewusst in die Länge, bevor er zum Abschied an seinen Hut tippte.

Missbilligend presste sie die Lippen aufeinander, doch statt etwas zu sagen, drehte sie sich um und marschierte zu dem Eingang des Gebäudes. Wills Blick verweilte auf ihrer Gestalt und glitt von den straffen Schultern und der schmalen Taille zu ihren über der Tournüre heftig hin und her schwingenden Röcken. Was würde er nicht geben für einen Blick auf ...

»Gute Nacht, Mr. Sloane.« Tom starrte seiner Schwester nach, aber Will streckte ihm die Hand entgegen.

»Thomas, ich will dir noch etwas sagen.« Ava wirbelte herum, aber Will warf ihr einen scharfen Blick zu. »Unter vier Augen.«

Sie scherte sich nicht um seinen Blick, den sie mit einem wütenden Funkeln erwiderte, aber sie verschwand ohne ein weiteres Wort im Inneren des Hauses. Ohne jeden Zweifel wartete sie gleich hinter der Tür auf ihren Bruder.

»Warum sieht Ava so verdammt verärgert aus?«, fragte Tom. Die Miene des Jungen drückte Verständnislosigkeit aus. Noch ein paar Jahre, dann würde er besser verstehen, was zwischen Mann und Frau vor sich ging.

»Das weiß ich nicht«, log Will. »Aber erinnere dich an meinen Rat. Du hast ihr heute Abend einen ziemlichen Schrecken eingejagt. Und wenn ich nicht zu Hause gewesen wäre, hättest du in den Tombs landen können. Du musst dich bei ihr entschuldigen.«

»Ja, Sir.«

»Außerdem flucht ein Gentleman nicht, Tom. Wenn du es musst, dann verwende ›verflixt‹ statt ›verdammt‹.«

Das schmutzverschmierte Gesicht des Jungen hob sich. »Ich bin kein Gentleman, Mr. Sloane.«

»Ab Montag, wenn du die Büros von Northeast Railroad betrittst, bist du einer. Beginne, dich entsprechend zu verhalten. So, hast du irgendetwas Geeignetes anzuziehen für die Arbeit?«

Tom blickte an seiner abgetragenen Kleidung hinunter, und seine Wangen erröteten. »Hab ich nicht. … Das heißt, ich könnte …«

»Schon gut. Ich werde morgen ein paar Dinge vorbeischicken. Betrachte es als Vorschuss.«

»Danke, Mr. Sloane.«

»Du kannst mir danken, indem du pünktlich bist und hart arbeitest. Und ich habe noch eine Bitte. Deine Schwester wird am kommenden Wochenende nach Albany fahren, um an einer politischen Kundgebung teilzunehmen. Ich möchte sicherstellen, dass du auf deine jüngeren Geschwister aufpasst, damit sie sich keine Sorgen machen muss.«

»Oh, Mary und Sam brauchen niemanden, der auf sie aufpasst. Sie kommen gut alleine klar.«

Will schüttelte den Kopf. »Du bist der Mann im Haus. Auf sie aufzupassen, liegt teilweise in deiner Verantwortung. Kann ich auf dich zählen, dass du deiner Schwester diese Last abnimmst? Ich würde das als einen persönlichen Gefallen betrachten.«

Der Junge stand nun ein wenig größer da; die ihm zugesprochene Wichtigkeit baute ihn auf, wie Will gehofft hatte. »Natürlich, Mr. Sloane. Ava kann hinreisen, wo auch immer Sie sie brauchen.«

»Hervorragend.« Will klopfte ihm auf die Schulter. »Ich glaube, wir werden gut miteinander auskommen.«

KAPITEL SIEBEN

Der Knickerbocker Club war nur einer von vielen gesellschaftlichen Clubs in New York, denen Will angehörte. Es war jedoch der Club, den er am häufigsten aufsuchte. Im Knick gab es keine neuen unerwünschten Leute; alle Mitglieder entstammten der Oberklasse. Es waren Männer, die Will schon sein Leben lang kannte. Ihre Namen lauteten Hamilton, Belmont oder Astor. Strikte Regeln bewahrten die Qualität des Clubs. Es waren Regeln, die mit harter Hand durchgesetzt wurden. Nicht jeder Mann konnte aufgenommen werden, auch wenn er das Geld hatte, die saftige Mitgliedsgebühr zu bezahlen.

Das Bewahren der Traditionen bedeutete Will sogar mehr als die Exklusivität. Sein eigener Großvater hatte dabei geholfen, den Club zu gründen, und Will hatte eine aktive Rolle dabei gespielt, den Knick an seinen derzeitigen Sitz zu verlegen, an der Ecke Thirty-Second Street und Fifth Avenue.

»Guten Abend, Mr. Sloane. Darf ich Ihnen Ihren Hut und Ihren Stock abnehmen?«

Will reichte dem Bediensteten beides und strich sich das Haar zurück. »Sind die Gentlemen oben?«

»Ja, Sir. Alle bis auf Mr. Cavanaugh. Ich weiß nicht, ob er bereits eingetroffen ist.«

Wills Schwager hasste den Club und zog es daher vor, durch die Küche hereinzukommen und wie ein Küchenmädchen die Personaltreppe zu benutzen. »Danke, Colin. Ich werde gleich nach Abschluss des Treffens gehen.«

»Wir werden dafür sorgen, dass Ihre Kutsche dann für Sie vorgefahren ist, Sir.«

Will schritt durch die stillen Korridore, die ihm mit ihren breiten, von kunstvollen Gesimsen bekrönten Türdurchgängen und den hohen, von geschmackvollen Chintzgardinen eingefassten Fenstern sehr vertraut waren. Von den klassischen Gemälden an den verputzten Wänden bis zu den exklusiven persischen Teppichen, die die Böden schmückten, waren die Innenräume mit männlicher Sensibilität gestaltet worden. Hier konnten Männer von entsprechendem Rang Zigarren und Abgeschiedenheit genießen.

Ein Kellner war vor dem üblichen Séparée abgestellt worden. Er öffnete bei Wills Erscheinen die Tür, hinter der man eine kleine Gruppe wohlhabender und mächtiger Männer sehen konnte, denen Will sich angeschlossen hatte. Die vier Männer trafen sich am ersten Donnerstag jeden Monats, um sich gegenseitig bei unterschiedlichen geschäftlichen Angelegenheiten zu unterstützen. Will betrachtete es gern als ein Sichverschwören und Ränkeschmieden, um die Welt zu regieren, aber auf würdevolle Weise.

»Hallo, Sloane.« Der schlanke, hochgewachsene Calvin Cabot stand auf und streckte ihm die Hand entgegen. Er war einer der mächtigsten Verleger von New York und Chicago, und seine Zeitungen hatten Will in den vergangenen Jahren mehr als einmal genützt. »Oder sollte ich sagen: Herr Vizegouverneur?«

»Noch nicht, aber bald. Hallo, Harper.« Will schüttelte Theodore Harper, dem Finanzgenie der New American Bank, die Hand. »Wie geht es Ihrer wunderbaren Frau?«

Harpers Gesichtszüge wurden weich, und echtes Gefühl durchbrach seine übliche stoische Haltung. »Es geht ihr gut, danke«, antwortete Harper und nahm wieder seinen Platz ein.

Die Tür sprang auf, und die massige Gestalt von Emmett Cavanaugh tauchte auf. Er kam hereingeschlendert, legte seinen Hut, Stock und Mantel ab und marschierte dann zum Tisch. Will blieb sitzen und machte sich nicht die Mühe, seinen Schwager zu begrüßen. Die beiden hatten einander nie gemocht, und daran hatte sich bis auf die Tatsache, dass sich Lizzie in den Idioten verliebt hatte, wenig geändert. Will und Cavanaugh tolerierten einander um seiner Schwester willen, aber nur so gerade eben.

Harper und Cabot plauderten etwas mit Cavanaugh, während Will dem Kellner mit einem Nicken bedeutete, die Getränke zu servieren. Ein Glas mit einem Chateau Lafite von 1868 wurde Will gereicht. Er stammte aus seinem persönlichen Vorrat, den er hier im Club deponiert hatte, um jederzeit darauf zurückgreifen zu können. Cabot bekam ein Lagerbier und Harper seinen Kentucky Bourbon, während Cavanaugh ein Glas mit einer klaren Flüssigkeit serviert wurde, die den Eindruck erweckte, aus einer Hinterhofdestille zu stammen.

»Sie und Bennett hatten ja einen ziemlichen Zulauf in Yonkers«, sagte Cabot zu Will. »Die Nominierung ist auf einem guten Wege, soweit ich gehört habe.«

»Das hoffe ich doch. Wir haben eine weitere Kundgebung

auf Samstag in Albany angesetzt, komplett mit Parade. Ich bin froh, wenn ich den Zirkus hinter mir habe.«

Die Erinnerung an Albany ließ ihn auch wieder an Ava und vor allem an den Kuss denken, der ihm nicht mehr aus dem Sinn ging. Die Erfahrung war genauso köstlich gewesen, wie er befürchtet hatte – ein kleiner Vorgeschmack, um Feuer zu schüren, die zu entzünden er von vornherein kein Recht gehabt hatte. Sie hatte ihn schamlos, selbstbewusst und zielstrebig geküsst, als handelte es sich um einen letzten Wunsch, und Will hatte jeden verdammten Augenblick genossen. Zu sehr vielleicht, wie der Schmerz in seinem überbeanspruchten rechten Handgelenk bestätigte.

Cavanaugh schnaubte. »Ein Zirkus, ja, das ist das Einzige, was Albany zu bieten hat.«

»Stimmt«, sagte Harper lachend. »Aber Mr. Sloane, mir ist nicht klar, wie Sie Ihr Unternehmen weiter leiten wollen, wenn Sie gewinnen. Sie haben die Leitung von Northeast noch nie aus der Hand gegeben.«

»Das schaffe ich schon.«

Niemand fragte genauer nach, aber im Raum herrschte Skepsis vor. Will gab nichts darauf, weil er plante, sowohl seine Geschäfte weiterzuführen als auch eine politische Karriere zu verfolgen. Er würde größere Höhen als sein Vater erreichen, und wenn es ihn das Leben kostete. Der Gedanke bereitete ihm eine selbstzufriedene Genugtuung. Es würde seinen Vater erneut umbringen, wenn Will zum Vizegouverneur gewählt wurde.

Nun wandten sich die vier geschäftlichen Dingen zu. Harper und Cabot handelten für die Chicagoer Warenbörse eine auf Gegenseitigkeit beruhende Vereinbarung aus, während sich Will bereiterklärte, die Transportkosten für einen von

Cavanaughs Konkurrenten hochzutreiben, um im Austausch dafür Unterstützung bei den wachsenden Problemen mit der Gewerkschaft zu erhalten. Außerdem beschlossen sie auf Harpers Drängen hin, alle gemeinsam in ein Restaurant mit einem beeindruckenden französischen Chefkoch zu investieren.

Das Ganze dauerte über eine Stunde. Als schließlich die Drinks geleert waren und sich die Gespräche etwas anderem als geschäftlichen Dingen zuwandten, erhob sich Will. »Ich habe noch eine Verabredung, meine Herren. Wenn wir fertig sind, wünsche ich Ihnen einen guten Abend.«

Cavanaugh erhob sich ebenfalls. »Sloane, warte. Ich hab noch eben was mit dir zu besprechen.«

»Soll einer von uns als Schlichter dableiben?«, fragte Cabot. Die Frage war vernünftig, denn Cavanaugh und Will hatten in der Vergangenheit bereits die Fäuste fliegen lassen.

»Heute Abend nicht«, antwortete Cavanaugh und schüttelte den Kopf. »Im Moment habe ich nicht das Bedürfnis, ihn zu verprügeln.«

»Sehr komisch«, erwiderte Will gedehnt. »Gott weiß, was meine Schwester an dir findet, denn deinen Sinn für Humor teilt sie nicht.«

»Oh, ich weiß genau, was sie an mir findet«, antwortete Cavanaugh mit einem Grinsen. »Soll ich dir ein paar der interessanteren Gründe nennen?«

»Nicht, wenn du in der nächsten Zeit durch die Nase atmen willst«, fauchte Will. »Also, was willst du? Ich muss noch auf eine Dinner-Party.« Eine seiner Ehekandidatinnen würde zugegen sein, und er war gespannt darauf herauszufinden, wie sie einzuschätzen war.

Cavanaugh räusperte sich. »Elizabeth würde sich freuen,

wenn du in der kommenden Woche am Sonntag zu uns zum Abendessen kommen würdest. Wir brechen bald nach Newport auf, und ich will nicht, dass sie in ihrem Zustand mehr reist als absolut erforderlich.«

Will wollte seine Schwester sehen, aber er sah nicht ein, warum er sich in Cavanaughs Protzvilla begeben musste, um das zu tun. Er biss die Zähne zusammen und konnte sich nicht überwinden, zuzusagen.

»Ich kann es dir nachfühlen«, räumte Cavanaugh ein. »Mit dir in meinem Speisezimmer zu sitzen, entspricht auch nicht gerade meiner Vorstellung von einem erfreulichen Abend, aber ich ertrage es, damit meine Frau glücklich ist. Und wenn meine Frau glücklich ist, geschehen gute Dinge in meinem Haus.«

Der letzte Satz drehte Will den Magen um. Herrgott, besaß der Mann denn keinerlei Sinn für Schicklichkeit? »Hör auf, in dieser respektlosen Weise von meiner Schwester zu sprechen.«

Cavanaugh hob die Brauen. »Ich habe sie geheiratet, Sloane. Ich liebe sie, und wunderbarerweise liebt auch sie mich. Du solltest dich besser an diese Vorstellung gewöhnen.«

Bevor Will seinem Schwager entgegnen konnte, dass er sich nie an diese Vorstellung gewöhnen würde, wandte sich Cavanaugh an Harper. »Vielleicht wären Sie und Mrs. Harper bereit, ebenfalls zu kommen? Dann hätte ich wenigstens jemanden, mit dem ich mich unterhalten könnte.«

»Ich bin sicher, dass Mrs. Harper gern kommt. Sie mag Ihre Frau. Danke.«

»Mr. Cabot?«, fragte Cavanaugh. »Sind Sie auch dabei?«

Der Verleger schüttelte den Kopf. »Ich fahre am Sonntag nach Chicago.«

»Nun?« Cavanaugh verschränkte die Arme vor seiner breiten Brust und starrte Will an. »Was soll ich ihr sagen?«

Verflucht. »Ich werde da sein.« Dann fügte er hastig hinzu: »Jeder Abend außer Montag.« Er hatte zwar nicht vor, Avas Aufführung zu besuchen, aber er zog es vor, sich diese Möglichkeit für alle Fälle offenzuhalten. Aus irgendeinem Grund freute er sich darauf, sie zu sehen, ein hell funkelnder Punkt in seiner ansonsten tristen Woche.

Ava gestand es sich nur ungern ein, aber mit der Bahn aus New York herauszufahren war aufregend. Es war ihre erste Fahrt aus der Stadt, und sie saß in einem Personenwagen am Fenster und beobachtete fasziniert, wie das grüne, saftige Farmland an ihr vorbeirollte. Wie versprochen, war die Fahrkarte zu ihrer Wohnung gebracht worden. Ohne irgendeine Nachricht, aber sie hatte auch mit keiner gerechnet. Sie hatte nichts mehr von Will gehört oder gesehen, seit er ihr geholfen hatte, Tom aus dem Polizeigefängnis zu holen, dem Abend, an dem sie sich intensiv geküsst hatten. Dem Abend, an dem sie *den Fehler* begangen hatte, wie sie den Vorfall mittlerweile in Gedanken nannte.

Es war ein Fehler gewesen, ihn zu küssen. Obwohl der Kuss höchst ungebührlich gewesen war, hatte er sie während der gesamten vergangenen Woche beschäftigt. Hatte sie solch eine Leidenschaft, solch eine Intensität bei ihm vermutet? Die Art, wie sich seine Fingerspitzen in ihre Haut gegraben hatten. Das verzweifelte Ringen nach Luft an ihrem Mund.

Nein, das hatte sie gewiss nicht, und diese Erfahrung war eine Offenbarung gewesen. Der polierte und korrekte Will Sloane hatte weit mehr an sich, als sie gedacht hatte. Diese Entdeckung überraschte sie, und sie hatte es genossen, ihn zu küssen – weit mehr, als sie es eigentlich hätte tun dürfen. Es hatte sie überwältigt, als hätte sie in den Wellen von Coney Island Beach gestanden. Ein Rausch hatte sie fortgerissen und ihr den Boden unter den Füssen weggezogen.

Ein gefährliches Gefühl. Ava befand sich nicht mehr in der glücklichen Lage, sich solch einer Leichtfertigkeit hingeben zu können, ohne sich der Folgen bewusst zu sein, zu denen Dinge wie Herzschmerz und Erniedrigung gehörten ... oder Schlimmeres. Während ihrer Affäre mit Stephen, ihrem ersten und einzigen Liebhaber, hatte Ava ein Kind empfangen. Wie dumm sie gewesen war, zu glauben, dass er begeistert sein würde, nachdem er oft davon gesprochen hatte, dass sie zusammenleben würden ... und ein Kind bedeutete ja wohl sicherlich den Beginn ihrer gemeinsamen Zukunft.

Wie sehr sie sich geirrt hatte. Wie ganz und gar falsch sie gelegen hatte. Die van Dunns gehörten der oberen Mittelschicht an, und Stephen hatte unzählige Gründe angeführt, warum er sie nun nicht mehr sehen konnte. Sein Vater würde nicht akzeptieren, dass sein ältester Sohn so weit unter seinem Stand heiratete. Ava würde nie in seine Welt passen. Wie sollten sie beide sich ohne Geld ernähren können? Und die Ausflüchte gingen weiter und weiter ...

Seufzend schloss sie die Augen und bekämpfte den vertrauten Schmerz in ihrer Brust. So viel Kummer, Reue und Trauer war damit verbunden. Im dritten Monat hatte sie eine Fehlgeburt erlitten. Stephen hatte sich noch nicht einmal mehr nach ihrem Befinden erkundigt. Sie war entlassen worden, sobald ihre Schwangerschaft bekannt wurde, und das war es dann gewesen. Stephen hatte sich geweigert, Verantwortung für ihre Situation zu übernehmen.

Ja, Will Sloane war gefährlich, und Ava würde den gleichen Fehler nicht zum zweiten Mal machen.

Genau in diesem Moment wurde Albany angekündigt. Sie war noch nie zuvor auf einer politischen Veranstaltung gewesen und wusste daher nicht, was sie erwartete, wenn sie den Zug verließ. Politik machte Ava generell ratlos. Frauen wurden ignoriert oder herabgesetzt, während die Männer sich stritten wie die Kinder. In der Stadt strömten betrunkene Wahlkampfhelfer aus den Lokalen, um in den Straßen Fackeln zu schwenken, und meistens endeten ihre Märsche in einer Schlägerei.

Warum Will sich den korrupten Reihen der Politiker anschließen wollte, war ihr unbegreiflich. Er besaß doch bereits ein beachtliches Maß an Macht und Reichtum. War das nicht genug?

Sie stieg aus dem Zug, trat auf den Bahnsteig und sah sich um, wobei sie die Augen mit der Hand gegen die Mittagssonne abschirmte. Andere Fahrgäste hasteten hin und her und rempelten gegen ihre Arme und Schultern. In welche Richtung musste sie denn gehen, um zu der Kundgebung zu kommen?

»Miss Jones?«

Vor Ava stand ein beleibter älterer Herr mit einem buschigen Schnurrbart. Er wirkte völlig normal, aber ihre Erfahrungen in einer dicht besiedelten Großstadt ließen sie auf der Hut sein. »Wer will das wissen?«

Er tippte an seinen Hut. »Guten Tag, Miss. Mein Name ist Charles Tompkins. Ich bin der Wahlkampfberater von Mr. Bennett und Mr. Sloane. Ich wurde geschickt, um Sie zur Kundgebung abzuholen.«

»Oh, danke.« Will musste das veranlasst haben, und sie war ihm für seine Fürsorge dankbar. Obwohl sie Mr. Tompkins noch nie begegnet war, stellte John Madame Zalikow regelmäßig Fragen zu seinem Berater. Hatte Tompkins gelogen? Wollte er Johns Bestes? Madame Zalikow riet stets zur Vorsicht, weil sie den Mann nicht persönlich kannte. Vielleicht würde sich der heutige Tag ja doch noch als nützlich erweisen. Sie wies mit einer Handbewegung auf die Menge. »Gehen Sie vor, Mr. Tompkins.«

Minuten später hatten sie seine wartende Kutsche erreicht, und er half ihr beim Einsteigen. Während sie schwankend die Straße entlangholperten, beobachtete Ava durch das Fenster die Menschenmengen. Erstaunlich, wie viele Männer und Frauen sich hier versammelt hatten. Manche standen zusammen und unterhielten sich, andere waren in dieselbe Richtung wie ihre Kutsche unterwegs. Es war, als wären alle Bewohner Albanys im Umkreis von fünfzehn Kilometern auf die Straße gekommen, um an der heutigen Veranstaltung teilzunehmen.

»Sind Sie schon einmal auf einer politischen Kundgebung gewesen, Miss Jones?«

»Nein, das bin ich nicht. Ich interessiere mich nicht für Politik.«

»Erstaunlich, dass Mr. Sloane Sie dann aus der Stadt hierher eingeladen hat.«

Offensichtlich wollte er, dass Ava ihm die Einzelheiten erläuterte, wozu sie aber keinerlei Bereitschaft verspürte. Sie wollte diese Fahrt nur so schnell wie möglich hinter sich bringen, und die Gründe, warum sie hier war, gingen niemanden etwas an.

Eine Kombination aus Rot und Blau vor dem Fenster weckte

ihre Aufmerksamkeit. »Was ist das für eine Gruppe, die da hochmarschiert, mit den blauen Röcken und den roten Armbinden?«

»Das, meine Liebe, sind Mitglieder der Bennett Band, unsere Unterstützer hier in Albany. In jeder Stadt geben sich die Wahlkampfclubs etwas andere Namen, wobei wir mehr als eine Bennett Band haben. In Schenectady und Saratoga Springs verwenden sie ebenfalls diesen Namen.«

Sie nickte mit geheucheltem Interesse, auch wenn sie nicht verstand, warum es so kompliziert sein musste. Wählen sollte einfach sein, doch die ganze Wahlprozedur in Amerika wirkte eher wie ein betrunkener, durch und durch korrupter Zirkus.

»Der Ablauf des Tagesprogramms ist leicht zu merken«, fuhr er fort. »Es beginnt mit einem Marsch und einem Umzug, dann nehmen alle an einem öffentlichen Grillfest auf der Rasenfläche vor dem Parlamentsgebäude teil. Anschließend halten Bennett und Sloane eine kurze Rede, und danach gehen die Festlichkeiten noch bis zum späten Abend weiter.«

Das konnte ja sein, aber sie würde nicht daran teilnehmen. Sie plante, einen Nachmittagszug zu nehmen, der sie vor Anbruch der Dunkelheit wieder nach Hause brachte. Ihr Tagesprogramm sah nicht vor, dass sie eine Minute länger in Albany blieb als nötig.

»Und Sie glauben, dass Ihnen das im Herbst Stimmen einbringt?«

Er nickte und strich sich über seinen langen Schnurrbart. »Es geht darum, das Wachstum unserer Partei anzuregen, was sich dann in Stimmen niederschlagen wird, ja. Mr. Sloane hat mir nicht erzählt, woher Sie beide sich kennen. Sind Sie eine Freundin der Familie?«

»Das könnte man so sagen.«

Ein gespanntes Schweigen legte sich über sie, bis er meinte: »Ich habe das Gefühl, als hätte ich Sie schon einmal gesehen. Auf einer Veranstaltung oder einer Party ... Möglicherweise bei einer Vorstellung?«

Sie konnte nicht sagen, ob er sie wirklich wiedererkannt hatte oder versuchte, sie als Wills Geliebte zu entlarven. Beide Möglichkeiten waren beunruhigend, wenn auch aus völlig unterschiedlichen Gründen. Allerdings glaubte sie nicht, dass er ohne blonde Perücke und starke Bühnenschminke eine Ähnlichkeit zwischen ihr und Madame Zalikow erkennen konnte. »Das bezweifele ich sehr«, erwiderte sie.

»Schon gut, schon gut. Wir sind auch schon am Ziel. Ich hatte den Kutscher angewiesen, Sie ans Ende der Marschroute zu fahren. Von hier aus kommt man anschließend leichter zum Rasen vor dem Parlamentsgebäude.«

Die Kutsche verlangsamte ihre Fahrt und hielt. Tompkins stieg nach unten und half ihr aus der Kutsche. Dann zeigte er auf die andere Straßenseite. »Die beste Stelle ist dort, an der Ecke da. Wir sehen uns beim Essen. Genießen Sie die Parade, Miss Jones.«

»Danke.« Sie öffnete ihren Parasol, einen der wenigen Gegenstände, die ihr noch von ihrer Mutter geblieben waren, und schirmte damit ihr Gesicht gegen die Sonne ab.

Es war etwas schwierig, die Straße zu überqueren, weil hier ein größeres Gedränge herrschte. Überall liefen Männer mit schwarzen Melonen und Frauen mit Hauben herum, und Ava staunte über die große Anzahl von Menschen, die gekommen waren, um Will und John zu sehen. Zog jede Kundgebung so viele Unterstützer an?

Will hoffte, sie davon zu überzeugen, dass sie ein Risiko für den Wahlkampf der beiden darstellte. Es war schwer zu glauben, dass sie irgendeinen ernsthaften Schaden anrichten konnte, selbst wenn die hier versammelte Menschenmenge nicht nur aus Unterstützern bestand. Wie sollte ein Wahlkampf mit so bekannten Kandidaten und der Unterstützung durch Sloanes Vermögen verloren werden können?

Sie kämpfte sich zu der Menge an der Ecke durch, ohne sonderlich darauf zu achten, sich einen günstigen Beobachtungspunkt zu sichern. Ja, sie war einverstanden gewesen, bei der Parade dabei zu sein, aber sie hatte nie versprochen, dass sie es genießen würde.

Will lehnte sich mit einer Schulter gegen den Fensterrahmen und nippte an seinem Getränk. Die Parade war in vollem Gange. Ein Meer aus Blau und Rot marschierte mit Musikinstrumenten und Fahnen durch die Straßen. Er und Bennett beobachteten die Festlichkeit bequem von einem Zimmer im ersten Stock auf der anderen Straßenseite aus, während die Bennett Band die Massen unterhielt. Wie üblich würden die beiden Kandidaten erst zum Grillfest erscheinen.

Er versuchte, die Menge nicht nach Ava abzusuchen. Sie war vermutlich irgendwo dort unten, zweifellos voller Unbehagen und auf eine Fluchtmöglichkeit sinnend. Aber sie würde beim Essen da sein; seine Drohung stellte das sicher.

»Ein weiterer ruhmreicher Tag«, verkündete Tompkins, als er eintrat. »Sieht aus, als wäre jeder Wähler von hier bis Schenectady gekommen.«

»Ja, gute Arbeit, Charles«, sagte Bennett. »Die Blaskapelle aus jungen Frauen am Anfang war genial.«

»Das fand ich auch.« Tompkins sah aus dem Fenster. »Ihre Freundin, Miss Jones, ist sicher angekommen. Ich habe sie an der Ecke abgesetzt, genau da, wo sich die Parade nach Süden zum Parlamentsgebäude wendet.«

Das war direkt unter seinem gegenwärtigen Beobachtungspunkt. »Danke. Ich weiß es zu schätzen, dass Sie zum Bahnhof gefahren sind, um sie dort abzuholen.« Will wäre gern selbst hingefahren, aber der Wunsch, sie wiederzusehen, war gefährlich. Er sollte sich besser von ihr fernhalten, statt sie herumzufahren.

»Besser ich als Sie. Schließlich kann ich nicht zulassen, dass einer unserer Kandidaten wie ein Diener zum Bahnhof zuckelt.«

Sie beobachteten ein paar Minuten lang schweigend die Geschehnisse. Dann räusperte sich Tompkins und fragte: »Übrigens, besteht eine romantische Beziehung zwischen Ihnen beiden?«

Will umfasste das Kristallglas in seiner Hand fester. »Sie erwarten doch nicht im Ernst, dass ich Ihnen darauf eine Antwort gebe, oder?«

»Nein, aber das Mädchen kommt mir bekannt vor. Ich habe das Gefühl, sie vorher schon einmal irgendwo gesehen zu haben.«

»Das bezweifele ich.« Will war sich sicher, dass Tompkins Madame Zalikow noch nicht persönlich begegnet war, aber vielleicht irrte er sich. »Und Sie werden sie nach heute auch nicht noch einmal sehen.«

»Hervorragend. Sie dürfen mir meine Neugier nicht verübeln, wissen Sie. Wir wollen, dass Sie sich mit einer Ihrer Debütantinnen verloben, einem Mädchen, das die Zeitungen begeistert, und sich nicht mit einer Frau abgeben, die einen schmutzigen Parasol bei sich trägt, der seit Lincolns Regentschaft aus der Mode ist.«

Will verlagerte sein Gewicht, löste sich vom Fensterrahmen und richtete sich auf. »Ja, aus genau diesem Grunde hatte *ich* ursprünglich diese Idee. Aber abgesehen davon geht es Sie nichts an, Tompkins, wen ich in mein Leben zu holen beschließe. Und wenn Sie anfangen, sich darüber den Kopf zu zerbrechen, verlasse ich dieses Rennen schneller als ein lahmes Vollblut in Jerome Park.«

»Also hören Sie«, setzte Tompkins mit geblähter Brust an. »Wir waren uns einig, dass Sie ...«

»O nein!«, unterbrach Bennett die beiden. »Die Männer da ... Das kann Probleme geben. Sehen Sie dort, die Gruppe mit den weißen Jacken. Ich glaube, das sind Robert Murphys Jungs. Weißhüte werden sie genannt.«

Will wandte sich zum Fenster. Und da, auf einer Erhebung nahe dem Ende der Strecke, standen rund fünfzig junge Männer mit weißen Jacken und Hüten und beobachteten die Parade. Er konnte es nicht genau sehen, aber es wirkte so, als ob dort auch Eimer auf dem Boden stünden.

»Was haben sie da?«, fragte Bennett und wischte über die beschlagene Scheibe, um besser sehen zu könnten. »In den Eimern da. Sehen Sie?«

»Sind das Eier?« Tompkins sah genauer hin.

Nein, die Form stimmte nicht; sie war nicht länglich-rund wie bei Eiern. Die Gegenstände in den Eimern waren unregelmäßig geformt. Wills Magen krampfte sich zusammen, und er ließ das Glas in seiner Hand auf den Boden fallen. »Steine. Mein Gott, das sind Steine!«

Ava. Sie befand sich mitten im Gedränge. Bereits ein Stein konnte schwere Verletzungen verursachen, sogar jemanden töten. Lieber Himmel, er musste sie finden, bevor die Weißhüte begannen, Steine auf die versammelten Menschen zu werfen.

Will wirbelte herum und rannte aus dem Raum zu den Treppen. Schweiß sammelte sich auf seiner Stirn, und das Herz hämmerte in seiner Brust, während er zwei und drei Stufen auf einmal nach unten nahm. Sobald er auf der Straße war, rannte er achtlos zwischen den Menschen und Pferden hindurch. Falls nötig, schrie er eine Entschuldigung, ohne sein Tempo zu drosseln.

Voller Sorge suchte er die Menge nach einem Hinweis auf sie ab, aber da sie kleiner war als fast alle anderen, wurde sie von einem Meer nichtsahnender Menschen verdeckt. *Verflucht. Ich hätte sie niemals zwingen dürfen, herzukommen.*

Rechts von ihm ertönte ein markerschütternder Schrei, und er sah einen Steinhagel auf die Parade niedergehen. Alle blieben stehen und blickten sich um. Einige riefen und zeigten auf die Stelle, an der sich die Weißhüte versammelt hatten.

Will legte die Hände über seinen Hut, als eine Welle der Verwirrung und Angst die Umstehenden erfasste. Hunderte Menschen begannen, in unterschiedlichste Richtungen zu rennen, um den Steinwürfen zu entgehen. Dadurch war ein weiteres Fortkommen unmöglich. In ein paar Augenblicken konnte die Lage lebensgefährlich und Menschen niedergetrampelt werden.

Der Lärm steigerte sich, und man hörte noch mehr Rufe und Schreie, während die Steine herniederprasselten. Will setzte seine Schultern ein, um sich einen Weg durch die Menge zu bahnen. Er musste Ava finden und sie hier rausholen.

Ein Stein traf seinen Rücken, und durch die dünne Wolle seines Mantels drang ein stechender Schmerz. Keine Armweite von ihm entfernt stürzte eine ältere Frau zu Boden, und er blieb stehen, um ihr wieder auf die Beine zu helfen. »Laufen Sie zu dem Gebäude da drüben«, schrie er und zeigte in die entsprechende Richtung. »Verlassen Sie die Hauptstraße.« Sie stolperte von dannen, und er drängte weiter voran und musterte jede Frau mit braunen Haaren, um sich zu versichern, dass es sich nicht um Ava handelte. Aber er war hier von Tausenden umgeben, und die Wahrscheinlichkeit, dass er sie fand, war gering.

Als er sich der Ecke näherte, war die Versammlung in eine Schlägerei ausgeartet. Die Weißhüte schleuderten noch immer Steine in die Menge, und Mitglieder der Bennett Band wehrten sich mit Ziegelsteinen und dicken Ästen. Alle anderen versuchten zu fliehen. »Ava!«, schrie er und ließ den Blick über die Gesichter um sich herum streifen. »Ava Jones!«

Sein Blick irrte umher, und ein Kloß aus Angst und Frustration setzte sich in seiner Kehle fest. Wenn ihr heute etwas geschah, würde er sich das nie vergeben. Was hatte er sich beweisen wollen, als er sie gezwungen hatte, zu dieser Veranstaltung zu kommen? »Ava!«, brüllte er und trat auf den Gehsteig. Notfalls würde er schreien, bis er heiser war. Auf keinen Fall würde er Albany ohne sie verlassen. »Ava!«

»Will!«

Ein leiser Ruf, aber er hatte ihn eindeutig gehört. *Verdammt, wo ist sie?* Er reckte den Hals und suchte nach ihr. »Ava! Wo sind Sie?«

»Will! Hier drüben, bei der Laterne!«

Er drehte sich zur Straßenlampe hin und sah den oberen Teil ihres Kopfes über der vorwärts drängenden Menge. Sie hatte sich an den Metallmast geklammert. Ihre Augen waren vor Angst weit aufgerissen, und ihre Haube war verrutscht. Erleichterung durchströmte ihn und ließ seine Knie weich werden. »Bleiben Sie da!«, schrie er und kämpfte sich mit beiden Armen durch die rasende Menge, bis er zu ihrer Straßenseite vorgedrungen war. Unfähig, sich zurückzuhalten, schlang er seine Arme um sie und zog sie an seine Brust. »Sind Sie verletzt?«

Sie schüttelte den Kopf und sagte etwas Unverständliches, das von seiner Seidenweste gedämpft wurde.

»Los, kommen Sie. Ich bringe Sie hier raus.« Er presste sie mit einem Arm an sich, um ihnen mit dem anderen einen Weg durch die zusammengedrängten Menschen zu bahnen.

»Warten Sie! Mein Parasol!« Sie versuchte, ihn von sich wegzuschieben, doch er hielt sie fest. »Ava, den werden Sie nicht mehr finden.«

»Doch! Ich muss meinen Parasol finden. Er hat meiner Mutter gehört.« Sie wehrte sich gegen seinen Griff, und er bemühte sich, sie nicht loszulassen. Panisch sah sie sich nach allen Seiten um, während sie den Boden nach dem Parasol absuchte. »Lassen Sie mich los!«

»Ich kaufe Ihnen einen neuen«, fuhr er sie an. Die Steine prasselten nicht weit von ihnen immer noch auf die Menge herab. Dabei konnte jemand ernsthaft verletzt werden, und sie sorgte sich um ihren verdammten Parasol?

Zwei Handflächen legten sich an seine Wangen und zwangen ihn, sie anzusehen. »Will, ohne ihn gehe ich hier nicht weg.« Die Ernsthaftigkeit ihrer Äußerung stand ihr ins Gesicht geschrieben, und er seufzte. *Verflucht.*

Er beugte sich vor und suchte den Boden um die Stelle, an der sie zuvor gestanden hatte, ab. Nach einem Moment entdeckte er ihn. Ein zerknitterter gelber Parasol lag in der Gosse, ein bedauerliches Opfer der Massenpanik.

»Ich sehe ihn«, rief er. Während Ava sich an seine Kleidung klammerte, wehrte er die Ellenbogen, Rücken und Schultern ab, die von allen Seiten auf sie eindrangen, um die Bordsteinkante zu erreichen. Er schlang einen Arm um sie und griff mit dem anderen nach ihrem Parasol.

Sobald er ihn hatte, verlor er keine Zeit, sie zum Bahnhof zu bringen, wo Sicherheit und sein Privatwaggon warteten. Er würde sie aus Albany wegbringen, komme, was wolle.

KAPITEL ACHT

Ava atmete aus und trank noch einen Schluck von dem erstklassigen Weinbrand, den ihr Will vor ein paar Augenblicken in die Hand gedrückt hatte. Es sei französischer Cognac, hatte er gesagt und sie angewiesen, ihn zu trinken. Dann war er fortgegangen, um sich um ihre Heimreise zu kümmern. »Ich bringe Sie nach Hause«, war alles, was er zu ihr gesagt hatte, bevor er aus dem Wagen gestiegen war.

Ihre Hände zitterten noch immer. Mein Gott, sie hatte in ihrem ganzen Leben noch nie so viel Angst gehabt. Unter normalen Umständen störte sie der Größenunterschied zu anderen Menschen nicht weiter, aber in einer aufgepeitschten, gewaltbereiten Menge konnte er über Leben und Tod entscheiden. Von allen Seiten hatten Hände und Füße gestoßen und geschoben, und sie war zwei Mal zu Boden geworfen worden, bevor sie schließlich den Laternenmast erreicht hatte. Sobald sie dort angelangt war, hatte sie beschlossen abzuwarten, bis sich der Tumult gelegt hatte, weil entweder die Polizei erschienen war und für Ordnung gesorgt hatte oder den Männern die Puste ausgegangen war.

Am Ende hatte es sich als unnötig erwiesen, zu warten, denn

Will war gekommen. Er hatte sie *gefunden* und dem Hornissennest getrotzt, um sie in Sicherheit zu bringen. Sie konnte es nicht glauben, vor allem, da sie beide sich ständig uneins waren. Im Grunde war sie für ihn doch nur ein Ärgernis, das er verschwinden lassen wollte. Warum sollte er sich die Mühe machen, sie zu retten?

Sie schob den Gedanken beiseite. Der Grund interessierte sie nicht, nicht jetzt. Zweifellos würde sie später darüber rätseln, wenn sie nicht mehr in seinem luxuriösen Privatwagen saß und nicht mehr in einen Samtsitz geschmiegt einen erlesenen Cognac aus einem schweren Kristallglas trank. Doch in diesem Augenblick empfand sie nur eine tiefe Dankbarkeit und Erleichterung.

Ihr Blick fiel auf einen zerknitterten gelben Haufen auf dem Boden. Er hatte den Parasol ihrer Mutter gerettet, eine schlichte Geste, die sie unendlich berührte. Es handelte sich zwar nicht um einen wertvollen Gegenstand, aber er besaß einen großen emotionalen Wert für sie und war unersetzlich. Natürlich hatte ihr Beharren, das schäbige Ding zu bergen, ihn irritiert, aber er hatte es trotzdem getan.

Sie trank noch einen Schluck Cognac, um die Zärtlichkeit hinunterzuspülen, die ihr die Kehle zuschnürte. Es war zu gefährlich, irgendetwas für Will zu empfinden. Er war selbstherrlich und arrogant, ein unbeugsamer Mann, der es gewohnt war, seinen Willen durchzusetzen. Seine Welt mit Partys und Champagner, Debütantinnen und Kontertänzen war nichts, was sich Ava auch nur ausmalen konnte. Sie lebte im realen New York mit Dreck und schmutziger Knochenarbeit und einem ständigen Mangel an Zeit und Geld, der verhinderte, dass sie auch nur die einfachsten Vergnügungen genießen konnte.

Dennoch, sie hatte jetzt die Möglichkeit, für einen Moment lang ein kleines Häppchen seiner Welt zu genießen. Auf jeden Fall hatte sie das verdient, nachdem sie auf sein Geheiß heute hierhergekommen war.

Sie lehnte sich in dem weichen Sofa zurück und sah sich um. Der Wagen hätte ohne weiteres dem Mitglied eines Königshauses gehören können, wobei sie annahm, dass die Sloanes für amerikanische Verhältnisse einem Königshaus denkbar nahekamen. Und dieser langgestreckte Raum mit seiner dunklen Mahagoniausstattung und den goldenen Details war schöner als die meisten Häuser, die sie gesehen hatte. Buntglasfenster erstreckten sich über die gesamte Länge des Waggons und ließen bunt geflecktes Licht hereindringen, das dem Inneren eine Ehrfurcht gebietende Atmosphäre verlieh. Es gab zwei voneinander getrennte Sitzecken mit stabilem Mobiliar, das mit edlen Stoffen bespannt war, und kristallene Gaslampen verbreiteten zusätzliches Licht. Die exotischen, handgewebten Brücken unter ihren Füßen waren zweifellos aus einem Land importiert worden, von dem sie noch nie zuvor gehört hatte.

Er ist der Präsident der Eisenbahn. Hast du erwartet, dass er wie der gemeine Pöbel reist?

Sie hatte die Kluft zwischen ihnen nie intensiver gefühlt als in diesem Augenblick. Er hatte den Ritter in strahlender Rüstung gespielt, der sie gerettet und in seinen noblen Schloss-Waggon gebracht hatte. Aber sie war alles andere als eine Prinzessin.

Sie war nicht in eine wohlhabende, privilegierte Familie hineingeboren worden. Ihre Eltern waren hart arbeitende New Yorker der dritten Generation gewesen, die alle Mühe hatten, die Familie zu kleiden und zu ernähren. Als sie 1885 an Grippe starben, war das Leben der Geschwister Jones erschreckend hart geworden. Ava hatte an vielen Tagen Mahlzeiten ausgelassen, damit die anderen genug zu essen hatten. Sie hatte alles, was sich in ihrem Besitz befand und irgendeinen Wert hatte, verkauft. Sie hatte im schwachen Licht der Gaslampe Kleidung geflickt, bis sie das Gefühl hatte, kaum noch etwas sehen zu können. Bevor ihr die Idee mit Madame Zalikow gekommen war, hatte es Zeiten gegeben, in denen sie fürchtete, dass ihr nur noch ein Gewerbe genug einbringen konnte, um zu überleben.

Die Tür flog auf, und Will eilte die Treppen hoch und in den Wagen. Sein sandblondes Haar war wie immer makellos frisiert, seine Kleidung nach wie vor perfekt gebügelt. Niemand hätte geahnt, dass er eben gerade einer wild gewordenen Menge getrotzt hatte. Was war nötig, um diesen Mann zu erschüttern?

»Wir werden in zehn Minuten abfahren«, kündigte er an und ging zu einer Vitrine, in der mehrere Kristallkaraffen standen. Er griff nach dem Hals einer der Karaffen und goss einen großen Schuss einer bernsteinfarbenen Flüssigkeit in ein schweres, geschliffenes Glas, das er mit einem Schluck leerte.

Hmmmm. Vielleicht war er erschütterter, als sie gedacht hatte.

Er füllte das Glas erneut. Dann ließ er sich in einen Sessel gegenüber dem Sofa fallen, auf dem sie saß, und streckte seine langen Beine aus. Es war ihr zuwider, dass sie bemerkte, wie sich die Muskeln seiner Oberschenkel unter seiner Hose abzeichneten und die breiten Schultern an dem dünnen Stoff seines Mantels zogen. Aber sie war sich seiner deutlich bewusst, und ihr Blut kochte allein schon durch seine Gegenwart.

Plötzlich hörte sie die Stimme ihrer Mutter in ihrem Kopf. *Ich habe immer gewusst, dass du in Schwierigkeiten gerätst, Mäd-*

chen. Wenn Ava jedes Mal, wenn sie diese Worte gehört hatte, einen Penny bekommen hätte, dann könnte sich die Familie Jones jetzt problemlos jeden Abend Fasan leisten.

Aber sie sah immer noch vor sich, wie sich Will vorhin wie ein General auf dem Schlachtfeld ins Chaos gestürzt und sich von nichts und niemandem hatte aufhalten lassen. Ihr Körper wurde bei der Erinnerung daran an einer bezeichnenden Stelle warm.

»Ich hoffe, Sie wissen, wie sehr ich bedauere, was heute geschehen ist«, sagte Will und zog ihre Aufmerksamkeit wieder auf sich. »Es war niemals meine Absicht, Sie einer Gefahr auszusetzen.«

»Das hoffe ich. Und danke, dass Sie nach mir gesucht haben. Ich hatte schon befürchtet, dass ich gezwungen sein würde, so lange zu warten, bis sie sich alle gegenseitig umgebracht haben oder es zu regnen anfängt.«

Seine Mundwinkel hoben sich unmerklich, das einzige Zeichen, dass er möglicherweise amüsiert war. »Vermutlich hätten sie sich irgendwann beruhigt.«

»Dann ist also nicht jede Kundgebung solch ein Chaos?«

»Absolut nicht. Normalerweise warten sie mit den Ausschreitungen, bis das Essen zur Neige geht.«

Sie legte den Kopf schräg und musterte ihn. »Ich bin mir nicht sicher, aber ich glaube, dass William Sloane gerade einen Scherz gemacht hat.«

»Sie sagen das, als hätte ich keinen Sinn für Humor.« Er hob sein Glas an die Lippen und trank einen Schluck. »Das ist denkbar weit von der Wahrheit entfernt.«

Unsinn. Wenn man nach ihren bisherigen Begegnungen ging, war der Mann so dröge wie ausgetrocknetes Stroh. »Tatsächlich? Im Club sind Sie außerordentlich amüsant, nicht wahr?«, sagte sie und bemühte sich dabei um eine gezierte britische Aussprache.

Er schüttelte den Kopf. »Sie hören sich schrecklich an, wenn Sie Akzente nachahmen.«

»Das stimmt nicht! Ich kann fast jeden imitieren.« Mehrere Leute hatten sich im Laufe der vergangenen zwei Jahre wohlwollend über ihre Fähigkeit der Nachahmung geäußert. Und sie konnte Bauchreden, ein Trick, den sie bereits einmal bei ihm angewendet hatte. »Jeder glaubt, dass Madame Zalikow eine Russin ist.«

»Wenn Sie das sagen«, entgegnete er und prostete ihr zu, bevor er einen Schluck trank.

»Sie verspotten mich.« Merkwürdigerweise machte es ihr nichts aus. Sie stichelten gegeneinander, forderten sich heraus, wie sie es üblicherweise taten, aber diesem Austausch fehlte die Bösartigkeit, die in ihren früheren Unterhaltungen zu finden gewesen war. Vielleicht waren sie beide noch immer durch das gerade Geschehene erschüttert, aber Ava konnte einfach nicht wütend werden auf den Mann, der sie vor den zornigen Massen gerettet hatte. Wahrscheinlich würde er sie in ein paar Minuten wieder zur Weißglut treiben, im Augenblick jedoch ... genoss sie es.

»Das tue ich«, gestand er ohne die Spur einer Entschuldigung in seiner Stimme. »Warum eine Russin? Madame Zalikow hätte auch problemlos eine Französin oder Italienerin sein können. Sie haben da einen sehr schwierigen Akzent ausgewählt.«

»Russisch haben weniger Menschen gehört, und darum dachte ich, dass es leichter sein würde, mit Fehlern durchzukommen. Außerdem haben damals mehrere russische Frauen in unserem Gebäude gewohnt.« Ava hatte den älteren Damen stundenlang zugehört und gelernt, wie rau sie Vokale und wie schroff sie Konsonanten aussprachen, und geübt, bis sie die Aussprache korrekt nachahmen konnte. »Geben Sie es zu, William«, sagte sie mit ihrem bestmöglichen russischen Akzent. »Sie haben geglaubt, dass ich Russin bin, als Sie mich zum ersten Mal gehört haben.«

»Keine Sekunde lang. Sagen Sie, mit wie vielen Stammkunden treffen Sie sich regelmäßig?«

»John eingeschlossen, sind es elf. Warum?«

»Und Ihr restliches Einkommen stammt von den Bühnenshows?«

»Ja, aber ich veranstalte auch noch eine respektable Zahl an häuslichen Séancen. Drei pro Monat, manchmal mehr. Sie sind sehr lukrativ.« Seltsam, auf diese Weise mit jemandem über ihr Geschäft zu sprechen, aber Will war schließlich Geschäftsmann, und ganz sicher grenzten seine Praktiken ebenfalls häufig ans Illegale. Vielleicht verstanden sie sich besser, als sie gedacht hatte.

»Warum sind sie so lukrativ?« Er klang neugierig und nicht verurteilend, wie sie erwartet hätte.

»Zusätzlich zu der Gebühr für die Séance bezahlen viele der Teilnehmer noch für ein anschließendes privates Reading.«

»Unglaublich«, sagte er verächtlich. »Dummheit kennt keine Grenzen. Erzählen Sie mir, wie Sie den Tisch in Ihrer Show haben schweben lassen? Ist da jemand unter dem Boden?«

Ava trank einen Schluck von ihrem Cognac und genoss, wie die Wärme ihre Kehle hinab in ihren Bauch glitt. Dabei überlegte sie, ob sie es ihm erzählen sollte. Sie gab ihre Geheimnisse grundsätzlich nicht preis, auch wenn für die Ausführung der Tricks zusätzlich noch einiges an Können erforderlich war. Nicht jeder konnte sich aus einer Fesselung mit einem Seil befreien oder ein Schloss hinter seinem Rücken knacken. Ein Medium zu sein ging über Trance und Hymnen hinaus. Sie hatte sich eingehend mit allem befasst und monatelang geübt, um ihre Darbietung zu verfeinern. Zum Tischrücken brauchte man beispielsweise ein kleines, leichtes Möbelstück. Sie positionierte dann einen Fuß unter einem Tischbein und benötigte starke Beinmuskeln und eine schummerige Beleuchtung. Den Tisch schweben zu lassen war etwas schwieriger. Dazu mussten hinter den Kulissen Seile gezogen werden.

Aber wenn sie ihm das alles anvertraute, würde sie zugeben, dass sie eine Betrügerin war. Genau das hatte er ihr ja die ganze Zeit vorgeworfen, und sie weigerte sich, ihm diese Genugtuung zu verschaffen. Zweitens würde er, wenn er die Bestätigung für ihren Betrug hatte, damit fraglos sofort zu John Bennett rennen. Also antwortete sie: »Die Geister sind sehr mächtig. Sie heben den Tisch, nicht ich.« Sie trank einen weiteren Schluck und verbarg dabei ihr Lächeln hinter dem Glas.

Er stieß einen lauten Seufzer aus. »Ich wünschte, Sie würden mir vertrauen.«

Ich habe schon vor langer Zeit gelernt, Männern wie Ihnen nicht zu vertrauen. Sie hätte die Worte am liebsten ausgesprochen, aber sie unterdrückte sie. Er durfte nicht noch mehr Informationen bekommen, da er ohnehin bereits zu viel wusste. »So wie Sie mir vertrauen?«

Er musterte sie und trommelte mit den Fingern auf der Armlehne. »Ich spiele keine Rolle, um anderen Menschen Geld abzuknöpfen.«

»Nein? Ob Sie nun ein Politiker sind, der das erzählt, was die Öffentlichkeit hören will, oder als Geschäftsmann Ihre Geschäftspartner unter Druck setzen, um zu bekommen, was Sie wollen, stets spielen Sie eine Rolle. Jeder spielt eine Rolle, und wenn es nur darum geht, der Welt zu zeigen, was sie unserer Meinung nach sehen will.«

»Natürlich wollen Sie glauben, dass das stimmt.« Er beugte sich in seinem Sessel vor, und seine plötzliche Schmallippigkeit und sein angespannter Kiefer zeigten, dass er verärgert war. »Ich bin kein …«

Die Außentür ging auf und schnitt Wills Tirade ab. John Bennett trat ein. Jeder Muskel in Avas Körper verkrampfte sich. Sie wünschte, der Boden würde sich auftun und sie vollständig verschlucken. Aber so viel Glück hatte sie nicht. Alles, was sie jetzt tun konnte, war zu beten, dass John sie nicht erkannte.

Will hätte über diese Unterbrechung am liebsten laut geflucht und den Störenfried angefahren. Aber als er sah, wer es war, konnte er nichts von beidem tun, weil es die Neugier der beiden Männer nur schüren würde, wenn er sie von Ava fernhielt.

Bennett schritt zur Sitzecke und blickte aufmerksam zwischen Will und Ava hin und her. Tompkins folgte ihm mit schnellen Schritten. »Schön, dass Sie die junge Dame unverletzt aufgefunden haben«, sagte Bennett. »Wollen Sie uns nicht einander vorstellen, Mr. Sloane?«

Will unterdrückte seine Frustration und sagte: »Miss Jones, gestatten Sie mir, Ihnen Mr. John Bennett vorzustellen, den nächsten Gouverneur des wunderbaren Staates New York.«

Bennett machte eine wegwerfende Handbewegung, als würden ihn die Worte verlegen machen. Will wusste es besser. Bennett liebte jede Art von Aufmerksamkeit. Das war auch ein Teil des Grundes, warum er so gerne mit seinem »Medium« Madame Zalikow plauderte.

»Nun, Mr. Sloane«, sagte Bennett, »Sie wissen ja, dass die Wähler über den Ausgang zu entscheiden haben. Wie schön, Sie kennenzulernen, Miss Jones.« Er verbeugte sich förmlich, was Avas Unbehagen nur noch zu verstärken schien.

Der Augenblick zog sich in die Länge, und ihre Erwartungshaltung prägte die Atmosphäre. Ein paar Worte. Das war alles, was es Will kosten würde, um ihre Karriere zu vernichten. Er musste nur den Mund öffnen und Bennett die Wahrheit sagen. *Sie sind ihr bereits begegnet. Dies ist das Medium, das Sie für spirituelle Ratschläge bezahlen: Madame Zalikow.*

Avas wissender Blick traf den seinen, und ihre runden, braunen Augen funkelten herausfordernd. Sie nahm an, dass er reden und sie bloßstellen würde. Und ja, warum sollte er das nicht tun? Er versuchte seit Wochen, ihr das Handwerk zu legen und sie aus Bennetts Leben zu entfernen. Aber das war gewesen, bevor ... bevor er ihren Bruder kennengelernt und von ihren Nöten und ihrer jüngeren Schwester erfahren hatte, die in einer Kleiderfabrik schuftete. Bevor er herausgefunden hatte, wie diese Frau ihren Geschwistern ganz allein ein besseres Leben ermöglichte, als es ihren Eltern zuvor gelungen war. Und bevor er sie geküsst und ihre Süße auf seiner Zunge gekostet hatte.

Herrgott noch einmal, reiß dich zusammen. Er war einer der gefragtesten Männer von New York. Wenn er Zuneigung zu jemandem wie Ava entwickelte, war das schlicht und einfach lächerlich. Die Frau war der personifizierte Schwindel, und das hier war Wills Chance, ihrer Verbindung ein für alle Mal ein Ende zu setzen. *Sag es. Sag es jetzt.* Er versuchte, die Aussage zwischen seinen zusammengepressten Kiefern hindurchzuzwingen ... aber kein Ton kam aus seiner Kehle.

»Das Vergnügen ist ganz meinerseits«, sagte Ava geschmeidig in die Stille hinein und senkte das Kinn. »Schön, Sie wiederzusehen, Mr. Tompkins, obwohl ich wünschte, es wäre unter erfreulicheren Umständen geschehen.«

»Ja, der heutige Tag war für uns alle eine Enttäuschung«, sagte Tompkins und ließ sich auf einem Sessel nieder.

Bennett ging zum Buffet und goss sich ein Glas von Wills fünfundsiebzig Jahre altem Cognac ein, was Wills Aufmerksamkeit kurz ablenkte. Bennett hatte nicht gerade das, was Will als einen feinen Gaumen bezeichnen würde. Der Mann kannte noch nicht einmal den Unterschied zwischen einem Bordeaux und einem Bourbon. Und wie erwartet, kippte Bennett den teuren Cognac hinunter, als leerte er an einem sengend heißen Tag in Georgia ein Glas dünner Limonade.

»Interessieren Sie sich für Politik, Miss Jones?« Bennett ließ sich auf die andere Seite des Sofas fallen und lehnte seinen Körper auf eine übermäßig ungezwungene Art zu Ava hinüber, worauf sich Wills Schultern verkrampften.

»Nein, leider nicht. Mr. Sloane hat darauf bestanden, dass ich die Kundgebung heute besuche. Sonst wäre ich in Brooklyn in der Bäckerei meines Vaters.«

»In Brooklyn!«, rief Bennett. »Anständige hart arbeitende Menschen in Brooklyn. Habe da selbst ziemlich viel Zeit verbracht. Also arbeiten Sie für Ihren Vater?«

»Ja. Ich knete jeden Morgen den Teig für das Brot.«

Solch eine geübte Lügnerin, diese Frau. Will konnte nicht anders, er war beeindruckt. Ob sie Angst hatte, dass Bennett sie erkannte, konnte Will nicht sagen.

Ein schrilles Heulen war von der Zugspitze zu hören, und die Räder ruckelten ein Stück, als die Bremsen gelöst wurden. Schon bald fuhren sie mit über sechzig Stundenkilometern nach New York City zurück und brachten diesen verdammten Tag hinter sich.

»Mr. Sloane hat darauf bestanden, dass Sie heute hierherreisen, sagten Sie? Wie kommt es, dass Sie einander kennen?«

»Das geht Sie wohl kaum etwas an«, schaltete sich Will mit harter Stimme ein.

»Ich bin eine Freundin der Familie«, antwortete Ava zur gleichen Zeit.

Tompkins hob die Brauen. »Eine Freundin der Familie? Ich hätte nicht gedacht, dass die Sloanes mit irgendjemandem östlich der Madison Avenue verkehren, von Brooklyn ganz zu schweigen.«

Will bemühte sich, seine Anspannung nicht zu zeigen. Es war ihm lieber, wenn niemand seine Bekanntschaft mit Ava allzu genau unter die Lupe nahm. Dann kam ihm eine Idee. »Ich fürchte, Miss Jones ist allzu diskret. Eigentlich wollte ich es Ihnen nicht erzählen, aber sie arbeitet für eine Zeitung und schreibt ein Feature über den Wahlkampf.«

Ava kam mit der Neuigkeit problemlos zurecht. Ihrem Gesicht war keinerlei Veränderung anzumerken. »Ja, ich arbeite für die *Brooklyn Daily Times*«, bestätigte sie.

Diese Information veränderte die Atmosphäre im Raum – und nicht zum Besseren. Tompkins richtete sich auf und musterte sie mit einer ebenso berechnenden wie misstrauischen

Miene. »Ich habe von dieser Zeitung noch nie gehört, und niemand hat mich darüber informiert, dass eine Reporterin bei uns anwesend sein würde.«

»Das wurde ganz bewusst geheim gehalten«, erklärte Ava. »Wir wollen ein realistisches Bild von dem Wahlkampf von innen heraus gewinnen, wobei ich allerdings vorhatte, noch mit beiden Kandidaten ausführlich zu sprechen.«

Bennetts Blick sprang verwirrt zwischen Will und Tompkins hin und her. »Nun, die zusätzliche Berichterstattung wird hilfreich sein, nicht wahr, Tompkins?«

Tompkins' durchtriebene Augen waren verengt und auf Ava gerichtet, und Will konnte sehen, wie sich die Rädchen drehten, während er alle Möglichkeiten durchging. »Allerdings ... Aber ich werde Sie zu allen weiteren Wahlkampfkundgebungen oder Veranstaltungen begleiten. Wir wollen Ihre Sicherheit gewährleisten.«

»Das ist nicht nötig. Ich bin sicher, dass Sie wichtigere Pflichten zu erfüllen haben, die Ihre Zeit beanspruchen. Außerdem plane ich nach dem heutigen Tag nicht, noch weitere Kundgebungen zu besuchen.«

»Dann hoffen wir, dass Sie das heutige Fiasko nicht unserem Wahlkampf anlasten.«

»Natürlich nicht. Sie haben nicht alles unter Kontrolle, wie einflussreich die Kandidaten auch sein mögen.«

»Wohl wahr«, pflichtete Tompkins ihr bei. »Wann würden Sie denn gern mit Mr. Bennett sprechen?«

Will hob eine Hand. »Immer mit der Ruhe. Lassen Sie Miss Jones selbst entscheiden, welches Tempo sie vorlegen möchte.«

»Da hat Mr. Sloane recht – es sei denn natürlich, dass Mr. Bennett jetzt mit mir zu sprechen wünscht.« Ava beugte sich zur Seite und griff nach einer kleinen Damentasche, die an ihrem Gürtel befestigt war. »Ich habe Block und Bleistift in meiner …«

»Nein, nein. Nicht jetzt.« Bennett erhob sich rasch, und sein Widerstreben war geradezu greifbar. »Sie und Tompkins können ja die Einzelheiten besprechen. Ich merke, dass ich Kopfschmerzen bekomme, darum lege ich mich jetzt besser erst einmal in meinem Wagen hin. Es war mir ein Vergnügen, Sie kennenzulernen, Miss Jones.«

Will bemerkte, dass Ava ihre Lippen zufrieden verzog. Woher hatte sie gewusst, dass Bennett sich weigern würde? Sie war sehr gut in der Einschätzung von Menschen und ausgesprochen intelligent. Seine Bewunderung für sie wuchs.

»Oh, natürlich, Mr. Bennett. Ich werde mich wegen des Termins bei Ihnen melden.«

Bennett verabschiedete sich und schritt zu der Tür, die zum nächsten Wagen führte. Tompkins stand langsam auf, griff in seine Brusttasche und zog eine Karte aus Pergamentpapier hervor, die er Ava reichte. »Ich freue mich darauf, von Ihnen zu hören, Miss Jones. Wir wissen die Anstrengungen unserer ausgezeichneten Zeitungsleute, den guten Menschen des Staates New York die Wahrheit zu vermitteln, zu schätzen. Was auch immer ich tun kann – Sie müssen nur fragen.«

»Danke, Mr. Tompkins. Sie sind zu freundlich.« Ihr Ton ließ auf das Gegenteil schließen, aber Will sagte nichts, als der andere Mann ging.

Als sie allein waren, wurde ihr Mund zu einer schmalen, wütenden Linie. »Eine Reporterin? Was haben Sie sich dabei gedacht?«

»Ich habe mir gedacht, dass ich sie aus dem Wagen haben

will, damit sie uns allein lassen ... Was nebenbei bemerkt funktioniert hat.«

»Sie Idiot, was soll ich machen, wenn ich John für eine Zeitung interviewen muss, die nicht existiert?«

»Warum haben Sie denn auch eine Zeitung erfunden?«

Sie seufzte laut, als läge die Antwort auf der Hand. »Weil ich nicht wollte, dass Tompkins mich überprüft und sich bei den eingeführten Zeitungen nach einer Ava Jones erkundigt.«

Will strich die feine Wolle seiner Hose glatt. »Ich würde mir deswegen keine Sorgen machen. Ich kann die Story irgendwo drucken lassen.« Schließlich gehörten Calvin Cabot allein in New York zwei Zeitungen.

»Es gibt keine Story!«, fuhr sie ihn an. »Wissen Sie eigentlich, was Sie da sagen? Das darf doch alles nicht wahr sein. Dieser gesamte Tag ist eine einzige Katastrophe.«

Eine leichte Röte stieg ihr in Wangen und Hals und verlieh ihrer Haut einen Hauch von Rosa, was bei ihm heftige Gewissensbisse auslöste. Er hatte sie in diese Lage gebracht, und sie hatte recht – das gesamte Unterfangen war eine Katastrophe gewesen.

Dennoch hatte sie sich großartig geschlagen. Er sah sie an und fragte sich unwillkürlich, ob sich die Röte, die sie aufwies, auch auf andere, interessantere Teile ihres Körpers erstreckte. Sein Blick senkte sich auf ihre Brüste, die sich nun entrüstet hoben und senkten. Bei allen Teufeln, das war ein verlockender Anblick.

Sein Blick kehrte zu ihrem Gesicht zurück, und er bemerkte, dass sie ihn mit einem seltsamen Leuchten in den Tiefen ihrer braunen Augen beobachtete. Er räusperte sich. »Zumindest hat Bennett Sie nicht als Madame Zalikow erkannt.«

»Ich war nicht übermäßig besorgt, dass er das tun würde. Die Perücke lenkt die Leute meist ab. Was sagen Sie ihnen, wenn keine Story erscheint?«

Er leerte den Rest seines Cognacs und stellte das Kristallglas auf einen Louis-seize-Beistelltisch neben seinem Sessel. »Ich werde mir etwas einfallen lassen. Bennett wird vermutlich erleichtert sein, während Tompkins möglicherweise weiter auf der Sache herumreiten wird. Woher wussten Sie, dass Bennett sich weigern würde, gleich jetzt zu reden?«

»Ich kenne ihn. Vor den meisten Interviews zieht er Madame Zalikow zurate, um sicherzustellen, dass die Geister das für eine gute Idee halten.«

»Tatsächlich? Was ist mit anderen Entscheidungen?« *Wie viel Einfluss hat Madame Zalikow auf den Wahlkampf?*

»Ja, dazu befragt er sie auch.« Sie schwieg kurz und zeigte beim Lächeln mehr Zähne als üblich. »Tatsächlich bin ich diejenige, die ihm gesagt hat, es sei eine gute Idee, Sie als Kandidat mit aufzustellen.«

»Verzeihen Sie – Sie haben ihm gesagt ...« Will bekam den Rest nicht über die Lippen. Seine Teilnahme an diesem Wahlkampf war von Madame Zalikows Segen abhängig gewesen? Wie konnte etwas derart Wichtiges auf so eine fahrlässige Weise entschieden worden sein?

»Es gab eine Hand voll Namen, die als mögliche Partner für die Wahl in Betracht gezogen wurden. Jeder Dummkopf hätte sehen können, dass Ihre gesellschaftlichen Kontakte im Wahlkampf ausgesprochen nützlich sein würden. Darum habe ich gesagt, dass die Geister Sie als beste Möglichkeit bevorzugen würden.«

Mich bevorzugen? »Mein Gott.« Er sprang aus seinem Sessel hoch und ging zu einem der Fenster. Dort lehnte er einen Arm gegen die Verschalung und beobachtete, wie die Landschaft an ihnen vorüberzog. Wut kochte in ihm hoch und sammelte sich wie ein Klumpen Kohle in seinem Magen. Diese verdammten Magenschmerzen. Geistesabwesend rieb er sich diesen Bereich und fragte sich, ob Bennett plante, Madame Zalikow für den Rest seines Lebens um Rat zu fragen. Diese Art von Abhängigkeit würde sich lähmend auf ihre Regierung auswirken, wenn sie gewählt wurden.

»Falls es Ihren verletzten Stolz besänftigt«, sagte sie, »Sie waren der Favorit. Bennett benötigte nur noch eine spirituelle Bestätigung.«

Er schwieg dazu, weil er nicht wusste, ob er nicht schreien würde, sobald er etwas sagte. In diesem Moment wurde seine Aufmerksamkeit durch ein Rascheln von Kleidung und das leise Auftreten ihrer Stiefel abgelenkt. Ein plötzlicher Ansturm aus Empfindungen lief ihm prickelnd über die Haut. Er dachte daran, wie sie sich, während er sie aus der tobenden Menge geführt hatte, an ihn geklammert und ihre kleinen, aber kräftigen Hände um seine Taille geschlungen und ihr Gesicht an seine Brust gepresst hatte. Jetzt, wo die Gefahr vorüber war, konnte er dem Gefühl nachspüren, sie im Arm zu halten und ihre üppigen Kurven eng an seinem Körper zu spüren.

Die Erinnerung daran bewirkte nur, dass er sie umso mehr wollte. Wenn er weniger Gentleman wäre, würde er sie zum Sofa zerren und mindestens hundert unanständige Dinge mit ihrem Körper anstellen.

»Selbst wenn Madame Zalikow einen anderen ausgewählt hätte«, sagte sie, »wüsste ich nicht, wie Sie darunter gelitten haben sollten. Sie befinden sich sicher nicht in der Gefahr, Ihren Reichtum oder Ihr Prestige zu verlieren. Warum kümmert es Sie überhaupt, ob Sie diese Wahl gewinnen?«

Weil sein Vater es sich gewünscht hatte, und zwar sehr. Will würde nie den Tag vergessen, an dem er seinen Hauslehrern entwischt war, um mit einem Welpen im Park zu spielen. Er war acht Jahre alt gewesen und hatte viel lieber draußen sein wollen, als sich mathematische Gesetze und Tabellen einzuprägen. Als sein Vater das herausfand, schrie er ihn eine Stunde lang an: »Mein Gott, du bist ein Sloane. Du bist kein Straßenjunge ohne Verantwortung und Zukunft. Mit diesem Mangel an Disziplin wirst du nie auch nur die Hälfte von dem erreichen, was ich zustande gebracht habe.«

Alles, was Will seit dem Tod seines Vaters getan hatte, gründete auf diesen Worten – ob es nun um das Aufziehen von Lizzie, den Aufbau der Firma, die Expansion der Holdings oder um das Bemühen ging, ein politisches Amt zu gewinnen. Aber er konnte ihr nichts davon erklären, also erzählte er ihr die halbe Wahrheit.

»Weil Bennett und ich die Fähigkeit besitzen, die politische Landschaft in die richtige Richtung zu führen. Wenn wir heute unsere Reden hätten halten können, hätte ich dargelegt, auf welche Weise wir den Menschen wirklich zu helfen vermögen.«

»Ob Sie nun gewinnen oder verlieren, Sie werden niemals unter einem Mangel an Arroganz leiden, so viel ist sicher.«

»Wir werden gewinnen. Und wenn wir das tun, wird Bennett nach Albany ziehen. Wenn Sie also nicht vorhaben, auch dorthin zu ziehen, können Sie ebenso gut jetzt damit aufhören, sich mit ihm zu treffen.«

»Bennett wird verstehen, dass ich nicht umziehen kann, zumindest nicht nach Albany.«

»Heißt das, Sie wollen an einen anderen Ort ziehen?«

Sie veränderte ihre Sitzposition, um nachdenklich, ja fast traurig aus dem Fenster zu starren. Er wusste so wenig über sie und war begierig darauf, dass sie ihm irgendein Bruchstück, irgendeine winzige Kleinigkeit über sich mitteilte. Die Frau war ein Rätsel – ein ärgerliches, schönes, hinreißendes Rätsel.

»Ava, erzählen Sie es mir.«

»Sie werden lachen, aber ich hoffe, vor Ende dieses Jahres eine Farm auf dem Land kaufen zu können. Dann bin ich imstande, meine Brüder und meine Schwester aus der Stadt rauszuholen.«

Er konnte sie sich nicht in der Landwirtschaft vorstellen, und er konnte sich auch nicht vorstellen, dass sie in ein paar Monaten verschwand. Sein Inneres lehnte sich mit einer solchen Heftigkeit gegen den Gedanken auf, dass es ihn erschreckte. Er musste tief durchatmen, bevor er in der Lage war zu sagen: »Das Leben auf dem Land ist nicht einfach. Es bedeutet, dass man lange und hart arbeiten muss. Und Sie sind vom Boden und vom Wetter abhängig.«

»Das Gleiche hat Tom gesagt. Er ist nicht versessen darauf, New York zu verlassen.«

»Warum wollen Sie es dann tun?«

Mit einem kleinen Kopfschütteln presste sie die Lippen aufeinander. Doch er konnte es nicht dabei bewenden lassen. »Nun kommen Sie, Ava. Da muss doch ein Grund sein.«

Sie atmete heftig aus. »Mein jüngster Bruder ist nicht gesund.«

»Der Zeitungsjunge?«

»Ja. Er ist immer schmächtig und anfällig für Krankheiten gewesen, aber nun gibt es Zeiten, in denen er Probleme hat zu atmen, als würde er nicht genug Luft bekommen. Und Marys Hände ...« Sie senkte den Kopf und starrte auf ihre Finger. »Sie tun ihr weh, weil sie den ganzen Tag lang nähen muss. Ich will ihnen ein besseres Leben bieten, eines mit weitem Land und frischer Luft.«

»Und Sie glauben, dass die Arbeit in der Landwirtschaft leichter sein wird? Sie belügen sich selbst. Tom lebt sich gerade im Büro ein, und ich setze große Hoffnungen in den Jungen. Wenn Sie mit Ihrer Familie umziehen, kann sich das als unbedachte Entscheidung erweisen.«

»Das sagt ein Mann, dem alles geschenkt wurde. Wie lange soll ich die beiden sich noch abrackern lassen, wenn ich daran etwas ändern kann?«

Ihm lag nichts daran, mit ihr zu streiten, wenn das ihre Entscheidung war. Welches Recht besaß er, ihr zu sagen, dass sie nicht auf den Mond ziehen sollte, wenn sie das wollte? »Ich kenne den Wunsch, seine jüngeren Geschwister zu beschützen. Ich war ab meinem sechzehnten Lebensjahr für meine Schwester verantwortlich.«

»War?«

»Sie hat kürzlich geheiratet.«

»Ihrem verkniffenen Gesichtsausdruck entnehme ich, dass Sie ihren Ehemann nicht sonderlich mögen.«

Will schob die Hände in die Hosentaschen und dachte darüber nach, wie er seine Gefühle gegenüber Emmett Cavanaugh am besten beschreiben konnte. »Er ist ... ihrer nicht würdig.«

»Weil er sie misshandelt?«

»Nein! Um Gottes willen, nein. Ich würde ihn grün und blau schlagen, wenn er die Hand gegen sie erheben würde.«

»Also ist er arm. Ist es das?«

»Nein. Er ist vermögender als der Großteil von New York, mich eingeschlossen.«

»Dann muss mir etwas entgangen sein. Raucht er Opium? Trinkt er unmäßig? Schränkt er ihre Unabhängigkeit auf irgendeine Weise ein?«

Will stieß ein kurzes, ironisches Lachen aus. »Bestimmt nicht, und er verwöhnt sie ständig. Er hat sogar ihre Investmentfirma finanziert.«

Mit erhobenen Brauen verschränkte Ava die Arme. »In meinen Ohren klingt das ziemlich perfekt. Wenn Sie mir jetzt noch erzählen, dass er gut aussieht, spring ich möglicherweise von der Brooklyn Bridge.«

»Er ist ein Tölpel.«

Ein Licht entfaltete sich in ihrer Iris, ein Begreifen, das ihn ihrem Blick ausweichen ließ. »Ich glaube, ich verstehe. Sie sagten, er sei unwürdig, was heißt, dass er nicht Ihrer gesellschaftlichen Elite entstammt. Er ist keiner von euch Blaublütern. Habe ich recht?«

Will biss die Zähne zusammen. Er wollte es nicht sagen, nicht zu ihr. Dass Emmett Cavanaugh nicht zu seiner Welt gehörte; nicht zu den Leuten, die die Werte dieser Stadt verstanden und hochhielten. Regeln. Tradition. Nicht die schrille Vulgarität der Neureichen oder die Rücksichtslosigkeit der Mittelschicht …

»Oje«, sagte sie und unterbrach damit seine Gedanken. »Wie fühlt es sich da oben in Eurem hohen Turm an, Eure Hoheit?

Ich wette, Sie sind einsam bei all den Erwartungen und Enttäuschungen, die Sie niederdrücken.«

Seine Haltung versteifte sich, und er warf ihr einen eisigen Blick zu, einen Blick, der seine Angestellten normalerweise dazu brachte, diensteifrig herumzuhuschen. Ava jedoch grinste lediglich, wobei jene köstlichen, vollen Lippen ihn herausforderten und seine Wut in etwas völlig anderes verwandelten.

Sein Puls begann zu rasen, und jeder Teil seines Körpers entzündete sich mit einer schwindelerregenden Intensität. Diese vertrackte, aufreizende Frau.

Er wünschte, er wüsste nicht, wie gut sie küsste oder wie begierig sie auf ihn reagierte. Aber er *wusste* es. Es war unwahrscheinlich, dass er es je vergessen würde, dafür war der Kuss einfach zu atemberaubend gewesen. Er bemerkte ihren starren Blick und hielt ihm stand, unfähig, wegzusehen oder das Verlangen zu verbergen, das ihm den Atem raubte, das dunkle Sehnen, das durch seine Adern brauste. Die einzige Rettung war ihr dunkler, verschleierter Blick, der zeigte, dass sie das Gleiche empfand wie er.

»Soll das heißen, dass Sie mir in meinem einsamen Turm Gesellschaft leisten wollen?«, fragte er schnell.

»Ist das ein Angebot?«

Ihre Kühnheit wirkte auf ihn wie ein Teller Austern bei Sherry's. Sein Körper wurde schwer, und Blut wurde in seine Lenden gepumpt. »Vielleicht. Vielleicht aber flirte ich auch nur mit Ihnen.«

»Sie wirken auf mich nicht wie die Art Mann, der flirtet. Sie nehmen sich selbst viel zu ernst, um Spaß zu haben.«

Ihre Worte waren für sein Blut wie das Entflammen eines Streichholzes. Zwei Schritte brachten ihn nahe genug, um den

Duft von Rosen wahrzunehmen, der sie umgab. »Das neulich Abend in meiner Kutsche war definitiv *Spaß*. Und soweit ich mich erinnern kann, empfanden Sie das ebenfalls so.«

Schnelle, kurze Atemstöße kamen aus ihren geöffneten Lippen, und ihr Brustkorb dehnte sich über ihrem Korsett aus und zog sich wieder zusammen. »Sie sind geübter im Küssen, als ich es mir vorgestellt hatte. Ich war überrumpelt, das ist alles.«

Gekränkt und geschmeichelt zugleich beugte er sich vor, sodass sein Mund über ihrem Ohr schwebte. »Was genau hatten Sie sich denn vorgestellt?«

»Dass Sie kalt sind«, sagte sie schwer atmend mit einer heiseren, rauen Stimme, aus der pure Sünde sprach. »Ich hatte gedacht, Sie würden kalt sein.«

Er neigte den Kopf und ließ die Spitze seiner Nase über die Weichheit ihrer Wange gleiten. War sie überall so weich und süß? Er hatte plötzlich das dringende Bedürfnis, die Antwort herauszufinden. »In Ihrer Nähe bin ich alles andere als kalt.« Er legte die Hand um ihre Taille und hielt sie fest, als der Zug plötzlich ruckelte. »Sie lassen mich brennen, Ava.«

Sie keuchte jetzt, und ihrer beider Körper zitterten geradezu vor Selbstbeherrschung. Will konnte spüren, wie ihm die Kontrolle entglitt, während sein Verlangen, sich auf sie zu stürzen, wuchs. Er war qualvoll hart geworden, sein Puls pochte, und ein animalischer Instinkt toste durch seine Adern. Er wollte sie nicht lieben, nicht sanft mit ihr schlafen oder ihnen beiden gemächlich stundenlang Vergnügen bereiten. Was er wollte – und brauchte – war, sie zu nehmen, und zwar hart. Sie besitzen. Sich in ihrer üppigen, samtigen Wärme und ihrer ungestümen Art tagelang verlieren, sodass er sich von diesem unfassbaren Verlangen nach ihr befreien konnte.

Aber das war Wahnsinn. Nach allem, was er wusste, bestand die Möglichkeit, dass sie noch Jungfrau war, und er hatte kein Recht, sie zu verführen. Er sorgte stets dafür, dass seine Affären sauber blieben, und ließ sich nur mit Frauen ein, die erfahren genug waren, um zu wissen, worauf sie sich einließen. Keine komplizierten Gefühle oder Verstrickungen. Die Begegnungen waren glatt und einfach. Ava jedoch war chaotisch und kompliziert. Ein ständiger Stachel in seinem Fleisch. Er sollte sich von ihr fern halten. Also warum konnte er sie nicht in Ruhe lassen?

Weil er ein Narr war, darum.

Er nahm all seine Stärke zusammen und wich von ihr zurück. »Ich entschuldige mich. Ich sollte solche Dinge nicht zu Ihnen sagen.«

Glasige Augen, dunkel vor Leidenschaft, suchten seinen Blick. »Warum?«

Er presste die Lippen aufeinander, damit nicht noch mehr Wahnsinn seinem Mund entschlüpfte, und schickte sich an, sich von ihr zu entfernen. Aber sie packte seinen Arm und hielt ihn davon ab.

»Gestattest du es dir jemals, die Kontrolle zu verlieren? Einfach einzuhalten und zu *fühlen*, statt ständig in hohem Tempo weiterzulaufen?«

Nein, das tat er auf keinen Fall. Von den Sloanes wurde erwartet, dass sie Vorbilder für ein untadeliges, rationales Verhalten waren.

»Lässt du es zu, dass deine Kleidung zerknittert?«, fuhr sie mit rauchiger Stimme fort. »Oder dass eine Frau dir mit den Fingern durch die Haare fährt? Was braucht es, um deine Fundamente zu erschüttern?«

Dich, hätte er am liebsten gesagt. *Du ängstigst mich bis in die*

Tiefen meiner Seele. Denn wenn ich dich einmal habe, werde ich nie mehr aufhören wollen. Schweißperlen bildeten sich unter dem Kragen seines Hemdes in seinem Nacken.

»Sie stellen gefährliche Fragen, Ava. Eine Frau, die sich in einem Privatwaggon allein mit einem Mann befindet, sollte ihn nicht dazu ermutigen, die Kontrolle zu verlieren.«

»Warum? Weil du über mich herfällst?« Sie lachte, und der heisere Ton ihrer Stimme strich über sein steifes Glied. »Mein lieber Mann, ich habe die größte Mühe, mich selbst davon abzuhalten, über *dich* herzufallen.«

KAPITEL NEUN

Er stürzte sich auf sie.

Ava wurde gegen die Wand des Eisenbahnwagens gepresst. Ihre Tournüre rutschte hoch, als Will seinen großen Körper gegen sie drückte. Sein Mund kam zu ihr herab und nahm ihren mit einer unzivilisierten Heftigkeit in Besitz, die sie elektrisierte. Sie klammerte sich ebenso drängend an ihn, und er ließ seine Zunge über ihre Lippen gleiten, um eingelassen zu werden.

Als sie ihren Mund öffnete, versenkte er sich in ihr und stieß dabei ein tief aus seiner Brust kommendes Knurren aus, das einen Schauer durch ihre Glieder jagte. Seine Zunge strich und leckte sie geschickt und raubte ihr den Atem. *Herr im Himmel, was geschieht hier?* Er umschloss sie. Seine Brust quetschte ihre Brüste, und sein sauberer Geruch wand sich durch ihren Körper wie eine Droge.

Sie war verwegen gewesen, als sie ihn vor ein paar Augenblicken herausgefordert hatte weiterzumachen. Die heftige Neugier zu erfahren, was passierte, wenn er losließ, hatte sie dazu verleitet. War es möglich, dass er seine eiserne Kontrolle verlor? Während er über ihren Mund herfiel, stellte sie erregt fest, dass die Antwort eindeutig *ja* lautete.

Ihre Finger strichen durch sein Haar und umklammerten die seidigen Strähnen, während der Kuss andauerte. Hatte sie es je für einen Fehler gehalten, ihn zu küssen? Sie hatte plötzlich das Gefühl, ohne Wills rohe und wilde Küsse nicht mehr leben zu können. Wenn er jetzt zurückwich, war es durchaus denkbar, dass sie ihn anflehte, es nicht zu tun. *Bitte hör nicht auf.*

»Das werde ich nicht«, sagte er an ihrem Mund, und sie bemerkte, dass sie laut gesprochen hatte. »Ich kann es nicht. Ich muss dich küssen, Ava.«

Sie seufzte, und er stöhnte, als sich ihre Münder erneut trafen, um einander zu verschlingen. Sie fühlte sich beengt in ihrer Haut, und all ihre Bedürfnisse und all ihr Hunger drohten jeden Augenblick aus ihr hervorzubrechen. Starke Hände umfassten ihre Taille, Finger gruben sich in ihr Korsett, und ihre Brüste schmerzten in köstlich-süßer Qual. Obwohl es Jahre her war, erinnerte sie sich daran, wie erregend es war, dort berührt zu werden. Ihre Brustwarzen verhärteten sich, sehnten sich nach Aufmerksamkeit, und sie bog ihren Rücken durch, schamlos und fordernd.

Wills Handflächen wanderten höher, an ihren Rippen entlang. Er nahm ihre Unterlippe zwischen seine Zähne und biss behutsam zu. Ava sog die Luft ein, als der leichte Schmerz zwischen ihren Schenkeln nachhallte und ihre Spalte feucht wurde.

»Dein Mund, mein Gott. Die Dinge, die ich deine Lippen tun lassen möchte …«

Er veränderte seine Position und legte, während er ihren Hals mit erregend feuchten Küssen übersäte, seine Hände auf ihre von dem Korsett eingeschnürten Brüste. Sie hatte sich noch nie in ihrem Leben so sehr gewünscht, weniger anzuhaben. »*Will.*«

»Soll ich aufhören?«

»Wag das nicht.«

Er gluckste, ein seltenes Lachen von einem sonst so durch und durch ernsten Mann. Ihr gefiel diese rabiate, hemmungslose Seite seiner Persönlichkeit. Er knetete ihre Brüste durch die Stoffschichten und die Verstrebungen aus Walknochen hindurch. »Ich wünschte, ich könnte alles von dir sehen und jeden Zentimeter deiner rosafarbenen Haut entblößen.«

Ihre Hände glitten über seine breiten Schultern, und sie spürte das Spiel seiner Muskeln unter dem feinen Stoff. »Ich würde viel lieber alles von dir sehen.«

Er küsste sie erneut. Seine Zunge fand die ihre, während sie die Arme um seinen Hals schlang und ihn dichter an sich heran zog. Seine Arme umfassten ihren Rumpf, wobei seine Hitze sie durchflutete und ihre Glieder schwach und bleiern werden ließ. Dann beugte er die Knie, schob seine Hüften vor und presste seine starke Erektion an die Stelle, wo ihre Schenkel sich trafen. Sie stöhnte in seinen Mund hinein. Sie ertrank, taumelte, war unfähig, die Oberfläche zu erreichen, und feuriges Verlangen trübte ihr Bewusstsein.

Sie wiegte sich hin und her und rieb ihre schmerzenden Brüste an seiner Seidenweste, während ihre harten Brustwarzen gegen den groben Stoff ihres Unterkleids drückten. Er schob seine Hände unter ihre Tournüre, um ihren Po zu packen. Dann hob er sie auf ihre Zehenspitzen und ließ sie mit wiegenden Bewegungen in der Leistengegend seine Erektion spüren. Härte gegen Weichheit. Vollkommene Sündhaftigkeit, ein leibhaftiger Teufel. Sie grub ihre Zähne in seine Unterlippe und hörte zufrieden, wie er in der Tiefe seiner Kehle knurrte.

»Darf ich dich berühren?«, fragte er und hielt inne. »Ich

muss dich fühlen, dich liebkosen. Bitte Ava ... Es treibt mich zum Wahnsinn.«

»Ja«, stieß sie hervor, längst jenseits aller Selbstkontrolle. »Himmel, ja.«

Seine Finger verließen ihren Po, und ein Luftzug strich über ihre Waden. Stoff raschelte, als ihre Röcke angehoben wurden, und Will drückte glühende Küsse auf ihren Hals. Er schob ihre Röcke noch höher, bis geschickte Finger zwischen ihre Schenkel und durch die Öffnung ihrer Unterhose glitten. Er verlor keine Zeit, sondern fuhr mit einem Finger zwischen ihre Schamlippen und ließ sie erbeben.

Ein tiefes Grollen männlicher Zufriedenheit an ihrem Kinn. »Du bist so feucht. Du willst mich, nicht wahr?«

Sie nickte, unfähig zu mehr, und seine Finger begannen, sie zu erforschen. Sie klammerte sich an seine Schultern, als er wieder ihren Mund fand und mit seinen Lippen saugte und arbeitete, um sie verrückt zu machen. Er fuhr an den Falten ihres Geschlechts entlang, reizte sie, kam sehr nahe, aber nicht an den Punkt, der seiner am meisten bedurfte. Er glitt an dem Rand des Eingangs zu ihrem Körper entlang, wobei ihre Feuchte ihm den Weg erleichterte, und tauchte mit einer Fingerspitze in sie ein. Es war nicht genug. Sie erflehte die Fülle, die Dehnung von Gewebe tief in ihr.

Er fuhr mit den leichten Vorstößen eines Fingers fort, ging aber nie weit genug. All ihre Konzentration, all ihre Begierde war auf diese eine Bewegung gerichtet, und die Ruhelosigkeit, die seine Verweigerung auslöste, veranlasste sie, ihm ihre Hüften entgegenzudrängen. Seine Handfläche glitt kurz über das feste Bündel von Nerven an der Spitze ihrer Spalte und ließ sie aufkeuchen.

»Ist das genug Spaß für dich?«, flüsterte seine tiefe Stimme über ihrer Wange und erinnerte sie an ihre vorherigen Worte. »Hast du jetzt *Spaß* mit mir?«

Alles in ihr begann, sich zu verengen, und die Lust intensivierte sich. »Will!«

»Bitte mich, Ava.«

Ihr Verlangen hatte all ihren Stolz in Stücke zerrissen, und sie dachte nicht zweimal darüber nach, seine Forderung zu erfüllen. »Bitte, Will. Bitte, gib mir mehr.«

Ohne Vorwarnung versenkte er den Finger bis zum Anschlag, glitt ganz hinein und füllte sie perfekt aus. Sie warf den Kopf zurück und genoss das leichte Brennen, das sein Eindringen begleitete.

»O meine Liebste. Ich bin gestorben und im Himmel gelandet.«

Ava dachte, dass eher sie diejenige war, die überirdisches Glück erlebte, vor allem, als er sich zurückzog und wieder zustieß. Nach ein paar weiteren Stößen fügte er einen weiteren Finger hinzu und erhöhte das Tempo. Sie biss sich auf die Unterlippe, schloss die Augen, und ihre Muskeln spannten sich an. Er schien genau zu wissen, wie er sie berühren musste, kannte den besten Winkel und die köstlichste Druckstärke, und sie konnte nur auf der Stelle verharren und versuchen, nicht zu einer Pfütze zu seinen Füßen zusammenzuschmelzen. Dann ließ er seinen Daumen über ihre geschwollene Knospe schnellen, sodass sie fürchtete, ihre Augen würden in ihren Kopf zurückrollen.

Innerhalb von Sekunden erreichte die Empfindung den Gipfel, und ein Orgasmus durchfuhr sie. Sie sah Funken, und ihre Glieder zitterten. »Ah, Gott, ja!« Sie klammerte sich an ihn und ließ das wunderbare Gefühl ausklingen, bis ihre Glieder nicht mehr zuckten.

Als sie nach unten glitt, bemerkte sie, dass er sie mit einem Arm stützte, sie aufrecht hielt und die freie Haut an ihrem Hals küsste. Sein heftiger Atem fegte über ihre Haut und bewies, dass er sie begehrte, sich jedoch zurückgehalten hatte.

Ein Teil von ihr verlangte danach, seine Hose aufzuknöpfen, ihn von seiner Unterwäsche zu befreien und ihn in ihren mehr als bereiten Körper zu ziehen. Aber ein größerer Teil von ihr erkannte, dass das eine furchtbare Idee war. Sie hatte ihr Verlangen schon einmal ihr Leben ruinieren lassen. Das sollte nicht noch einmal passieren. Gleichgültig, wie verlockend oder attraktiv er war, Will Sloane war nicht gut für sie.

Er zog seine Finger zurück und ließ seine Stirn auf ihre Schulter fallen, während sie beide wieder zu sich kamen. »Möglich, dass ich dafür in die Hölle komme, aber das war es verdammt noch mal wert.« Sie hörte, wie er an seinen Fingern leckte – an denen, mit denen er sie berührt hatte. Sein anschließendes Seufzen ließ sie tief in ihrem Inneren erzittern.

Er trat zurück, stützte ihren Ellenbogen und führte sie zu dem kleinen Sofa. Sobald sie saß, schritt er zu den Kristallkaraffen und goss eine kräftige Portion einer dunklen Flüssigkeit in zwei Gläser. Dadurch hatte sie reichlich Gelegenheit, ihn intensiv zu betrachten. Mit seiner verrutschten Kleidung, seinem von ihren Fingern zerwühlten Haar und seinen dunklen, wilden Augen sah er aus wie ein Mann an der Schwelle zum Wahnsinn. Und seine maßgeschneiderte Hose konnte seine beträchtliche Erektion nicht verbergen. *Ich habe das verursacht*, dachte sie mit ziemlicher Zufriedenheit.

Der Mann hinter der glatten Fassade war etwas gänzlich

Unerwartetes. Rau, derb, fordernd. Als jemand, der es von Geburt an gewohnt war zu bekommen, was er wollte, war er entsetzlich überheblich. Aber dieser Will Sloane, der so sehr auf sie geachtet, sie wiederholt um Erlaubnis gebeten und ihren Körper zum Klingen gebracht hatte, ohne etwas dafür zu fordern … dieser Mann war gefährlich. Sie konnte ihn tatsächlich lieb gewinnen.

»Was ist heute Abend mit dir los?«, fragte Lizzie und setzte sich aufs Sofa.

Es war Dienstagabend, und Will saß in der protzigen Villa seines Schwagers bei einem Abendessen fest. Das Positive daran war, dass er so Zeit mit seiner Schwester verbringen konnte, die er jetzt, wo sie verheiratet war, nur noch unregelmäßig sah.

Lizzie knuffte ihn in die Schulter. »Du bist schlechter gelaunt als sonst. Fühlst du dich nicht wohl?«

Will strich die fein gewebte Wolle seiner Abendhose glatt, um etwas Zeit zu gewinnen, bevor er antwortete. Wenn er ehrlich war, wusste er selbst nicht, warum er eine so finstere Stimmung hatte. Seit Samstag fühlte er sich irgendwie unwohl. Gereizt. Unruhig. Sein Magen schmerzte mehr als sonst, und er hatte sich nicht recht auf seine Arbeit konzentrieren können.

»Na, komm schon, Will. Erzähl mir, was mit dir los ist. Bist du bestürzt wegen der Ausschreitungen bei der Kundgebung am Samstag?«

Bei der Erwähnung der Kundgebung zuckte er zusammen, aber nicht aus dem Grund, den sie vermutete. Der Tag war völlig anders verlaufen, als er erwartet hatte. Er konnte noch immer den süßen, intensiven Geschmack von Avas Erregung schmecken, hörte ihre rauchigen Schreie, als sie ihren Höhepunkt erreicht hatte, fühlte, wie die Wände in ihrem Inneren seine Finger eng umschlossen. Sein Blut begann schon allein bei der Erinnerung daran zu sieden. Sie dort zu berühren, war unglaublich unpassend gewesen, doch er brannte darauf, es erneut zu tun.

Er atmete aus und sah zu Lizzie auf, die ihn beunruhigt ansah. »Die Kundgebung ist enttäuschend verlaufen, aber wir können nicht davon ausgehen, dass alles glatt verläuft. Und ich bin nicht schlecht gelaunt.«

»Nicht? Manchmal denke ich, dass du ein tatteriger alter Mann bist.«

»Danke schön, liebe Schwester.« Er kippte einen großen Schluck von Cavanaughs Armagnac hinunter. Ein unangenehmes Brennen in seinem Magen war die Antwort, ebenso wie ein scharfes Stechen, das seine beinahe allgegenwärtigen Schmerzen intensivierte. Er stellte den Becher aus Kristallglas auf einen Beistelltisch.

Ihr scharfer, geübter Blick aus grauen Augen, die den seinen so sehr glichen, ruhte weiter auf seinem Gesicht. »Ist alles gut mit dir? Muss ich mir Sorgen machen?«

Er winkte ab, weil er sie nicht beunruhigen wollte. Im Dezember sollte sie seine Nichte oder seinen Neffen zur Welt bringen. Außerdem hatte er so oft versucht, sie zu beschützen, dass es ihm zur zweiten Natur geworden war. »Mir geht es gut. Erheblich besser als dir, wie ich gehört habe.«

Sie verzog das Gesicht. »Offenbar kann sich mein Magen nicht beruhigen, egal, was ich tue. Ich musste mich noch nicht übergeben, aber der Drang dazu besteht den ganzen Tag.«

»Entzückend«, murmelte er. Der Beweis ihrer Schwangerschaft reizte ihn weiterhin. Er wollte sich Cavanaugh nicht im Bett mit seiner zierlichen jüngeren Schwester vorstellen. Wenn er das tat, war er kurz davor, eine Schlägerei anzufangen.

»Stopp.« Sie knuffte ihn erneut in die Schulter. »Ich weiß, was du denkst. Aber ich liebe ihn.«

»Ich weiß, und ich bemühe mich ja auch. Schließlich bin ich hier, oder?«

»Ja, auch wenn du mehr Zeit damit verbracht hast, dich mit Mr. Harper zu unterhalten als mit meinem Mann.«

»Stimmt, aber das Gleiche gilt für deinen Mann, wenn ich das hinzufügen darf.« Ohne Harper wäre Schweigen das Thema des Abends gewesen. »Wie gefällt dir denn das Teeservice, das ich dir gestern geschickt habe?« Das winzige, aus handgefertigtem Haviland-Porzellan bestehende Teegeschirr war perfekt für die Teegesellschaft eines Kindes geeignet.

»Es ist sehr erlesen. Ich bin in Tränen ausgebrochen, als ich es ausgepackt habe.« Sie ergriff seinen Arm. »Danke. Ich kann nicht mit Worten ausdrücken, was deine Begeisterung über deine Nichte oder deinen Neffen für mich bedeutet.«

Er richtete sich auf und zupfte seine Manschetten zurecht. Es wirkte albern, dass er so übermäßig begeistert über die Schwangerschaft seiner Schwester war, aber er hatte Lizzie schließlich über eine lange Zeit großgezogen. Er fühlte sich ihr sehr nahe und war auf eine Weise stolz auf sie, die er nicht benennen konnte. »Eines Tages wirst du mir den Liebesdienst vielleicht zurückerweisen können.«

»Ja, deine Suche nach der perfekten Braut. Wie läuft die Jagd denn?«

Er machte eine wegwerfende Handbewegung. »Miss Rives

wird sich mit dem jüngeren Bryce verloben, daher habe ich sie von meiner Liste gestrichen. Und sonst gibt es keine Fortschritte.«

Sie trank einen Schluck Tee und sagte dann: »In den Zeitungen steht, dass du eine Frau von der Marschroute der Parade in Albany zu deinem Eisenbahnwagen begleitet hast. Ist das jemand, den ich kenne?«

Will war bestrebt, niemals Artikel über sich zu lesen. Sie entsprachen generell nicht der Wahrheit; die Fakten gingen irgendwo zwischen der Jagd nach Lesern und schlichter Inkompetenz verloren. Der einzige Medienmensch, dem er traute, war Calvin Cabot, und zwar deshalb, weil Calvin genau das druckte, was Will ihm sagte, und zwar wortwörtlich.

»Du solltest nicht alles glauben, was du liest«, erwiderte er.

»Tue ich normalerweise auch nicht, aber es war ein recht konkreter Bericht.«

»Lizzie«, seufzte er.

»Gut, aber wenn es dir mit dieser Heiratssache ernst ist, solltest du dich nicht mit einer rätselhaften Frau herumtreiben.«

»Ich habe mich noch nie in meinem Leben herumgetrieben. Außerdem dachte ich, dass du dagegen bist, dass ich heirate.«

»Ich will, dass du heiratest, aber nicht eins der Mädchen auf deiner Liste. Ich möchte lieber, dass du was Richtiges bekommst, eine Ehe, die dich glücklich macht. So wie bei unseren Eltern. Und wie bei Emmett und mir.«

Er ignorierte sein Schuldgefühl hinsichtlich der Fehlinformation seiner Schwester über ihre Eltern und warf Cavanaugh einen Blick zu. Der Stahlmagnat saß auf der anderen Seite des Raums und unterhielt sich mit Harper und dessen Frau, aber sein Blick ruhte bei Lizzie. »Bitte«, sagte Will gedehnt, »mein Essen ist noch nicht verdaut.«

Sie lachte, und Wills Mund zuckte amüsiert. Er würde sie vermissen. Sie war einundzwanzig Jahre lang ein ständiger Teil seines Lebens gewesen, und es kam ihm noch immer seltsam vor, sie nicht mehr jeden Tag zu sehen. Lizzie und Northeast hatten seit über einem Jahrzehnt die einzigen Mittelpunkte in seinem Leben gebildet.

»Mein liebster Bruder, du wärest unerträglich, wenn ich dich nicht so sehr lieben würde.«

»Kann ich dich kurz sprechen?«, unterbrach eine tiefe Stimme ihr Gespräch.

Will blickte hoch und sah, dass sein Schwager neben Lizzie getreten war. Cavanaugh nahm die Hand seiner Frau und küsste ihre Fingerspitzen. Da er sich wie ein Eindringling fühlte, erhob sich Will. »Dann lass ich euch beide mal allein. Entschuldigt mich.«

»Warte, Sloane. Du bist es, mit dem ich sprechen muss.«

Das kam unerwartet. Die einzigen Dinge, die sie gemeinsam hatten, waren Lizzie und ihre geschäftlichen Interessen, und Will hatte keine sonderliche Lust, in diesem Augenblick über eines von beidem zu sprechen. »Kann das nicht warten?«

»Nein. Komm bitte mit mir in mein Büro.« Cavanaugh beugte sich zu Lizzie, küsste ihre Wange und richtete sich wieder auf. Dann marschierte er, gefolgt von Will, zum Flur, von wo aus er den anderen Mann tiefer in das protzig-kitschige Haus führte.

Lieber Himmel, wie konnte seine Schwester das ertragen? Die große Anzahl von goldenen Blättern war einfach nur peinlich. Aber zumindest die Kunstwerke waren geschmackvoll. Ein paar holländische Meister waren zwischen Werke bekannter amerikanischer Maler wie Flagg oder Whittredge eingestreut.

Cavanaughs Büro, das Will bereits kannte, war eine Gruft, deren modernes Mobiliar schweigend darauf wartete, dass gearbeitet wurde. Cavanaugh legte einen Schalter um und tauchte den Raum in helles Licht, dann wies er auf einen Sessel. »Setz dich. Zigarre?«

Will wählte eine Zigarre aus dem Emaillekästchen aus, das Cavanaugh ihm hinhielt, worauf sein Schwager seinem Beispiel folgte. Als sie beide mit angezündeten Zigarren in ihren Sesseln saßen, sprach Cavanaugh. »Ich will Northeast Railroad kaufen.«

Vor Schreck atmete Will den Rauch bis tief in seine Lungen ein, worauf er mit tränenden Augen husten musste. Nur mühsam konnte er sich wieder fassen. »Ich hab mich wohl verhört«, keuchte er. »Bist du wahnsinnig geworden?«

Cavanaugh grinste. »Sosehr ich es auch genieße, dich überrumpelt zu haben, ich meine es absolut ernst.«

»Nein. Die Antwort lautet *nein.*«

»Moment. Lass mich erst einmal ausreden.«

Will verschränkte die Arme vor der Brust. Cavanaugh war seit dem Eklat mit der betrügerischen Leitung von Wills Investmentfirma Ende vergangenen Jahres hinter Northeast her. Ja, Will hatte einen finanziellen Rückschlag erlitten, einen, der Lizzie dazu gebracht hatte, an Cavanaugh heranzutreten, aber das Unternehmen hatte sich erholt, sogar sehr gut. Northeast befand sich nicht mehr in der Gefahr zusammenzubrechen, und Will hatte nicht die Absicht, zu verkaufen.

Als klar war, dass Will keinen Streit anfangen und auch nicht den Raum verlassen würde, sagte Cavanaugh: »Ich weiß, dass du dich von der Veruntreuungskatastrophe erholt hast. Das Unternehmen befindet sich in einem hervorragenden Zustand …«

»Besten Dank«, entgegnete Will sarkastisch.

»Aber ich weiß nicht recht, wie du Northeast die erforderliche Aufmerksamkeit schenken willst, wenn du in Albany bist. Lass mich dich rauskaufen. Du bleibst in der Leitung, behältst deine Aktien. Ich glaube, dass es dem Unternehmen besser ginge, wenn ich Northeast mit East Coast Steel vereine.«

»Vereinen!« Will sprang auf die Füße, schob das Jackett seines Abendanzugs auseinander und stemmte die Hände in die Hüften. »Du arroganter Bastard. Du glaubst, ich lasse es zu, dass das Unternehmen, das ich aufgebaut habe, in deine Holdings eingegliedert wird und damit verschwindet? Wenn du das glaubst, hast du deinen verdammten Verstand verloren.«

»Sei vernünftig. Du weißt, wie Geschäfte funktionieren. Jedem erfolgreichen Unternehmen stehen fünfzig gescheiterte gegenüber. Willst du, dass Northeast strauchelt, weil du ihm nicht genug Zeit und Energie widmen kannst? Oder willst du lieber, dass das, was du geschaffen hast, ausgebaut wird? Ich verspreche dir, dass wir gemeinsam Carnegie aus dem Geschäft drängen können.«

»Ich habe nicht die Absicht zuzulassen, dass Northeast strauchelt«, gab Will zurück.

»Dann betrügst du dich selbst. Ich verstehe deinen Wunsch nicht, ein politisches Amt innezuhaben, aber die Vorstellung muss einige Bedeutung für dich besitzen. Wenn du gewinnst, wird es den Großteil deiner Zeit in Anspruch nehmen. Was geschieht dann mit Northeast?«

»Ich habe viele kompetente Leute unter meinen Angestellten, die in meiner Abwesenheit aufpassen können.«

»Wen denn? Pryor und Helmstead? Na komm, Sloane. Du weißt, dass diese Männer das Unternehmen nicht so wachsen lassen können, wie ich es kann. Mit jedem von beiden kannst du froh sein, wenn du sechs Monate überlebst. Sei nicht dumm.«

Es war keine Überraschung, dass Cavanaugh sich mit den beiden Vizepräsidenten von Northeast befasst hatte, die Will ausgewählt hatte, zeitweilig die Leitung zu übernehmen. Cavanaugh handelte mit Informationen und hatte keine Skrupel, mittels Einfluss oder Geld das in Erfahrung zu bringen, was er wissen wollte. Dennoch kochte Will vor Wut, und sein Magen krampfte sich zusammen. »Ich bin nicht dumm, und ich habe nicht vor, zu verkaufen. Und wenn ich das täte, dann sicher nicht an dich.«

Cavanaugh schüttelte den Kopf, und ein Muskel an seinem Kiefer zuckte. »Ich kenne dich, und wir haben beide harte Zeiten hinter uns, aber unsere Verbindung funktioniert aus gutem Grund. Wir haben einander in den vergangenen vier Jahren sehr reich gemacht. Ganz zu schweigen davon, dass ich mit deiner Schwester verheiratet bin, zum Teufel. Wenn ich dich bei dieser Sache betrügen würde, dann würde Elizabeth nie wieder mit mir reden.«

Will öffnete den Mund, um zu sagen, dass er mit der Konsequenz sehr einverstanden wäre, aber Cavanaugh hob eine Hand. »Sag es nicht. Sie gehört mir, und ich behalte sie.« Er stand auf und schob die Hände in seine Taschen. »Denk darüber nach, das ist alles, worum ich dich bitte.«

»Ist das genug Spaß für dich? Hast du jetzt Spaß mit mir?« Eine heiße Röte überzog Avas Körper, als sie sich an Wills Worte erinnerte. Sie hatte nicht damit gerechnet, dass er so ... verführerisch sein würde. Wild. Verlockend. Ja, sie hatte es vorangetrieben, ihn leichtsinnigerweise zu einer Reaktion provoziert. Gott mochte wissen, was dort im Zug über sie gekommen war, aber sie hatte ihn in seinem Innersten berühren müssen, hatte herausfinden müssen, was hinter dieser glatten Fassade lauerte. Das Ergebnis hatte sie aus der Bahn geworfen.

Nach ihrem schwindelerregenden Kuss hatte er auch schon so seltsam gewirkt. Den Rest ihrer Fahrt zum Grand Central Depot hatten sie schweigend verbracht. Dann hatte er darauf bestanden, sie nach Hause zu fahren. An der Tür hatte er sie auf die Wange geküsst und dabei geflüstert: »Ich bereue keine Minute davon. Gute Nacht, du Frau, die einen in den Wahnsinn treibt.«

In den Wahnsinn treiben, inwiefern? Weil sie ihn provoziert hatte?

»Madame Zalikow, was sagen die Geister?«

Verdammt. Ava schüttelte sich innerlich. Sie war mitten in einem Reading in tiefer Trance, um mit den Geistern auf der anderen Seite zu kommunizieren. Jeden Mittwoch mietete sie ein billiges Hotelzimmer, um Kunden zu empfangen. Sie konnte jetzt keine Zeit mit Tagträumereien über einen Eisenbahnbaron verschwenden.

Die Schiefertafeln in ihrer Hand waren schwer, aber vertraut. Sie schob einen Finger unter die untere und kratzte mit dem Fingernagel an der Oberfläche. Mit ihrer freien Hand packte sie Mr. Holidays Arm. »Hören Sie das? Die Geister schreiben etwas für uns!«

»Was ist es?«, fragte der Mann gespannt.

»Sie haben eine besondere Botschaft für Sie.«

Sie kratzte weiter mit dem Fingernagel, eine Bewegung, die ihr Kunde in dem schummrigen Licht des Raums niemals entdecken würde. Der Trick war recht einfach: Vor Beginn hatte sie Mr. Holiday in rascher Folge vier leere Schiefertafeln gezeigt, aber eine leere Tafel hatte sie zwei Mal gezeigt. Auf der Tafel, die sie nicht gezeigt hatte, stand eine zuvor mit Kreide geschriebene Botschaft, die sie am Morgen kunstvoll angefertigt hatte.

Nachdem sie den Geistern genug Zeit zum »Schreiben« gegeben hatte, schob sie einen Zeh in eine kleine Lücke zwischen Tischbein und Boden und riss ihn hoch, damit der Tisch rumpelte. Mr. Holiday rang nach Luft, und Ava verkündete: »Die Geister haben ihre Botschaft an Sie beendet.«

Sie drehte die Schiefertafel um, auf der das Geschriebene stand, und reichte ihm die Botschaft. Er las: »Ich vergebe dir. Bitte vergib dir selbst.«

Mr. Holiday riss die Hand hoch und bedeckte den Mund.

Der Erfolg eines Mediums hing davon ab, so viel wie möglich über die jeweiligen Kunden zu erfahren und die Information dann für eine maximale Genauigkeit der Readings zu nutzen. Mr. Holiday, der schon lange zu ihren Kunden gehörte, hatte vor drei Monaten seine Frau verloren. Bedauerlicherweise hatte er sich an dem Tag, an dem sie starb, mit ihr gestritten, sodass ihre letzten Worte an ihn wütende waren, was seinen Gram verstärkte. Von da an war er unfähig gewesen, wieder zur Arbeit zu gehen, und kürzlich hatte er seine Stelle in einer Bank verloren. Ava hoffte, ihn von seinen Schuldgefühlen zu befreien.

Als Mr. Holiday ging, drückte er ihr überschwänglich die Hand und brachte seine Dankbarkeit zum Ausdruck. Er versprach ihr, in zwei Wochen für ein weiteres Reading wiederzukommen.

Ava schloss die Tür hinter ihm und seufzte tief. An manchen Tagen fiel es ihr schwer, das Geld zu nehmen, in dem Wissen, dass sie lediglich Taschenspielertricks vorführte – auch wenn sie ihren Kunden im Grunde das gab, was sie wollten. Aber sie versuchte, sich ihren Kunden gegenüber anständig zu verhalten und ihnen positive Impulse zu geben, die ihnen dabei helfen konnten, ihr Leben zu verbessern – etwa, indem sie ihnen die Botschaft übermittelte, dass sie aufhören sollten, Affären zu haben, dass sie mehr Zeit mit ihren Kindern verbringen oder dass sie förderungswürdige Wohltätigkeitsinitiativen finanziell unterstützen sollten. Nur durch diesen verdeckten Altruismus war sie imstande, nachts gut zu schlafen.

In der letzten Zeit jedoch konnte sie aus einem völlig anderen Grund kaum noch schlafen. *Ein weiteres Übel, das auf das Konto des Eisenbahnmanns geht.*

Und das Problem wurde immer größer. Je häufiger sie in Wills Nähe war, desto liebenswerter fand sie ihn. Nicht, dass sie ihn wiedersehen würde. Er hatte von ihr verlangt, dass sie die Kundgebung besuchte, und das hatte sie getan. Sie brauchte Will Sloane nicht in ihrem Leben, um sie mit seinem Missfallen und seinen entwaffnenden Küssen durcheinanderzubringen. Schlimm genug, dass sie sich jeden Abend am Essenstisch Toms Lobreden auf die Genialität dieses Mannes anhören musste.

Offenbar wurde Will in der Verwaltung von Northeast Railroad für eine Art Wunderkind gehalten. Er hatte die Familiengeschäfte schon in jungen Jahren übernommen und das Unternehmen zu einem der erfolgreichsten im ganzen Land gemacht. Außerdem war er, wie Tom es formulierte, ein fairer und netter Boss und nie zu beschäftigt, um nicht selbst mit dem kleinsten Mitarbeiter zu sprechen. Laut Tom arbeitete Will ständig. Er saß schon an seinem Schreibtisch, bevor irgendjemand sonst eintraf, und blieb noch lange, nachdem alle nach Hause gegangen waren.

Ein derartiger Tatendrang ergab für Ava keinen Sinn. Der Mann handelte wie im Fieber. Was in Gottes Namen versuchte er zu beweisen?

Glücklicherweise hatte Tom die Stelle sofort angenommen. Ava würde Will ewig dankbar dafür sein, dass er ihren Bruder vor einer finsteren und gefährlichen Zukunft gerettet hatte.

Es klopfte an der Tür. Das war merkwürdig, weil an diesem Tag keine Kunden mehr kommen wollten. Als sie öffnete, standen zwei gut gekleidete Fremde vor der Schwelle. Einer trug einen langen Bart, der andere wies eine Narbe auf, die sich senkrecht über seine Wange zog. Sie wollte lieber nicht wissen, wie er sich diese Verletzung zugezogen hatte.

»Madame Zalikow, haben Sie einen Augenblick für uns Zeit?«, fragte der Mann und ließ seinen prüfenden Blick über sie gleiten.

Sofort argwöhnisch, antwortete sie mit ihrem russischen Akzent: »Was wollen Sie?«

Der Mann mit der Narbe hob die Hände: »Wir wollen Ihnen nichts Böses, Miss. Wir möchten mit Ihnen über ein geschäftliches Angebot sprechen.«

Sie machte keinerlei Anstalten, die Männer hereinzubitten, sondern behielt die Tür fest in der Hand. Die Örtlichkeit brachte sie in eine riskante Position, und sobald die beiden einmal im Zimmer waren, würde sie nichts davon abhalten, ihr etwas anzutun.

Der bärtige Mann schien ihre schwierige Lage zu verstehen. »Sie können die Tür offen lassen, wenn Sie möchten. Wir wollen nur mit Ihnen sprechen.«

Sie nickte und trat zur Seite, wobei sie die Tür halb offen ließ. In ihrer Reisetasche hatte sie eine Pistole, was aber nicht hieß, dass sie in der Lage sein würde, sie rechtzeitig zu erreichen, falls die Männer Böses im Schilde führten. Doch das Vorhandensein einer Schusswaffe hatte etwas Beruhigendes.

»Ich heiße Mr. Grey, und das ist mein Partner Mr. Harris. Wir beobachten Sie schon eine ganze Weile. Sie sind beeindruckend.«

»Ja«, fügte Harris hinzu, »Ihre Montagabendvorstellungen gewinnen von Woche zu Woche mehr Zuschauer.«

»Danke«, sagte sie vorsichtig.

»Der Grund, warum wir hier sind, liegt darin, dass wir bereits mit mehreren anderen Medien in New York zusammenarbeiten. Haben Sie schon von Mr. Harold Glade gehört?«

»Natürlich.« Glade war eines der beliebtesten Medien in der Stadt und trat am Madison Square Garden vor Tausenden von Menschen auf.

»Und was ist mit Mrs. Kitzinger? Und mit Mrs. Paulson?«

Wieder nickte Ava. »Was haben sie mit mir zu tun?«

»Wir arbeiten mit ihnen an einem kleinen kreativen ... Projekt. Wissen Sie, Sie haben Kunden, die Ihrem Urteil glauben. Sie kommen zu Ihnen, um sich von Ihnen beraten zu lassen, etwa darüber, was sie mit dem Nachlass der lieben alten Agatha machen oder welche Aktien sie verkaufen sollen. Hier kommen wir ins Spiel. Uns gehört ein Unternehmen – eigentlich ist es nicht mehr als ein Geschäftsraum –, das Ihre Kunden bei ihren Anlagen beraten kann. Wir nehmen das Geld und geben Ihnen einen prozentuellen Anteil davon.«

»Und was bekommen meine Kunden?«

Grey hob eine Schulter. »Am Anfang zahlen wir ihnen kleine Renditen auf die Investition aus. Nach einer Weile geht das Unternehmen dann unter, und wir gründen ein neues. Es ist idiotensicher.«

»Das Unternehmen geht unter, aber Sie behalten all die Gewinne.«

»Die wir natürlich mit Ihnen teilen.«

»Natürlich.« Eine Übelkeit überfiel sie, und die Galle stieg in ihr hoch. Das waren Bauernfänger, die sich von jeder Quelle, die sie finden konnten, Geld erschwindeln wollten. Die Ironie des Ganzen entging ihr nicht – dass sie eine weniger offensichtliche Variante davon praktizierte. Aber zumindest gab sie ihren Kunden im Gegenzug etwas dafür. Diese beiden Männer aber waren eindeutig Diebe.

»Sie werden mit Sicherheit viel Geld durch uns verdienen, Miss Jones.«

Ein eisiges Gefühl breitete sich in ihr aus, und sie erstarrte. Es half nicht, dass sie den Akzent aufrechterhielt. »Wie ...«

Das freundliche Lächeln der beiden Männer wurde finsterer. »Wir haben Sie beobachtet und Ihre Karriere verfolgt. Sie sollten sich geschmeichelt fühlen. Sie sind dabei, eines der führenden Medien in der Stadt zu werden.«

Geschmeichelt? Nein, das war sie im Moment ganz und gar nicht. Sie empfand eher Panik, Angst, Ärger, Wut ...

»Ich kann Ihnen nicht helfen, meine Herren. Ich weiß

Ihr Angebot zu schätzen, aber Sie müssen sich anderswo umsehen.«

Die beiden tauschten einen nicht zu deutenden Blick aus. Dann sagte Harris: »Sie missverstehen uns, Miss Jones. Wir haben Ihnen zwar ein Angebot gemacht, aber keines, dass Sie ablehnen können.«

»Ich fürchte, ich kann Ihnen nicht ganz folgen.«

Harris steckte die Hände in die Taschen und schlenderte im Zimmer herum. Ava versuchte, ihn im Auge zu behalten, während Grey sprach.

»Die Medien, die uns abweisen, sind schnell aus dem Geschäft. Wir würden nur ungern die Aufmerksamkeit auf Ihre Vorführungen lenken und Ihre betrügerischen Aktivitäten entlarven.«

»Sie drohen mir.« Sie konnte ruhig die Wahrheit in klare Worte fassen.

»Ja, obgleich es keinen Grund gibt, sich unserem Angebot zu verweigern. Der Plan ist altbewährt, und niemand durchschaut ihn außer den direkt daran Beteiligten.«

»Und nachdem wir Ihnen unser kleines Geheimnis verraten haben«, sagte Harris direkt hinter ihr, »wäre es jammerschade, wenn wir das Ihre aufdecken müssten.«

Sie grub die Fingernägel in ihre Handflächen. Ihr war klar, dass sie den Männern nichts entgegenzusetzen hatte. Sie konnten sie jederzeit entlarven, wenn sie nicht zustimmte. Aber natürlich konnte es sein, dass ihre Kunden nicht ihren Empfehlungen folgten, vor allem, wenn sie diese vage und halbherzig formulierte.

»Ich brauche Zeit, um das zu überdenken«, sagte sie.

»Natürlich«, sagte Gray ruhig. »Aber nicht zu viel Zeit. Wir wollen nicht, dass Sie irgendeinen Ihrer prominenten Freunde um Hilfe bitten.«

Meinte er Bennett – oder, schlimmer noch, Will? Mit klopfendem Herzen versuchte sie, ihre Atmung zu kontrollieren und einen kühlen Kopf zu bewahren.

»Sie erhalten meine Antwort in der kommenden Woche.«

KAPITEL ZEHN

Frühsommernächte mit ihrer trägen, frischen Luft mochte Ava am liebsten. Die Stadt hatte sich noch nicht in den Backofen verwandelt, die sie im Juli und August sein würde, wenn einem die Hitze auf die Lungen drückte und das Atmen schwer machte. Jetzt waren die Abendtemperaturen noch angenehm kühl und eigneten sich hervorragend, um nach dem Abendbrot mit einem leichten Umschlagtuch um die Schultern einen ziellosen Bummel zu unternehmen, bei dem sie einen klaren Kopf gewinnen konnte.

Auf den Straßen war es ruhig an diesem Abend, und die meisten Familien hatten sich zu dieser Zeit bereits schlafen gelegt. Ihre derzeitige Wohngegend lag weit von dem ständigen Lärm und Schmutz der Mietskasernen der Lower East Side entfernt. In der West Side lebten mehr arbeitende Familien, die früh aufstanden, um rechtzeitig zu ihrer Arbeit in Büros oder Läden zu kommen. Dies hier war zwar nicht ihr endgültiges Ziel, aber der Familie Jones ging es hier erheblich besser als zuvor.

Ein einfaches Leben, das war es, was sie sich wünschte. Ein besseres Leben für sich und ihre Familie. Eines ohne Kummer und ständigen Kampf. Eins mit weitem Land und viel Grün. Eins ohne Trickserei und Verkleidung. Eins ohne Erpressung.

Sie hätte nie gedacht, dass sie einmal erpresst werden würde. Vielleicht als Betrügerin entlarvt, aber nicht erpresst. Würden diese beiden Männer ihre Drohungen wirklich wahr machen, wenn sie nicht mitspielte? Wenn es nur um sie gegangen wäre und sie nicht ihren wirklichen Namen hätten herausfinden können, hätte sie ihnen gesagt, sie sollten sich zum Teufel scheren. Aber sie konnte nicht riskieren, dass ihren Geschwistern Leid zugefügt wurde, wenn sie sich weigerte.

Ein Geräusch dicht hinter ihr zog ihre Aufmerksamkeit auf sich – der Absatz eines Stiefels auf dem Bürgersteig. Ihre Muskeln spannten sich an, und sie wirbelte herum, bereit, sich gegen jede Art von Gesindel draußen in der verdunkelten Stadt zu verteidigen. Doch war da niemand. Mit zusammengekniffenen Augen spähte sie in die Finsternis. »Hallo?«

Stille. Sie ging weiter, beschleunigte ihre Schritte. Sie fühlte sich selten unsicher in New York, selbst wenn sie allein war, aber irgendetwas kroch ihr heute Abend den Rücken hoch. Vielleicht lag das am Besuch von Grey und Harris?

Als sie um die Ecke ihres Wohnblocks bog, bemerkte sie einen großen schwarzen Einspänner vor ihrem Haus. Ein schöner Fuchs stand vorn, und ein adrett gekleideter Kutscher saß auf dem Bock. So etwas war in ihrer Gegend ein ungewohnter Anblick. Aus den Fenstern der umliegenden Gebäude streckten ein paar Nachbarn neugierig die Köpfe heraus, um zu sehen, was für einem hochtrabenden Gecken eine derart noble Kutsche gehörte.

Ein hochtrabender Geck. Ihr Magen verkrampfte sich in einer Mischung aus Vorahnung und Furcht. Könnte *er* es sein? Zwar wollte sie ihn wiedersehen – genau gesagt, wollte sie ihn wieder *küssen* –, aber sie musste sich von Will Sloane möglichst fernhalten.

Ihre Schritte verlangsamten sich, und sie überlegte, ob es nicht besser war, wenn sie wieder kehrtmachte. In diesem Moment öffnete sich die Tür der Kutsche, und lange, von schwarzem Kammgarn umhüllte Beine erschienen. Und tatsächlich entstieg ein vertrauter blonder Mann der Kutsche, richtete sich zu seiner vollen, beeindruckenden Größe auf und warf eine Zigarre in die Gosse.

O nein. Sie stolperte fast, so umwerfend sah er aus. Er hatte seinen Tagesanzug gegen makellos geschneiderte Abendkleidung eingetauscht, und im Lampenlicht leuchteten die schneeweiße, gestärkte Hemdbrust und die Krawatte. Er war ... atemberaubend. Gebieterisch und arrogant. Ein Mann, dessen ganze Haltung Reichtum und Privilegiertheit ausstrahlte und dem die teure Kleidung perfekt passte, als wäre er dafür geboren worden, sie zu tragen. Was er wohl auch war.

Zweifellos befand er sich auf dem Weg zu einer vornehmen Veranstaltung, eine, auf der sich Männer um seine Gunst bemühten und Frauen um einen Platz in seinem Bett, während sie noch stundenlang Kleidung flicken musste. Ihre Lebensumstände könnten unterschiedlicher nicht sein.

Dennoch schämte sie sich ihres Lebens nicht. Sie hatte hart für das wenige gekämpft, was sie besaßen. Andere Frauen mochten von Will eingeschüchtert sein, aber sie würde nicht zu ihnen gehören, und von ihr aus konnte er in den North River springen, wenn ihm das nicht gefiel.

Sie hob das Kinn. »Mr. Sloane. Was führt Sie heute Abend in die Bank Street?«

Er schob die Hände in die Taschen seiner Hose. »Guten Abend, Miss Jones. Ich muss mit Ihnen reden. Wären Sie bereit, mich für eine kurze Fahrt zu begleiten?«

Sie blieb wie angewurzelt stehen. Der Gedanke, mit ihm in einer geschlossenen Kutsche zu sein, machte ihr Angst. Sie hatte sich ihm in dem Eisenbahnwagen an den Hals geworfen, was mit seinen Händen unter ihren Röcken geendet hatte. Nicht auszudenken, was als Nächstes passieren würde.

»Wir sollten hier sprechen«, sagte sie und blickte sich auf dem fast leeren Bürgersteig um. »Hier ist keine Menschenseele.«

»Das stimmt nicht ganz«, erwiderte er und zeigte mit dem Kinn auf die Häuser. »Hier sind überall um uns herum Ohren und Augen. Sollen wir?«

Sollte ihnen die Fahrt eine Unterhaltung unter vier Augen ermöglichen oder verbergen, dass er überhaupt hier war? Unvorstellbar, was geschehen würde, wenn seine Kumpane davon erfuhren, dass er sich unter das gemeine Volk mischte. Möglicherweise würde er dann aus seinen noblen Clubs geworfen werden. Oder von Mrs. Astors jährlichem Kostümball ausgeladen. Oder von einem Cocktailgabeln schwingenden Mob die Fifth Avenue hinuntergejagt.

Sie rieb sich die Schläfen. Ihre Gedanken diesen Mann betreffend waren ein wirbelndes Chaos. »Will, ich glaube nicht, dass das eine gute Idee ist.«

»Bitte, Ava«, sagte er leise. »Nur ganz kurz. Ich würde mit dir laufen, aber meine Kleidung ist für einen Spaziergang durch die Stadt nicht recht geeignet.«

»Besteht die Chance, dass du aufgibst und dahin weiterfährst, wo du heute Abend erwartet wirst?«

Sein Mund verzog sich, und Belustigung glimmte in seinen grauen Augen auf. »Nein.«

»Steigen Sie mit ihm in die Kutsche, Miss«, rief eine weibliche Stimme von irgendwo über ihnen, eine der älteren Anwohnerinnen aus der Nachbarschaft, die das Ganze beobachtet hatte. »Wenn Sie es nicht tun, dann, bei Gott, tu ich's.« Darauf war aus mehreren Fenstern Gekicher zu hören.

»Oh, dann um Gottes willen«, murmelte Ava und ging zur Kutsche. Wenige Sekunden später saß sie auf den Polstern. Will folgte ihr, nachdem er dem Kutscher kurz eine Anweisung gegeben hatte.

Im Inneren der Kutsche war es sehr beengt. Ihre Schultern und Hüften wurden aneinandergepresst, und dieser Kontakt brannte sich durch ihre Kleidung und erhitzte ihre Haut wie die Fläche eines Bügeleisens. Sie versuchte, zur Seite zu rutschen, um Abstand zu gewinnen, aber es half nichts. Die Räder setzten sich in Bewegung, und sie fügte sich in die Tatsache, dass sie durch seine Nähe abgelenkt wurde.

»Na also, war das so schwer?«, fragte er.

Sie wagte es nicht, ihn anzusehen. Er war viel zu nahe. Wenn sie sich etwas nach vorne beugte, könnte sie ihn küssen, und er würde mit ihrem Geschmack auf den Lippen zu seiner Veranstaltung gehen müssen. Was für böse, böse Gedanken. Doch sobald sie in Will Sloanes Nähe war, war es, als ritte sie der Teufel.

Sie blickte angestrengt auf das kleine Fenster und faltete die Hände im Schoß. »Was willst du, Will?«

Er strich den Stoff seiner eleganten Hose glatt. »Wie ist es dir ergangen, seit ich dich das letzte Mal gesehen habe?«

Sie war kurz davor, die Wahrheit zu erzählen, den ganzen

elenden Schlamassel. Es gab keinen fähigeren Mann als Will Sloane, wie der Abend, an dem er ihren Bruder gerettet, und der Tag, an dem er sie aus dem Tumult befreit hatte, bewiesen.

Wir wollen nicht, dass Sie irgendeinen Ihrer prominenten Freunde um Hilfe bitten.

Trotz der indirekten Drohung war der Drang, Will alles zu erzählen, sehr stark. Aber wenn er ihr aus dieser Schwierigkeit heraushalf, wo würde sie dann stehen? Dann wäre sie von einem reichen, mächtigen Mann abhängig, den sie ihre Probleme lösen ließ. Sie hatte sich geschworen, so etwas nie wieder zuzulassen, in was für eine schlimme Lage sie auch geraten mochte. Nein, es war besser, wenn sie selbst damit fertigwurde.

»Gut«, log sie.

»Du bist eine schlechte Lügnerin. Also stimmt irgendetwas nicht. Was ist es?«

Sie hasste es, dass er über die Fähigkeit verfügte, ihre Gedanken zu lesen. Noch nie hatte jemand das, was sie sagte, in Abrede gestellt, niemand außer Will. »Lass es gut sein, Eisenbahnmann. Es ist nichts, wobei du helfen kannst.«

»Ava«, seufzte er, »du wirst es mir erzählen, bevor diese Fahrt zu Ende ist.«

Oh! Was für eine Frechheit! Sie wandte sich ihm zu. »Glaube nicht, dass du mich wegen der Dinge, die im Zug passiert sind, kontrollieren kannst. Du hast keinerlei Rechte auf irgendetwas.«

»Falsch.« Er verzog die Lippen ein wenig, und die Atmosphäre in der Kutsche lud sich auf wie eine Maschine, die auf Touren kam. »Genau wegen der Dinge, die im Zug passiert sind, verdiene ich zu wissen, was los ist. Steckst du in irgendwelchen Schwierigkeiten? Gibt es Probleme mit Thomas oder mit anderen deiner Geschwister?«

»Du bist unerträglich. Ich stelle dir doch auch keine persönlichen Fragen über deinen Tag.«

»Mein Tag war langweilig, voller geschäftlicher Dinge und Besprechungen. Ich spüre, dass deiner etwas aufregender war.«

Ihr Schweigen dehnte sich, während die Räder über das Kopfsteinpflaster holperten. Ihm zu vertrauen kam nicht in Frage. Wohin brachte sie beide das? Nirgendwohin, außer dass sie jedes Mal, wenn sie an ihn dachte, dieses merkwürdig ziehende Gefühl in der Magengrube verspürte. Und dahinter verbarg sich der reine Wahnsinn.

»Will, ich verstehe nicht, was du von mir willst.«

»Ich …« Ein Muskel in seiner Wange zuckte, während das Licht der Lampen die ausgeprägten Züge seines Gesichts hervortreten ließ. »Ich will dich, Ava. Ich sage mir immer wieder, dass das eine fürchterliche Idee ist, aber offenbar kann ich mich nicht von dir fernhalten. Ich nutze jede Ausrede, die mir einfällt, um dich zu sehen, und ich bin mir nicht sicher, ob es einen Ort gibt, an den du gehen könntest, ohne dass ich dir auch dorthin nachjagen würde. Du bist es also, die ich will.«

Diese Worte überstiegen ihre Erwartungen erheblich. Ehrlich und unverblümt vernichteten sie ihren Widerstand, und all ihre Vorbehalte lösten sich in Luft auf. Natürlich versicherte er ihr nicht, dass er sie ewig lieben würde, aber das hätte sie ihm auch nicht abgenommen. Doch dieses unwillige Eingeständnis ihrer gegenseitigen Qual, der seltsamen Anziehung, mit der keiner von ihnen gerechnet hatte und die sie beide nicht verstanden, ließ ihr Inneres schmelzen.

Dann beugte er sich vor, legte seine Lippen auf ihre und ließ alle weiteren Gedanken mit einem Kuss verfliegen, nach dem sie sich seit Samstag gesehnt hatte.

In der Nähe dieser Frau hatte Will sich nicht mehr unter Kontrolle. Ihre vollen Lippen, ihr scharfe Zunge, ihr schnelles Denkvermögen … und ein Körper, der selbst einen Bischof in Versuchung führen würde. Es war, als hätte sie etwas in ihm freigelassen, das nun nicht wieder weggesperrt werden konnte. In ihrer Gegenwart verhielt er sich wie ein Geistesgestörter und hatte entgegen besseren Wissens seine Karten auf den Tisch gelegt. Aber mit Ava war alles ganz anders als bei all den anderen Kämpfen, die er bislang ausgefochten hatte. Sie hatte Macht über ihn. Er würde fast alles tun, was sie verlangte, nur um sie noch einmal zu kosten.

Sie küsste ihn leidenschaftlich zurück, als wäre ihr Verlangen ebenso stark wie das seine. Die feuchte Hitze ihrer Zunge verschmolz mit seiner, während er sie in ihrem Mund liebkoste. Ihre Finger fuhren ihm ins Haar und hielten sich daran fest, und er vertiefte den Kuss und griff nach ihrem Kinn, um ihren Kopf in eine bessere Position zu bringen. Sie schmeckte nach Minze und Entschlossenheit, und ihre Kühnheit regte ihn stärker an als jedes alkoholische Getränk und jede Zigarre. Ihm wurde schwindelig, sein Verlangen riss an seiner Haut und trieb ihn jenseits aller Vernunft. Wenn er ihre Röcke hier in der kleinen Kutsche hätte heben und sie auf seine Erektion hätte spießen können, hätte er das getan.

Bei allem, was ihm heilig war, sie machte ihn zu einem Barbaren.

Er glitt mit seinem Mund über ihr Kinn, setzte leicht seine Zähne ein, und sie wimmerte. Sein Herz hämmerte in seiner Brust, pumpte Blut durch seinen gesamten Körper, und das drängende Bedürfnis nach Reibung löschte alles andere aus. Er wollte jeden zarten, üppigen Zentimeter ihres Körpers fühlen – so lange, wie es dauerte, bis diese unbändige Begierde gestillt war. Stunden. Tage. *Jahre.*

»Ich kann nicht aufhören, an das zu denken, was im Zug passiert ist«, sagte er dicht an der Haut hinter ihrem Ohr. »Wie du dich an meinen Fingern angefühlt hast. Wie du dich angehört hast, als du zur Höhe deiner Lust kamst. Ich muss das noch einmal hören.«

Ein Schauder lief ihr über den Körper. »Will ...«

»Sag es mir, Ava. Sag mir, dass du mich brauchst.« *Sag mir, dass ich nicht allein bin.*

»Ja, ich brauche dich.« Sie umklammerte seine Arme, um ihn dichter an sich heranzuziehen. »Nur noch ein Mal.«

Er veränderte seine Position und nahm ihren Mund mit einem an Raserei grenzenden Kuss in Besitz. Ihre Lippen und Zähne prallten voller Verzweiflung aufeinander, während sich ihr Atem mischte. Seine Hände wanderten über ihre Arme und Schultern hinab zu ihren Brüsten unter dem Korsett. Sie drückte den Rücken durch, presste sich an ihn, hungrig nach mehr, und er hielt es kaum mehr aus. »Ich sagte Palmer, dass er uns zu einem Hotel fahren soll. Ich will dich ausziehen. Dich sehen. Dich schmecken. Mich zwischen deinen Schenkeln versenken. Wieder und wieder.«

»Zu einem Hotel?«, keuchte sie.

Er griff mit einer Hand nach ihren Röcken und raffte den Stoff über ihren Knien zusammen. *Nur eine kurze Berührung ihrer nackten Haut. Ein Streichen durch ihre Spalte, um zu fühlen, wie nass und heiß sie ist.*

»Nun, in deine Wohnung können wir nicht gehen, und mein Haus kommt nicht in Frage.«

Sie packte seinen Arm, um zu verhindern, dass er ihre Röcke noch höher zog. »Warum kommt dein Haus nicht in Frage?« Ihr Ton hatte sich verändert, von geschmolzenem Metall zu kaltem, hartem Stahl. Sie drückte mit der Handfläche gegen seine Schulter, damit sie ihm ins Gesicht sehen konnte, und er stellte fest, dass er unwillig die Stirn runzelte. »Ava, ich bringe keine Frauen in mein Haus.«

»Frauen?«

Sie presste die Lippen aufeinander, sodass sie zu dünnen, weißen Linien wurden. Also versuchte er, sich zu erklären, damit sie wieder zurück auf Kurs kamen. »Ich habe meine Affären immer mit Diskretion behandelt, vor allem, um Lizzie zu schützen. Außerdem muss auch an das Personal gedacht werden.« Vom Wahlkampf ganz zu schweigen. Er wollte die Kampagne nicht gefährden, nicht jetzt, wo Bennett und er so kurz vorm Ziel waren.

Sie schluckte und schloss kurz die Augen. »Du willst das hier geheim halten.«

»Ja, so habe ich es immer mit meinem Privatleben gehalten. Ich erwarte von meinen Affären Diskretion und bevorzuge langfristige Partnerinnen, die zu einem klaren, ehrlichen Arrangement mit mir bereit sind.«

»Zu einem klaren, ehrlichen Arrangement? Du willst mich also als deine Geliebte haben.«

Er hob eine Schulter. »Ja, das will ich, wobei es mir egal ist, wie wir es nennen. Und du kannst bestimmen, …«

Ein plötzlicher Schmerz explodierte auf seiner Wange, und ein scharfer Knall hallte nach, als sein Kopf zur Seite ruckte. »Fahr zur Hölle, Will.«

Verdammt, das hat wehgetan. Noch nie zuvor hatte ihn eine Frau geohrfeigt. Er biss die Zähne zusammen, während Gekränktheit und Verärgerung in ihm hochstiegen. Langsam richtete er seinen Blick auf sie, wobei er versuchte, seine Wut zu bezähmen. Da bemerkte er, dass ihre Augen im Dunkeln glitzerten. Waren das … Tränen?

Sie hämmerte an das Kutschendach. »Lassen Sie mich raus hier!«, rief sie Palmer zu.

»Fahren Sie weiter!«, brüllte er lauter als sie. Dann zeigte er mit dem Finger auf sie. »Du steigst nicht aus dieser Kutsche, bevor du mir gesagt hast, warum du so aufgebracht bist.«

»Du dummer Mann, ich schulde dir keinerlei Erklärungen. Ich schulde dir überhaupt nichts, verdammt. Lass mich raus!«

Sie versuchte, an den Türgriff zu kommen, aber er packte sie bei den Schultern. »Ava, beruhige dich. Ich will wissen, was los ist. Warum bist du kurz davor zu weinen?«

»Ich weine nicht!«, schrie sie. »Ich bin so wütend, dass ich dich mit bloßen Händen erwürgen könnte. Wie kannst du es wagen, zu versuchen, mich zu deiner Geliebten zu machen! Das Angebot ist eine einzige Beleidigung.«

»Es ist pragmatisch. Wir wollen einander, und du hast zugegeben, dass du es ebenso willst«, hörte er sich fauchen, als er ihre Schultern losließ. Dann kam ihm ein Gedanke, den er schon einmal gehabt hatte, dem er aber aus Dummheit nicht weiter nachgegangen war. Er wand sich fast, als er sie fragte: »Bist du noch Jungfrau?«

»Nein, das bin ich nicht, und das überrascht dich auch sicher nicht im Geringsten. Wer würde bei einer Frau wie mir auch etwas anderes erwarten, nicht wahr?«

»Ich erwarte gar nichts bei dir – außer dass ich nie eine ehrliche Antwort erhalte. Du lügst und weichst meinen Fragen auf Schritt und Tritt aus.«

»Weil ich vor langer Zeit gelernt habe, niemals Männern wie dir zu vertrauen. Männern, die glauben, dass Frauen zu ihrem Vergnügen da sind, und die sie benutzen und dann wegwerfen. Aber ich werde nicht zulassen, dass du mich respektlos behandelst, egal, wer du bist und wo du wohnst.«

»Wer war es?«, fragte er und ballte die Hände auf den Oberschenkeln zu Fäusten. »Sag mir seinen Namen.«

»Auf gar keinen Fall. Du hast kein Recht auf diese Information. Außerdem ist es ohnehin nicht mehr wichtig.«

»Für mich ist es wichtig, sehr sogar. Denn du legst mir die Sünden eines anderen Mannes zur Last.«

»Nein, Will. Ich lege dir *deine* Sünden zur Last. Du behandelst alle, als stünden sie unter dir, als wären alle, die nicht mit ebenso blauem Blut wie du geboren wurden, unwürdig. Ich werde nicht zu deiner Geliebten und damit zu einem Geheimnis, das zuzugeben du dich zu sehr schämst.«

»Was also forderst du, Ava? Dass ich dich umwerbe? Sei ehrlich.«

Sie atmete tief und zittrig ein, was ihm mehr über ihre Aufgewühltheit erzählte als die emotionslose Miene, die sie aufgesetzt hatte. »Ich bin vollkommen ehrlich. Und ich will nichts von dir. Absolut *nichts*.«

Er wusste nicht, was er darauf sagen sollte, und starrte sie ausdruckslos an, während sein Gehirn versuchte, das Durcheinander dieser Unterhaltung aufzulösen. In der einen Minute hatten sie noch in einer leidenschaftlichen Umarmung gelegen, und in der nächsten fuhren sie einander an. Er wollte sie. Sehr. Aber er begriff nicht, was sie wollte. Sollte er ihr in aller Öffentlichkeit den Hof machen? Der Gedanke war grotesk. Er würde nicht alles opfern, was er sich aufgebaut hatte, nur um sie ins Bett zu bekommen.

Sie hob die Hand und klopfte ans Kutschendach. »Hier bitte«, rief sie. Sie sah ihm in die Augen und hielt seinem Blick stand, während sich die Räder verlangsamten. Er sagte nichts, und sie schwieg ebenfalls. In Gedanken schalt er sich selbst zehn Mal einen Idioten, während er die Tür aufstieß und ihr aus der Kutsche half. Sie befanden sich ganz in der Nähe ihres Wohngebäudes. Gott weiß, wie oft Palmer um den Block gefahren war.

Sie schüttelte ihre Röcke aus und strich sorgfältig ihre Kleidung glatt, bevor sie den Kopf hob und ihn leicht in den Nacken legte. »Lebe wohl, Will Sloane.«

»Meine Herren, ich denke, wir haben für einen Nachmittag genug besprochen.« Will stand vom Kopf eines langen Eichentisches auf und sammelte seine Unterlagen ein. Die Männer am Tisch, alles hochrangige Northeast-Mitarbeiter, begannen sich ebenfalls zu erheben, alle Augen auf Will gerichtet. »Wir werden im kommenden Monat mit einem Angebot für die Koksproduktion an Frick herantreten, sobald wir uns über die Details geeinigt haben.«

»Er wird niemals zustimmen«, brummte Henry Young. Young war einer von Archibald Sloanes Kumpeln gewesen und der größte Stachel in Wills Fleisch. »Frick steht auf Carnegies Gehaltsliste.«

Das stimmte, aber Loyalität hatte im Wirtschaftsleben ihre Grenzen – vor allem zwischen diesen beiden Männern. Vielleicht würde Will mit Cavanaugh über eine Partnerschaft sprechen. Wenn sich Northeast Railroad und East Coast Steel miteinander verbündeten, wäre Frick ein Dummkopf, wenn er sich nicht auf ihre Seite schlug.

Will hob eine Hand. »Mal sehen, was ich tun kann. Wir werden in der kommenden Woche noch einmal darauf zu sprechen kommen.«

Als er den Raum verließ, hörte er hinter sich Gemurmel. Er ignorierte es. Im Flur traf er auf Frank, seinen Assistenten, der dort auf ihn wartete.

»Mr. Sloane«, begann Frank, während sie durch den Flur zu Wills Büro gingen, »ein paar Telegramme sind eingetroffen, und Mr. Pearson hat angerufen. Er hat darum gebeten, dass Sie ihn so schnell wie möglich zurückrufen.« Er reichte Will einen Stapel Telegramme, die dieser schnell durchsah.

»Holen Sie Pearson in die Leitung, sobald wir im Büro sind«, sagte er, während er noch die Telegramme überflog. Seine Schritte stockten, als ihn ein Name am Ende eines der Telegramme ansprang: Ava. Hatte sie es sich anders überlegt? Er sah genauer hin. Nein, es war Abe, nicht Ava. Seine Schultern sackten in sich zusammen.

Er hatte in den vergangenen Tagen versucht, nicht an sie zu denken. Als wohlhabender und angesehener Mann war er es nicht gewohnt, abgewiesen zu werden, und er hätte diese bittere

Pille auch lieber nicht geschluckt. Noch nie hatte eine Frau ihn abgelehnt. Aber Ava hatte nein gesagt, und er ... er musste einen Weg finden, das zu akzeptieren.

Sein Magen brannte plötzlich wieder. Will riss die äußere Tür zu den Büroräumen auf und marschierte zügig zu seinem Arbeitszimmer. Frank folgte ihm. Über die Schulter diktierte Will seinem Assistenten Antworten auf einige der Telegramme. »Bringen Sie mir die Börsenkurse von diesem Morgen«, verlangte er dann.

»Ja, Sir«, sagte der junge Mann. »Gibt es sonst noch etwas für mich zu tun?«

»Holen Sie mir etwas Natron.« Er rieb sich den Magen, während er sich setzte. »Das ist dann alles.«

In diesem Augenblick zog ein zaghaftes Klopfen an der Tür Wills Aufmerksamkeit auf sich. Tom, Avas Bruder, stand auf der Schwelle und wirkte nervös. Sein Anblick ließ in Will wieder unliebsame Gedanken an Ava aufsteigen, aber er konnte den Jungen kaum für die Dummheit seiner Schwester verantwortlich machen. »Ja, Tom?«

»Haben Sie einen Augenblick für mich Zeit, Sir?«

Frank, der gerade hatte hinausgehen wollen, riss bei diesem Ersuchen die Augen auf, weil er wollte, dass alle derartigen Anfragen über ihn liefen. Gleich würde er Tom eine Standpauke darüber halten, wie man sich im Büro angemessen verhielt.

»Frank, holen Sie mir mein Natron, und inzwischen rede ich mit Tom.«

»Natürlich, Sir.« Frank eilte aus dem Raum, nicht ohne Tom einen missbilligenden Blick zuzuwerfen.

Nachdem sich die Tür geschlossen hatte, sagte Will: »Mach

dir nichts weiter aus Frank. Er wacht über meine Zeit, aber manchmal übertreibt er dabei ein wenig.«

»Entschuldigen Sie«, sagte Tom. »Ich tue mein Bestes, um zu lernen, wie die Dinge hier funktionieren.«

»Nach dem, was ich gehört habe, leistet du hervorragende Arbeit. Frank sagte, er habe dich an die Kontenbücher gesetzt, weil du kompetent mit Zahlen umzugehen vermagst.«

»Kompetent?«

»Sehr gut«, erklärte Will.

»Oh, ja, kompetent. Ich liebe Zahlen. Das hab ich schon immer, seit ich ein Würfelspiel in der Canal Street laufen hatte.«

Will unterdrückte ein Lächeln. »Ich nehme an, dass deine Schwester nichts von besagtem Würfelspiel wusste.«

Tom erbleichte etwas, was Bände sprach. »Nein, sie würde mir den Kopf abreißen, wenn sie das wüsste. Sie erzählen ihr das doch nicht, oder?«

»Versprochen.« Es verzichtete darauf, ihm zu sagen, dass er Ava nie mehr wiedersehen würde – ein deprimierender Gedanke. »Worüber wolltest du mit mir sprechen?«

»Na ja, ich bin die Kontenbücher durchgegangen und habe gedacht, dass ich sie vielleicht mit den Zahlen aus dem vergangenen Jahr vergleichen sollte ...«

»Warum solltest du das tun wollen?«, schnitt ihm Will scharf das Wort ab. Die Kontenbücher vom vergangenen Jahr waren ... peinlich. Will hatte übersehen, dass die Leitung seiner Investmentfirma Geld von Northeast Railroad stahl, und er hatte den Beweis für seine Dummheit aus seinem Büro entfernt. Niemand würde diese Kontenbücher einsehen außer ihm selbst.

»Um Ihnen eine Vorstellung davon zu geben, wie das Unternehmen von Jahr zu Jahr abschneidet«, antwortete Tom. »Ich dachte, wenn wir diese Woche mit der entsprechenden Woche im vergangenen Jahr vergleichen würden, könnten Sie sehen, wie groß das Wachstum gewesen ist. Aber ich kann die Kontenbücher vom vergangenen Jahr nicht finden.«

Der Junge war intelligent, keine Frage. Will gefiel Toms Eigeninitiative, eine Aufgabe erfüllen zu wollen, die ihm nicht aufgetragen worden war, um Wills Verständnis von dem Unternehmen zu verbessern. »Diese Kontenbücher sind aus einem bestimmten Grund nicht zugänglich, Tom, aber ich weiß deinen Eifer zu schätzen. Vielleicht könntest du stattdessen einen Vergleich zum Jahr davor vornehmen?«

Tom nickte. »Ich hatte Angst, dass jemand mit Ihren Kontenbüchern abgehauen ist, Mr. Sloane. Ich bin froh zu hören, dass Sie wissen, wo sie sind.«

»Das weiß ich in der Tat.« Er lehnte sich in seinem Sessel zurück. »War das alles?«

»Ja, Sir. Dann lass ich Sie jetzt mal allein.«

Tom drehte sich um und ging zur Tür, aber Will rief ihn zurück. »Warte, Tom. Sag mal, wie ...« Er wollte die Frage unbedingt stellen, um irgendetwas über sie zu erfahren. Aber glücklicherweise verhinderte das sein Stolz. »... gefällt dir die Stelle hier bisher?«

Ein Grinsen erschien auf Toms Gesicht. »Ich finde sie toll, Mr. Sloane. Danke, dass Sie mir diese Chance gegeben haben.«

Will machte eine wegwerfende Handbewegung. »Es ist mir eine Freude. Ich habe einen scharfen Blick für Talente, und du bist eine wunderbare Ergänzung für die Belegschaft. Was ist mit deinen Freunden – die, mit denen du inhaftiert warst. Hast du noch mal von ihnen gehört?«

»Nein, Sir.« Tom richtete sich auf. »Und ich will auch mit keinem von ihnen mehr etwas zu tun haben. Wissen Sie, als ich im Gefängnis war, haben sie den Cops nicht erzählt, dass ich das erste Mal mit ihnen zusammengearbeitet habe. Sie haben so getan, als wäre ich ein richtiger Taschendieb. Was für Freunde tun so etwas?«

»Keine sonderlich guten«, bestätigte Will. »Ich bin froh, dass du dich gegen so ein Leben entschieden hast. Du hast eine glänzende Zukunft vor dir, Tom. Vergiss das niemals.«

»Das werde ich nicht, Sir. Und nochmals danke, dass Sie mich eingestellt haben.«

»Schon gut.« Will entließ den Jungen mit einem Nicken. Aber als Tom sich anschickte, den Türknauf zu drehen, hörte Will sich fragen: »Und wie geht es deiner Schwester?« Er zuckte beinahe zusammen. So viel zu seinem Stolz.

»Mary?«

»Nein, die andere.«

»Ava?« Tom rieb sich den Nacken. »Ich weiß nicht recht. Die letzten Tage war sie sehr schweigsam. Ist für sich geblieben. Aber sie ist froh über meine Arbeit und hat gesagt, dass wir dank meines Gehalts schneller aufs Land ziehen können.«

Wills Magen verkrampfte sich, und das Brennen wurde wieder stärker. Wo zum Teufel war Frank mit dem Natron? »Willst du das denn? Aufs Land ziehen?«

»Auf gar keinen verd… äh, ich meine nein, auf keinen Fall. Es ist Ava, die wegziehen will, nicht ich. Ich will die Stadt niemals verlassen.«

»Gut. Vielleicht kannst du sie ja noch zur Vernunft bringen.«

Tom verzog amüsiert den Mund. »Ava ist so stur wie nur was, Mr. Sloane. Eher lernen Schweine fliegen.«

»Madame Zalikow, ich danke Ihnen, dass Sie heute Abend gekommen sind!« Phillip Price kam ihr mit ausgestreckter Hand entgegen. Er war ein attraktiver, wohlhabender Witwer Anfang vierzig und besaß eine florierende Textilfabrik. Sein sorgfältig eingeöltes braunes Haar wies an den Schläfen ein paar graue Strähnen auf. Außerdem trug er einen säuberlich getrimmten Bart. Seit sieben Monaten gehörte er zu Avas regelmäßigen Kunden.

Sie setzte ein liebenswürdiges Lächeln auf und nahm ihre schwere Reisetasche in die linke Hand, um ihm mit der rechten die seine zu schütteln. »Aber selbstverständlich, Mr. Price«, sagte sie mit ihrem russischen Akzent. »Ich freue mich schon darauf, Ihren Gästen heute Abend helfen zu können.«

»Vorzüglich! Ich zeige Ihnen den Salon, in dem wir das Ganze stattfinden lassen.« Er ergriff ihren Ellenbogen und führte sie durch die Eingangshalle zu einer hölzernen Doppeltür, die er aufstieß. »Da sind wir. Ich glaube, hier ist alles, was Sie benötigen.«

Die schweren Vorhänge waren zugezogen und verdunkelten den Raum. Deshalb legte Mr. Price den Schalter für das Gaslicht um, das den Raum beleuchtete. Die Möbel, die sie verlangt hatte – einen leichten, runden Tisch, einen Paravent in der Ecke, einen Garderobenständer – waren alle vorhanden. »Das ist genau das, was ich brauche, danke. Wann kommen sie denn?«

»Die ersten Gäste müssten in etwa fünfzehn Minuten eintreffen. Ich werde sie in den vorderen Salon führen, und Sie können sich zu uns gesellen, wenn Sie bereit sind.«

Ava nickte, und Mr. Price verließ den Raum und schloss leise die Türen hinter sich. Sie erzählte ihren Gastgebern, dass sie vor der Veranstaltung Zeit brauchte, um »die Energie im Raum zu erspüren«. Aber in Wahrheit musste sie einige Dinge vorbereiten.

Sie stellte ihre Reisetasche auf den Boden, öffnete den Verschluss und zog die beiden Seiten auseinander, um der Tasche die für diesen Abend erforderlichen Gegenstände zu entnehmen. Es waren ein Tamburin, ein langer, ausziehbarer Stab, ein schmaler Streifen Mull und ein Kartenspiel. Sie stellte die Stühle enger nebeneinander. Zum Schluss schaltete sie das Licht aus, um sicherzugehen, dass der Raum hinreichend dunkel war. Als sie alles so angeordnet hatte, wie sie es haben wollte, verließ sie den Raum und ging zu dem vorderen Salon.

In New York und London waren Medien sehr gefragt, und sie wusste, dass Mr. Prices Freunde alle vorab mit ihr sprechen wollten. Ava hatte nichts dagegen, weil sie durch diese Gespräche oft die ein oder andere interessante persönliche Information aufschnappte, die sie während der Séance nutzen konnte. Wenn sie mit einer freundlichen fremden Person sprachen, gaben die Leute oft Dinge preis, die sie für nicht weiter wichtig hielten, die Ava sich jedoch einprägte. Denn je mehr konkrete Fakten Ava in die Séance einbrachte, desto glaubwürdiger erschienen ihre Kräfte anderen.

Im Salon saßen sechs gut gekleidete Gäste. Mr. Price gehörte zwar nicht ganz zur High Society, aber dank seines beträchtlichen Vermögens verkehrte er mit vielen der prominenten Familien.

Das ließ sie an Will denken, was ihr wie immer die Laune verdarb. Sie hatte ihn seit fünf Tagen nicht mehr gesehen, seit dem Abend, an dem er ihr sein widerwärtiges Angebot gemacht hatte. *Ich bevorzuge langfristige Partnerinnen, die zu einem klaren, ehrlichen Arrangement mit mir bereit sind.*

Zweifellos hatte es in seiner Vergangenheit eine ganze Reihe von langfristigen Partnerinnen gegeben, lauter gelangweilte Salonlöwinnen, die außer sich waren vor Begeisterung, wenn sie die Möglichkeit hatten, mit ihm ins Bett zu steigen. Für Ava galt das nicht. Sie hatte kein Interesse daran, zur Gespielin irgendeines reichen Schnösels zu werden. Ihr Leben war auch so schon kompliziert genug. *Das liegt daran, dass du Gefühle für ihn entwickelt hast und willst, dass er sie erwidert.* Verärgert verdrängte sie ihre innere Stimme, die ihr ohnehin nichts als Ärger einbrachte.

Mr. Price sah sie in der Tür stehen, kam zu ihr herüber und nahm ihren Arm. »Hier ist der Star dieses Abends. Schauen Sie alle her, dies ist die großartige Madame Zalikow. Sie wird unsere Séance durchführen.«

Alle Köpfe wandten sich ihr zu, und schon bald war sie von einem engen Ring aus Gästen umgeben, die sie mit Fragen bombardierten. Glaubte sie, dass die Geister an diesem Abend kooperieren würden? Hatte sie einen geistigen Führer, wie viele bekannte Medien von sich behaupteten? Hatte sie je Angst, wenn sie mit den Geistern sprach? Hatte sie schon einmal Abraham Lincolns Geist beschworen?

Ava bemühte sich, alle Fragen geduldig und umsichtig zu beantworten und stets auf die Beibehaltung ihres Akzents zu achten. Sie stellte auch ihrerseits Fragen, um in der wenigen zur Verfügung stehenden Zeit so viel wie möglich in Erfahrung zu bringen. Eine Frau hatte gerade ihre Schwester verloren, einer der männlichen Gäste seinen Onkel. Ein Ehepaar erwog eine Reise in den Orient.

Mr. Price sagte nichts, sondern blieb lediglich an ihrer Seite, bis er schließlich einen Blick auf seine Taschenuhr warf. »Wir erwarten noch zwei weitere Gäste, dann fangen wir an.«

Da er einen absurd hohen Preis für den Abend bezahlte, beschwerte Ava sich nicht. Das Honorar für die Séance heute Abend würde ein Viertel ihrer Miete und ihrer Lebensmittelkosten in diesem Monat decken. »Natürlich«, sagte sie, »wir sollten warten, bis alle da sind. Je mehr Menschen es sind, desto mehr Energie ist vorhanden, um die Geister zu beschwören.«

»Sind Sie schon immer in der Lage gewesen, mit den Geistern zu kommunizieren, Madame Zalikow?«, fragte einer der männlichen Gäste, der den Blick unverwandt auf ihre Brust geheftet hatte.

Ava versuchte, gelassen zu bleiben. Es war nicht das erste Mal, dass ein Gast ihr gegenüber die Grenze des Schicklichen überschritt, aber es ärgerte sie noch immer. Sie nahm sich vor, diesen Mann genau im Auge zu behalten. »Seit ich denken kann«, antwortete sie.

Die Türen hinter ihr öffneten sich, und Mr. Prices Kopf fuhr herum. »Hervorragend, da sind Sie ja. Wir können anfangen.«

Ava warf einen beiläufigen Blick hinüber – und ihr gefror das Herz. Alles in ihr geriet ins Schlingern und erstarrte.

Ein vertrauter großer blonder Mann in schlichter schwarzer Abendgarderobe stand auf der Schwelle. Will Sloane. Er wirkte so attraktiv und gebieterisch wie immer. An seinem Arm hing eine umwerfende blonde junge Frau. Eine ältere Dame, den

Gesichtszügen nach zu schließen ihre Mutter, folgte ihnen in einigem Abstand.

Ava beobachtete, wie Will lächelnd auf Mr. Price zuging und ihm die Hand schüttelte. »Ich entschuldige mich für unser Zuspätkommen. Miss Baldwin wollte unbedingt die Lichter am Madison Square sehen, darum haben wir auf der Fahrt hierher noch einen Umweg gemacht.«

Will war hier ... Und er war mit einer Frau hier.

KAPITEL ELF

Will ließ seinen Blick durch den Raum schweifen, um einen Eindruck von den anderen Gästen der Dinner-Party zu gewinnen, als ihm ein vertrautes Paar Lippen auffiel. Er zuckte zusammen. Der Schock, sie hier zu sehen, wirkte auf ihn wie ein physischer Schlag. Was bitte machte Ava im Haus von Price? Dann bemerkte er die blonde Perücke und die dunkle Kleidung. *O nein.* Madame Zalikow in voller Montur.

Er erstarrte. Miss Baldwin hatte nicht erwähnt, dass an diesem Abend eine Séance stattfinden würde. Hätte er das gewusst, dann hätte er keinesfalls angeboten, sie und ihre Mutter zu begleiten. Jetzt saß er hier fest und konnte nicht gehen, weil er nicht allein gekommen war.

Ava drehte sich von ihm weg, um mit einem anderen Gast zu sprechen. Er konnte an der Haltung ihrer Schultern sehen, dass sie nicht erfreut war, ihn zu sehen, obwohl er nicht wusste, warum. Sie war schließlich nicht diejenige, die zurückgewiesen worden war. Will hatte ihr ein absolut vernünftiges Angebot gemacht, über das sich viele Frauen gefreut hätten, und sie hatte es ihm ins Gesicht geworfen. Das hatte geschmerzt, doch es hielt ihn nicht davon ab, sie zu begehren.

»Guten Abend, Mrs. Baldwin, Miss Baldwin, Mr. Sloane. Darf ich Ihnen allen etwas zu trinken anbieten, bevor wir anfangen?«, fragte Price.

»Ja, gern«, antwortete Mrs. Baldwin.

»Das Stärkste, was Sie dahaben«, murmelte Will.

Prince hob eine Braue, sagte aber nichts, bevor er wegging. Mrs. Baldwin entschuldigte sich, um mit einer Freundin zu sprechen, und ließ ihre Tochter mit Will allein.

Das Mädchen verstärkte den Griff ihrer Hand auf Wills Unterarm, während sie sich zu ihm hinüberbeugte. »Ich hoffe, es macht Ihnen nichts aus, dass heute Abend eine Séance stattfindet. Es soll sehr unterhaltsam sein.«

Als Debütantin einer der besten Familien war Miss Baldwin die derzeitige Favoritin im Rennen um die Position der künftigen Mrs. William Sloane. Die Achtzehnjährige hatte makellose Manieren und war eine kühle blonde Schönheit. Sie gefiel Will. Und im Moment glühten ihre blassblauen Augen vor Aufregung. »Mir wurde gesagt, dass wir anschließend noch ein privates Reading durchführen lassen können.«

Lieber Himmel, dieser Abend würde nie enden. Er bemühte sich, sich nicht anmerken zu lassen, wie verärgert er war. »Sind Sie sicher, dass Sie nicht lieber essen gehen wollen, nur wir drei?«

»Oh.« Ihr Lächeln erstarb deutlich. »Vermutlich können wir auch wieder gehen.«

Will fühlte sich plötzlich wie ein Dummkopf, wie der spießige Langweiler, der zu sein Lizzie ihn immer aufgezogen hatte. Aber wie sollte er es schaffen, sich im selben Raum wie Ava aufzuhalten, ohne den Verstand zu verlieren?

Sein Nacken prickelte, und er spürte ihre Anwesenheit am

ganzen Körper. Er sah auf und bemerkte, dass ihn wissende braune Augen taxierten. Ihn herausforderten. Ava erwartete offensichtlich, dass er die Flucht ergreifen und davonrennen würde. Glaubte sie etwa, er hatte Angst vor ihr?

Er lächelte Miss Baldwin freundlich zu. »Nein, es tut mir leid. Es war unhöflich von mir, das vorzuschlagen, zumal Sie so erpicht darauf sind, zu bleiben. Ich werde mit Freuden leiden, wenn ich dabei sehen kann, dass Sie glücklich sind, Miss Baldwin.«

Ihr Gesicht hellte sich wieder auf. »Bitte, wenn wir allein sind, können Sie mich Charlotte nennen.«

Er nickte. »Dann müssen Sie mich Will nennen.«

»Bitte schön«, sagte Price, der mit den Getränken zurückgekommen war. Zuerst überreichte er Charlotte ein Glas Champagner, dann gab er Will ein schweres Kristallglas mit einem kleinen Schuss bernsteinfarbener Flüssigkeit am Boden. »Das ist der feinste Whiskey, importiert aus …«

Will kippte ihn in einem Schluck hinunter, und die köstliche Flüssigkeit mit ihrer hölzernen Note brannte sich den Weg hinunter in seinen geplagten Magen. Er gab Price das leere Glas zurück. »Danke. Sollen wir anfangen?«

Prince blinzelte, wandte sich aber den übrigen Anwesenden zu. »Meine Damen und Herren, lassen Sie uns zum hinteren Salon wechseln.«

Will warf den anderen Gästen einen Blick zu, während sie hintereinander in den Flur gingen. Erwartungsvolle Gesichter umgaben ihn, und er dachte an gemästete Kälber, die dem Schlachter als Opfergaben zugeführt wurden. Diese Narren, die an die Kräfte von Madame Zalikow glaubten. Wie viel sie wohl mit diesen albernen Vorstellungen einnahm?

Hocherhobenen Hauptes fegte sie an ihm vorbei, und er fing einen Hauch von Lavendel und Gewürzen auf. Seine Muskeln spannten sich an, während die Erinnerung an ihren Orgasmus an seinen Fingern wieder lebendig wurde und sein Blut zum Kochen brachte.

Er sollte sich von ihr fernhalten und eine andere warme und willige Bettpartnerin finden. Natürlich würde keine dieser Frauen Avas Verstand oder Mut haben und auch nicht ihre scharfe Zunge, die einen Mann verletzen konnte wie eine Lederpeitsche. Sie hatte so viel Feuer, eine sengende Hitze. Sie beide würden miteinander explodieren, wenn sie es nur zuließ. Vielleicht konnte er um ein »persönliches Reading« bitten und dabei erneut versuchen, sie zu überzeugen.

Warum kannst du ihre Weigerung nicht akzeptieren? Es war nicht seine Art zu bitten und zu betteln. Er hatte erläutert, was er wollte, und sie hatte abgelehnt. Sein Stolz verlangte, dass er sie vergaß. Und doch …

»Meine Damen und Herren«, hörte er sie sagen, als er den dunklen Darbietungsraum betrat. »Wenn sich bitte alle hinsetzen würden.« Madame Zalikow zeigte zu dem runden Holztisch. Die Stühle standen eng nebeneinander, sodass die Gäste Schulter an Schulter sitzen mussten. Schnell führte er Charlotte zu den Sitzen direkt gegenüber von dem Platz, den Ava für sich selbst ausgewählt hatte. *Bleib weit, weit von ihr entfernt.*

»Bitte setzen Sie sich alle. Dann fangen wir an.«

Sobald Charlotte es sich bequem gemacht hatte, quetschte sich Will auf den Stuhl. Es musste einen Grund geben, warum Ava die Gäste so dicht gedrängt sitzen haben wollte. Aber verflucht, er konnte es sich denken.

Price schob die Holztüren zu, wodurch nur noch eine trübe Stehlampe hinter Avas Stuhl den Raum beleuchtete. Sie saß mit erhobenen Händen da. »Sie sind an diesem Abend alle hergekommen«, begann sie mit ihrem russischen Akzent, »um mit der Geisterwelt zu kommunizieren. Wenn Sie tun, was ich sage, und Ihren Geist klären, werden wir möglicherweise Erfolg haben. Aber wenn in diesem Raum eine negative Energie vorhanden ist, werden wir nicht in der Lage sein, die Geister zu erreichen.«

Will hätte schwören können, dass er fühlte, wie sie ihn anstarrte, obwohl ihr Blick auf die anderen gerichtet war. Negative Energie, in der Tat.

»Jetzt ziehen Sie bitte alle Ihre Handschuhe aus und fassen einander bei den Händen. Sobald Sie bereit sind, beginnen wir mit der Beschwörung.«

Charlotte streifte ihre Handschuhe ab und griff begierig nach seiner Hand. Jeder am Tisch tat dasselbe, bis sie sich alle berührten, Madame Zalikow eingeschlossen. »Rufen Sie mit mir: ›Geister der Vergangenheit, kommt hervor und sprecht mit uns.‹« Sie wiederholte den Satz, und die Gäste begannen, die Worte nachzusprechen. Alle außer Will natürlich. Wieder und wieder wurden die Worte wiederholt, schneller und schneller. Er konnte hören, wie Charlotte in ihrem Korsett um Luft rang, während sie sich darum bemühte, mit dem Sprechgesang mitzuhalten, und er vermutete, dass die meisten der Frauen im Raum kurz davor waren, ohnmächtig zu werden. Das konnte ja wohl kaum gesund sein.

Plötzlich ging die Lampe aus und tauchte den Raum in totale Finsternis. Die Gäste einschließlich Charlotte rangen nach Luft. »Ich spüre, dass wir nahe sind«, erklärte Madame Zalikow.

»Halten Sie sich weiterhin an den Händen, die Kette muss intakt bleiben! Alle sprechen weiter!«

Will konnte nichts sehen. Die schweren Vorhänge verhinderten, dass auch nur der Schein einer Straßenlampe hereinfiel. Er konnte nur die kleinen Hände der Damen zu seinen beiden Seiten spüren. Ein paar Sekunden später rasselte und bimmelte ein Tamburin. Alle Gäste verstummten. »Ich fühle, dass ein Geist bei uns ist!«, verkündete Madame Zalikow. Will verdrehte die Augen in der pechschwarzen Dunkelheit. »Bist du von der anderen Seite?«

Das Instrument rasselte und bimmelte erneut, und die Gäste kicherten nervös.

»Das ist großartig. Bist du mit jemandem in diesem Raum verwandt?« Stille. Darum fragte sie nun: »Kannst du uns helfen, mit jenen auf der anderen Seite zu sprechen, die mit einem geliebten Menschen Kontakt aufnehmen wollen?«

Bimmeliiiiiiiiiiing.

»Bitte, denken Sie jetzt alle an den geliebten Menschen, zu dem Sie eine Verbindung herstellen möchten.«

Die Gäste schwiegen, und Will wippte ungeduldig mit dem Fuß. Nahm ihr etwa jeder diesen Blödsinn ab?

»Ich sehe einen Geist. Es ist eine Frau. Sie ist schon älter. Sie hat Probleme mit dem Herzen. Eine Herzattacke ...«

»Meine Mutter!«, flüsterte eine der Gäste. »Ist das meine Mutter?«

»Ich glaube ja«, antwortete Madame Zalikow. »Ihr Name beginnt mit einem M oder N ... oder ist das ein ...«

»Ein P!«, rief dieselbe Frau. »Ihr Name war Pauline.«

»Ja, Pauline!« Es folgte eine kurze Stille. »Sie sagt, dass Sie ganz außerordentlich unter ihrem Tod gelitten haben. Sie wünscht sich für Sie, dass Sie mit Ihrem Leben weitermachen und dass Sie die Reise machen, die Sie schon immer machen wollten.«

»In den Westen. Meine Mutter wusste, dass ich immer raus nach Kalifornien wollte.« Die Stimme der Frau zitterte, als würde sie gleich anfangen zu weinen. »Sagen Sie ihr, dass ich ihr danke und dass ich es tun werde!«

Will seufzte laut. Diese ganze Veranstaltung war lächerlich. Plötzlich spürte er einen heftigen Schmerz, der seinen Hinterkopf traf und ihn auf seinem Stuhl nach vorn warf. »Uff«, ächzte er. Es war ein verdammt kräftiger Klaps gewesen, als hätte ihm jemand einen kräftigen Schlag auf den Hinterkopf verpasst.

Er drehte sich schnell um, aber seine Augen hatten sich noch nicht an die vollständige Dunkelheit angepasst, sodass er nichts erkennen konnte. Aber er spitzte angestrengt die Ohren. Doch er hörte kein Rascheln von Röcken, und vermutlich hielten auch alle in der Gruppe einander weiter an den Händen. »Halten sich noch alle an den Händen?«, fragte er. »Hat irgendjemand losgelassen?«

Alle murmelten, dass sie die Hände ihrer Nachbarn noch festhielten, und bestätigten, dass die Kette der Hände um den Tisch nach wie vor geschlossen war. Aber Will wusste, welche Person für den Schlag verantwortlich war. *Ava.* Irgendwie war es ihr gelungen, sich aus ihrem Stuhl zu erheben und ihn zu schlagen. Er hätte sein Leben darauf gewettet.

Madame Zalikow übermittelte die Botschaft der Frau. Die Position ihrer Stimme hatte sich nicht geändert, was Will verblüffte. Wie hatte sie das gemacht? *Zum Teufel mit ihr.*

Die Séance ging mit den gleichen Tricks weiter. Mehr Gebimmel und Gerassel mit dem Tamburin, weitere Nachrichten aus dem großartigen Jenseits. Einmal spürte Will eine merkwürdige Berührung an seiner Schulter, fast wie mit einem Metallrohr. Zum Glück wollte keiner der Geister mit ihm kommunizieren – wahrscheinlich, weil Ava wusste, dass er bei dieser Farce nicht mitspielen würde. Er würde ihr ordentlich einheizen, wenn er sie allein erwischte.

Die Séance dauerte insgesamt etwas mehr als eine Stunde. Danach bat Madame Zalikow, sich ein paar Minuten sammeln zu dürfen. Price führte die Gäste zuvorkommenderweise aus dem Salon, sodass Ava zum ersten Mal, seit sie Will an diesem Abend hatte hereinspazieren sehen, durchatmen konnte.

Der Mann bewirkte merkwürdige Dinge in ihr – fühlbare, irdische Dinge, die keine Erfindungen ihrer Fantasie waren. Nein, sie waren vollkommen real, so real wie unerwünscht. Schmetterlinge hatten in ihrem Bauch geflattert, während sie ihm gegenüber gesessen hatte. Einmal hätte sie schwören können, dass er seinen Fuß an ihrem gerieben hatte, was ihr durch und durch gegangen war.

Sie griff nach einem Glas Wasser und führte es an ihre Lippen, um sich abzukühlen. Sosehr sie Will hasste, so sehr erinnerte sich ihr Körper noch an ihn. Spät am Abend, wenn der Verstand seine Macht verlor und die Erschöpfung die Oberhand gewann, überlegte sie, ob sie nicht doch seinem Angebot zustimmen sollte. Schließlich war sie, wie sie ihm gegenüber zugegeben hatte, keine Jungfrau mehr, und sie hatten eindeutig eine physische Verbindung, die sich von allem unterschied, worauf zu treffen sie je erwartet hatte. Warum sollte sie dem nicht nachgeben? Hatte sie nicht nach all den Jahren harter Arbeit ein wenig harmlosen Spaß verdient?

Außerdem würde es nicht so sein wie das, was ihr mit Stephen van Dunn widerfahren war. Bei Stephen hatte sie geglaubt, sie beide hätten eine Zukunft und würden ein gemeinsames Leben voll Liebe und Lachen aufbauen. Will belog sie nicht. Ganz im Gegenteil. Er war brutal ehrlich hinsichtlich der ganzen Angelegenheit gewesen und hatte ihr vollkommen klar mitgeteilt, dass sie beide keine gemeinsame Zukunft hatten.

War sie verrückt, wenn sie sein Angebot noch einmal überdachte? Nicht, seine Geliebte zu werden, aber die Vergnügungen zu genießen, die zwei Menschen ab und zu miteinander in einem Hotelzimmer teilen konnten?

Price steckte den Kopf durch die Tür. »Sind Sie zu einem Reading bereit, oder möchten Sie noch ein paar weitere Augenblicke für sich sein?«

»Ich bin bereit. Danke, Mr. Price.«

»Bitte«, sagte er und lächelte, »ich würde es begrüßen, wenn Sie mich Phillip nennen würden.«

Mr. Price war sehr nett gewesen, aber die unnötigen Berührungen und Blicke heute Abend ließen sie über seine Motive grübeln. Er wäre nicht der erste Mann, der annahm, dass Madame Zalikow gewillt war, auch auf andere Weise Geld zu verdienen. Sie neigte höflich den Kopf. »Danke, Phillip.«

Jeweils unter vier Augen führte sie für drei Gäste private Readings durch. Glücklicherweise verrieten ihre Gesichter fast alles, was sie wissen musste. Wenn Menschen unbedingt etwas glauben wollten, gaben sie ihr übereifrig Hinweise, um ihr auf die Sprünge zu helfen.

Danach ließ sie die Schultern kreisen, um ihre Anspannung

zu lösen, und fragte sich, ob Will dumm genug sein würde, um ein Reading zu bitten.

Die Tür öffnete sich, und ein Kopf mit blondem Haar erschien. Es war zum Glück nicht Will, aber es war die Frau, die Will an diesem Abend begleitete – Miss Baldwin, wie sie durch Phillip wusste, der sie vorgestellt hatte. Eine Frau wie sie war Will Sloanes Zukunft. Schön, kultiviert, mit perfekten Manieren und einer gertenschlanken Figur. Die vollkommene Frau für einen Politiker. Zweifelsohne würde dieses Mädchen jedem seiner Befehle gehorchen.

»Madame Zalikow«, sagte die junge Frau, »ich hoffe, es macht Ihnen nichts aus, noch ein weiteres Reading für mich durchzuführen.«

»Nein, natürlich nicht. Kommen Sie, meine Liebe, und setzen Sie sich. Lassen Sie uns sehen, was die Zukunft für Sie bereithält.«

Miss Baldwin, die ein glänzendes Seidenkleid mit einem malven- und cremefarbenen Muster trug, setzte sich auf den Stuhl und legte das Geld auf den Tisch. Ava musterte die andere Frau genau, während sie ihr Honorar entgegennahm. Miss Baldwin sah umwerfend aus. Sie hatte edle Gesichtszüge und milchweiße Haut, die noch nie geschwitzt hatte und nie der Sonne ausgesetzt gewesen war. Sie war zudem noch jung, vermutlich achtzehn oder neunzehn. Im Vergleich zu ihr kam Ava sich wie eine ergraute alte Schachtel vor, obwohl sie nur ein paar Jahre älter war.

Dass Will und Miss Baldwin hervorragend zusammenpassten, war offensichtlich, selbst für jemanden wie Ava. Warum also hatte sie das Gefühl, dass sich ein Kloß in ihrem Brustraum formte? Eifersucht konnte es nicht sein. Auf keinen Fall. Das würde bedeuten, dass sie Gefühle für den steifen Eisenbahnmann hegte, und das war lächerlich.

Konzentrier dich, Ava.

»Bevor wir anfangen«, sagte sie. »Gibt es irgendwelche speziellen Fragen, die Sie stellen wollen? Irgendetwas Besonderes, auf das Sie neugierig sind?«

Die Lippen des Mädchens verzogen sich zu einem selbstgefälligen Lächeln, dem Ava nichts abgewinnen konnte. »Ich will etwas über meinen künftigen Ehemann erfahren.«

Natürlich wollte sie das. Ava schluckte ihren Widerwillen hinunter und griff nach Miss Baldwins Händen. »Ich hätte es mir denken können. Das will jede junge Frau wissen, nicht? Wann Sie den Mann Ihrer Träume finden werden ...«

»Nein, ich habe ihn bereits gefunden. Ich will Details über unser gemeinsames Leben erfahren.«

Sie hatte ihn bereits gefunden? Lieber Gott, hatte Will ihr einen *Antrag* gemacht? Diese Information drehte sich in Avas Kopf wie ein Karussell. »Sind Sie ...?« Sie brachte den Rest des Satzes nicht über die Lippen.

»Nein.« Miss Baldwin machte eine wegwerfende Bewegung mit ihrem zarten Handgelenk. »Aber jeder weiß, dass er nur mich und Miss Iselin als Braut in Betracht zieht. Sie ist zauberhaft, aber ...« Sie brach ab, und es war klar, was sie meinte: *aber nicht so zauberhaft wie ich.* Ava stieg die Galle hoch, ein sauer schmeckender Widerwille gegen diese beiden Frauen und den Wettbewerb zwischen ihnen. Will hatte die Sache angebahnt. Es geschähe ihm recht, wenn er in einer Ehe mit diesem ichbezogenen Mädchen landete.

Das flaue Gefühl in Avas Magengrube kehrte zurück. Sie riss sich innerlich mit aller Kraft zusammen und legte Miss Baldwins Hände mit den Flächen nach oben auf den hölzernen Tisch.

»Sehr schön. Lassen Sie uns mal sehen. Dies ist Ihre Kopflinie.« Sie zog mit dem Finger die Linie in der Mitte der Handfläche des Mädchens nach. »Sie ist lang und gerade, was bedeutet, dass Sie die Dinge durchdenken. Es kann aber auch auf die Neigung hindeuten, dass Sie sich zu Handlungsweisen zwingen, die von Ihrem Verstand statt von Ihrem Herzen bestimmt werden.« Das Mädchen nickte, gespannt auf das, was Ava als Nächstes sagen würde.

»Dies hier ist Ihre Herzlinie.« Ohne die Gründe zu hinterfragen, warum sie das tat, fuhr sie fort: »Sehen Sie, wie sie unter Ihrem Mittelfinger beginnt? Das bedeutet, dass Sie Ihre Liebe noch nicht gefunden haben.« Miss Baldwin schien das nicht sonderlich zu beunruhigen, weshalb Ava auf einen Punkt in der Hand des Mädchens zeigte. »Und sehen Sie hier den Bruch der Linie? Das bedeutet, dass Ihre wahre Liebe noch da draußen auf Sie wartet, um sich mit Ihnen zu verbinden und die Linie auf Ihrer zu schließen.«

Miss Baldwin begann, auf ihrer Unterlippe zu kauen. »Sind Sie sicher? Vielleicht bin ich ihm ja schon begegnet, und die Linie schließt sich, sobald er mich geküsst hat.«

Also haben sie sich noch nicht geküsst. Ava wusste nicht, warum dieses Wissen bei ihr einen winzigen Kitzel erzeugte, aber es war so. »Nein, das bedeuten die Linien nicht. Wenn das so wäre, hätten Sie eine kurze, gekrümmte Herzlinie, die am Zeigefinger beginnen würde.«

»Wird meine wahre Liebe wenigstens reich sein?«

Oh, in der Tat, Will war ohne diese Frau besser dran. Ava musterte beide Handflächen, als suchte sie nach einer Antwort.

»Ihre Schicksalslinie, hier, ist sehr schwach ausgeprägt. Und sie kreuzt die Lebenslinie am Daumenansatz. Das bedeutet grundsätzlich, dass Sie die Unterstützung der Menschen in Ihrem Leben, zum Beispiel Ihrer Familie, benötigen.«

»Oder die meines Ehemannes.«

»Nicht ohne verbundene Liebeslinie«, sagte Ava geduldig. »Sie sind Ihrem zukünftigen Ehemann noch nicht begegnet.«

Kurz darauf ging Miss Baldwin, die porzellanzarte Stirn durch winzige Falten entstellt. Ava kam sich ein wenig wie eine der Hexen in *Macbeth* vor, die mit ihren jenseitigen Kräften Unheil über andere brachten und mit ihren Schwächen spielten. Allerdings hatte sie keinerlei Schuldgefühle deswegen. Will sollte ihr dankbar sein, dass sie ihn vor solch einer oberflächlichen, aufgeblasenen Harpyie bewahrt hatte.

Wieder ertönte ein Klopfen, bevor sich der Türknauf drehte. Ava erwartete, dass Mr. Price auftauchte – aber es war Will. »Madame Zalikow«, sagte er mit übertriebenem Duktus, eine scharfe Bissigkeit in der Stimme. »Ich hätte gern ein privates Reading.« Er schloss die Tür und trat in den Raum. Graue Augen brannten aus seiner großen Höhe auf sie herab und versetzten ihr Inneres in Aufruhr; eine Lawine aus Verlangen und Begierde. Merkte er es? Konnte er sehen, welche Wirkung er auf sie hatte?

Sie stieß den Atem aus, den sie seit seinem Erscheinen angehalten hatte. »Ich führe keine privaten Readings für Ungläubige durch.«

Er verschränkte die Arme vor der Brust. »Auch nicht für zahlende Ungläubige?«

»Vor allem nicht für zahlende Ungläubige. Sie sind doppelt

enttäuscht, weil sie es als eine Verschwendung sowohl von Zeit als auch von Geld betrachten.«

»Ich habe bereits meinen gesamten Abend verschwendet. Was sind da schon fünf Minuten mehr?«

Eine ganze Menge angesichts der Mühe, die sie hatte, sich in seiner Nähe zu beherrschen. »Ich bin sicher, dass Ihre Miss Baldwin erpicht darauf ist, nach Hause zurückzukehren.«

»Sie ist nicht *meine* Miss Baldwin, und sie kann warten. Ich will mit dir sprechen.«

»Zweihundert Dollar.«

Will stieß ein ersticktes Geräusch aus. »Wie bitte?«

»Ein Reading, gleich jetzt. Es kostet Sie zweihundert Dollar.« Ein kleines Lächeln huschte über ihre Lippen. Er würde das auf gar keinen Fall bezahlen, sondern erbost über die »Geldverschwendung« von dannen stürmen, und sie würde ihn nie mehr wiedersehen.

Er verharrte einen Moment lang und starrte sie an, dann glitt eine Hand in sein Jackett und zog eine große lederne Brieftasche hervor. Er klappte sie auf, griff hinein und zog einen Stapel Scheine hervor. Sorgfältig zählte er zwei neue Scheine ab und legte sie auf den hölzernen Tisch vor ihr. Zweihundert Dollar. Sein Mund verzog sich zu einem raubtierartigen Lächeln mit weißen, gleichmäßigen Zähnen. »Gekauft.«

»Gekauft hast du damit lediglich ein Reading«, fuhr Ava ihn mit ihrer normalen Aussprache an.

Will war froh zu wissen, dass die Madame-Zalikow-Show nun beendet war, zumindest zwischen ihnen. »Selbstverständlich«, erwiderte er und neigte den Kopf. Dann setzte er sich auf den Stuhl ihr gegenüber und streckte die Beine aus. »Was sonst sollte ich wohl kaufen?«

Er wusste natürlich, was er wollte. *Sie.* Aber diese dickköpfige Frau konnte nicht gekauft oder durch Schmeicheleien, Drohungen oder Zwang dazu gebracht werden, irgendetwas zu tun – ein Zug an ihr, der ihn ebenso verärgerte, wie er sie dafür respektierte.

»Was willst du, Will?«

Er trommelte mit den Fingern auf den Tisch und überlegte, wo er beginnen sollte. Es gab sehr viele Dinge, die er gern mit dieser Frau besprechen wollte ... »Du hast mich geschlagen.« Sie hob die Brauen, darum präzisierte er: »Während der Séance. Du hast mich auf den Hinterkopf geschlagen.«

»So etwas habe ich nicht getan. Du musst die Geister verärgert haben ... Höchstwahrscheinlich mit deiner Arroganz.«

Er lachte leicht über die bissige Antwort. Bei Ava musste man immer auf Überraschungen gefasst sein. »Ava, was machst du heute Abend hier?«

»Wenn du das bis jetzt noch nicht herausbekommen hast, kann ich dir wohl kaum helfen.«

»Sei nicht schnippisch. Ich wäre niemals gekommen, wenn ich gewusst hätte, dass du hier sein würdest. Ich würde nicht wollen, dass du irgendein Unbehagen empfindest, während du arbeitest.«

Sie warf ihm einen herablassenden Blick zu, mit dem sie ihn bereits zu zahlreichen anderen Gelegenheiten bedacht hatte. »Du erzeugst bei mir kein Unbehagen. Hat dich deine Miss Baldwin nicht über den Verlauf des heutigen Abends informiert?«

»Noch einmal, Sie ist nicht *meine* Miss Baldwin, und außerdem: nein. Sie hat mir nichts weiter gesagt, als dass wir eine Dinner-Party besuchen. Wie ich gesehen habe, hast du für sie ein Reading durchgeführt.«

»Ja, das habe ich.«

Diese vermaledeite Frau verriet keine Details, obwohl sie verdammt gut wusste, worum es ihm ging. »Ich bin neugierig auf den Inhalt besagten Readings.«

Sie faltete die Hände auf dem Holztisch. »Ich glaube, dass dich das nichts angeht.«

Also hatte es etwas mit ihm zu tun. »Bitte sag mir, dass du ihr nichts davon erzählt hast, dass …«

Sie zuckte zurück und sah ihn entsetzt an. Will fühlte, wie er sich entspannte. Ava hatte nichts Persönliches verraten. »In keinster Weise. Sie hat wirklich alberne Sachen gefragt. Über ihr Liebesleben und über ihren künftigen Ehemann.«

»Und was hält die Zukunft in diesen Bereichen für sie bereit?«

Avas üppige Lippen verzogen sich spöttisch, was sein Blut in Wallung brachte. Er sehnte sich danach, ihr diesen hinterhältigen Ausdruck einfach aus dem Gesicht zu küssen.

»O William, hast du Angst, dass ich deine Chancen bei ihr zunichtegemacht habe?«

Charlotte konnte unmöglich wissen, dass Will erwog, sie zu heiraten. Also mussten die Fragen allgemein geblieben sein, die frivolen Grübeleien einer unverheirateten Debütantin. Das bedeutete, dass Madame Zalikow Gott sei Dank so oder so keinen Einfluss auf den Ausgang der Dinge hatte. Dennoch missfiel es ihm, nicht zu wissen, worüber gesprochen worden war. »Nein, natürlich nicht. Sie ist eine Debütantin und erwartet deshalb, bald zu heiraten. Es leuchtet ein, dass sie da neugierig hinsichtlich ihres Schicksals ist.«

»Und hinsichtlich des Geldes«, brummte Ava. »Aber davon scheinst du ja sehr viel zu haben, sodass ihr perfekt zusammenpasst.«

Da war irgendetwas im Ton ihrer Stimme ... *Himmel eins.* »Ich kann es nicht glauben ... du bist eifersüchtig.«

»Das ist lächerlich. Ich bin bestimmt nicht eifersüchtig auf irgendeine Frau, mit der du Zeit verbringen willst. Sie können dich meinetwegen alle haben.«

Lügen über Lügen. Würde es ihm jemals gelingen, eine ehrliche Antwort aus dieser Frau herauszuholen? »Tatsächlich?«

Sie nickte heftig, und plötzlich hatte er das dringende Bedürfnis, sie dazu zu bringen, ihre Lüge einzugestehen. Keine Frau küsste so wie Ava, mit ihrem ganzen Körper und ihrer ganzen Seele, wenn sie nicht etwas für ihr Gegenüber empfand, zumindest soweit Will das aufgrund seiner Erfahrungen beurteilen konnte.

»Ich würde jetzt gern mein Reading haben«, sagte er und schob seine nackten Handflächen auf den Tisch. Sie schluckte und blickte nach unten und ließ ihn warten. Er hatte sich seit mehr als einer Stunde nach ihrer Berührung gesehnt, dem Gleiten ihrer nackten Haut auf seiner. Wenn dies die einzige Möglichkeit war, sie dazu zu bringen, ihn zu berühren, dann war es so. »Nun komm schon, ich habe ordentlich dafür bezahlt.«

»Gut.« Sie atmete scharf aus und griff dann nach seinen Handgelenken. Bei der ersten Berührung ihrer Finger durchfuhr es seinen Körper wie ein Ruck. Sein Puls begann zu rasen, und alle Nervenenden waren plötzlich auf genau diesen Bereich ausgerichtet.

Sie schürzte die Lippen und gab vor, seine Handflächen zu studieren. »Ich sehe, dass du verbohrt und arrogant bist. Man hat dir von klein auf nachgegeben, und du bist überzeugt davon, dass du immer recht hast. Du wirst als unglücklicher, einsamer alter Mann sterben und nur dein Geld und Bedienstete als Gesellschaft haben.« Sie ließ ihn los und lehnte sich zurück.

Sie hätte unbeeindruckt gewirkt, wäre da nicht das wilde Pochen an ihrem Halsansatz zu sehen gewesen. Sie fühlte sich zu ihm hingezogen und bekämpfte das mit aller Macht.

Er bemühte sich, nicht zu lächeln. »Ein bisschen wenig für zweihundert Dollar.«

»Beschwer dich bei der Gewerkschaft«, fauchte sie und strich ihre Ärmel über die Handgelenke, ohne ihn anzusehen.

»Ich würde gern deine Handfläche lesen.«

Ihr Kopf fuhr hoch, und ihr bestürzter Blick traf seine Augen. »Was?«

»Deine Handfläche.« Er winkte sie mit seinem gekrümmten Finger zu sich. »Komm, lass sie mich lesen.«

»Nein. Du besitzt kaum die Kompetenz, um zu verstehen ...«

Er griff nach ihrer rechten Hand und hielt sie mit beiden Handflächen fest. Sein Atem stockte. Erneut sprang ein Funke über, siedendes Verlangen, das kurz vorm Überkochen war, eine Empfindung, die jeden Nerv durchfuhr.

Zum Glück schien Ava zu verblüfft, um sich dagegen zu wehren. Bevor er seine Chance verpasste, strich er daher mit dem Daumen über die glatte Haut ihrer Handfläche. Ein fast unmerkliches Beben lief durch ihren Arm. *Hervorragend.*

Mit der Spitze seines Fingers fuhr er die längste Linie auf

ihrer Handfläche entlang. »Du hast eine kräftig ausgeprägte, lange Lebenslinie, und das bedeutet, dass du intelligent bist und hart arbeitest. Du hast eine Menge Verantwortung zu tragen, aber du bewältigst das vortrefflich. Du bist einfallsreich.«

»Das ... das ist nicht das, was eine lange Lebenslinie aussagt. Du erfindest das alles.«

Er blickte in ihre verwirrten braunen Augen. »Das hier ist mein Reading. Unterbrich mich nicht.« Er setzte sich anders hin und fuhr fort. »Dies ist deine Liebeslinie.« Er fuhr mit dem Finger langsam über ihre zarte, weiche Haut und folgte der leichten Einkerbung, als wollte er sie sich einprägen.

Vielleicht tat er das auch. Er wollte möglichst alles über ihren Körper lernen und sich an ihr laben, bis er gesättigt war. Er wollte seine Besessenheit befriedigen und dann zu dem Leben zurückkehren, das er geführt hatte, bevor er Madame Zalikow begegnet war. Zurück zu der ruhigen Berechenbarkeit, in der ihn niemand in Frage stellte.

Aber vorher ... vorher würde er sie besitzen.

Er räusperte sich. »Du vertraust anderen Menschen nicht so leicht, weil du in der Vergangenheit verletzt wurdest. Du bist misstrauisch gegenüber deiner Leidenschaft und deinen Gefühlen. Aber in dir ist so viel Leidenschaft, Ava. Das ist so eindeutig wie die Linien, die sich auf deiner Haut kreuzen.« Er glitt mit seiner Fingerspitze jeden ihrer Finger entlang, einen nach dem anderen, und vermaß ihre Hand mit seinen Berührungen. Ihre Lippen öffneten sich, und er hörte, wie ihnen ein leiser Seufzer entschlüpfte. »So viel Leidenschaft, dass sie dich schmerzt.«

Er hob ihre Hand an seine Lippen und drückte einen kleinen Kuss auf den Ballen jeder ihrer schwieligen Finger, bis er sich allen fünf gewidmet hatte. Dann presste er seinen Mund auf die Mitte ihrer Handfläche. Ihre kleine Hand zitterte unter seinen Lippen, und er knabberte behutsam an ihren Handballen. Sie rang nach Luft, zog aber ihre Hand nicht weg, und das Geräusch ließ seine Männlichkeit in seiner Hose schwellen.

»Schmerzt es dich, Ava?«

»Ja«, flüsterte sie, wobei sich ihre Brust nun schnell hob und senkte.

Will witterte seinen Sieg und zog eine weitere Linie auf ihrer Handfläche nach. »Dies ist deine Schicksalslinie«, sagte er und sah ihr dabei unverwandt in die Augen. Ihre braunen Tiefen waren dunkel und glasig, und seine Erektion pulsierte als Antwort. Bald. Er würde sie sehr, sehr bald besitzen. »Möchtest du wissen, was dein Schicksal für dich bereithält?«

Sie nickte, und die Worte sprudelten aus ihm heraus. »Da ist ein Mann, den du kennst und der dir sehr nahesteht. Er will dir Vergnügen bereiten, mehr Vergnügen, als du ertragen kannst. Er will dich mit seinen Händen anbeten ... mit seinem Mund. Dich in sein Bett holen und dich lieben, bis du um Gnade flehst. Er wird dich sehr verwöhnen, so sehr, dass du nie mehr zweifelst.«

Eine attraktive Röte überzog ihren Hals, und ihr Mund wurde schlaff vor Erregung. Die Luft wurde dick, als atmeten sie in der feuchten Luft eines heißen Sommertages, und Will musste sich energisch die Gründe vor Augen führen, warum er nicht jetzt gleich über sie herfallen konnte. »Triffst du dich morgen mit mir?«

Er hielt die Luft an und wartete auf irgendein Zeichen von ihr. Schließlich, als er schon dachte, dass sie ihm nicht antworten würde, nickte sie. Genugtuung und Begierde durchströmten ihn. »Triff mich morgen in dem Café im Washington Street Hotel genau um eins.« Ein weiteres bestätigendes Nicken. Er stand auf, ging zu ihrer Seite des Tisches und beugte sich zu ihr herab, um schnell mit seinen Lippen über ihre zu streichen. »Bis morgen.«

KAPITEL ZWÖLF

Ava konnte nicht aufhören zu zittern. Sie saß an einem kleinen Eisentisch in dem überfüllten Café des Hotels – glücklicherweise eine Einrichtung, in der es Frauen erlaubt war, allein oder mit anderen Frauen etwas zu sich zu nehmen. Anderswo wurde eine unbegleitete Frau als Problem betrachtet.

Aber Will hatte das offenbar gewusst. Die sorgfältige Auswahl dieser Örtlichkeit sollte sie nicht überraschen. Sie war zweifellos das Ergebnis seiner vielen verbotenen Rendezvous im Laufe der vergangenen Jahre. Er hatte fraglos Erfahrung in der Verführung von Frauen, was sich allein schon an seiner Fähigkeit zeigte, sie gestern Abend im Haus von Mr. Price vor Verlangen dahinschmelzen zu lassen. Wie hätte sie ihn denn abweisen sollen?

Irgendetwas hatte sie dazu gebracht, unbedacht zu handeln, als sie ihn dort mit einer anderen Frau gesehen hatte. Das war albern, da sie kein Recht hatte, eifersüchtig zu sein. Im Grunde wusste sie das, doch ein kleiner Teil von ihr hatte das Bedürfnis, dass Will *sie* begehrte und nicht irgendein Mädchen, das nur an seinem Geld interessiert war. So unerklärlich das auch war.

Zum tausendsten Mal, seit sie seine Einladung angenommen hatte, stieg der Drang zu fliehen in ihr hoch. Der Mann war aufgeblasen und privilegiert und in fast jeder Hinsicht das genaue Gegenteil von ihr. *Es ist noch nicht zu spät. Du kannst noch immer gehen.* Aber das würde sie nicht tun, nicht jetzt.

Weil du einen Nachmittag voller Selbstsucht verdient hast. Einen Nachmittag, an dem sie lediglich sich selbst genoss. Wie lange war es her, seit sie das getan hatte? Jahre höchstwahrscheinlich. Jeden Tag musste sie unzählige Dinge tun; Pflichten erfüllen, vor denen sie sich nicht drücken konnte. Und sie hatte jeden Penny gespart oder für die Familie ausgegeben – nie für sich.

Ein Nachmittag. Das war alles, was sie wollte. Alles, was sie brauchte. Nach heute würde es keinen Egoismus mehr geben. Dieser Tag würde ihr für Jahre Kraft geben – die Erinnerung an einen Nachmittag, an dem sich ein attraktiver, hinreißender Mann nach ihr verzehrt hatte. Dann würde sie mit einem heilen Herzen fortgehen.

Eine große Gestalt auf der anderen Seite des Raums fiel ihr ins Auge. *Will.* Das Herz klopfte ihr bis zum Hals, während sie die Bewegungen seiner breiten Schultern und seine langen, selbstbewussten Schritte verfolgte und sah, wie sich seine Oberschenkelmuskeln bei jedem Schritt unter der marineblauen Hose anspannten. Mein Gott, war er schön. Männer sollten nicht so reizvoll sein, das war unfair gegenüber den Frauen von New York.

Sein Mund zuckte, als er sie sah, und so etwas wie Erleichterung leuchtete in seinem grauen Blick auf, als er sich an ihren Tisch setzte. »Miss Jones«, murmelte er mit seiner kultivierten, tiefen Stimme. »Ich hatte meine Zweifel, dass Sie tatsächlich kommen würden.«

Sie schluckte. »Ich bin eine Frau, die Wort hält, Mr. Sloane.«

Er griff in seine Manteltasche und legte ein Taschentuch auf den Tisch. Dann beugte er sich vor und sagte leise: »Darin ist ein Schlüssel für Zimmer 404. Geh jetzt die Treppen da hoch. Ich komme in ein paar Minuten nach. Hast du deine Rechnung hier bezahlt?« Er wies auf ihre halb leere Porzellantasse.

»Ja, das habe ich.« Sie starrte auf das weiße Leinentaschentuch. Würde sie das wirklich tun? Wie konnte sie es *nicht* tun? Noch nie hatte sie jemand so benommen oder verzweifelt gemacht. Wann würde sich wieder eine derartige Chance mit einem Mann, nach dem sie sich bis in die Zehenspitzen sehnte, ergeben? »Ich darf keine Empfängnis riskieren.«

Er zuckte leicht bei ihren leise hervorgestoßenen Worten. »Natürlich. Wir werden Maßnahmen ergreifen, um ein Kind zu verhindern. Ich würde dich niemals noch zusätzlich belasten wollen, Ava. Und du solltest wissen, dass ich für den Fall, dass versehentlich ein Kind entsteht, verspreche, Verantwortung zu übernehmen.«

Sie glaubte ihm. Er war anders als Stephen van Dunn, viel offener und direkter. Will nahm kein Blatt vor den Mund und drosch auch keine Phrasen. Er sagte, was er meinte, und scherte sich nicht um die Folgen. Stephen war schwach gewesen, zu ängstlich, für sie einzustehen und seiner Familie die Stirn zu bieten. Will Sloane hingegen war der stärkste Mann, dem sie je begegnet war, mit einem Tatendrang und einer Willensstärke wie niemand sonst.

Nachdem sie sich entschlossen hatte, schob sie ihre Hand über den Metalltisch und schloss ihre Faust um das Tuch. Die Konturen des großen Schlüssels drückten sich in ihre behandschuhte Handfläche, als sie sich erhob. »Einen schönen Nachmittag noch, Sir«, sagte sie.

Er erhob sich und tippte an seine Melone. »Ihnen ebenfalls, Miss.«

Die Treppen ragten bis in die Lobby. Sie ging vorsichtig hinauf, langsam, weil ihr die Knie zitterten. Sie stieg immer weiter hinauf, bis sie das vierte Stockwerk erreicht hatte. Messingschilder an den Türen zeigten die Zimmernummern an. Schwer atmend wickelte sie den Schlüssel aus dem Taschentuch in ihrer Hand, steckte ihn in das Schloss und drehte ihn um. Dann stieß sie die hölzerne Tür auf.

Vor ihr lag ein großes Zimmer – und ein ebenso großes Bett. An der Wand stand ein hölzerner Toilettentisch mit einem Porzellankrug und einem Waschbecken darauf, aber ihr Blick blieb auf dem Bett haften. Würde sie wirklich ihre Kleidung ausziehen und mit Will Sloane schlafen? Ihre Gesichtshaut brannte schon allein bei dem Gedanken daran. Doch Ava war nicht übermäßig schüchtern oder befangen, und sie vertraute Will, dass er auf ihre Bedürfnisse achtete. Er hatte diese Fähigkeit bereits im Zug zurück von Albany bewiesen.

Sie atmete aus und streifte ihre Handschuhe ab. Dann zog sie die Nadeln aus ihrem Hut und legte ihn auf den Toilettentisch. Bevor sie sich Gedanken darüber machen konnte, was sie sonst noch ablegen sollte, hörte sie es klopfen. Als sie die Tür öffnete, stand Will auf der Schwelle und ließ seinen Blick kurz über sie gleiten. »Offenbar habe ich das richtige Zimmer gefunden«, sagte er sanft und trat ein.

Als sich die Tür hinter ihm geschlossen hatte, trat er zu ihr und umschloss ihr Kinn mit seinen großen Handflächen.

»Ich weiß kaum, wo ich beginnen soll, du wunderbare Frau. Ich will eine ganze Menge schmutziger Dinge mit dir machen.«

Ihr Herz raste. »Jemand, der so schicklich ist wie du? Schmutzig? Das glaube ich erst, wenn ich es sehe.«

»Ständig musst du mich herausfordern«, murmelte er. Er senkte den Kopf, und sein Mund kam ihr näher. »Dann mach dich auf etwas gefasst, weil es keine Grenzen für die Lust gibt, die ich dir an diesem Nachmittag bereiten will.«

Er küsste sie, ein schnelles Versiegeln ihrer Lippen, das ihr den Atem raubte. Er lockte nicht und zögerte auch nicht, sondern war ungeduldig und fordernd. Seine Zunge verlor keine Zeit, zwischen ihre Lippen und in ihren Mund zu dringen. Hitze überfiel sie, und eine Welle des Verlangens breitete sich tief in ihrem Bauch aus. Die unerwartete Wildheit trug dazu bei, sie in dem Gedanken zu bestärken, dass er sie möglicherweise stark genug begehrte, um seine kultivierten Manieren abzulegen.

Eine seiner großen Hände legte sich seitlich an ihren Hals, während sich die andere durch die Kleidung an ihrer Hüfte brannte. Ihre eigenen Hände strichen an seinen Revers entlang und schlangen sich dann um seinen Hals, wobei ihre Finger durch sein seidiges Haar fuhren. Er drückte sie enger an sich, sodass ihre Brüste nun gegen die flache Ebene seiner Brust gedrückt waren.

Er knurrte frustriert. »Zu viel verflixte Kleidung. Darf ich dich ausziehen?«

Die schicksalsschwere Frage hing zwischen ihnen, während sie beide nach Luft rangen. Nach diesem Augenblick würde es kein Zurück mehr geben. Wills intensiver Blick voller Hunger brannte auf sie herab; es war fast, als wollte er sie auf der Stelle verschlingen. Alle Zweifel verflogen. Sie hob die Finger an ihre Kehle, um die kleinen Perlenknöpfe oben an ihrem Kragen zu öffnen.

Will trat zurück. Sein Mund verzog sich zu einem halben Grinsen, während er seinen Gehrock von den Schultern zog und abschüttelte. Als sie den oberen Teil ihres Halses entblößt hatte, hatte er sich bereits seiner Halsbinde und seiner Weste entledigt.

»Wenn du gestattest«, sagte er. Sie dachte, er wolle ihr bei ihrer Kleidung helfen, aber er hob sie auf seine Arme und trug sie zum Bett. Dort kniete er sich mit einem Bein auf die Matratze und legte sie fast in die Mitte, um sich dann neben ihr auszustrecken.

Er beugte sich über sie, um ihren Mund zu erobern, und drückte sie mit seinem Körper in die Matratze. Sie würde seiner Küsse nie müde werden, dieses geübten Angriffs auf ihre Sinne. Er war so ganz anders als die kleine Zahl anderer Männer, mit der sie sich im Laufe der Jahre geküsst hatte. Wills Küsse bargen sündige Versprechen, die Verlockung von etwas Bedeutsamen, das folgen würde. Wenn sie sich nicht selbst gesagt hätte, dass dies ein einmaliges Ereignis war, hätte sie möglicherweise befürchtet, süchtig nach ihm zu werden.

Er riss sich von ihrem Mund los und ließ seine Lippen ihr Kinn entlanggleiten. Seine Finger ergriffen ihre Hand und führten sie an ihre Brust. »Du übernimmst die obere Hälfte und ich die untere.«

Bevor sie irgendein Gefühl der Beschämtheit entwickeln konnte, rutschte er auf dem Bett nach unten, ergriff ihre Röcke und schob sie bis zu ihrer Taille hoch, um ihre Unterhose freizulegen. Mit glühendem Blick musterte er sie von der Hüfte bis zu den Zehen. »Du bist unglaublich hübsch. Ich kann mir keinen schöneren Anblick als dich in genau diesem Moment vorstellen.«

Er fand das Band ihrer Tournüre, öffnete es, drehte sie zur Seite und entfernte das gepolsterte Kleidungsteil. Dann lag sie wieder auf ihrem Rücken, und er rutschte zwischen ihre Schenkel. Seine Schultern spreizten ihre Beine weit, sein Gesicht war direkt über ihrem Hügel. Sein heißer Atem strich über die dünne Baumwolle ihrer Unterhose. Was machte er da unten?

Sie hatte erwartet, dass sie beide ihre Kleidung ablegten und danach ihre Körper vereinigten. Schnell. Fieberhaft. Ein Akt, der dieses irrsinnige Brennen löschte. Danach konnte sie ihre Kleidung wieder anlegen und fortgehen, um ihre Alltagsroutine wieder aufzunehmen. In all ihren Träumereien war Will nie so bekleidet und sein Gesicht war auch nicht zwischen ihren Beinen gewesen.

»Ich sehe nicht, dass du deine Kleidung aufknöpfst«, erinnerte er sie.

»Ich warte auf diese schmutzigen Dinge, die du mir versprochen hast.«

»Oh, wirklich?« Er griff nach den beiden Teilen ihrer in der Mitte offenen Unterhose und zog sie auseinander, um ihr intimstes Körperteil zu entblößen. Nun senkte er den Kopf, und sie fragte sich, was er …

Seine feuchte Zunge glitt durch ihre Spalte, und Avas Hüften bäumten sich auf. Bei allen Engeln, was hatte er da gerade getan? Das Prickeln strahlte bis in ihre Beine aus und ließ sie die Zehen krümmen.

»Hm«, knurrte seine tiefe Stimme, »ich glaube, du wirst die erste schmutzige Sache so sehr mögen wie ich.«

Will war gestorben, und seine Zunge war im Himmel gelandet. Das war die einzige Erklärung für den köstlichen Geschmack dieser Frau, die ihn in den letzten Wochen zum Wahnsinn getrieben hatte. Aber jetzt hatte er sie, und er plante nicht, sie gehen zu lassen, bis sie nicht beide völlig ermattet waren.

Er kniete sich tiefer in die Matratze und widmete seine Aufmerksamkeit Avas Geschlecht, knabberte und leckte an ihr, sog und biss. Er hatte nicht warten können, sie endlich zu schmecken – ganz sicher nicht die Ewigkeit lang, die es gedauert hätte, sie zu entkleiden. Und dieses Erlebnis übertraf seine Vorstellungen noch.

Ihr heftiger Atem verwandelte sich schon bald in ein Stöhnen, aus dem schnell Schreie wurden. Er genoss jeden davon und nutzte seinen Mund, um sie höher zu treiben, und seine Finger, um ihr Vergnügen noch zu verstärken. Seine Erektion pochte zwischen seinem Unterleib und der Matratze, und er fürchtete kurz, sich in seine Hose zu ergießen. Aber er würde nicht aufhören, nicht jetzt, da ihre Hüfte erbebte und ihre Muskeln sich anspannten.

Sie schmeckte süß und würzig, ein Geschmack, der ganz zu ihr gehörte, und er leckte ihre Nässe wie die köstlichste Delikatesse. Kaviar, Austern, Champagner – all das verblasste im Vergleich zu der Erregung auf Avas Haut. Ein paar Minuten später stieß sie eine Reihe heiserer, unzusammenhängender Worte aus, und er begann den Rest seiner mühsam aufrechterhaltenen Kontrolle zu verlieren.

Sein Glied schrie nach Reibung. Will versuchte nach Kräften, diesem Drang zu widerstehen. Aber dann verengten sich die Wände ihrer Scheide, und ihre Finger griffen nach seinem Haar, um ihn an der richtigen Stelle zu halten. In diesem Moment verlor er den Kampf. Sein Trieb übernahm das Kommando – und die Angst, dass er sich in seine Kleidung entlud.

Er kam eilig auf die Knie und begann, an den Knöpfen seines Hosenbundes zu zerren. »*Verdammt.*« Seine Finger arbeiteten nicht ordentlich.

»Beeil dich, Will.«

Ein Knopf flog weg und landete auf der Bettdecke. Die Knöpfe seiner Unterwäsche kamen als Nächstes, und zum ersten Mal verfluchte er die Feinheiten der aktuellen Mode.

Schließlich griff er hinein, holte sein Glied heraus und drückte den abgerundeten Kopf seiner Erektion gegen den Eingang zu ihrem Körper. Dann stieß er vor. Eine enge, feuchte Hitze umschloss ihn. Aber als er ein Viertel des Weges zurückgelegt hatte, spürte er, dass sie zusammenzuckte. Er biss die Zähne zusammen und erstarrte. »Verzeih bitte. Ich hätte behutsamer sein sollen.«

»Gib mir einen Augenblick. Ich ... Es ist eine Weile her.« Unbehagen hatte den Ausdruck der Begierde in ihrem Gesicht verdrängt, und ihre Augen waren fest zusammengekniffen.

Ein unangenehmes Gefühl durchströmte ihn, das er nur selten empfunden hatte. Doch er kannte das leichte Gefühl von Übelkeit aus seiner Kindheit. *Scham.* Er hatte angenommen ... Nun, sie war schließlich keine Jungfrau mehr. Also hatte er gedacht ...

Verflucht. Er bekämpfte seinen Drang, sich in ihr zu versenken. Stattdessen zog er sich zurück. Schweiß brach ihm auf der Stirn aus.

»Warte, mit mir ist alles gut«, sagte Ava und versuchte, nach ihm zu greifen.

Aber Will hob eine Hand. »Ich überstürze es. Ich will, dass du das hier genießt, nicht, dass du es erträgst. So, jetzt lass mich dich entkleiden.«

Statt auf ihn zu hören, stützte sie sich auf einen Ellenbogen und griff mit dem anderen Arm nach ihm. Er ahnte nicht, was sie vorhatte, bis sich ihre Faust um seine Erektion schloss. Er zischte durch die Zähne. »Halt, Ava, ich kann nicht ...« Sie rieb seine Erektion kraftvoll, von der Wurzel bis zur Spitze, und seine Hüften schnellten vor. »Nein, bitte. Ich will dich vorbereiten.«

»Dann bereite mich vor«, flüsterte sie, »und ich bereite dich vor.«

Ein trockener Lacher entrang sich seiner Kehle, der sich in ein Stöhnen verwandelte, als sie sein Glied erneut rieb. »Ich bin ziemlich vorbereitet, danke.«

»Noch immer so gesittet«, erwiderte sie. »Das muss, glaube ich, bedeuten, dass du noch ein wenig mehr an Vorbereitung vertragen kannst.«

Er hätte wissen müssen, dass sie wieder anfangen würde, mit ihm zu diskutieren. Sie beide waren dazu geboren worden, einander zu widersprechen. Merkwürdigerweise störte ihn das im Moment nicht.

Sie fuhr mit dem Daumen über den empfindlichen Punkt an der Unterseite seines Penis, und er konnte nicht mehr klar denken. »*O Gott.*«

»Ich glaube, du meinst: ›O Ava‹.«

»Ja, das auch.« Er strich mit einem Finger um den Eingang zu ihrem Körper. Ihre Haut glänzte vor Erregung. Sanft schob er einen Finger in sie hinein. Gott, sie war so eng. Ihre Hüften hoben sich ein wenig, um ihm entgegenzukommen, während ihr Atem stoßweise ging. Er pumpte ein paar Mal und fügte dann einen zweiten Finger hinzu. Sie biss sich auf die Lippe, und ihr Griff um seine Erektion wurde fester. Dann nahm er drei Finger.

»O Gott«, stöhnte sie und bog den Rücken durch.

»Ich glaube, du meinst: ›O Will‹.«

Mit schweren Lidern sah sie ihn an, und ein breites Lächeln war auf ihrem hübschen Gesicht zu sehen. Etwas in Wills Brust breitete sich aus, wurde leichter, als würde er von Dampf erfüllt. Ein Auftrieb aus Emotionen, den er nicht recht verstand und von dem er nicht wusste, ob er ihm gefiel.

Sie lenkte ihn ab, indem sie erneut seine Erektion bearbeitete. »Du bist bereits unerträglich arrogant«, sagte sie. »Ich richte mein Lob lieber an das Göttliche.«

Eine Herausforderung. Nun, das war vertrautes Terrain. Er zog seine Finger zurück, wobei er augenblicklich den Verlust des Kontakts mit jenem feuchten, engen Durchgang bedauerte, und streifte rasch seine Hosenträger ab. Ohne sich die Mühe zu machen, weitere Kleidungsstücke abzulegen, brachte er sich an ihrer Öffnung in Position und richtete ihre Hüften aus.

Sie warf den Kopf zurück, die Arme auf der Matratze ausgebreitet, während er vorwärts drängte. Sie war eng, aber nicht undurchdringlich, und mit kleinen, beständigen Stößen drang er in sie ein, bis er es ganz geschafft hatte. Er hielt einen langen Moment inne und genoss das erste Hochgefühl, ihre heißen Wände um sich herum zu fühlen. *Absolut himmlisch.*

Er schob sich über sie, stützte sein Gewicht auf die Ellenbogen und flüsterte ihr ins Ohr: »Ich werde dich dazu bringen, dass du meinen Namen rufst, bevor dieser Nachmittag vorbei ist, Ava. Selbst wenn ich mich bei dem Versuch umbringe.« Er zog seine Hüften zurück und ließ sich wieder nach vorn schnellen.

Sie sog Luft durch die Zähne ein. Ihre Hände fanden seine Schultern und hielten sich daran fest. »Ich vermute, dass wir sehen werden, wer am Ende siegt.«

Er begann zu lachen, aber sie wiegte die Hüften und zog ihn tiefer, woraufhin eine Woge der Lust seinen Schaft entlang- und seine Wirbelsäule hinauflief. Er unterdrückte ein Stöhnen. Noch nie in seinem Leben war ihm derart die Kontrolle entglitten.

Er senkte den Kopf und küsste sie hart. Sie antwortete seiner Zunge ohne zu zögern mit ihrer eigenen, und er begann nun, sich ernsthaft zu bewegen. Er griff nach einem ihrer Beine und legte es um seine Taille. Sie folgte ihm mit dem anderen Bein, sodass ihr Körper den seinen umschloss, wobei der Winkel es ihm nun ermöglichte, sie vollständig auszufüllen.

Ihre Hand glitt unter sein Hemd, über den Stoff seiner Unterwäsche, und er sehnte sich plötzlich danach, ihre Berührung auf seiner nackten Haut zu spüren. Er riss sich von ihrem Mund los und zog sein Hemd über den Kopf. Dann knöpfte er seine Hemdhose auf, schlüpfte mit den Armen heraus und zog das Kleidungsstück bis unter seine Hüften. Sie belohnte ihn, indem sie ihre Finger über jedes Stückchen seines Rumpfes gleiten ließ.

»Ich wünschte, du wärest nackt«, murmelte er an ihrer Kehle, während er in sie hineinstieß. »Ich will jeden Zentimeter von dir sehen.« Vor allem wollte er ihre Brüste sehen. Sie waren voll und rund, und er wusste, dass sie sich weich anfühlen und rosafarbene, harte Brustwarzen haben würden. Diese Vorstellung trieb ihn an, und sein Glied stieß mit gezielter Kraft in ihre enge Tiefe. Weißglühende Blitze entluden sich entlang seines Rückgrats und in seinen Kniekehlen, und nichts war ihm wichtiger, als genau jetzt in ihr zu sein.

Seine gesamte Welt bestand aus Ava. Die Laute, die sie ausstieß, ihre Nägel, die sie in die Haut seiner Schultern grub, ihr heißer Atem, der über seine Wange strich, die warme Umklammerung ihres Körpers und ihre Beine, die sich enger und fester um seine Taille schlangen. Ihre Reaktionen trieben ihn höher, bis er seinen Erguss gewaltsam zurückhalten musste.

Als er schon dachte, dass er als Erster kommen würde, begannen ihre Schenkel zu zittern. Er veränderte seine Position leicht und stieß höher in sie hinein, rieb beim Zurückschnellen dann an ihr, bis er die richtige Kombination gefunden hatte. Einmal, zweimal, und sie verengte sich unter ihm. Ihre Gesichtszüge erschlafften, und sie stieß einen Schrei aus.

»Sag meinen Namen«, knurrte er und ritt sie durch ihren Orgasmus hindurch, wobei er versuchte, seinen eigenen Höhepunkt zurückzuhalten. Ava antwortete ihm nicht, sondern erbebte nur und spannte ihre Glieder an, während sie kam.

Dickköpfiges Weib, war sein letzter Gedanke, bevor ihn sein eigener Orgasmus überrollte. Er begann ganz unten an seinen Zehen, raste hinten an seinen Beinen hinauf und fuhr in seine Hoden. Er zog sich mit einem Ruck aus ihr zurück. Die kalte Luft war ein Schock für sein überhitztes, erigiertes Glied. Mit der Hand brachte er sich schnell zur Erfüllung und ergoss sich auf der Bettwäsche. Kleine Beben durchliefen seine Glieder.

Der Orgasmus klang langsam aus, bis Will seine Umgebung wieder wahrnahm.

Schwer atmend ließ er sich neben sie auf die Matratze fallen. »Du bist erstaunlich«, sagte er.

»Du hast die ganze Arbeit geleistet, Eisenbahnmann«, stieß sie nach Luft ringend hervor. »Aber wenn du mich loben willst, dann nehme ich dein Lob an.«

Seine Mundwinkel zuckten. »Schön. Dann kannst du mich mit Dankbarkeit überschütten.«

»Eher würde ich nackt durch die Lobby laufen.«

Hatte er etwa gedacht, dass sie süß und gefügig werden würde, wenn er mit ihr schlief? Falls ja, dann hätte er es verdammt noch mal besser wissen müssen. Wann hatte er zuletzt mit einer Frau im Bett gelacht? Jetzt jedenfalls lachte er, als er sich auf die Seite rollte, um sie anzusehen. Sie sah herrlich zerzaust aus, eine voll befriedigte Frau – voll befriedigt und leider noch immer bekleidet. »Ich würde Geld dafür bezahlen, das zu sehen.«

Ava drehte sich ebenfalls auf die Seite, sodass ihre Gesichter auf dem Kissen nahe beieinander waren. »Ich fürchte, du wirst dich mit der privaten Version begnügen müssen.«

Seine grauen Augen leuchteten erfreut über den Vorschlag auf. Diese Seite von ihm – die entspannte, spielerische, *normale* Seite – gefiel Ava. Sehr sogar. Sein Lachen … sein Lächeln … der heitere Ausdruck auf seinen Lippen. All das passte viel eher zu seinem Alter und machte ihn zu einem jungen, unbeschwerten, attraktiven Mann.

Unverhohlen bewunderte sie seinen schlanken, nackten Rumpf, seinen Knochenbau und die hervortretenden Muskeln. Sie betrachtete die starken Arme und die breiten Schultern, die mit dunkelblondem Flaum bedeckte Brust. Ihr Blick wanderte über seinen flachen Bauch zu seiner Hosenöffnung, wo er sein Glied bereits wieder verstaut hatte.

»Wann?«, frage er.

Sie hatte bereits vergessen, worüber sie gesprochen hatten, und sah hoch. »Was wann?«

»Die private Version. Wann darf ich sie sehen?« Er hob eine Hand und strich ihr das Haar aus der Stirn. »Jetzt?«

Jetzt? »Ich hatte angenommen … Heißt das, dass wir für heute noch nicht fertig sind?«

Er lachte, während er nach den winzigen Knöpfen ihres Oberteils griff. Er öffnete einen, dann noch einen. »Ich habe dir doch gesagt, dass es keine Grenzen für die Lust gibt, die ich dir an diesem Nachmittag bereiten werde. Oder hast du das schon vergessen?«

»Du hast mir Lust bereitet.« Er fuhr fort, mit einer Hand ihre Knöpfe zu öffnen, ein Kunststück, das sie beeindruckte. Waren die meisten Männer so geschickt im Umgang mit Frauenkleidern? Bevor sie sich von dieser Frage die Stimmung verderben lassen konnte, ergänzte sie: »Sogar eine ganze Menge.«

»Wenn du dachtest, ich würde, sobald wir fertig sind, aus der Tür rennen, muss ich dich leider enttäuschen. Ich fantasiere seit Tagen über dich, und nun, da ich dich endlich hier habe, werde ich die Gelegenheit nicht ungenutzt lassen.«

Er hatte über sie fantasiert? Ava wusste nicht, was sie damit oder mit der Information, dass sie noch lange nicht fertig waren, anfangen sollte. Die verschiedensten Möglichkeiten rasten ihr durch den Kopf. »Ziehst du mich gerade aus?«

Nachdem er die Knöpfe geöffnet hatte, zog er ihr das Oberteil von einer Schulter. »Ja, und dann werde ich mich selbst vollständig entkleiden. Sobald das erledigt ist, werde ich mich wieder deiner Lust widmen.« Er half ihr, den Arm aus dem Ärmel zu ziehen, und wandte seine Aufmerksamkeit dann ihrem Korsettschoner zu.

Stephen, ihr einziger Liebhaber, hatte eher zu der Einmal-und-fertig-Art gehört. Es war nie darum gegangen, dass Ava ihren sexuellen Akt genoss. Jetzt, nachdem sie es anders erlebt hatte, erkannte sie, dass Stephen ein egoistischer Mann gewesen war – und das nicht nur im Schlafzimmer.

»Du bist nicht so, wie ich es erwartet hatte.«

Seine Finger widmeten sich weiter ihrer Aufgabe, während sein Blick ihre Augen fand. »Und was hattest du erwartet?«

Sie biss sich auf die Lippe und dachte darüber nach, wie sie es am besten formulieren sollte. »Weniger«, sagte sie schließlich.

Er zog ihr den Korsettschoner aus. »Weniger«, wiederholte er mit einem Stirnrunzeln. »Du hast keine hohe Meinung von mir, aber ich hoffe, das heute zu ändern. Leg dich auf den Bauch.«

Ava drehte sich um, sodass sie mit dem Gesicht nach unten auf dem Bett lag. Will zog ihr die Stiefel aus, dann öffnete er den äußeren Rock und den Unterrock und zog ihr beides die Beine hinunter. Nachdem er an den Schnüren ihres Korsetts gezupft und sie gelockert hatte, konnte sie tiefer atmen und ein wenig klarer denken. »Ich hatte erwartet, dass du irgendwie reservierter sein würdest.«

Er beugte sich über sie, die Lippen ganz dicht an ihrem Ohr. »Vielleicht bringst du ja meine schlimmsten Seiten hervor.«

Sie hatte keine Zeit, über die Bedeutung seiner Aussage nachzudenken, denn er drehte sie nun auf den Rücken und öffnete geschickt die Haken ihres Korsetts. Er klappte es auf und ließ die schweren Seitenteile links und rechts von ihrem Körper auf das Bett fallen. Nun trug sie nur noch ein dünnes Unterkleid, Unterhosen und Socken.

Er hielt inne und umfasste ihre Brüste durch den dünnen Stoff des Unterhemds. Die weichen Hügel füllten seine großen Hände mehr als aus, und er starrte mit gieriger Faszination auf ihre Brüste, während er sie streichelte. »Und wenn wir schon mal ehrlich zueinander sind, dann muss ich sagen, dass auch du weit mehr bist, als ich erwartet habe.«

»Du meinst meine Brüste?«

Er sah ihr mit einem ernsten Gesichtsausdruck in die Augen. »Nein. Du bist schöner, empfänglicher, kühner, leidenschaftlicher, als ich mir vorgestellt habe – und ich habe ziemlich viel Zeit damit verbracht, mir dich vorzustellen.«

Sie schluckte. Seine Komplimente brachten sie aus der Fassung. Es war viel einfacher, mit diesem Mann auf Kriegsfuss zu stehen. »Danke«, sagte sie sanft, weil sie nicht wollte, dass er dachte, sie wüsste seine Offenheit nicht zu schätzen.

»Aber du windest dich. Habe ich dir Unbehagen bereitet?«

Ja. Weniger reden wäre besser. Dann würde nicht das Risiko bestehen, dass sich zärtliche Gefühle entwickeln. Sie griff nach ihm und zog ihn zu sich herunter, um ihn zu küssen, während sie ihm entgegenkam. Sie schmeckte die Überraschung auf seinen Lippen, aber nur eine Sekunde lang, bis er seinen Mund über ihren legte. Er stützte sich auf seine Ellenbogen, brachte seinen Kopf in die richtige Position und ließ seine Zunge zwischen ihre Lippen gleiten. Sie seufzte in seinen Mund.

Nach einem Moment löste er sich von ihren Lippen und beugte sich hinab, um die Haut über dem Rand ihres Unterkleids zu küssen. Gleichzeitig hob er den Saum und begann, ihr das Unterkleid über die Hüften, den Bauch und den Kopf zu ziehen, sodass sie nun von der Taille an nackt war.

»Mein Gott, bist du wunderbar.« Seine Hand umfasste ihre rechte Brust, während er mit der Zunge neckend um ihre linke Brustwarze strich. Sie krümmte sich, als der Schmerz wuchs, und wölbte den Rücken in stillem Flehen. Er nahm sich Zeit, knabberte an ihr und senkte seine Zähne spielerisch in ihre weiche Haut, ohne ihr das zu geben, wonach sie sich sehnte. Sie griff in sein Haar und versuchte, seinen Mund zu ihrer Brustwarze zu drängen. »*Will.*«

Sie spürte, dass er lächelte, bevor sein Mund sich über ihrer Brustspitze schloss, sie tief aufnahm und kraftvoll daran saugte. Ein Prickeln raste ihr Rückgrat hinunter und verharrte dann zwischen ihren Beinen. *Oh, Hilfe.* Sein Mund hatte etwas Magisches. Sie hatte schon den Verdacht gehabt, dass er über außergewöhnliche Fähigkeiten verfügte, als er sie zwischen den Beinen geleckt hatte, und das hier bestätigte es.

Seine Finger spielten mit ihrer anderen Brustwarze, der er momentan nicht mit seinem Mund huldigte, und erneut wurde sie zwischen den Beinen feucht und spürte ein Kribbeln in ihrem Geschlecht, als wäre sie nicht erst vor Minuten zum Höhepunkt gekommen. Was geschah mit ihr? Will Sloane, der korrekte, reservierte, versnobte Mann, mit dem sie sich in den vergangenen Wochen gestritten hatte, verwandelte sie in ein bebendes Häufchen Lust.

Sie strich mit den Händen über seine Schultern und genoss seinen schlanken, muskulösen Körper und seine kräftigen Knochen. Dann erkundete sie seine Brust. Ihre Finger ertasteten seine festen Muskeln und den krausen Flaum. Mit dem Nagel fuhr sie über seine Brustwarze. Keuchend öffnete er den Mund und ließ sie los. Mit der Nase strich er über ihre und rieb seine ausgeprägte Erektion an ihrer Hüfte. »Ich will dich noch mal«, knurrte er.

Ja, bitte. Allerdings sprach sie diese Worte nicht aus. Ihr Körper war bereit, ihn erneut aufzunehmen, aber sie sehnte sich danach, ihn noch etwas hinzuhalten. Vorhin hatte sie schon einen kleinen Vorgeschmack bekommen, aber sie musste diesen Mann noch etwas mehr quälen. An einem Nachmittag mehr geben und nehmen, als sie beide in ihrem gesamten Leben erfahren hatten. Vielleicht konnte sie ihn und dieses Zimmer dann ohne Bedauern hinter sich lassen.

Sie drückte gegen seine Schulter und zwang ihn, sich auf den Rücken zu legen. Er leistete ihr keinen Widerstand und ließ sie mit gespreizten Beinen auf seinen Hüften sitzen. Von dieser Position aus hatte er ungehinderten Blick auf die vollen, blassen Rundungen ihrer Brüste. »Ich bin gestorben und im Himmel gelandet«, murmelte er. Dann umfasste er beide Hügel und rieb ihre Brustwarzen zwischen Zeigefinger und Daumen, um sie verrückt zu machen.

Sie schob ihre Hüften über die lange Erhebung unter seiner Kleidung. Er stöhnte auf. Als Antwort drückte er auf die empfindlichen Spitzen zwischen seinen Fingern, worauf sie stöhnte. Damit lagen sie gleichauf, und keiner von ihnen machte einen Rückzieher. Was hatte sie auch erwartet?

Sie rutschte seine Schenkel hinunter und entzog sich so seinem Zugriff. Er ließ die Arme auf die Matratze fallen, als sie die übrigen Knöpfe seiner Hose öffnete und das Kleidungsstück von seinen Beinen zog. Jetzt war sein Körper nur noch von seiner engen Hemdhose bedeckt, die bis zu den Wölbungen seiner Hüftknochen heruntergezogen war und unter der sich seine starke Erektion und die langen Muskeln seiner Oberschenkel abzeichneten. In dieser Unterwäsche wirkte er unglaublich männlich. So reizvoll der Anblick auch war, sie wollte unbedingt noch mehr sehen.

Sie zog ihm das letzte Kleidungsstück und mit ihm auch gleich die Socken aus. Nun war Will vollständig nackt. Sandfarbenes Haar bedeckte seine Beine und seine Schamgegend. Es juckte ihr in den Fingern, ihn zu berühren, seinen Körper zu vermessen und alles zu erkunden, was diesen komplizierten Mann ausmachte.

»Finde ich deine Zustimmung?«, fragte er, als sich das Schweigen ausdehnte.

Verlegenheit ergriff sie. Sie war dabei erwischt worden, wie sie ihn bewundert hatte, ja sogar begierig auf ihn gewesen war. Das Selbstwertgefühl dieses Mannes würde so niemals einen Dämpfer bekommen.

»Eigentlich habe ich einen prunkvolleren Anblick unter all dem erwartet. Diamanten – oder zumindest Smaragde. Vielleicht ein dekoratives Goldblatt.« Sie griff nach seinem erigierten Glied und strich schnell an ihm entlang. »Wie sich jedoch herausstellt, bist du bloß ein Mann.«

KAPITEL DREIZEHN

Ja, Will war ein Mann wie jeder andere, und er reagierte auf ihre Berührungen wie jeder normale Mann. Er keuchte und zitterte, während Ava sich ihm mit einem Eifer widmete, der jeden Mangel an Geschicklichkeit aufwog. Und als sie die Spitze seines Glieds mit ihrer Zunge berührte, dachte er, er würde seinen Verstand verlieren.

Davon ermutigt nahm sie den oberen Teil seines Gliedes in die erregende Hitze ihres Mundes.

»Lieber Himmel, Ava. Du musst das nicht tun.« Nicht jede Frau mochte es, die Erektion eines Mannes in ihrem Mund zu haben. Allerdings hatte Will lange davon geträumt, zu sehen, wie Avas pralle Lippen sich um seinen Schaft legten. Erfreulicherweise übertraf die Realität seine Erwartungen bei weitem, und wenn sie aufhörte, wäre es gut möglich, dass er anfing zu weinen.

Sie entließ ihn mit einem feuchten Ploppen aus ihrem Mund. »Möchtest du, dass ich es lasse? Ich dachte, dass die meisten Männer ...«

»Doch, doch, das tun wir«, bestätigte er schnell. »Aber du musst heute nichts tun, was dir Unbehag...«

Ihr Mund umschloss seinen Penis erneut und ließ ihn alles vergessen, was er hatte sagen wollen. Dieses enge Saugen ... das Streichen ihrer Zunge ... Lieber Gott, er würde bald kommen, wenn sie nicht von ihm abließ.

Doch er unterbrach sie nicht. Sein Blick sprang zwischen ihrem Mund und den sanft schwingenden, nackten Brüsten hin und her, die ihm aufreizend präsentiert wurden. Nie hatte er etwas so Erotisches gesehen wie Ava, die nackt vor ihm kniete und ihn verwöhnte. Seine Hoden schmerzten, und er fühlte das vertraute Ziehen, das ankündigte, dass er sich seinem Höhepunkt näherte. *Nein, nein, nein. Noch nicht.*

Er richtete den Oberkörper auf und hob ihren Kopf von seinem Glied. Verwirrt runzelte sie die Stirn, und er erklärte: »Ich will wieder in dir sein und nicht in deinem Mund kommen.« Schnell band er ihre Unterhose auf und zog sie ihr von den Hüften. Sie half ihm und streifte sich das Wäschestück und die Socken von den Beinen. Schließlich hatte er sie vollständig nackt vor sich.

»Komm her, du schönes Geschöpf.« Er ließ sich zurück auf das Bett fallen und zog ihre Beine über seine Hüften, sodass sie auf ihm hockte. Seine Erektion drückte sich gegen ihre Spalte. Mit wiegenden Hüftbewegungen ließ er sein Glied an den Lippen ihres Geschlechts entlangstreichen.

»Oh«, stieß sie hervor, »das fühlt sich wunderbar an.«

Er konnte nicht mehr länger warten. Er hob sie leicht an, richtete sich aus und ließ sie los. Ihr Tunnel verschluckte ihn. Als sie unten ankam und ihre Leisten sich trafen, biss sie sich auf die Lippen. »Auf diese Weise fühlst du dich viel tiefer in mir an.«

»Ja, es ist der Winkel.« Er konnte es kaum erwarten, sie von hinten zu nehmen. Wenn sie dachte, dass er jetzt tief in ihr war ... »Reite mich, Ava.«

Sie begann sich zu bewegen, anfangs langsam, aber Will machte das nichts aus. Ihre heißen Wände umschlossen sein Glied und rieben seine gesamte Länge, während ihre schweren Brüste hüpften. Ihre Nägel gruben sich in seinen Bauch, ihre Schenkel spannten sich an, und er musste die Augen schließen, um nicht zu schnell zu kommen.

Es war dieses Mal nicht weniger intensiv. Er war noch nie so begierig auf eine Frau gewesen ... Noch nie in seinem ganzen Leben. Will konnte nicht genug bekommen. Mit jedem Seufzer, jedem Streicheln ihrer feinfühligen Hände, jedem Kuss wollte er sie nur noch mehr.

Als er spürte, wie sie sich um seinen Schaft verengte, griff er nach ihren Hüften und übernahm die Führung. Er stieß mit einer ungezähmten Kraft in sie hinein, die ihn überraschte. Doch Ava schien es nichts auszumachen. Ihre Schreie wurden lauter, als Will den einen empfindlichen Punkt tief in ihr fand. Sie klammerte sich an seine Arme, während ihr Kopf nach vorn fiel. Dabei löste sich ihr langes braunes Haar und fiel ihr über die Brust. »Ja, ja, bitte«, rief sie mit ihrer dunklen, heiseren Stimme, die er so sehr mochte. Er bäumte sich auf, und ein wohliges Gefühl baute sich unter seiner Haut und über seinen Schenkeln auf.

Er ließ seinen Daumen auf der geschwollenen Knospe zwischen ihren Schenkeln kreisen, und ihre Wände verengten sich sofort. Sie stieß einen Schrei aus, und ihre Glieder erbebten, als der Orgasmus sie ergriff. Noch nie hatte er etwas Erregenderes gesehen. Als sie aufhörte zu beben, ließ er sie los, denn er hielt keinen Moment länger durch. Er riss ihre Hüften von sich herunter, hob sie zur Seite und rieb sich heftig mit der Hand, bis er mit einem lauten Schrei kam. Der Orgasmus raste durch ihn hindurch. Seine Muskeln krampften sich zusammen, und er ergoss sich auf seinen Bauch. Will schloss die Augen und versuchte, wieder zur Besinnung zu kommen. »Das war besser als das erste Mal.«

Sie antwortete nicht, sondern ließ sich einfach nur auf das Bett neben ihn fallen. Er richtete sich auf, um sich mit einer Ecke der Bettwäsche trocken zu reiben. Dann legte er sich wieder hin, schlang seine Arme um sie und zog sie an sich. Er konnte sie jetzt nicht gehen lassen.

Eine dünne, glänzende Schweißschicht bedeckte sie beide. Erschöpfung als Folge der beiden fantastischen Orgasmen überkam ihn, verstärkt durch den weichen, warmen Körper in seinen Armen. Er schloss die Augen und küsste ihren Scheitel. »Es war so viel mehr, als ich erwartet hatte. Danke, Ava.«

Als er einschlief, bemerkte Ava es sofort. Wills Arme erschlafften und fielen auf die Matratze, und sein Atem wurde gleichmäßig und tief. Das war der ideale Moment, um zu verschwinden.

Sanft löste sie sich von seinem verführerischen Körper und stand auf. Ihre Kleidung lag auf dem Boden verstreut. Sie sammelte sie schnell ein und ging zum Toilettentisch, um sich anzukleiden. Nach fünfzehn Minuten hatte sie sich so gut es ging wieder hergerichtet. Unglücklicherweise hatte sie keine Bürste zur Hand, um ihr zerwühltes Haar zu glätten. Sie steckte es wieder hoch und befestigte ihre Haube darauf. Leise schlich sie sich aus dem Zimmer.

Die meisten Frauen hätten wohl bereut, was hier geschehen war. Ava tat das nicht. Nicht, nachdem Will so unerwartet leidenschaftlich gewesen war. Er hatte ihr nicht das Gefühl vermittelt, schäbig oder sündig zu sein. Vielmehr war sie verehrt und angebetet worden. Und er hatte ihr Vergnügen bereitet, das bis an den Rand des Erträglichen reichte. Er hatte sich an einem Nachmittag mehr um sie bemüht, als Stephen van Dunn es in fünf Monaten getan hatte.

Dennoch würde es dabei bleiben, ein Nachmittag. Das heutige Intermezzo würde sich nicht wiederholen. Sie hatte bereits begonnen, zu viel für ihn zu empfinden, und daran waren seine zärtlichen Worte schuld: *Du bist schöner, empfänglicher, kühner, leidenschaftlicher, als ich es mir vorgestellt habe* ... Nach diesen Worten war das noch vorhandene Eis, das ihr Herz umgeben hatte, restlos dahingeschmolzen. Zurückgeblieben war ein warmes, umfassendes Gefühl in ihrer Brust, das ihr Angst machte.

Er hatte nicht vor, sie zu heiraten. Er hatte noch nicht einmal vor, ihr den Hof zu machen. Das hatte er zugegeben, als sie das erste Mal über ein Treffen im Hotel gesprochen hatten. Für Will Sloane von Northeast Railroad und Ava Jones aus der Bank Street gab es keine gemeinsame Zukunft. Das hier war kein Märchen, und sie war ganz sicher keine Prinzessin. Und sie war nicht bereit, zur Geliebten eines reichen Mannes zu werden.

Als sie die Zimmertür erreicht hatte und nach dem Türknauf griff, drehte sie sich noch einmal für einen letzten Blick um. Nackt auf dem Bett ausgestreckt bot Will einen unvergesslichen Anblick. Eine Strähne blonden Haares war ihm in die Stirn gefallen, und ihre Finger wollten ihn berühren. Er wirkte jung.

Zerzaust. Entspannt und ganz und gar befriedigt. Sie hätte ihn noch stundenlang anschauen und sich über die Widersprüche in ihm wundern können. Rücksichtslos in der einen Minute und liebevoll in der nächsten. Er war egoistisch und fordernd, hatte sich aber dennoch als umsichtiger und großzügiger Liebhaber erwiesen. Irgendeine Debütantin von der Fifth Avenue würde eines Tages zu einer glücklichen Frau werden.

Diese Frau würde nicht Ava sein. Sie hatte sich einen Nachmittag purer Vergnügung gegönnt. Einen Nachmittag, um die in seinen Händen liegenden Wonnen zu erleben. Und auch wenn es atemberaubend gewesen war, durfte es nicht zur Gewohnheit werden. Sie hatte zu viel zu verlieren. Sie ignorierte das drückende Gefühl in ihrer Brust, verließ den Raum und ging durch den Flur zur Treppe. Zu Fuß nach Hause zu gehen würde ihr guttun und ihr helfen, einen klaren Kopf zu bekommen. Auf dem Weg nach unten in die Lobby begegnete sie zum Glück keinen weiteren Gästen.

Als sie durch die Tür des Cafés ging, achtete sie nicht auf die Gäste – wohlhabende Frauen und gut gekleidete Männer, die ihren müßigen Nachmittag genossen. Solch ein Publikum war Menschen wie Ava Jones völlig fremd. Darum wäre sie fast gestolpert, als sie hörte, wie eine Männerstimme ihren Namen rief. Panik stieg in ihr auf, und sie lief eilig aus der Tür und auf den Bürgersteig.

Die sinkende Junisonne blendete sie einen Augenblick lang, und sie fragte sich, wie viel Zeit sie und Will da oben miteinander verbracht hatten. Zwei Stunden? Drei? Sie musste nach Hause gehen und das Abendbrot für ihre Familie vorbereiten.

Kaum war sie vier Schritte gegangen, als sich eine Hand auf ihre Schulter legte. »Miss Jones.«

Ihr blieb nichts anderes übrig als anzuhalten, und so drehte sie sich um. Mr. Charles Tompkins blickte zu ihr herab. Sein buschiger Schnurrbart zuckte.

»Mr. Tompkins. Hallo.«

»Ich war erstaunt, Sie in der Lobby zu sehen. Haben Sie im Café etwas zu sich genommen?«

»Ja«, log sie. »Ich habe hier eine Freundin auf einen späten Nachmittagstee getroffen. Und Sie?«

»Ich hatte ein geschäftliches Treffen im Restaurant. Ich bin froh, auf Sie gestoßen zu sein. Wären Sie bereit, rasch etwas mit mir zu trinken? Ich möchte mit Ihnen reden.«

»Es tut mir leid, aber ich muss nach Hause ...«

»Ich bestehe darauf«, sagte er und griff nach ihrem Arm. »Ich versprechen Ihnen, dass ich Sie nicht lange aufhalte.«

Er begann, sie zurück zu dem Ort zu führen, an dem sie sich auf gar keinen Fall noch länger aufhalten wollte, aber ihr blieb kaum etwas anderes übrig. Dennoch versuchte sie, ihn erneut davon abzubringen. »Nein, das geht wirklich nicht. Ich muss nach Hause. Vielleicht könnten wir uns ja morgen treffen?«

»Nein, das glaube ich nicht. Sie sind eine Frau, die schwer aufzufinden ist.«

Unbehagen ergriff ihren Magen, als hätte sie einen altbackenen Eierpfannkuchen vom Karren eines Straßenhändlers gegessen. Er hatte nach ihr gesucht? Verflucht seien Will und seine Lüge, dass sie für eine Zeitung arbeitete. In Gedanken begann sie rasend schnell zu überlegen, worüber Tompkins wohl mit ihr sprechen wollte. Über das Interview mit Bennett? Sie straffte die Schultern, als sie das Café betraten. Schließlich hatte sie sich schon aus schwierigeren Situationen herausgelogen. Sie würde mit Tompkins schon klarkommen.

Sie setzten sich an einen Tisch. Ein Kellner erschien, und Ava bestellte sich Tee, Tompkins eine Tasse Kaffee. Tompkins lehnte seine massige Gestalt in dem kleinen Metallstuhl zurück. »Lassen Sie uns mit der Wahrheit beginnen. Sie arbeiten nicht für die *Brooklyn Daily Times*, weil es diese Zeitung gar nicht gibt.«

»Ja, das stimmt. Allerdings ist es besser, wenn Sie auch weiterhin nicht wissen, welches Blatt mich beschäftigt. Wir ziehen es vor, diese Information den Wahlkandidaten vorzuenthalten, solange die Story noch nicht erschienen ist.«

Er neigte den Kopf zur Seite. »Das ist allerdings höchst ungewöhnlich. Keine Zeitung, mit der ich in New York, New Jersey oder Philadelphia zu tun habe, agiert so.«

Sie hob eine Schulter, um zu zeigen, dass es ihr egal war, ob er ihr glaubte oder nicht. Die Regel Nummer eins beim Erzählen einer überzeugenden Lüge lautete, dass man auf jeden Fall bei seiner Lüge bleiben musste. »Trotzdem bevorzugt mein Herausgeber dieses Vorgehen.«

Der Kellner kam schnell zurück und stellte ihre Getränke vor sie. Als er gegangen war, fragte Tompkins: »Also wann dürfen wir mit dem Erscheinen dieses Artikels rechnen?«

»Ich weiß es nicht genau.« Sie rührte Zucker in ihren Tee. »Offensichtlich noch vor der Wahl.«

»Nun, das hoffe ich. Dennoch wäre es hilfreich, zu wissen, ob der Artikel wohlwollend ausfallen wird oder nicht. Da fast alle Zeitungen von einer der tonangebenden Parteien kontrolliert werden, wäre es vorteilhaft für mich, einen positiven Bericht an der Hand zu haben, einen, der möglicherweise jeder negativen Story, die erscheint, widerspricht.«

»Ich wusste nicht, dass politische Strategien so kompliziert sind«, sagte sie. »Sie müssen sehr gut sein in dem, was Sie tun.«

Sein angespannter Gesichtsausdruck veränderte sich kein bisschen bei ihrem Kompliment. »Ich bin sehr gut in meiner Arbeit. Aus diesem Grunde werde ich Bennett oder Sloane auch nicht erlauben, einen Fehler zu begehen, der den Wahlkampf gefährden könnte. So ist es beispielsweise die eine Sache, eine geheime, diskrete Affäre mit einer reichen Witwe aus der Gesellschaft zu haben, und eine ganz andere, seine Beziehung mit einer jungen, unverheirateten Zeitungsreporterin fortzuführen.« Er hob seine Kaffeetasse an den Mund und trank einen kleinen Schluck, während Ava versuchte, ihre Sprache wiederzufinden. »Verstehen Sie, was ich meine, Miss Jones?«

Sie errötete verlegen. Auch wenn sie keine Reporterin war, saß der Hieb. Ihr wurde bewusst, wie schädlich es für Wills Wahlkampf wäre, wenn seine Verbindung zu ihr, beziehungsweise zu Madame Zalikow, bekannt werden würde. Dennoch hatte dieser überhebliche Mann nicht das geringste Recht, ihr irgendwelche Befehle zu erteilen.

Zorn erhitzte ihr Blut und fegte ihre Verlegenheit fort. Sie beugte sich vor. »Sie unterliegen dem fehlgeleiteten Eindruck, dass Sie irgendetwas zu sagen haben, wenn es um meine Entscheidung geht, wann und mit wem ich etwas ›fortführen‹ will. Und ich lege weder Ihnen noch Mr. Sloane noch sonst einem Mann darüber Rechenschaft ab.« Sie stand auf. »Danke für den Tee.« Damit verließ sie das Café, ohne sich noch einmal umzusehen.

Wer in New York politische Unterstützung erhalten wollte, musste nicht nur große Kundgebungen und Paraden veranstalten. Zum Wahlkampf gehörten auch kleine, intime Dinner-Partys mit einer ausgewählten Gruppe von Unterstützern, die große Geldsummen spendeten. Da zu diesen Unterstützern meist Männer gehörten, die Will seit Jahren von Partys und aus Clubs kannte, waren dies im Allgemeinen angenehme Abende für ihn. An diesem Abend hatte Will allerdings Probleme, Begeisterung für das Zusammentreffen aufzubringen.

Er gab dem Butler seinen Stock und seinen Hut und schüttelte dann Mr. Updike die Hand, einem älteren Gentleman, der ein großer Unterstützer des Wahlkampfes von Bennett und Sloane war. Zufälligerweise saß Updike auch im Verwaltungsrat von Northeast Railroad.

»Danke für Ihre Einladung heute Abend.«

»Es ist mir ein Vergnügen, William. Ich tue alles, um den Sloanes zu helfen, das wissen Sie. Ihr Vater wäre so stolz auf Sie.«

Will bemühte sich, nicht das Gesicht zu verziehen. Stolz war kein Gefühl, das sein Vater seinem einzigen Sohn gegenüber je empfunden hatte. Der Maßstab, nach dem die Sloanes Erfolg bewerteten, war stets lächerlich hoch gewesen, und Will hatte ihm zu Lebzeiten seines Vaters gewiss nicht auch nur annähernd entsprochen. Welche Zensuren er auch bekam und wie sehr ihn seine Lehrer auch lobten, Will wurde von seinem Vater stets als »Enttäuschung« betrachtet. Die Erinnerung daran hätte ihn eigentlich nicht weiter stören sollen, da Archibald Sloane alles in seinem Leben enttäuscht hatte – seine Frau, sein Unternehmen, seinen Sohn ... Ein trübseligerer Mann als er war vermutlich noch nie in derart privilegierte Verhältnisse hineingeboren worden.

Will wünschte, dass der alte Mann an einem Spieß in der Hölle geröstet wurde und grün vor Neid war angesichts dessen, was sein »fauler« Sohn erreicht hatte. Dennoch, man durfte seine Eltern nicht herabwürdigen, auch wenn sie schon lange tot waren. »Es ist sehr freundlich von Ihnen, das zu sagen«, antwortete Will. »Er hat Sie sicher sehr geschätzt.«

Updike blähte die Brust. »Eine verdammte Schande, dass er nicht länger gelebt hat. Nun, treten Sie ein.« Er winkte Will über die Schwelle. »Die meisten der anderen Gäste sind bereits angekommen.«

In Updikes Salon befanden sich die üblichen Leute: natürlich Bennett und Tompkins und auch der Vorsitzende der New York Republican Party; ferner weitere Angehörige der High Society, die Will schon seit Kindheitstagen kannte.

Ein Diener blieb stehen und reichte ihm ein Kristallglas mit Champagner. Will nahm es, als eine vertraute Stimme rief: »Da sind Sie ja, Mr. Sloane!«

Er drehte sich um und sah, dass Tompkins ihn zu sich winkte. Neben dem Wahlkampfberater standen John Bennett, Mr. Robert Iselin und eine junge dunkelhaarige Frau, die nicht Mrs. Iselin war. Vielleicht die Tochter? Will war ihr noch nie persönlich begegnet, aber sie war eine der Debütantinnen auf seiner Liste mit Ehekandidatinnen.

Er wartete auf den üblichen Motivationsschub, wenn ein Ziel in greifbare Nähe rückte. Aber merkwürdigerweise blieb er aus. Stattdessen wünschte Will sich mehr als alles andere, Updikes Haus zu verlassen, mit seiner Kutsche in die Bank Street zu fahren und Ava aufzufordern, ihm zu erklären, warum sie sich vor zwei Tagen aus ihrem Hotelzimmer geschlichen hatte, ohne auch nur ein Wort zu sagen.

Aber das konnte er nicht. Die Pflicht rief, und deshalb kippte Will seinen Champagner hinunter und schlenderte zu der kleinen Gruppe, die am leeren Kamin stand. »Guten Abend.«

»Schön, Sie zu sehen, Sloane«, sagte Tompkins und klopfte ihm auf den Rücken. Eine unangemessen vertrauliche Geste, die Will auf die Nerven ging. Vielleicht, weil ihm an Tompkins nicht sonderlich viel lag. »Sicher kennen Sie Mr. Iselin.«

»In der Tat. Wie geht es Ihnen heute Abend, Robert?«, fragte Will und schüttelte dem Mann die Hand.

»Recht gut, Sloane. Ich glaube, Sie kennen meine Tochter noch nicht.« Er lächelte das feingliedrige Mädchen zärtlich an. »Meine Liebe, dies ist Mr. Sloane, der Kandidat, der gemeinsam mit Mr. Bennett im Rennen ist.«

»Miss Iselin«, sagte Will und verbeugte sich über der behandschuhten Hand des Mädchens. »Es ist mir eine Ehre, Sie kennenzulernen.«

»Die Ehre liegt ganz bei mir, Mr. Sloane.« Sie hatte eine nette, klare Stimme. Selbstbewusst. Kein Gekicher. Ihm gefiel auch, dass sie seinem Blick standhielt. »Ich habe Ihren Wahlkampf sehr genau verfolgt.«

»Passen Sie lieber auf, Sloane«, sagte Bennett. »Sie weiß mehr über Politik als Sie und ich zusammen.«

Alle lachten, auch Miss Iselin, und Will sagte: »Dann freue ich mich natürlich schon darauf, mehr von Ihnen zu erfahren.«

»Ich glaube, das Essen beginnt. Wollen Sie nicht Kathleen an den Tisch geleiten, Mr. Sloane? Ich bin sicher, dass sie es müde ist, ihren Vater heute Abend die ganze Zeit reden zu hören«, schlug Iselin vor, und Will schalt sich im Stillen, dass er nicht selbst diesen Vorschlag gemacht hatte. War er nicht auf der Suche nach einer Braut?

»Natürlich, es wäre mir ein Vergnügen. Miss Iselin, würden Sie mir die Ehre erweisen?« Er hielt ihr seinen Arm hin, und sie legte pflichtschuldig ihre Hand auf seinen Ärmel.

Die Gäste begannen, den Raum geordnet zu verlassen und in den Saal zu gehen.

»Ich entschuldige mich dafür«, flüsterte Miss Iselin.

Er blickte zu ihr hinab und sah, dass ihn klare blaue Augen musterten. »Wofür?«

»Dafür, dass ich Ihnen aufgedrängt wurde. Ich fürchte, dass mein Vater nicht sonderlich feinfühlig ist.«

»Es macht mir nichts aus, wenn mir ein schönes Mädchen aufgedrängt wird. Und als Debütantin kann dies nicht das erste Mal für Sie sein.«

»Nein, aber es ist mir trotzdem unangenehm. Darum entschuldige ich mich für unser beider Unbehagen.«

Das Mädchen hatte makellose Manieren und eine unverblümte Haltung, die Will schätzte. Eigentlich sollte er außer sich sein angesichts der sich ihm bietenden Möglichkeit … Aber er fühlte nichts. Nichts von der erwarteten Aufregung, dass er möglicherweise die perfekte Politikergattin mit den erforderlichen gesellschaftlichen Verbindungen gefunden hatte.

Hör auf, an Ava zu denken. Hör auf, dich zu fragen, warum sie ohne ein Wort gegangen ist.

Er musste sich konzentrieren. Bennett und er hatten die Nominierung der Republikaner quasi in der Tasche, und die Unterstützung der hier anwesenden Männer konnte sich als hilfreich erweisen, sich in diesem Herbst Albany zu sichern. Dagegen war es dem Wahlkampf nicht förderlich, wenn er zu viele Gedanken auf eine Frau verschwendete, die er ebenso wenig kontrollieren konnte wie den Wind.

»Es gibt keinen Anlass, sich zu entschuldigen, Miss Iselin. Ich bin dankbar für Ihre Anwesenheit an diesem Abend. Diese Essen sind für gewöhnlich so langweilig wie ein verregneter Tag.«

Das Speisezimmer funkelte vor Kristallglas und Sterlingsilber. Er geleitete sie zu den Stühlen und half Miss Iselin beim Hinsetzen. Dann nahm er neben ihr Platz. Tompkins saß ihnen direkt gegenüber, während sich Bennett in der Nähe von Updike am Ende des Tisches befand.

Die Bediensteten begannen, das Essen zu servieren, und Wills Gedanken schweiften zu einem vertrauten Thema ab: die Zeit mit Ava im Hotel. Der Nachmittag war erstaunlich gewesen. Leidenschaftlich. Wild. Selbst die Tatsache, dass er sie zwei Mal besessen hatte, konnte sein Verlangen nicht befriedigen. Als er beim Aufwachen festgestellt hatte, dass sie gegangen war, war er enttäuscht ... und verwirrt gewesen. Es war ungewöhnlich, dass sich eine Frau aus seinem Bett schlich, sobald er ihr den Rücken zudrehte. Ihn plagte der Gedanke, dass sie möglicherweise bereute, was zwischen ihnen geschehen war.

Nicht, dass das eine Rolle spielte. Er plante, sie zu einer Sondervorstellung für ihn zu überreden.

»Was halten Sie von der Bewegung, die dafür eintritt, Arbeitern fairere Arbeitsbedingungen und Leistungen einzuräumen, Mr. Sloane?«

Will sah Miss Iselin an, die ihn neugierig musterte. »Ich bin dafür. Unternehmer, die ihre Arbeiter nicht fair behandeln, können nicht erwarten, sie halten zu können. Meinen Sie das nicht auch?«

»Ja, obwohl viele Unternehmer wie etwa Carnegie das sicher anders sehen. Wie werden die Beschäftigten von Northeast denn behandelt?«

»Ziemlich gut, obwohl man wahrscheinlich immer noch etwas verbessern kann. Vielleicht können Sie mich einmal besuchen und sich selbst ein Bild machen.«

»Das würde ich sehr gern tun«, sagte sie leise.

Tompkins strahlte, als hätte Will ihr bereits einen Heiratsantrag gemacht. Irgendwie irritierte Will die Bewunderung des Beraters. Ja, Miss Iselin hatte sich an diesem Abend als vielversprechend erwiesen, aber ein schlichtes Gespräch machte noch keine Ehefrau. Er musste erst noch mehr über sie erfahren und prüfen, ob sie wirklich zueinander passten. Vermutlich gab es Dutzende von Themen, zu denen sie unterschiedliche Auffassungen hatten. Schließlich konnten sich Ava und er kaum auf die Tageszeit einigen, von allem anderen ganz zu schweigen.

»Wahrscheinlich befürworten Sie die Arbeiterstreiks«, sagte er zu Miss Iselin.

»O nein.« Sie wischte sich den Mund mit ihrer Serviette ab. »Nur wenn sie friedlich durchgeführt werden. Gewalt billige ich nicht.«

Er überschüttete sie mit Fragen, um ein Thema zu finden, über das sie streiten konnten, weil sie gegensätzliche Ansichten vertraten. Aber jede Antwort, die sie gab, entsprach seinen eigenen Gedanken. Kathleen Iselin war intelligent, redegewandt, humorvoll und kam aus den gleichen gesellschaftlichen Kreisen wie er. Warum also stand er ihr so gleichgültig gegenüber?

»Fahren Sie über den Sommer nach Newport, Mr. Sloane?«, fragte sie, als das Geschirr abgeräumt wurde.

»Nein. Ich plane nicht, das Cottage in diesem Jahr zu beziehen. Wann reisen Sie ab?«

»Morgen schon. Vater ist erpicht darauf zu segeln.«

»Mr. Sloane hat eine wunderschöne Jacht in Newport. Nicht wahr, Sloane?« Tompkins starrte Will auffordernd an. »Vielleicht könnten Sie ja Miss Iselin auf eine Segeltour mitnehmen.«

Will war zu wohlerzogen, um seine Verärgerung zu zeigen, aber ihm gefiel Tompkins plumpe Art nicht. »Ja, es würde mich sehr freuen, wenn Sie mir einen Tag auf dem Wasser Gesellschaft leisten würden, Miss Iselin. Ich müsste mich in den nächsten Wochen dafür frei machen können.«

Eine äußerst kleidsame Röte überzog ihre blasse Haut. »Das würde mir sehr gefallen, Mr. Sloane.«

»Wunderbar«, sagte er mit erheblich mehr Begeisterung, als er empfand. »Ich werde Ihnen ein Datum telegrafieren.«

Ava hatte ihren letzten Kunden abgefertigt und ihre Sachen eingesammelt. Ein letztes Mal sah sie sich in dem Hotelzimmer um, ob sie all ihre Habseligkeiten wieder eingepackt hatte.

Sie war den ganzen Tag nervös gewesen, weil sie damit gerechnet hatte, dass Grey und Harris jeden Augenblick hereinmarschiert kommen würden. Aber die beiden Erpresser waren nicht aufgetaucht. Sie war erleichtert und hoffte, dass sie sie vergessen hatten. Sie wollte sich nicht an irgendeinem betrügerischen Plan beteiligen, den die beiden ausgeheckt hatten.

Sie machte sich noch nicht einmal die Mühe, ihr Kostüm auszuziehen. Der Perücke, der starken Schminke und der schwarzen Kleidung konnte sie sich auch zu Hause noch entledigen. Je schneller sie nun von hier verschwand, desto besser.

Sie öffnete die Tür, trat in den Flur und blieb schlagartig

stehen. Grey und Harris warteten dort auf sie. Sie standen lässig an die gegenüberliegende Wand gelehnt und starrten sie an. *Verdammt.*

»Madame Zalikow«, sagte Grey und tippte an seine Melone. »Wie schön, Sie zu sehen.«

Sie schluckte bei ihrem Anblick. »Mr. Grey, Mr. Harris, kann ich etwas für Sie tun?«

»Sollen wir drinnen reden?« Harris zeigte zum Hotelzimmer hinter ihr. »Ich glaube, wir haben einiges zu besprechen, nicht wahr?«

Da ihr kaum eine andere Wahl blieb, als sie einzulassen, kehrte Ava wieder in das Zimmer zurück. Die beiden Männer folgten ihr. Als sie die Tür hinter sich zuknallten, wirkte das wie ein Vorbote des Untergangs.

»Ganz schön viel Leute heute«, sagte Harris. »Sie müssen ordentlich was eingesackt haben.«

Sie antwortete den Männern nicht, die durch das Zimmer wanderten. Sie liefen in entgegengesetzte Richtungen, offensichtlich weil sie hofften, sie dadurch aus der Fassung zu bringen. Es funktionierte. Sie konnte immer nur einen von ihnen auf einmal sehen, was ihre Nervosität erhöhte, weil sie nicht wusste, was der andere Mann gerade tat.

»Haben Sie über unser Angebot nachgedacht?«, fragte Grey und schob die Hände in die Hosentaschen. »Wir denken, dass Sie eine nette Bereicherung für unsere Gruppe sind.«

»Ein Angebot? Wohl eher eine Drohung.«

»Sie tun, als wäre das Ganze mit einem Risiko verbunden. Unser Plan ist idiotensicher. Niemand wird erwischt, und alle verdienen Geld.«

»Aber den Leuten wird geschadet.«

Harris und Grey tauschten einen überraschten Blick aus. »Geschadet? Das sind Schafsköpfe, Miss Jones. Idioten, die sich in die Schlange stellen, um sich von Darstellern wie Ihnen selbst Ratschläge zu holen. Die mit Geld um sich werfen, als wäre es Wasser. Sie sind kaum in der Lage, selbstständig zu denken.«

»Also erweisen wir ihnen einen Gefallen, indem wir sie bestehlen?«

»Mir gefällt Ihr Ton nicht«, sagte Grey. »Genauso wenig wie das Wort ›stehlen‹. Wir nutzen die Gelegenheit, Miss Jones, so wie Sie auch. Bitte tun Sie nicht so, als wären Ihre Motive lauter.«

Sie konnte dem kaum etwas entgegensetzen, obwohl sie der Auffassung war, dass sie als Gegenleistung für das Geld, das sie erhielt, eine Dienstleistung erbrachte. Was Grey und Harris hingegen vorhatten, war durch und durch Betrug. Konnte sie Menschen bestehlen, die ihr vertrauten? Sie hatte angesichts all der Sorgen, die sie niederdrückten, genug Probleme, nachts zu schlafen. Konnte sie sich noch mehr aufladen, ohne verrückt zu werden?

Während sie noch darüber nachdachte, wie sie aus diesem Schlamassel herauskommen sollte, sagte Harris: »Damit eines klar ist: Wenn Sie ablehnen, werden Sie bloßgestellt. Bloßgestellt und gedemütigt.«

»Bloßgestellt und gedemütigt, aber nicht inhaftiert.«

Grey lachte, wobei seine langen Koteletten wackelten. »Inhaftiert? Beste Frau, niemand kommt ins Gefängnis – zumindest nicht hierfür.«

»Was, wenn ich mich einverstanden erkläre, niemandem von Ihrem Plan zu erzählen, und wir uns einvernehmlich trennen?«

»Ich fürchte, dass diese Möglichkeit nicht mehr besteht«, erwiderte Harris, und die unbeugsame Drohung in seiner Stimme flößte ihr ebenso viel Furcht ein wie die lange Narbe auf seiner Wange.

»Ich wüsste gern, was Mr. Sloane von Ihrem Beruf hält?«, fragte Grey hinter ihr.

Ihrem Gesicht musste ihr Schrecken anzumerken sein, denn Harris ergänzte: »Ja, wir wissen alles über Ihre ganz besondere *Freundschaft* mit Mr. Sloane. Was glauben Sie wohl, welche Wirkung es auf seinen Wahlkampf hätte, wenn Ihre Beziehung bekannt gemacht werden würde?«

Sie erstarrte, und ihr stockte der Atem. Sie hatten sie genau beobachtet, und zwar genauer, als sie vermutet hatte. »Niemand erwartet, dass Politiker keine Affären haben.«

»Das stimmt. Aber bei denen, die keine haben, stehen die Chancen, gewählt zu werden, erheblich besser. Ich frage mich, ob er Ihnen das verzeihen wird.«

Die Schlinge um ihren Hals zog sich zu, und das verknotete Netz ihrer eigenen Schwindeleien erdrosselte sie. Eins war sicher: Sie würde keine Schande über Will oder seinen Wahlkampf bringen. Er wollte unbedingt ins Amt des Vizegouverneurs gewählt werden, und sie würde es nicht zulassen, dass ihre Verbindung gegen ihn eingesetzt wurde.

Wenn es nur um sie gegangen wäre, hätte sie es möglicherweise riskieren können, nein zu sagen. Aber ihre Familie brauchte sie, brauchte ihr Einkommen, und Will hatte es nicht verdient, gedemütigt zu werden. Ihre einzige Hoffnung bestand darin, dass sie das Ganze hinauszögern konnte, bevor sie irgendwelche Kunden vorwies, die bereit waren, in ein fiktives Unternehmen zu investieren, um sich so ein wenig Zeit zu verschaffen, eine andere Lösung zu finden. Mit ein paar Wochen Zeit würde es ihr sicher gelingen, einen Weg aus diesem Schlamassel zu finden, oder?

»Gut. Dann sagen Sie mir, was ich tun soll.«

KAPITEL VIERZEHN

»Ava, komm mal her und sieh dir das an«, rief Tom von der Feuertreppe her. Alle drei Geschwister hatten sich nach dem Essen nach dort draußen zurückgezogen, in der Hoffnung, etwas Kühlung zu erhalten.

Ihre Wohnung besaß nur zwei kleine Fenster, eins in jedem Schlafzimmer, und sie waren viel zu klein, um die drei Räume zu durchlüften. Das bedeutete, dass die gesamte Wohnung den ganzen Sommer lang drückend heiß blieb. Von Juni bis Ende September war es schwer, in der Hitze Schlaf zu finden. Darum schlief Sam, ihr jüngster Bruder, in den meisten Sommernächten auf der Feuertreppe, und wenn es besonders heiß war, taten sie das alle.

Es war erst Mitte Juni. Dennoch war die Temperatur am heutigen Tag auf über dreißig Grad Celsius angestiegen und sank auch jetzt, nachdem die Sonne untergegangen war, nur um ein paar Grad. Durch die offenen Fenster konnten sie hören, wie sich Nachbarn lautstark stritten, eine nächtliche Serenade in dem Elend eines heißen New Yorker Sommers.

Ava wischte sich den Schweiß von der Stirn, während sie den letzten Teller im Spülbecken abwusch. Sie hatte ebenfalls nicht gut geschlafen, aber die Hitze hatte wenig mit ihrem Unbehagen zu tun. Ihr war immer noch keine Lösung für ihr Problem mit Harris und Grey eingefallen. Vielleicht konnte sie ein paar Scheinzahlungen für angebliche Kunden leisten, bis Wills Wahlkampf beendet war.

Der Gedanke bedrückte sie. Grey und Harris aus ihren eigenen Ersparnissen zu bezahlen bedeutete, dass es erheblich länger dauerte, bis sie ihr Ziel, aus der Stadt herauszukommen, erreicht haben würde. Ja, Toms angehobenes Gehalt von Northeast half, aber es würde nicht reichen, um das Geld für die Erpresser auszugleichen. Und wenn sie erst mal damit anfing, die Erpresser zu bezahlen, würden die ihr keine Ruhe mehr lassen, sondern im Laufe der Zeit nur immer noch mehr Geld von ihr erwarten. Sie seufzte, und ein Rinnsal aus Schweiß rann zwischen ihren Schulterblättern hinab. Was sollte sie nur tun?

»Ava!«, rief Tom wieder.

»Gleich«, antwortete sie. Sie musste vorm Schlafengehen noch die Küche putzen, und wenn sie sich erst einmal hinsetzte, brachte sie möglicherweise nicht mehr die Energie auf, sich wieder zu erheben und es dann zu tun.

»Hallo, Mr. Sloane«, hörte sie ihren Bruder sagen, und sie zuckte zusammen. Hatte er … ›Sloane‹ gesagt? Vermutlich spielten ihr ihre Ohren einen Streich. Es war völlig ausgeschlossen, dass Will Sloane sie besuchen kam. Sie hatte seit zwei Tagen nichts mehr von ihm gehört, und es gab auch keinen Grund für sie beide, einander noch einmal zu sehen.

»Ja, sie ist hier. Kommen Sie hoch. Zweites Obergeschoss.«

Lieber Himmel, was sagte Tom da? Ava blickte an sich herab und stellte zu ihrem Schrecken fest, dass sie mit Mehl,

Seifenlauge und Schweiß bedeckt war. Und ihr Haar musste schrecklich aussehen. War es wirklich Will?

Hör auf, dich wie eine Idiotin zu benehmen. Warum kümmert es dich, wie du aussiehst? Sie versuchte, ihr rasendes Herz zu beruhigen. *Er ist darunter auch nur ein Mann.* Ja, ein Mann, der noch nie mit Mehl oder Seifenlauge in Berührung gekommen war und wahrscheinlich noch nie einen Schweißausbruch gehabt hatte.

Falsch. Es ist erst zwei Tage her, seit du seinen verschwitzten, nackten Körper an deinem gespürt hast. Die Erinnerung daran ließ ihre Körpertemperatur nur noch höher steigen. Sie atmete tief ein und griff nach einem Handtuch, um ihre Hände und ihr Kleid so gut es ging zu säubern.

»Ava, hast du gehört?«, fragte Mary und stieg durch das Fenster in die Wohnung. »Ein Mann ist hier, um dich zu sehen.«

Sam kam mit einem breiten Grinsen auf seinem schmalen Gesicht hinter ihr her. »Und du solltest mal seine Kutsche sehen. Er muss *reich* sein.«

Tom betrat nun ebenfalls das Zimmer und gab Sam einen Klaps auf den Hinterkopf. »Er ist reich, und er ist mein Boss, also zeig dein bestes Benehmen.«

»Das ist dein Boss? Der, der ständig nach Ava fragt?«

Ava blinzelte. Will hatte mit Tom über sie gesprochen? Warum hatte ihr Bruder ihr nie etwas davon gesagt?

Es klopfte an der Tür, und Ava spürte einen Kloß im Hals. Bevor sie ihre Beine zwingen konnte, sich zu bewegen, rannte Sam zum Türknauf.

»Sam, warte …«

Zu spät. Ihr jüngster Bruder hatte die Tür bereits geöffnet. Ava zwang sich, Haltung anzunehmen.

»Hallo, Boss von Tom. Wollen Sie nicht reinkommen?« Sam machte eine übertriebene Verbeugung, was Mary kichern ließ.

»Hallo, Bruder von Tom. Danke.« Will Sloane trat in den engen Raum ein und nahm seinen Zylinder ab. Er trug einen schlichten schwarzen Frack mit einer weißen Weste und weißer Piquébrust und sah so aberwitzig attraktiv aus, dass Ava die Luft wegblieb.

Sein aufmerksamer Blick schweifte durch den Raum, bis er auf ihr landete. Einer seiner Mundwinkel zuckte leicht. »Verzeihen Sie, dass ich Sie am Abend störe.«

»Das macht uns nichts, nicht, Ava?« Tom trat ein paar Schritte vor. »Bitte, kommen Sie herein und machen Sie es sich bequem, Sir.«

»Danke, Tom.« Er legte seinen Zylinder auf den Esstisch und folgte den drei Jones-Geschwistern zu der schäbigen Couch und dem Sessel. Sam ließ sich in den Sessel fallen, sodass alle anderen keine andere Wahl hatten, als sich auf die Couch zu setzen.

Es war nicht zu fassen ... Will Sloane, hier in ihrer Wohnung. In seiner eleganten Abendgarderobe wirkte er völlig deplatziert an diesem Ort. Zweifellos hatte er gerade irgendeine edle Dinner-Party oder eine feine Veranstaltung besucht. Also warum kam er zu ihrer Wohnung?

Ihre Geschwister durften nicht erfahren, dass sie mit Will geschlafen hatte. Ihr gefiel der Gedanke nicht, dass sie irgendetwas über eine ihrer Beziehungen wussten, auch wenn es weiter keine Beziehungen gegeben hatte, aber ganz besonders über diese sollten sie nichts erfahren. Die beiden jüngeren würden falsche Vorstellungen entwickeln und es zu etwas Romantischem hochstilisieren, das es nicht war. Und Tom wäre bestürzt. Will war nicht nur sein Boss, Tom war auch alt genug, um zu begreifen, was ein reicher Mann wie Will von einer Frau wie Ava wollte.

Je eher sie ihn loswurde, desto besser. Sie schüttelte ihre Benommenheit ab und ging durch den engen Raum zur Sitzecke. Zum Glück hatte sie dort zuvor saubergemacht. Als sie zu den anderen trat, schoss Will hoch – und Tom folgte umgehend seinem Beispiel. Will trat zur Seite, um ihr seinen Platz anzubieten, aber Tom mischte sich ein und sagte: »Ava, bitte setz dich hierhin.«

Ihr Bruder … als Kavalier? Ava versuchte, ihre Überraschung nicht zu zeigen. »Danke«, murmelte sie und nahm Toms Platz ein.

Will setzte sich wieder, und ein unbehagliches Schweigen legte sich über sie. Schließlich räusperte sich Will und sagte: »Tom, vielleicht möchtest du mir deine Geschwister vorstellen.«

»Oh! Natürlich. Ich weiß auch nicht, was mit meinem verdammten … verflixten Kopf los ist. Dies ist Mary, meine Schwester. Und das dort drüben ist mein Bruder Sam. Mary, Sam, das ist Mr. Sloane, der Chef von Northeast Railroad.«

»Freut mich«, sagte Mary leise.

»Die Freude liegt ganz auf meiner Seite, Miss Mary«, sagte Will mit einem gewinnenden Lächeln, welches das junge Mädchen erröten ließ.

Sams Augen verengten sich misstrauisch. »Bauen Sie wirklich Eisenbahnen?«

»Ja, das tue ich. Und es sind tatsächlich ziemlich viele.«

»O Mann. Ich liebe es, mit dem Zug zu fahren. Ich bin mal mit der Hochbahn gefahren.«

»Ich habe auch dabei geholfen, solche zu bauen.«

Sams Augen weiteten sich. »Das haben Sie? Puh, müssen Sie reich sein.«

Ava schloss die Augen und fuhr ihn an: »Sam!«

Will lachte nur. »Ja, das bin ich auch. Vielleicht kannst du eines Tages wieder mit dem Zug fahren. Dein Bruder könnte das für dich arrangieren.«

»Das könnte ich?«, fragte Tom und zog verwirrt die Brauen zusammen.

»Natürlich. Die Beschäftigten von Northeast bekommen verbilligte Fahrkarten. Bitte morgen Mrs. Pritchard, dir darüber Informationen zu geben.«

»Danke, Sir! Das mach ich.« Man hätte denken können, dass Will Tom gerade die Schlüssel zu einem Königreich überreicht hatte, so sehr blähte Avas Bruder seine Brust. Die Heldenanbetung, die sie in Toms Gesicht sah, machte ihr Sorgen, ganz zu schweigen von der zur Schau getragenen Begeisterung der anderen beiden.

Wills Blick wanderte zum Fenster. »Ist es immer so warm hier?«

»Das hier ist kühl im Vergleich dazu, wie es vor einer Stunde war«, sagte Sam. »Wir werden heute Nacht alle auf der Feuertreppe schlafen.«

»Ihr schlaft … auf der Feuertreppe?« Will runzelte die Stirn. »Ist das nicht gefährlich?«

»Nur wenn Sie sich umdrehen und runterfallen«, scherzte Tom.

Das bewirkte nur, dass sich Wills Stirnfalten noch vertieften. »Ist das möglich?« Er warf Ava einen Blick zu, und das Mitleid, das sie in seinen Augen sah, veranlasste sie, sich aufzurichten.

Sie musste herausfinden, warum Will hier war, und ihn dann loswerden.

»Jungs, Mr. Sloane will sicher nichts über unsere Probleme hören.« Sie erhob sich. »Mr. Sloane, darf ich mit Ihnen im Flur sprechen?«

»Ava, sei nicht unhöflich«, flüsterte Tom.

»Nein, das ist schon in Ordnung«, beschwichtigte ihn Will und erhob sich. »Ich möchte nicht stören. Vielleicht ist es besser, wenn ich mit deiner Schwester spreche und euch dann euren Abend fortsetzen lasse.«

»Ihr Besuch ist uns jederzeit willkommen«, sagte Tom und stand ebenfalls auf. »Es wäre uns eine Ehre, Sir.«

»Danke, Tom. Ich weiß deine Gastfreundschaft zu schätzen.«

»Was bedeutet ›Gastfreundschaft‹?«, flüsterte Sam deutlich hörbar Mary zu.

»Die freundliche Behandlung von Gästen oder Fremden«, antwortete Ava. »Ihr solltet euch jetzt alle fertigmachen zum Schlafen. Ich komme in ein paar Minuten zurück. Folgen Sie mir, Mr. Sloane.«

Will folgte Ava in den Flur und schimpfte sich selbst einen Idioten. Er hatte nicht vorgehabt, zu ihrer Wohnung zu kommen, aber dann hörte er sich den Kutscher anweisen, er solle hierhin fahren. Bei ihrer Ankunft war er fest entschlossen gewesen, in der Kutsche zu bleiben und zu warten, ob Ava wie vorher für einen Spaziergang herauskäme. Dann hatte er Tom auf der Feuertreppe erblickt, woraufhin er aus der Kutsche ausgestiegen war und gefragt hatte, ob Ava zu Hause sei.

Er hatte sich in der Nähe dieser Frau offenbar nicht im Griff. Leider wirkte sie alles andere als glücklich, ihn zu sehen. Sie hatte noch nicht einmal gelächelt, und ihr Mund wirkte verkniffen, als hätte sie in eine Zitrone gebissen. Er hingegen konnte sich kaum auf irgendetwas anderes als sie konzentrieren. Die feuchten braunen Haarsträhnen, die an ihrem schlanken Nacken klebten, das Heben und Senken ihrer sinnlichen Brüste, der Mehlfleck unter ihrem Ohr. Er wollte an ihr lecken, sie schmecken … sie in eine dunkle Ecke ziehen, um sündige Dinge mit ihr zu tun.

Sie schloss die Tür hinter ihnen und ging zum Ende des Flurs. Der leere Korridor hatte etwas Bedrückendes. Die einzige Gaslampe gab ein schwaches gelbes Licht ab, in dem die sich abschälende Tapete und ein abgenutzter Teppichboden zu sehen waren. »Was tust du hier?«, zischte sie in einem zornigen Flüstern.

Er lehnte eine Schulter gegen die Wand und verschränkte die Arme. »Ich wollte dich sehen.«

»Warum?«

»Sag mir, warum du neulich gegangen bist, nachdem ich eingeschlafen war.«

»Pst.« Sie drehte den Kopf, als wollte sie sich versichern, dass niemand mithörte. »Ich will nicht, dass irgendjemand davon erfährt.«

»Warum?« Er wusste, warum er ihre Beziehung geheim halten musste, aber welchen Grund konnte sie haben? Sie lief nicht Gefahr, in einen Skandal zu geraten, der ihre Aussichten auf eine politische Karriere ruinieren konnte.

Ihr Gesichtsausdruck sagte, dass sie an seinem Verstand zweifelte. »Weil die Leute einen falschen Eindruck bekommen.

Sie werden glauben, dass dies«, sie machte eine Handbewegung zwischen sich und ihm, »etwas ist, was es nicht ist.«

»Was ist es denn? Vielleicht klärst du mich mal auf. Hat es dir keinen Spaß gemacht?« Eine leichte Röte legte sich auf ihre Wangen. Dieser Anblick war so selten bei ihr, dass er nicht anders konnte, als seine Hand auszustrecken und mit den Fingerspitzen über ihre weiche Haut zu fahren. »Bedeutet dieses Erröten ja?«

»Ja, und das weißt du nur zu gut. Aber wir hatten dieses eine Mal zusammen, und das ist genug.«

Er ließ seine Hand fallen. »Genug für wen? Für mich sicher nicht. Ich würde sehr gern wissen, wann wir einen weiteren Nachmittag miteinander verbringen können.«

»Sprich leise«, fuhr sie ihn an. »Und wir können keine Nachmittage mehr zusammen verbringen. Das in dem Hotel war eine einmalige Sache, Will.«

Er starrte auf sie hinunter und versuchte, einen Riss in der Mauer zu finden, die sie seit ihrem Zusammensein in dem Hotelzimmer um sich errichtet hatte. Ihm gefiel nicht, was er sah. Sie attackierte ihn nicht und trieb ihn auch nicht zum Wahnsinn. Sie war vielmehr … gleichgültig. Als wäre etwas über seinen Kopf hinweg beschlossen worden.

Doch Will hatte nicht ein Vermögen damit verdient, ein Eisenbahnnetz quer durch die Vereinigten Staaten zu schaffen, ohne gelernt zu haben, wie er seinen Willen durchsetzte. Er würde Ava erneut haben, und zwar bald.

»Wenn du das so wünschst, Ava«, stimmte er mit einem Nicken zu und änderte dann die Taktik. »Ich mag deine Geschwister.«

Sie blinzelte, sagte aber: »Danke. Ich fürchte, du hast ziemlich Eindruck auf sie gemacht. Sobald ich zurückkomme, werden sie mich zweifellos mit Fragen bombardieren.«

»Und was wirst du ihnen erzählen?« Er ließ eine Fingerspitze durch einen Mehlfleck an der Seite ihres Halses gleiten.

Sie schlug seine Hand weg. »Dass wir Freunde sind. Nur Tom könnte etwas anderes vermuten, und ich hoffe, dass es mir gelingen wird, ihn davon zu überzeugen, dass alles harmlos ist.«

Er beugte sich vor und hörte, dass ihr Atem kurz aussetzte. Zufrieden schlug sein Herz schneller. »Wenn er das glaubt, ist er ein Dummkopf. Du bist viel zu schön für harmlose Freundschaften mit Männern.«

Ihre Augen wurden deutlich wärmer, und sie errötete erneut bei seinem Kompliment. »Ich kann nicht deine Geliebte sein. Ich kann es einfach nicht.«

»Wenn es das Wort ist, gegen das du etwas hast, dann brauchen wir es nicht zu verwenden. Ich will dich nicht besitzen, Ava. Ich will nicht, dass du mich auf seidenen Laken anschmachtest und nach meiner Pfeife tanzt. Aber sag um Gottes willen nicht, dass ich nicht ein zweites Mal mit dir schlafen darf. Ich kann nicht aufhören, an dich zu denken.«

»Will ...«

»Sag mir, dass du nicht an mich gedacht hast; kein einziges Mal in den zwei Tagen. Dann gehe ich fort, und du wirst mich nie mehr wiedersehen. Sonst werden wir wiederholen, was kürzlich geschehen ist. Das verspreche ich dir.«

Sie nahm eine drohende Haltung ein. Ihre Schultern strafften sich, und die Muskeln an ihrem Kinn spannten sich an. »Dein Wort ist hier nicht Gesetz, Eisenbahnmann, nicht mir gegenüber. Alle anderen mögen auf deinen Befehl hin springen, aber nicht ich.«

»Du hast meine Frage nicht beantwortet. Hast du an mich gedacht? An das, was im Hotelzimmer passiert ist?«

»Natürlich habe ich das. Aber das heißt nicht, dass ich mich erneut mit dir treffen will.«

Er sah Bilder vor seinem inneren Auge. Wie sie mit gespreizten Beinen auf dem Rücken lag und ihre nackten Falten vor Begehren glitzerten. Wie sie ihren Kopf vor Ekstase zurückwarf, als er sie zwischen den Beinen leckte. Wie ihre Brustwarzen hart wurden und sich zusammenzogen, als sie auf seiner Erektion ritt. Er trat näher an sie heran und brachte seine Brust fast auf die gleiche Höhe mit ihrer. »Lügnerin.«

Sie lehnte sich zu ihm, und ihre Brust berührte seine gestärkte Hemdbrust. Sein Herz raste, und Verlangen durchflutete seine Adern. Schnelle Atemstöße drangen durch ihre leicht geöffneten Lippen – durch Lippen, nach denen er sich sehnte, an denen er knabbern und saugen wollte. Er griff nach ihren Hüften und drückte sie an die sich in seiner Hose aufbauende Erektion. Ihre Hände klammerten sich an seine Aufschläge, während sich ihre Lider flatternd schlossen. »Fühlst du das, Ava? Fühlst du, was du mit mir machst? Ich weiß, dass du das Gleiche fühlst.«

Mit einem Knurren stieß sie ihn zurück. »Geh weg, Will. Ich hab keine Zeit für so etwas. Ich muss Sam und Mary zu Bett bringen.«

Sie ging um ihn herum, aber er griff nach ihrem Handgelenk. »Auf der Feuertreppe? Das scheint nicht sonderlich klug zu sein.«

»Wir haben keine andere Wahl. Nicht, wenn es in den Zimmern stickig heiß ist. Ihnen passiert nichts, keine Sorge. Es ist nicht anders als in allen anderen Sommern in New York.« Damit riss sie sich los und wollte gehen.

»Lass mich euch alle heute Abend in ein Hotel bringen.«

Sie erstarrte und wirbelte zu ihm herum. »In ein Hotel? Hast du den Verstand verloren?«

Er wusste nicht, wieso er ihr dieses Angebot unterbreitet hatte, aber nun, nachdem er es ausgesprochen hatte, würde er keinen Rückzieher mehr machen. Ihre Räume waren drückend heiß, was nicht gesund für die Kinder sein konnte. »Es ist besser so, Ava. Lass mich euch allen eine angenehme Nacht spendieren. Es heißt, dass morgen Regen die Hitze vertreiben wird. Darum erlaube mir, dafür zu sorgen, dass ihr es alle behaglich habt.«

»Du bist verrückt.« Sie verdrehte die Augen zur Decke. »Du kannst uns nicht alle in ein Hotel bringen. Das wäre ... Warte, wohin gehst du?«

Er war bereits an ihr vorbei zur Wohnungstür gegangen und klopfte laut an das Holz. Wie Will vermutet hatte, öffnete Tom sofort die Tür. Der junge Mann hatte vermutlich auf der anderen Seite gestanden und sein Ohr an das Holz gepresst.

»Ja, Sir?«

»Tom, geh wieder rein«, befahl Ava, aber Will beachtete sie nicht.

»Würdest du mit deinen Geschwistern vielleicht einen Abend bei mir zu Hause verbringen wollen? Ich habe reichlich Eis, und ich bin sicher, dass ich ein oder zwei elektrische Ventilatoren auftreiben kann.«

Toms Schock war fast schon komisch. »Bei Ihnen zu Hause?«

Ava stieß Will unsanft aus dem Weg. »Er fantasiert schon durch die Hitze«, sagte sie zu ihrem Bruder. »Achte nicht weiter auf ihn.«

Will beharrte auf seinem Angebot. »Sie haben mir gesagt, keine Hotels. Sie haben nichts über mein Haus gesagt.«

»Hör mit der Haarspalterei auf. Geh weg, Will.«

Tom fielen vor Schreck fast die Augen aus dem Kopf, wobei Will nicht ausmachen konnte, ob das an Avas Streitlust oder daran lag, dass sie ihn beim Vornamen genannt und geduzt hatte. »Warum?«, fragt Tom ihn.

»Weil mir die Vorstellung nicht gefällt, dass ihr alle auf der Feuertreppe schlaft. Zudem habe ich genug Platz, den ich deiner Familie sehr gern für einen Abend zur Verfügung stellen würde. Möchtest du es nicht etwas kühler haben, auch wenn es nur für eine Nacht ist?«

Er konnte die Sehnsucht in dem Gesicht des jungen Mannes sehen, aber Tom wandte sich an seine Schwester. »Dürfen wir, Ava?«

»Bitte, Ava«, riefen zwei weitere Stimmen aus der Wohnung.

Ava runzelte die Stirn und starrte auf den Boden. Will konnte fast spüren, wie sie fieberhaft nach Gegenargumenten suchte, aber er wusste, dass sie sich nicht weigern würde. Nicht, wenn alle drei Geschwister auf seiner Seite waren.

»Gut«, meinte sie schließlich widerwillig. »Jeder packt ein paar Sachen in meine Umhängetasche.«

»Irgendwann musst du mit mir sprechen.«

Ava hob das Kinn und richtete den Blick weiter unverwandt auf die Straße, während die Kutsche zum Washington Square rollte. Nein, sie würde nie mehr mit ihm sprechen.

Er hatte das Ganze schön eingefädelt. Ein mächtiger Mann pflegte zu bekommen, was er wollte, was auch immer dafür nötig war. Offensichtlich hatte sie ihn unterschätzt. Und jetzt würden sie alle die Nacht *in seinem Haus* verbringen. War er von allen guten Geistern verlassen?

Ihre Geschwister folgten in einer Droschke, die Will auf der Bank Street herbeigewunken hatte. Wie sollte sie ihnen das hier erklären? Als Geste des guten Willens von Toms Boss? Die beiden Jüngeren würden das vielleicht glauben, aber Tom wäre misstrauisch. Und zweifellos wären alle drei enttäuscht, wenn sie morgen zurück in ihre winzigen Räume mussten.

Noch beunruhigender war das, was sie empfunden hatte, als er heute Abend vor ihr aufgetaucht war. Ihr Herz hatte einen Riesensatz gemacht, als handelte es sich hier um eine mitreißende Liebesgeschichte in einem Roman. *Er hat mich nicht vergessen.* Die Erleichterung, die sie ergriffen hatte, war erschreckend. Bis zu diesem Augenblick war ihr nicht klar gewesen, wie sehr sie sich gewünscht hatte, ihn wiederzusehen. Er ging ihr unter die Haut und rief Sehnsüchte in ihr hervor, die sie nicht zulassen konnte. Darum nährte sie lieber ihre Wut und nutzte sie als Schutzhülle gegen all die anderen Gefühle, die in ihr gärten.

»Ava, wie hätte ich euch vier denn dort lassen können, in der Hitze, wo ihr draußen auf einer winzigen Feuertreppe schlaft?«

»Es wäre nicht anders gewesen als in allen anderen heißen Sommernächten auch. Dass du ihnen zeigst, wie die Reichen der Hitze ausweichen, hilft ihnen nicht, wenn wir morgen nach Hause zurückkehren müssen.«

»Dann bleibt den Sommer über bei mir.«

Sie sah ihm entgeistert in die Augen. »Du bist verrückt.«

Er zuckte arrogant mit einer Schulter. »Warum nicht. Ich habe genug Platz. Und es hat nichts Unschickliches – nicht, wenn ihr alle vier bleibt. Ich biete lediglich einem Angestellten und seiner Familie einen Ort, an dem sie sich den Sommer über aufhalten können.«

»Und wie vielen Angestellten hast du schon solch ein Angebot gemacht.«

»Na ja, keinem«, gestand er. »Aber niemand würde das wissen – außer meinem Personal natürlich.«

»Es spielt ohnehin keine Rolle, weil wir nicht länger als eine Nacht bleiben. Und wenn du es wagst, dieses Angebot für den Sommer gegenüber einem meiner Geschwister zu erwähnen, werde ich dich im Schlaf ersticken.

Er kicherte, der Bastard. »Das traue ich dir glatt zu. Jedenfalls werde ich heute Nacht mit einem offenen Auge schlafen.«

»Das ist klug von dir.«

»Ich sollte wohl noch klarstellen, dass ich nichts von dir als Gegenleistung erwarte. Ich habe dies nicht getan, um ein weiteres Mal mit dir zu bekommen.«

»Das hoffe ich«, sagte sie. »Denn ich werde bei Mary schlafen, nicht bei dir.«

Das ließ ihn verstummen, und sie fragte sich, ob er sein Angebot bereits bereute. Ein kleiner Teil in ihr war für seine Großzügigkeit dankbar – die meisten Männer in seiner Stellung hätten noch nicht einmal einen Fuß in ihre enge Behausung gesetzt und schon gar nicht die Türen ihres Zuhauses einer Familie aus der Unterschicht geöffnet, aber sie nahm ihm noch immer die selbstherrliche Art übel, mit der er das Ganze durchgesetzt hatte.

Sie bogen auf den Washington Square ein und fuhren an den prächtigen, der griechischen Klassik nachempfundenen Villen der mächtigsten und ältesten Familien der Stadt vorbei. Es waren die Familien, die wie die Sloanes auf Tradition und Status pochten.

»Was werden die Nachbarn denken?«, fragte sie ihn.

»Das interessiert mich nicht weiter. Lass sie denken, was sie wollen.«

Mit übertriebener Geste riss sie überrascht den Mund auf. »Wer sind Sie, und was haben Sie mit William Sloane gemacht?«

»Sehr komisch«, entgegnete er gedehnt.

Die Räder der Kutsche wurden langsamer, als sie die Ecke Fifth Avenue und Washington Square North erreichten. Als der Kutscher den Wagen zum Stehen gebracht hatte, stieß Will die Tür auf und stieg geschmeidig aus. Er wartete, um Ava aus der Kutsche zu helfen, und ging anschließend zur Droschke, um den Kutscher zu bezahlen. Die Eingangstür des Hauses öffnete sich, und Ava erkannte Sloanes Butler, der wieder den vertrauten missbilligenden Ausdruck auf dem Gesicht hatte.

Sie ignorierte den Diener und ging zur Droschke, um ihren Geschwistern zu helfen. Sam stieg als Erster aus. Sein Gesicht war von Staunen und Aufregung erfüllt. »Hier wohnt er?«, flüsterte Sam Ava zu. »Fress mich der Teufel.«

»Das sagt man nicht«, ermahnte Ava. »Zeig deine besten Manieren.«

Der Junge nickte, richtete sich auf und stolzierte den Weg hinauf. Sie rechnete fast schon damit, dass er einen imaginären Spazierstock schwingen würde.

Kopfschüttelnd half Ava Mary beim Aussteigen. Das Mädchen sagte kaum etwas, aber die Freude und Neugier in ihren Augen verrieten Ava genug. »Geh zu deinem Bruder«, sagte sie leise.

Schließlich stieg Tom aus der Droschke. »Bist du sicher, dass das hier richtig ist?«, fragte er Ava. »Du hast nicht sonderlich glücklich ausgesehen, als du in Mr. Sloanes Kutsche gestiegen bist.«

»Es ist in Ordnung«, versicherte sie ihrem Bruder. Was konnte sie jetzt auch noch tun? Wenn sie das Ganze nun abblies, würde sie ihre beiden jüngeren Geschwister nur verwirren und verletzen. Wenn Sloane bereit war, die gesellschaftlichen Anfeindungen und Anwürfe wegen seiner Kontakte zum Pöbel zu ertragen, wer war sie dann, sich dagegen auszusprechen? »Es ist ja schließlich nur für eine Nacht.«

Tom nickte. »Stimmt. Das habe ich auch den beiden anderen gesagt. Macht er das, weil ...« Sein Blick wanderte über ihre Schulter, und sie wusste, warum er die Frage nicht beendet hatte.

Will nahm Ava die Umhängetasche ab und gab sie ihrem ältesten Bruder. »Tom, wir sollten hineingehen, wo sich mein Personal um euch kümmern wird.«

»Ja, Sir«, sagte Tom und tippte an seine Kappe, um sich dann auf den Weg zur Eingangstür zu machen.

Will nahm Avas Ellenbogen. »Hör auf, die Stirn zu runzeln. Das hier wird ein Abenteuer für die beiden Jüngeren. Lass sie es genießen.«

Zweifellos hatte er recht, und sie verhielt sich unangemessen mürrisch. Trotzdem, woher wollte er das wissen? »Ich bin sicher, dass sie das tun werden. Die Frage ist nicht, welchen

Nutzen uns das bringt, sondern warum du plötzlich so einen Altruismus entwickelt hast.«

Es antwortete nicht, weil sie inzwischen an der Eingangstür angekommen waren. Mary und der Butler standen direkt hinter der Türschwelle, und sofort vervielfachten sich die missbilligenden Falten im Gesicht des Dieners. Falls Will das bemerkte, ließ er sich nichts anmerken, als er sagte: »Frederic, die Familie Jones wird heute Nacht bei uns zu Gast sein. Lassen Sie Paul ihre Tasche nach oben ...«

»Ava! Du wirst staunen, wenn du das hier alles siehst!« Sam kam die Haupttreppe heruntergerannt und übersprang die letzten mit einem Treppenläufer bespannten Treppen bis nach unten.

Tom folgte ihm etwas langsamer und mit verlegenem Gesichtsausdruck. »Entschuldigung. Ich habe versucht, ihn einzufangen.«

Will zauste Sams Haar. »Kein Problem. Sieh dich ruhig um. Aber halte dich vom Ostflügel fern.«

»Warum?«, fragte Sam. »Was ist im Ostflügel?«

Will beugte sich nach unten, um auf gleicher Höhe mit Sams Gesicht zu sein. »Monster.«

Ava unterdrückte ein Lachen, weil Sams Gesicht eine Mischung aus Entsetzen und Faszination zeigte. »Wirklich? Was für Monster?«

»Große. *Mit riesigen Fängen, von denen Blut tropft.*«

»Kann ich eins sehen?«

»Nein«, erwiderte Will ernst. »Sie fressen kleine Jungen. Wirklich. Ich hatte einmal vier Brüder.«

Sam schluckte hart. »Dann geh ich da nicht hin. Das verspreche ich.«

»Kluger Junge. Nun, Frederic, es ist spät. Lassen Sie uns alle unterbringen, ja? Und ich will, dass sie so viel Eis bekommen, wie sie brauchen, um kühl zu bleiben.«

»Sehr wohl, Sir«, antwortete der Butler. »Die Räume in der vierten Etage?«

Will runzelte die Stirn und schob die Hände in seine Tasche. Ava war sich nicht sicher, aber sie hatte das Gefühl, dass ihm unbehaglich war. »Nein, die vorderen Räume in der zweiten Etage. Eins für die Herren und eins für die Damen.«

»Hast du das gehört?«, fragte Sam und stieß seinen Bruder mit dem Ellenbogen an. »Er hat uns ›Herren‹ genannt.«

»Sam, bitte, es reicht. Mr. Sloane, die vierte Etage ist vollkommen ...«

Graue Augen sahen sie durchdringend an. »Nein, auf gar keinen Fall.« Er wandte sich dem Rest der Familie zu. »Ich habe heute Abend noch Arbeiten zu erledigen, darum wünsche ich euch allen eine gute Nacht.«

Tom nahm seine Kappe ab und verbeugte sich. »Gute Nacht, Sir. Und danke.«

»Ja, herzlichen Dank, Mr. Sloane«, sagte Mary mit einem ungeschickten Knicks.

»Sie sind ein anständiger Bonze«, platzte Sam heraus, »auch wenn es in Ihrem Haus Monster gibt.«

Will grinste, und irgendetwas Warmes breitete sich in Avas Brust aus. Er konnte gut mit ihren Geschwistern umgehen. Sie wusste nicht, warum sie das überraschte, aber offenbar musste sie noch viel über Will Sloane lernen.

»Danke, Sam«, sagte Will. »Das ist ein ziemlich großes Kompliment. Bitte läutet die Glocke, wenn ihr irgendetwas vom Personal benötigt. Wir sehen uns dann alle zum Frühstück.«

Mit einem Nicken in Avas Richtung ging Will durch einen Türbogen tiefer in das Haus hinein. Sie versuchte, seinen breiten, starken Schultern nicht nachzublicken, aber Toms Stirnrunzeln sagte ihr, dass sie kläglich scheiterte.

»Folgen Sie mir«, forderte Frederic sie in kühlem Tonfall auf und marschierte zu der eleganten Treppe. Sie hatten keine andere Möglichkeit, als ihm zu gehorchen, und so stiegen die vier Geschwister Jones die Treppe hinauf, um einen Abend in unerwarteter Pracht zu erleben.

KAPITEL FÜNFZEHN

Will war in die Berichte vertieft, die ihm von seinem Gutachter aus San Francisco geschickt worden waren. Dort gab es ein Grundstück außerhalb der Stadt, das möglicherweise eine Silberader enthielt und das er kaufen wollte. Er hatte zwar nicht vor, längere Zeit im Westen zu verbringen – sein Zuhause war und blieb New York –, aber wenn die Einschätzung seines Gewährsmannes stimmte und auf dem Grundstück tatsächlich Silber gefunden wurde, würde Will einen ordentlichen Gewinn machen.

Wann ist es genug?, konnte er Lizzie fragen hören. *Nie*, lautete seine Antwort stets. Weil er einfach keine Ruhe fand, als gäbe es noch immer mehr zu erreichen. Wenn er die Lust daran verlor, Dinge zu kaufen und aufzubauen, wenn er sich *zufrieden* fühlte, dann würde er sich ausruhen. Vorher nicht.

Heute Abend jedoch war er aus einem völlig anderen Grund unruhig. Ava war hier, unter seinem Dach. Ein Stockwerk über seinem Kopf. Ohne Korsett. Vermutlich trug sie ein dünnes, transparentes Nachthemd, in dem sich die dunklen, rosigen Spitzen ihrer vollen Brüste abzeichneten. Er stöhnte und rückte seine Hose zurecht. Er musste aufhören, daran zu denken, sonst würde er bis zum Morgen wahnsinnig geworden sein.

Es stimmte, er hatte sie nicht hierher eingeladen, um mit ihr zu schlafen. Er hatte sich nur um die vier Geschwister in jener schäbigen Wohnung gesorgt, die in der drückend heißen Luft schmachteten und draußen auf einer metallenen Feuertreppe schliefen. Natürlich wünschte sich sein Körper etwas anderes, aber Will würde seinem Personal keinen Grund zum Tratschen liefern, indem er die Anwesenheit einer Frau in seinem Haus ausnutzte. Keine Geliebte hatte je die Nacht hier verbracht. Er würde Ava mit Sicherheit erneut besitzen, aber nicht hier ... und nicht, wenn ihre Geschwister ein paar Zimmer weiter schliefen.

Das Glas mit Cognac an seinem Ellenbogen war jetzt leer, also stand Will auf und füllte es nach. Vielleicht war es besser, wenn er sich betrank und so benommen wurde, dass er nicht länger den Drang verspürte, mitten in der Nacht an Avas Tür zu klopfen.

Ich werde bei Mary schlafen, nicht bei dir. Sie war während der Fahrt sehr wütend gewesen. Zu ihrer beider Unglück bewirkten ihr Feuer und ihre Heftigkeit nur, dass er sie noch stärker begehrte.

Die Uhr auf dem marmornen Kaminsims schlug einmal an. Will streckte seine Schultern und ließ sie kreisen, um die Verspannung in seinem Rücken zu lockern. Wegen der Hitze hatte er sein Jackett ausgezogen und die Ärmel seines Hemdes hochgekrempelt. Das Fenster seines Büros war geöffnet, und ein kühler Luftzug strömte vom Park herein. Er konzentrierte sich wieder auf seine Arbeit am Schreibtisch, fest entschlossen, seine schlaflose Nacht optimal zu nutzen.

Kurz darauf unterbrach ihn ein respektvolles Klopfen an der Tür. Hatte er seinen Butler nicht schlafen geschickt? »Ja, Frederic?«

Die Tür knarrte, und Avas wunderbares Gesicht erschien, gefolgt von ihrem noch wunderbareren Körper. *Lieber Himmel.* Sie trug einen leichten Morgenrock aus Baumwolle über etwas, das ein langes, dazu passendes Nachthemd zu sein schien. Ihr Haar war noch feucht von einem Bad.

Wills Herz stolperte hinter seinen Rippen. Als sie auf ihn zuging, federte ihr üppiger Busen bei jedem Schritt, sodass das Blut in seine Leisten schoss und sich sein Glied verhärtete. *Nicht heute Nacht, aber bald.*

Er räusperte sich und legte seinen Stift zur Seite. »Warum bist du noch wach?«

Sanfte Schritte brachten sie zu seinem Schreibtisch, wo sie sich mit einer Hüfte gegen das Palisanderholz lehnte. Ihr Blick streifte über seine Schultern und Unterarme, was ein Prickeln auf seiner Haut erzeugte. »Ich konnte nicht schlafen und habe gesehen, dass du noch arbeitest.«

»Ich brauche nur ein paar Stunden Schlaf. Es ist normal, dass ich um diese Zeit noch wach bin.« Er sah eine leichte Röte auf ihrer schönen Haut. »Hält dich die Hitze wach? Wenn das so ist, kann ich das Personal anweisen, dir einen Ventilator hinzustellen.«

Sie biss sich auf die Unterlippe und schüttelte den Kopf. »Nein, es ist angenehm da oben. Sam und Mary waren zu aufgeregt, um sich hinzulegen, aber gegen Mitternacht sind sie schließlich eingeschlafen.« Mit den Fingern fuhr sie über die Kante seines Schreibtisches und kam langsam näher zu seinem Stuhl.

»Aber?«

»Aber jetzt bin ich diejenige, die nicht zur Ruhe kommt.«

»Warum?«

Sie glitt hinter seinen Stuhl, und eine sanfte Berührung geisterte über seine Schulter. Ihm stockte der Atem. »Weil du hier irgendwo im Haus bist und ich die ganze Zeit darauf warte, dass du mich holen kommst.« Ihre Hand strich seine Brust hinab zu seinem Brustbein. »Dein Herz schlägt so schnell«, flüsterte sie.

»Ich habe dir doch gesagt, dass ich nicht zu dir kommen würde.« Er versuchte sich umzudrehen, aber ihre Hände hielten ihn fest. Er ließ den Kopf nach hinten fallen und schloss die Augen, um nicht aufzuspringen und ihr das dünne Nachthemd vom Körper zu reißen.

»Ich weiß. Aber ich habe dir bis vor fünfzehn Minuten nicht so recht geglaubt.«

Er spürte einen Druck an seiner Kehle, als sie den Knoten seiner Fliege löste. »Wolltest du, dass ich dich holen komme?«

»Ja und nein.« Die Seide löste sich, und sie ließ die Bänder der Fliege fallen. Dann zog sie an den Knöpfen seines Hemdkragens, öffnete sie und löste den Kragen.

Wills Erektion drückte gegen seine Unterwäsche, ein williger Partner für alles, was Ava plante ... Aber sie sollten das nicht tun, nicht hier. »Ava, lass uns das jetzt nicht tun.«

Heißer Atem strich über sein Ohr. »Zu spät, Eisenbahnmann. Es hat bereits angefangen. Falls du es noch nicht bemerkt hast – ich verführe dich.«

»Das habe ich bemerkt«, lachte er trocken. »Es hat mich zum Wahnsinn getrieben, dass du hier bist, unter meinem Dach.«

Sie öffnete seine Weste, und er spürte durch seine Kleidung hindurch, wie ihre Finger über seinen Bauch strichen, während sie einen Knopf nach dem anderen öffnete. Als sie mit dem vierten Knopf fertig war, wäre er am liebsten aus der Haut gefahren. »Und dennoch hast du nichts dagegen unternommen. Willst du mit mir schlafen?«

»Ja, zum Teufel.« Er griff nach ihrem Handgelenk und zog ihre Hand zwischen seine Beine an seine heftige Erektion. »Das ist es, wogegen ich die vergangenen zwei Stunden hindurch angekämpft habe.«

Statt zurückzuzucken, wie er es fast erwartet hatte, legte sie ihre Hand, so gut sie es durch seine Hose und seine Unterwäsche hindurch konnte, um ihn. »Was für eine Verschwendung von zwei Stunden«, schnurrte sie, und sein Glied zuckte in ihrer Hand.

Er umklammerte die Lehnen seines Stuhls, als sie tastend über seine Erektion strich. Seine Brust hob und senkte sich schwer, und Wollust raste durch sein Inneres. Er konnte sie riechen, Vanille und Rosen mit einer leichten Beimengung ihrer Erregung. »Nein, Ava. Nicht hier.«

»Doch. Hier.«

Er sprang auf die Füße und wirbelte herum. Ihre Augen weiteten sich, als hätte sie nicht mit Widerstand gerechnet. »Ich kann dich hier nicht ausziehen und mir Zeit für dich nehmen. Ich will jeden Zentimeter deiner Haut kosten, nicht einfach dein Nachthemd hochschieben und dich auf meinem Schreibtisch ficken.«

»Du hast …« Ihre Lippen verzogen sich amüsiert. »Und ich dachte, du kennst solche vulgären Worte noch nicht einmal.«

Er beugte sich zu ihr, schob beide Arme unter ihren Po und riss sie von den Füßen. Sie quiekte und klammerte sich an seinen Schultern fest, während er mit ihr zur Tür ging. »Ich kenne das Wort nicht nur, ich werde dir auch gleich zeigen, was es bedeutet.«

Sein Schlafzimmer war genau so, wie sie es sich vorgestellt hatte: groß, schlicht und voller dezentem Luxus. Dicke Orientteppiche, geschmackvolle Landschaftsmalereien, gemusterte Tapeten … Nicht viele Möbel, aber die wenigen robusten Stücke waren kunstvoll aus dunklem, stabilem Holz geschreinert. Vermutlich handelte es sich um Antiquitäten. Das riesige Bett hatte ein breites, hölzernes Kopfteil mit filigranen Schnitzereien. Von der Decke hing ein sechsarmiger Gasleuchter, der ein gelbliches Licht auf die cremefarbene Tagesdecke warf.

Aber sie nahm all das nur beiläufig wahr. Ihr Körper stand in Flammen und brannte in leidenschaftlichem Verlangen, das nur dieser Mann stillen konnte. In den vergangenen zwei Stunden hatte sie sich vorgestellt, ihn zu verführen, bis es überlebensnotwendig für sie geworden war, diese Fantasie in die Realität umzusetzen. Ihre Füße hatten sie durch das dunkle Haus zu seinem Büro getragen, wo sie ohne Scheu ihrem Verlangen Ausdruck verliehen hatte. Schließlich hatte er sie bereits um einen weiteren Nachmittag in einem Hotelzimmer gebeten. Welchen Unterschied machte der Ort schon aus?

Will trug sie zum Bett und legte sie auf die Tagesdecke aus Atlasseide. Sie streckte sofort die Arme nach ihm aus, um ihn auf sich zu ziehen, doch er trat ein paar Schritte zurück. Sein verhangener Blick flackerte hell auf, während er mit seinen Augen ihren Körper abtastete. »Du bist so schön«, flüsterte er.

Ihre Muskeln spannten sich in freudiger Erwartung an, als er seine Weste und die Hosenträger abstreifte. Er zog das Hemd aus und warf es achtlos auf den Boden. Dann folgte seine Hose. Als er sich wieder aufrichtete, zeichneten sich die Konturen seiner Erektion durch den Stoff seiner Hemdhose ab, deren winzige Knöpfe er ungeduldig öffnete.

Sie hatte das Gefühl, zu viel anzuhaben, und öffnete ihren Morgenmantel, sodass sie sich in ihrem dünnen Sommernachthemd seinem hungrigen Blick präsentierte. Es war aus schlichter weißer Baumwolle und tief ausgeschnitten. Zudem endete es bereits über ihren Knien. »Mein Gott«, flüsterte er und riss seine Hemdhose auf, sodass Knöpfe absprangen und zu Boden fielen, als sich der Stoff teilte.

Eine Sekunde später war er nackt und legte sich über sie. Sein Mund senkte sich zu ihrer Brust und nahm die mit Baumwolle bedeckten Brustwarzen in sich auf, sodass sie sich lustvoll aufbäumte. Er neckte sie saugend und leckend, die Hände um das pralle Fleisch gelegt, bis sie sich krümmte. »Ich dachte, du wolltest mich nackt«, stieß sie hervor, die Finger in seinem goldenen Haar vergraben.

Er ließ von ihrer Brustwarze ab und küsste sich ihren Hals entlang. »Ich will dich auf jede Art, auf die ich dich haben kann.« Eilig befreite er sie von ihrem Morgenmantel und ihrem Nachthemd, löste die Bänder ihrer Unterhose und warf sie auf den Boden. »Das zweite Mal mach ich langsamer, aber jetzt muss ich einfach in dir sein.«

Er schob ihre Schenkel auseinander und glitt mit seinen Händen nach oben bis zu der Stelle, wo sie sich trafen. Mit den Daumen strich er über ihre Schamlippen, ein sanftes Streifen über ihr feuchtes Fleisch, das sie sich winden ließ. Es schien ihm auszureichen, sie zu berühren und zu beobachten, aber sie hielt es kaum noch aus. »Will«, flehte sie.

Er stieß mit einem Finger in sie und pumpte ein paar Mal mit der Hand, um sie vorzubereiten. Dann nahm er zwei Finger und dehnte sie, dass ihr der Atem stockte, bevor er sich auf sie legte. Sein herrliches Gewicht drückte auf sie, umgab sie, und sie legte ihre Beine um seine Hüften und klammerte sich an seine starken Schultern. »Mach schon«, befahl sie ihm.

Seine stumpfe Spitze glitt durch ihre Nässe und richtete sich an ihrem Eingang aus. Dann begann Will, seine Hüften zu bewegen, und seine Härte füllte sie. Die Muskeln in seinen Armen traten hervor, als er sich hochstützte, um zu der Stelle hinabzusehen, an der sich ihre Körper vereinigten. »Sieh dir das an. Ich liebe es zuzusehen, wie du mich aufnimmst. Verdammt, du fühlst dich himmlisch an.« Sein Körper senkte sich wieder auf sie, bis sich ihre Hüften trafen.

Sie genoss, wie er ihr Inneres und seine Präsenz den Raum um sie herum erfüllte. Ihre gesamte Welt bestand aus diesem Bett und der Haut dieses Mannes, die über ihre glitt; aus ihrem rasenden Herzen und dem pochenden Verlangen zwischen ihren Beinen. Sie wollte, dass er sich endlich bewegte, und ließ in ihrem verzweifelten Sehnen nach Reibung ihre Hüften kreisen.

Die Bewegung ermunterte ihn zu handeln. Er beugte sich über sie und nahm ihren Mund in Besitz, und während seine Hüften rhythmisch vorstießen, küsste er sie leidenschaftlich. Die Wonne steigerte sich gnadenlos, das Ziehen und Gleiten seines Schaftes über ihr empfindliches Gewebe, die Art, wie sein Körper ihre kleine Knospe an der Spitze ihrer Spalte mit jedem

Stoß liebkoste … Er trieb sie höher, bis sie sich an ihn klammerte, während ihre Muskeln sich anspannten. »Ogottogottogott«, stöhnte sie an seinem Mund. »Mehr, Will, härter.«

»Oh, Ava«, presste er über ihr zwischen den Zähnen hervor und stieß mit solcher Kraft in sie hinein, dass sie im Bett nach oben rutschte. Er griff zwischen sie, und seine Finger fanden ihre Knospe. Er drückte sie. Das war alles, was sie brauchte, damit elektrische Blitze ihre Beine hinauf und über ihren Rücken rasten und sie über die Klippe warfen. Sie wölbte sich ihm entgegen, als ihr Körper sich zu verkrampfen begann, und Will bedeckte ihren Mund mit seinem und nahm ihre Schreie in sich auf. Ihr Orgasmus schien seinen auszulösen, weil er sich, als sie wieder zu sich kam, gerade aus ihr zurückzog und sich auf ihrem Bauch und ihren Schenkeln ergoss.

Es gab keine Worte, die diesen Moment beschreiben könnten. Für einen langen Augenblick versuchte sie, wieder zu Atem zu kommen, während sich Will auf seine Hacken setzte und das Gleiche tat. Er wirkte zerzaust und gelöst; ein Mann, der seine sorgsam gewahrte Beherrschung einen Moment lang verloren hatte. Ein zufriedenes Grinsen breitete sich in ihrem Gesicht aus.

Er strich mit der Hand über ihr Knie. »Ich mag es, wenn du lächelst, vor allem im Bett.«

»Du hast mich erst zwei Mal im Bett gesehen«, erinnerte sie ihn.

»Ich weiß, aber du hast bei beiden Gelegenheiten gelächelt. Mir gefällt der Gedanke, dass diese Fröhlichkeit auch ein wenig mit mir zu tun hat.«

»Du arroganter Mann.« Die Worte waren nicht hitzig ausgesprochen worden, sondern klangen fast zärtlich.

Er kniff sie spielerisch in die Innenseite ihres Schenkels, woraufhin sie quiekte. Lachend glitt er vom Bett und ging zum Waschtisch. Er kam mit einem nassen Lappen zurück und wischte seinen Erguss von ihrer Haut. Dann spülte er das Tuch aus und wusch sich selbst.

Ava konnte ihm stundenlang zusehen. Er bewegte sich mit einer Eleganz und einer Anmut, wie sie nur ein Mann hatte, der mit sich selbst rundum zufrieden war.

Nachdem er das Gaslicht über ihnen heruntergedreht hatte, ließ er sich neben ihr auf die Matratze fallen. Das Zimmer war jetzt erheblich dunkler, aber sie konnte ihn noch immer deutlich sehen. »Warum bist du heute Abend zur Bank Street gekommen?«

Er schob seine Hand unter seinen Kopf und griff mit der anderen nach ihr und zog sie zu sich. Die Hitze seines Körpers wärmte ihre schweißbedeckte Haut, als sie ihren Arm über seine Brust legte. Sie legte den Kopf auf seine nackte Schulter.

»Ich wollte dich sehen. Es hat mir nicht gefallen, wie du dich neulich aus dem Hotelzimmer geschlichen hast, während ich schlief. Es hätte sein können, dass du bereust, was geschehen ist, und ich dachte, dass ich dir vielleicht ein paar Gründe liefern müsste, warum du das nicht tun solltest.«

»Ich habe es nicht bereut, aber in diesem Moment schien es mir das Klügste zu sein, aus dem Zimmer zu verschwinden.«

»Warum?«

Weil es zu gut war. Zu real. Zu verführerisch, nie mehr zu gehen. »Warst du enttäuscht, als du aufgewacht bist?«

»Ja, natürlich. Dachtest du, ich würde erleichtert sein?«

Sie antwortete nicht, und er strich mit der Hand ihren

Rücken hinab und verharrte über der Wölbung ihres Pos. Er beugte sich vor und drückte einen sanften Kuss auf ihre Stirn. »Wenn du darauf wartest, dass ich das Interesse an dir verliere, dann fürchte ich, dass du noch eine ganze Menge Enttäuschungen vor dir hast.«

Ihre Brust weitete sich, und ein Hochgefühl ergriff ihr Herz. Das war gefährlich. Dieser Mann war überhaupt zu gefährlich. Und doch wusste sie fast nichts über ihn, über sein Leben jenseits des Wenigen, was sie gesehen hatte. Sie strich über das feine blonde Haar auf seiner Brust. »Du bist sehr nett zu Sam und Mary gewesen.«

»Du klingst überrascht.«

»Vermutlich habe ich nicht damit gerechnet, dass du Kinder magst. Stark beschäftigte Eisenbahnbarone sind nicht gerade dafür bekannt, Familienmenschen zu sein.«

»Wie viele Eisenbahnbarone kennst du denn?«

Sie fuhr mit dem Finger um seine Brustwarze und spürte, wie er erschauderte. »Nur einen.«

»Ich mag Kinder. Ich habe meine Schwester weitgehend allein aufgezogen.« Er atmete tief ein und hielt die Luft an. Als er schließlich wieder ausgeatmet hatte, fuhr er fort: »Meine Mutter starb, als ich zwölf Jahre alt war. Sie war … Ich habe noch nie jemandem davon erzählt.« Er lachte kurz auf. Ava schwieg und blieb reglos auf ihm liegen. »Das Personal weiß es natürlich. Sie war unglücklich. Es ging ihr richtig schlecht. Mein Vater war ein grausamer Mann. Allerdings niemandem gegenüber, der nicht zur Familie gehörte. Nein, alle liebten Archibald Sloane, weil er seine Tyrannei nur meine Mutter und mich hinter verschlossenen Türen spüren ließ. Sie bekam das meiste davon ab. Die bissigen Kommentare und seine ständige

Ablehnung. Ich musste mitansehen, wie sie vor meinen Augen allen Lebensmut verlor.«

»Das muss schlimm gewesen sein«, sagte Ava leise. Sie wusste nicht, worüber sie sich mehr wunderte: dass er eine alles andere als idyllische Kindheit erlebt hatte oder dass er ihr erzählte, wie es wirklich gewesen war.

»Ich kannte es nicht anders, bis ich zu lesen anfing. Durch die Bücher begann ich zu erfahren, dass nicht alle Familien so waren wie meine und dass wir nicht normal waren. Ich erfuhr, dass nicht jede Mutter die ganze Zeit weint und sich in ihren Zimmern verbirgt, weil sie sich davor fürchtet, die Aufmerksamkeit ihres Mannes auf sich zu ziehen. Es schüttelt mich, wenn ich daran denke, unter welchen Umständen Lizzie und ich empfangen wurden.«

»Wie alt war deine Schwester, als deine Mutter starb?«

»Vier. Ich glaube nicht, dass Lizzie irgendwelche echten Erinnerungen an sie hat.«

»Was meinst du mit ›echt‹?«

Sein Körper verspannte sich unter ihr. »Die meisten ihrer Erinnerungen stammen aus Geschichten, die ich ihr erzählt habe und die sich an Clara Peggotty aus *David Copperfield* orientierten.«

»Der Haushälterin?«

»Ja.«

»Und dein Vater? Hat er Lizzie genauso behandelt?«

»Er hat sie meist ignoriert. Allerdings hat er ihr manchmal beim Frühstück die Aktienkurse vorgelesen. Ich erzählte ihm, dass sie ein sehr ausgeprägtes Verständnis für Zahlen habe, und er erwiderte: ›Wenigstens eins meiner Kinder hat das.‹«

»Das ist ja furchtbar, Will!«

Er zuckte mit den Schultern. »Sicher denkst du jetzt: ›Armer kleiner reicher Eisenbahnmann.‹ Ich kann es dir nicht verdenken. Es ist albern, mich zu beklagen, wenn mir so viel gegeben wurde.«

Alles außer der einen Sache, auf die es ankommt. »Und er starb, als du noch ein Junge warst?«

»Ja, als ich sechzehn war. Eine Lungenentzündung hat ihn schnell sterben lassen. Ich habe keinen Zweifel daran, dass er, wenn das nicht passiert wäre, Vorkehrungen getroffen hätte, das Unternehmen zu verkaufen, statt es mir zu überlassen.«

»Nun, du hast Hunderte von Malen bewiesen, wie fähig du bist. Die meisten Männer deines Standes arbeiten nicht annähernd so hart wie du.«

Eine warme Hand legte sich auf ihre Brust, und seine Finger spielten mit ihrer Brustwarze. »Und ich habe vor, gleich noch ein wenig härter zu arbeiten«, murmelte er und rollte sie beide herum, sodass er auf ihr lag.

Als Will am nächsten Morgen erwachte, war er allein. Ava musste wieder hinausgeschlichen sein, nachdem er eingeschlafen war. Verdammt. Sie war dabei, sich das zur Angewohnheit zu machen, und Will gefiel das gar nicht.

Doch vermutlich war es besser so, da ihre Anwesenheit in seinem Bett das Personal schockiert hätte. Er hatte nie eine Frau mit hierhergenommen, auch nicht nach Lizzies Auszug. Dies war sein Zuhause, nicht irgendeine zweifelhafte Vergnügungsstätte.

Ihr Geruch haftete noch an seiner Haut, seiner Bettwäsche. Er atmete ihn ein und dachte an das zweite und das dritte Mal, das er sie in der vergangenen Nacht besessen hatte. Jedes Mal war es besser gewesen als zuvor, und seine Lust auf sie war nicht weniger geworden. Vielmehr konnte er es kaum erwarten, erneut mit ihr zu schlafen.

Er ignorierte seine diamantharte Erektion und stand auf, um nach seinem Diener zu läuten. Er konnte voraussichtlich noch ein paar Stunden arbeiten, bevor die Geschwister Jones zum Frühstück herunterkamen. Sie hatten keinen Grund, früh aufzustehen, zumindest glaubte er das nicht. Oder mussten die jüngsten beiden Geschwister heute arbeiten, an einem Sonntag? Ava hatte erwähnt, dass ihre Schwester eine Appreturarbeiterin in einer Textilfabrik und Sam ein Zeitungsjunge war. Wurde nicht jedem mindestens ein Ruhetag in der Woche zugestanden?

Er blickte auf die Uhr und verschluckte sich fast. O nein, es war bereits nach zehn. So lange hatte er ... noch nie geschlafen. So viel also zum Arbeiten an diesem Morgen. Er hoffte nur, dass Ava nicht bereits gegangen war.

So schnell er konnte, badete er sich und zog sich an. Dann eilte er zum Frühstückszimmer. Ihm schallten Stimmen entgegen. Er runzelte die Stirn, denn es waren mehr Stimmen, als er erwartet hatte. Er trat ein – und vor Schreck blieb ihm fast das Herz stehen. Lizzie und ihr Mann saßen am Frühstückstisch, ebenso wie Ava und ihre drei Geschwister. Ava wirkte ebenso geschockt, wie Will sich fühlte.

Er blieb benommen stehen; seine Glieder versagten ihm den Dienst. »Lizzie«, krächzte er, »ich dachte, du wärest in Newport.«

Das Lächeln seiner Schwester war nur zu wissend, als sie aufstand und zu ihm ging. »Ich habe morgen einen geschäftlichen Termin, deshalb bin ich zurückgekehrt und habe gehofft, dich heute zu Hause zu erwischen.« Sie stellte sich auf die Zehenspitzen und presste ihm einen Kuss auf die Wange. »Und ich habe dich erwischt«, flüsterte sie ihm nur für ihn hörbar ins Ohr.

Sie tätschelte sein Revers, ergriff seine Hand und zog ihn zum Tisch. »Will, gesell dich zu uns und setz dich bitte. Emmett und ich sind gerade dabei, deine Hausgäste kennenzulernen.«

Cavanaughs Miene wirkte eindeutig hämisch. »Ja, setz dich, Sloane.«

Mit zusammengebissenen Zähnen nahm Will den ihm gebührenden Platz am Kopf des Tisches ein. Cavanaugh würde vermutlich noch länger bleiben, um Wills Demütigung zu erleben. Ein scharfes Brennen loderte plötzlich in seinem Magen auf, und er rieb sich behutsam über die Stelle. Der Appetit war ihm gründlich vergangen. Er versuchte, Avas Blick einzufangen, um sich stumm bei ihr zu entschuldigen, aber sie vermied es geflissentlich, in seine Richtung zu blicken.

Lizzie goss ihm eine Tasse Kaffee ein. »Wenn ich es richtig verstanden habe, arbeitet Tom für dich.«

»Ja, das stimmt. Er entwickelt sich zu einem unserer vielversprechendsten Mitarbeiter.« Das war nicht gelogen. Tom arbeitete hart und war intelligent, und Will setzte große Hoffnungen in den jungen Mann, den er bei jeder Gelegenheit ermutigte.

»Und Sam hier ist Zeitungsjunge, während Mary für eine der Kleiderfabriken arbeitet.« Lizzie nahm ihre Tasse und trank einen Schluck Kaffee. »Und was machen Sie, Ava?«

Ava hob den Kopf und sah kurz zu Will. Er konnte die Unsicherheit in ihren braunen Augen sehen. Will hielt den Atem an und flehte stumm, dass sie nicht die Wahrheit sagen möge. Er mochte gar nicht daran denken, wie Cavanaugh darauf reagieren würde, geschweige denn seine Schwester.

Sie räusperte sich. »Ich bin Zeitungsreporterin.«

Will sackte vor Erleichterung fast in sich zusammen, als Sam vom anderen Ende des Tisches prustete: »Eine *was*? Ava, du ...«

Tom beugte sich rasch vor, um seinem jüngeren Bruder etwas ins Ohr zu flüstern. Sam errötete, nickte und schob sich einen mit Marmelade bestrichenen Keks in den Mund.

»Oh«, sagte Lizzie, und ihr Lächeln entgleiste kaum merklich. »Das muss aufregend sein. Für welches Blatt schreiben Sie denn?«

»Für die *Brooklyn Daily Times.*«

»Ich habe noch nie von dieser Zeitung gehört«, stichelte Cavanaugh, um dann grummelnd zu verstummen. Offenbar hatte Lizzie ihn ans Schienbein getreten.

»Sie ist auch noch ziemlich neu«, log Ava. »Als sie erfuhren, dass mein Bruder für Mr. Sloane arbeitet, hat mich mein Redakteur für die Berichterstattung über die Gouverneurswahlen eingeteilt. Ich berichte über den Wahlkampf.«

»Das finde ich wunderbar«, sagte Lizzie. »Hoffentlich beschreiben Sie meinen Bruder angemessen. Manchmal kann er etwas steif sein, aber er hat das Herz am rechten Fleck.«

»Lizzie«, ermahnte Will sie. »Wir sollten Miss Jones nicht vorschreiben, wie sie ihre Arbeit zu machen hat.«

»Nein, das ist in Ordnung«, sagte Ava. »Sie macht sich Sorgen um Sie, wie es jede Schwester tun würde. Ich habe nicht vor, die Chancen Ihres Bruders bei der Wahl zu schmälern, Mrs. Cavanaugh.«

Etwas an ihrer Aussage ließ ihn aufhorchen. Es klang, als spräche sie über ihre persönliche Beziehung und nicht über die fiktionale.

»Nennen Sie mich bitte Lizzie. Und wenn Sie weitere Informationen oder Einsichten über meinen Bruder benötigen, würde ich mich freuen, wenn Sie mich besuchen.«

Ava blinzelte. »Danke«, sagte sie schließlich und wechselte einen scharfen Blick mit Tom, bevor sie sich erhob und ihren Stuhl vom Tisch wegschob. »Wir müssen jetzt wirklich nach Hause gehen.«

»Och, wirklich? Ich dachte …«, begann Sam.

Doch Tom legte seine Hand auf die Schulter des kleinen Jungen und drückte sie. »Ja, wir müssen los«, bestätigte er. Dann half er Mary aus dem Stuhl. »Danke, Sir, für Ihre Gastfreundschaft gestern Abend. Meine Familie weiß das sehr zu schätzen.«

Ein Dankeschönchor erreichte Wills Ohren, während er sich ebenfalls erhob. »Es war mir eine Freude. Ich bringe euch noch hinaus.«

Die Geschwister verabschiedeten sich von Lizzie und Emmett, und Will begleitete die Familie zur Eingangstür. Am Bordstein wartete bereits eine offene Kutsche. Will versuchte, seine Enttäuschung nicht zu zeigen. Er hatte sich ein paar Minuten mehr mit ihr gewünscht – am liebsten allein. Aber er musste die Dinge nehmen, wie sie waren. Heute hatte sich alles gegen ihn verschworen.

Will griff in seine Tasche und zog ein paar Geldscheine hervor, die er Tom gab. »Für die Fahrt.«

»Danke, Mr. Sloane«, sagte Tom und schüttelte Will die Hand. »Bis morgen früh, Sir.«

Ava bemühte sich vergeblich, ihn anzulächeln. »Ja, danke, Mr. Sloane. Ich werde Sie kontaktieren, wenn ich noch irgendetwas für den Artikel benötige.«

Er griff nach ihrer Hand und brachte sie an seine Lippen. »Ja, Miss Jones. Kontaktieren Sie mich.«

KAPITEL SECHZEHN

Ava riss ihre Hand weg und scheuchte ihre Geschwister die Treppen hinunter zur Kutsche. Will sah ihnen noch einen Moment lang nach, dann schloss er die schwere hölzerne Eingangstür.

Als er zum Frühstückszimmer zurückkehrte, kam ihm Cavanaugh entgegengeschlendert und lachte leise, als er Wills mürrisches Gesicht sah. »Ich muss zu einem Termin und hol sie später wieder ab, wenn sie mit dir fertig ist.«

»Wunderbar«, murmelte Will und fegte an dem anderen Mann vorbei.

»He!«, rief Cavanaugh, worauf sich Will zu ihm umdrehte. »Hast du über mein Angebot nachgedacht?«

Will sah seinen Schwager wütend an, der daraufhin nur grinste. »So dickköpfig. Genau wie deine Schwester. Denk drüber nach, Sloane. Es ist eine clevere geschäftliche Entscheidung.«

»Für dich vielleicht.«

»Für dich auch, du aufgeblasener Sack. Außerdem fand ich es schön, heute Morgen zu sehen, dass du ebenso menschlich bist wie wir anderen auch.«

»Du meinst dumm.«

Cavanaugh hob seine riesigen Arme, die Handflächen nach außen gekehrt. »Das hast du gesagt, nicht ich. Außerdem hast du nicht die schlechteste Wahl getroffen, Sloane. Sie ist schön, und offensichtlich liebt sie ihre Geschwister.«

»Da ist nichts zwischen ...«

»Spar dir das. Den Scheiß kannst du vielleicht Elizabeth erzählen, aber nicht mir. Ich habe ein oder zwei Mal diesen ganz besonderen Gesichtsausdruck gesehen.«

»Was für einen Gesichtsausdruck?«

»Den, der sagt, dass diese Frau dich bis ins Mark getroffen hat.« Cavanaugh schob die Hände in die Taschen und ging pfeifend durch die Eingangstür.

Diese Unterhaltung verschlechterte Wills Stimmung beträchtlich, sodass er, als er das Frühstückszimmer erneut betrat, äußerst gereizt war. Er goss sich eine frische Tasse Kaffee ein und versuchte, dem gespannten Blick seiner Schwester auszuweichen. Als sich das Schweigen hinzog, fuhr er sie an: »Nun?«

»Ich weiß kaum, wo ich anfangen soll. Ich versuche noch immer, das Ganze zu begreifen.«

Er würde sie ganz sicher nicht ins Bild setzen. Er trank seinen Kaffee und wartete ab, während ihr nur allzu logisch denkendes Gehirn die Einzelteile zusammensetzte.

»Ist sie deine Geliebte?«, fragte sie schließlich.

Will verschluckte sich und spuckte den warmen Kaffee auf seine Weste. Schnell griff er seine Serviette und versuchte, den Kaffee wegzuwischen. »Mein Gott, Lizzie.«

»Tut mir leid. Mir ist einfach keine andere Formulierung eingefallen, um danach zu fragen.«

»Ich habe keine Geliebte.« Er wischte weiter an seiner Weste und seinen Ärmeln herum und legte schließlich die beschmutzte Serviette auf den Tisch.

»Schön. Schläfst du mit ihr?«

Er seufzte. »Nein, ich schlafe nicht mit ihr.«

»Du lügst. Du machst diese Sache mit deiner Stirn.« Sie zeigte auf ihre eigene Stirn. »Das machst du jedes Mal, wenn du lügst. Also, sie ist ... was?«

»Nichts. Sie ist die Schwester eines meiner Angestellten. Und dies ist eine unangemessene Unterhaltung.«

»Will, ich bin verheiratet. Ich glaube, ich darf unangemessene Unterhaltungen führen, selbst mit dir. Magst du sie?«

Er sackte etwas in seinem Stuhl zusammen. Musste er dieses Gespräch wirklich führen, vor allem jetzt, wo er Ava praktisch noch immer auf seiner Zunge schmecken konnte? »Halte dich bitte aus meinem Privatleben heraus. Ich möchte hierüber wirklich nicht mit dir sprechen.«

»Warum? Du hast dich nie aus meinem Privatleben herausgehalten. Warum kann ich nicht mit dir über deins reden?« Als er nicht antwortete, schnaubte sie. »Weißt du, jahrelang habe ich gedacht, dass du keinerlei Privatleben hast. Du hast die ganze Zeit gearbeitet und nie eine Frau auch nur zum Essen oder ins Theater begleitet. Dann habe ich, nachdem ich debütiert hatte, zufällig mitbekommen, wie sich zwei Frauen bei einem Kotillon über dich unterhielten, und aufgeschnappt, dass sie sagten, du habest eine langfristige Geliebte und seiest nicht an einer Heirat interessiert.«

Will schloss die Augen und rieb sich den Nasenrücken. »Das tut mir leid.«

»Das tut dir leid? Es gibt nichts, wofür du dich entschuldigen müsstest. Als ich jene Frauen reden hörte, war ich erleichtert. Ich hatte mir solche Sorgen um dich gemacht und gedacht, dass du einsam bist und niemanden mehr in deinem Leben haben würdest, wenn ich erst einmal weg bin.« Sie streckte die Hand nach ihm aus und ergriff seinen Unterarm. »Ich will nicht, dass du einsam bist und in diesem großen Haus ganz allein alt wirst. Du hast Liebe und Lachen verdient. Und weißt du, was ich heute Morgen gehört habe? Etwas, das ich in diesen Wänden schon lange nicht mehr gehört habe. Liebe und Lachen, Will. Ich weiß nicht, wann ich dich das letzte Mal so oft habe lächeln sehen.«

Lügen über Lügen. Er wollte nicht, dass Lizzie eine falsche Vorstellung von Ava bekam, und darum gestand er: »Sie ist ein Medium, keine Zeitungsreporterin.« Er atmete tief durch, nachdem das Gewicht der Lüge von seiner Brust genommen worden war.

Lizzie lehnte sich zurück und blinzelte mehrmals. »Sie ist ein Medium? Ich verstehe nicht recht. Also eine Wahrsagerin?«

»Hast du schon einmal von Madame Zalikow gehört?«

»Ja, wie fast jeder in New York. Edith hat sie kürzlich für eine Séance gebucht. Allerdings konnte ich nicht teilnehmen. Bist du ... Ava ist Madame Zalikow?«

Er nickte kurz. »Also solltest du dich nicht mit dem Gedanken tragen, dass Ava und ich so etwas wie eine Zukunft haben könnten.«

»Warum nicht?«

Er riss die Augen auf. War das ihr Ernst? »Weil diese Frau ihren Lebensunterhalt damit verdient, andere Menschen über den Tisch zu ziehen. Sie ist eine Schwindlerin.«

»Oh, verstehe.« Lizzie nahm einen Teelöffel, schüttete noch mehr Zucker in ihren Kaffee und rührte um. Das Klimpern des gegen das Porzellan stoßenden Löffels war das einzige Geräusch, das man im Frühstückszimmer hören konnte. Mit einem Klacken ließ sie den Löffel auf die Untertasse fallen. »Du glaubst, dass sie nicht gut genug für dich ist.«

»Das habe ich nicht gesagt«, wehrte er ärgerlich ab. »Aber ich kann sie nicht heiraten.«

»Warum denn bitte nicht? Die Menschen verändern sich. Sieh dir meinen Mann an. Er ist einmal ein Dieb gewesen und hat vermutlich viele andere Dinge verbrochen, von denen ich lieber gar nicht erst etwas wissen will. Aber das ist seine Vergangenheit, und ich denke deswegen nicht geringer über ihn. Er hat das getan, was nötig war, um zu überleben und mich zu treffen, und das ist es, worauf es ankommt. Jeder Schritt, den wir im Leben machen, bringt uns weiter auf einem Weg zu jemandem. Beurteile sie nicht nach den Entscheidungen, die sie getroffen hat, bevor sie bei dir angekommen ist.«

»Ich verurteile sie vielleicht nicht, aber alle anderen würden das mit Sicherheit tun. Kannst du dir das Gerede vorstellen? Ich möchte sie dem nicht aussetzen.«

»Sie – oder dich?«

»Spielt das eine Rolle?«

Lizzie neigte den Kopf und musterte ihn. »Macht sie dich glücklich, Will?«

»Beobachtest du meine Stirn, um zu sehen, ob ich lüge?«

»Ja, also versuch es gar nicht erst.« Ihr Gesichtsausdruck wurde deutlich weicher. »Und ich habe dein Gesicht gesehen, als du sie heute Morgen angesehen hast. Daher weiß ich es.«

»Daher weißt du was?«

»Dass du sie magst. Das ist der Grund, warum du ihre Familie gestern Abend hierher eingeladen hast, nicht wahr?«

»In ihrer Wohnung war es drückend heiß«, hörte er sich selbst murmeln. »Sie schlafen auf der Feuertreppe, um es kühler zu haben. Das erschien mir gefährlich.«

»Oh, das ist schrecklich.«

»Und warum bitte schön grinst du dann?«

»Weil es endlich passiert ist. Mein Bruder hat sich verliebt.«

Ich bin so schwach, dachte Ava und versuchte, wieder zu Atem zu kommen. Sie lag auf einem zerwühlten Hotelbett, und ihre verschwitzten, nackten Glieder waren mit Wills verschlungen. Seit der Nacht in seinem Haus vor zwei Wochen hatte sie sich an jedem Donnerstagnachmittag mit ihm in dem Hotel am Washington Square getroffen. Er hatte sich beide Male auf sie gestürzt. Ihr Liebesakt war stets gierig und verzweifelt gewesen, als wäre dies ihr letztes Treffen. Und vielleicht war es das ja auch. Wieder und wieder sagte sie sich, dass sie sich nicht mehr mit ihm treffen würde. Aber hier lag sie nun, erneut befriedigt und glücklich durch seine Zuwendungen.

»Du hast diese Woche sechs meiner Besprechungen ruiniert. Meine Konzentrationsfähigkeit ist jämmerlich, wenn ich ständig nur daran denken kann, wie du schmeckst.« Will knabberte an ihrem Nacken, und sie neigte ihren Hals, um ihm den Zugang zu erleichtern. Das Kratzen seiner Zähne über ihre Haut ließ sie erschaudern. »Und wie du riechst.« Er atmete tief durch seine Nase ein. »Du bringst mich noch um, Ava.«

Sie seufzte. *Dies* war der Grund, warum sie immer wieder zu ihm kam. Während er außerhalb des Schlafzimmers korrekt und steif erschien, erwies er sich darin als zärtlich und liebevoll. Der Gegensatz berauschte sie ... und ebenso taten es seine Küsse. »Ist das der Grund, warum du dir hin und wieder den Magen reibst?«

»Tue ich das?«

»Ja. Ich habe mich schon gefragt, ob du ein Magenleiden hast oder dich lediglich schlecht ernährst.«

Er zog ihr Ohrläppchen in die feuchte Wärme seines Mundes und strich mit seiner großen Hand über ihren Brustkorb. »Triff dich mit mir am Montagnachmittag. Ich kann nicht eine ganze Woche warten, dich wiederzusehen.«

»Ich kann nicht. Und warum weichst du meiner Frage aus?«

»Es ist ein Magenleiden«, gestand er seufzend an ihrer Kehle. »Mein Arzt meint, das komme daher, dass ich zu viel arbeite.«

»Das erscheint mir plausibel, weil ich noch nie einem Mann begegnet bin, der ehrgeiziger gewirkt hat als du. Was hat er dir denn als Gegenmaßnahme vorgeschlagen?«

»Mir Freizeit außerhalb des Büros zu nehmen, weshalb du dich unbedingt am Montag mit mir treffen musst.« Er strich mit den Fingerspitzen über ihren Bauch. »Um mich aus meinem Büro rauszubekommen.«

»Ein wirklich geschickt vorgebrachter Versuch, aber meine Antwort lautet noch immer nein.« Ihn einmal die Woche zu treffen reichte bereits an die Grenze ihres Stolzes. Zweimal die Woche würde ihr zusetzen, bis sie unterging. Denn sie wusste etwas, das Will nie erfahren würde: Sie hatte sich in ihn verliebt.

Ja, die zynische, abgebrühte, der Welt überdrüssige Ava Jones hatte einen gewaltigen Fehler begangen, obwohl sie sich versprochen hatte, so einen Fehler nicht noch einmal zu begehen. Sie hatte Gefühle für einen Mann aus einem erheblich höheren Stand entwickelt, der sie nie würde heiraten können; für einen Mann, der lediglich mit ihr schlafen wollte.

Die Situation bedrückte und demütigte sie. Doch sie konnte nicht damit aufhören, ihn donnerstags zu treffen. Dieser eine Tag war ein kleiner Lichtblick in ihrem trostlosen Dasein, eine befristete Zuflucht, die nicht ewig andauern würde. Sollte sie diese Augenblicke nicht genießen, solange sie konnte?

»Ich kann dich überreden«, flüsterte er mit einer Stimme, deren tiefer Klang ihr Inneres dahinschmelzen ließ. Seine Finger glitten zwischen ihre Schenkel und zogen langsame Kreise um ihren Eingang. Sie spürte ihre Entschlossenheit dahinschwinden und schob seinen Arm weg. »Du kannst es nur nicht akzeptieren, wenn jemand nein zu dir sagt.«

»Stimmt.« Er rollte sich auf den Rücken und faltete die Hände unter dem Kopf. »Und dennoch sagst du es weiterhin.«

»Armer Eisenbahnmann«, sagte sie gedehnt. »Nun muss er auf all seine anderen Frauen zurückgreifen, um Gesellschaft zu haben.«

Will kniff die Augen zusammen und sah sie scharf an. »Es gibt keine anderen Frauen, Ava. Nur dich.«

Ihr Herz vollzog einen kleinen Satz bei dieser Information, auch wenn sie keine Zukunft mit ihm hatte. Es gab keine Illusionen über den Charakter ihrer Beziehung. »Was ist mit Miss Baldwin?«

»Ich habe sie seit dem Abend der Séance nicht mehr gesehen. Gibt es andere Männer?« Er klang wirklich besorgt.

»Nein.«

»Also, warum willst du mich dann nicht auch montags treffen?«

»Weil ich viel zu tun habe, Will, ebenso wie du.« *Und je häufiger ich dich sehe, desto schwerer fällt es mir jedes Mal, wieder zu gehen.* »Die Vereinbarung, die wir jetzt haben, passt mir gut.«

»Was ist denn dann mit dienstags? Oder mit sonntags? Oder von mir aus mit morgen?«

Ihre Lippen verzogen sich zu einem Lächeln. Sie strich mit der Fingerspitze um seinen Bauchnabel und fuhr die dünne Spur aus hellem Haar entlang, die nach unten zu seinem Geschlecht führte. »Du würdest meiner müde werden, wenn ich mich so oft mit dir treffen würde.«

»Ausgeschlossen. Ich könnte deiner nie müde werden. Ich könnte ein Jahr lang mit dir schlafen und immer noch neue Wege entdecken, dich zum Seufzen zu bringen. Hast du Angst, meiner müde zu werden?«

»Nein«, antwortete sie ehrlich. Er war kompliziert und fordernd, süß und unsicher ... Sie liebte jede Facette dieses verwirrenden Mannes. Sie konnte sich nicht vorstellen, seiner jemals müde zu werden. »Aber ich habe meinen Kunden und meiner Familie gegenüber Pflichten. Ich kann nicht durch die Stadt hetzen und alles stehen und liegen lassen, wenn du gerade eine Lücke für mich frei hast.«

Stille legte sich über das Zimmer, und durch das offene Fenster drang der Lärm von der Straße – das Geratter eines nahen Omnibusses, die Rufe von Straßenhändlern und sogar die fernen Töne eines Leierkastens. Ava war es zuwider, dass sie so barsch geantwortet hatte, aber es entsprach der Wahrheit. Sie würde nicht seine Geliebte werden. Seine gelegentliche Liebhaberin zu sein, war etwas anderes, damit konnte sie leben. Aber sich ihm zu unterwerfen und sich für ihn verfügbar zu machen, wann immer er Zeit für sie hatte, würde ihre Seele jedes Mal etwas mehr erdrücken.

»Das Angebot steht, falls du deine Meinung noch ändern solltest. Und wenn es irgendetwas gibt, das ich tun kann, irgendetwas, über das ich verhandeln kann, dann sag es einfach.«

»Ich dachte, die erste Regel des Verhandelns lautet, dem Gegner nie einen Vorteil einzuräumen. Was für eine Art von Eisenbahn-Tycoon bist du eigentlich?«

Er rollte sich auf die Seite und stützte sich auf einen Ellenbogen, sodass er über ihr aufragte. Mit der freien Hand umfasste er ihr Kinn. »Einer, der bereit ist, um jedes Stückchen zu betteln, das sein schöner, zauberhafter Gegner bereit ist, ihm hinzuwerfen.« Er beugte sich über sie und presste seine Lippen auf ihre. Zunächst war er zärtlich, aber als sie auf ihn reagierte, intensivierte er den Kuss. Als er schließlich von ihr abließ, atmeten sie beide schwer. »Du hast mein Innerstes nach außen gekehrt, Ava.«

Unfähig, ihm eine passende Antwort zu geben, strich sie mit ihren Lippen über seine. Dann wechselte sie das Thema. »Findet an diesem Wochenende eine weitere Kundgebung statt?«

»Nein, ich verbringe das Wochenende in Newport.«

»Oh. Um deine Schwester zu treffen?«

»Ja, und um einigen weiteren Verpflichtungen nachzukommen.«

Sie konnte sich vorstellen, um was für Verpflichtungen es sich dabei handelte. Partys, Champagner, Austern, Segeln ... Aber eigentlich hatte sie keine wirkliche Vorstellung davon.

Derartige Aktivitäten waren ihr völlig fremd, und sie hatte sich nie die Mühe gemacht, von einem derartigen Reichtum auch nur zu träumen. Warum sollte sie von etwas träumen, das sie nie haben würde?

»Irgendwelche Séancen dieses Wochenende?«, fragte er und senkte den Kopf, um ihr Schlüsselbein zu küssen. Es war, als könnte er nicht aufhören, sie zu berühren und zu küssen. Ava liebte jeden dieser Augenblicke.

»Ja, die habe ich tatsächlich. Im Juli habe ich jedes Wochenende eine.«

»Macht es dir Spaß, als Madame Zalikow aufzutreten?«

»Ja. Es gibt mir mehr Freiraum, als ich ihn als Schauspielerin auf der Bühne hätte. Ganz zu schweigen vom Geld.«

Er liebkoste ihre Brust, leckte sie und kniff sie behutsam. Ihre rosafarbene Brustwarze verhärtete sich, und ohne nachzudenken, wölbte sie sich ihm entgegen. »Deine Brüder und deine Schwester können froh sein, dich zu haben«, murmelte er. »Fast so froh, wie ich bin, dich zu haben.«

Sie kicherte. »Im Moment hast du mich nicht. Du neckst mich.«

»Das tue ich in der Tat.« Er ließ seine Zunge um ihre Brustwarze kreisen, ohne ihr zu geben, was sie wollte. Sie wand sich unter ihm, aber er ignorierte sie. »Du hast fantastische Brüste, falls ich das noch nicht gesagt haben sollte.«

»Du hast es gesagt – viele Male sogar –, aber ich werde nicht müde, es zu hören.«

Er stieß ein zufriedenes Brummen aus und wandte sich ihrer anderen Brust zu. »Erzähl mir von dem Mann. Dem Mann, der dich verletzt hat. War er dein erster?«

»Ich will jetzt nicht darüber sprechen.«

»Sprich darüber, oder ich hör mit dem auf, was ich hier tue«, drohte er und ließ seinen Mund über ihrer Brustwarze schweben. Sie versuchte, seine Erektion zu greifen, um ihn abzulenken, aber Will war schneller. Er ergriff ihre beiden Hände, zog sie über ihren Kopf und hielt sie mit einer Hand fest. »Erzähl es mir, Ava.«

»Warum? Es ist lange her.«

»Weil ich es wissen will. Und ich setze mich immer durch.« Er pustete auf die verhärtete Spitze ihrer Brust, und der Luftzug vergrößerte ihre Frustration nur. Ihre Scheide pulsierte, und sie würde ihn bald anflehen. Verdammter Kerl.

»Bitte, Ava.«

Seine *Bitte* verfehlte nie seine Wirkung. Der Himmel mochte ihr beistehen, wenn er das je herausfand.

»Vor einigen Jahren habe ich in einem Büro gearbeitet. Der Sohn des Chefs begann sich für mich zu interessieren. Er hat mich wirklich umworben. Er stellte mir in Aussicht, dass wir heiraten würden, dass wir unser Leben gemeinsam verbringen würden, und ich habe ihm geglaubt. In Wahrheit hatte er nie die Absicht, eine gemeinsame Zukunft mit mir aufzubauen. Ich war ... zweckdienlich.«

Wills Kopf fuhr hoch, und seine attraktive Stirn war gerunzelt. »Was ist geschehen?«

Sie presste ihre Lippen aufeinander, weil sie nicht über ihre Schwangerschaft sprechen wollte, vor allem nicht mit diesem Mann. »Eines Tages hörte er auf, mit mir zu sprechen. Er tat, als existierte ich nicht mehr. Dann wurde ich entlassen.«

»Er hat dich entlassen?« Will stützte sich auf einen Ellenbogen, und seine Kinnmuskulatur verspannte sich. »Der Bastard. Sag mir seinen Namen.«

»Nein, Will. Es ist lange vorbei, und du kannst das nicht wieder aufrühren.« Wenn Will die van Dunns nicht kannte, würde Ava ihr Tamburin fressen. Und sie wollte nicht, dass er irgendwelche Racheaktionen für sie durchführte. Die Vergangenheit sollte dort bleiben, wo sie war.

»In Wirklichkeit war es gut, dass ich meine Stelle verloren habe, weil ich kurz darauf Madame Zalikow entdeckte.«

»Er sollte bestraft werden.«

»Das Letzte, was ich gehört habe, ist, dass er seinen Treuhandfonds wegen Pferdewetten verloren hat. Er musste eine schreckliche Frau wegen ihrer Mitgift heiraten.«

»Ist es ein Mann, mit dem ich bekannt bin?«

»Vielleicht. Allerdings hat er nicht deinen sozialen Stand. Eher obere Mittelklasse.«

Die Falten um seinen Mund vertieften sich. Plötzlich wirkte er sehr ernst. »Du weißt, dass ich dich nie angelogen habe. Ich habe versucht, von Anfang an unumwunden ehrlich zu dir zu sein, um sicherzustellen, dass es keine Erwartungen gibt.«

»In der Tat, ich habe es nicht vergessen. Ich erwarte nicht mehr von dir, Will.« Ihrem Kopf war klar, dass es keine Zukunft für sie gab. Aber ihr Herz ... ihr dummes Herz hatte seine eigenen Vorstellungen. Tief in ihrem Inneren sehnte sie sich danach, *alles* mit diesem Mann zu teilen – seine Liebe, sein Leben, seine Zukunft. Es hatte jedoch keinen Sinn, ihm das zu gestehen. Er würde es entweder komisch oder bedauernswert finden, und beide Reaktionen würden sie zerbrechen. »Das hier ist einfach nur ein netter Zeitvertreib.«

In seinem Gesicht blitzte etwas Undefinierbares auf. Was war das gewesen? Bedauern? Ärger? Oder Dankbarkeit, dass sie ihm zugestimmt hatte?

»Dann sollten wir uns auf alle Fälle« – er senkte die Stimme – »weiterhin die Zeit vertreiben. Wo soll ich mit meinem Mund anfangen, bei deinen Brüsten oder zwischen deinen Beinen?«

Sie hob eine Braue, als wollte sie sagen: *Musst du da fragen?* Mit einem Grinsen rutschte Will im Bett hinunter und spreizte ihre Schenkel. »Hervorragende Wahl«, murmelte er, und sie vergaß alle unangenehmen Gespräche über Gegebenheiten, die sie nicht ändern konnte.

Das Deck der *Athena* schwankte unter Wills Füßen, und die salzige Gischt des Meeres benetzte sein Gesicht. Unter normalen Umständen wäre er in diesem Moment entspannt und glücklich gewesen. Die Jacht war immer sein Lieblingsort gewesen. Ein Ausflug, der ihm Freiheit von seinem Schreibtisch, der Büroarbeit und den Pflichten gestattete, die ihn jeden Tag verfolgten. Hier konnte er die frische Luft und die Meeresbrise genießen. Heute jedoch wünschte er sich, woanders zu sein. Mit jemand anderem.

Und diese Erkenntnis gefiel ihm gar nicht.

»Das Wasser ist schön, nicht?«

Will blickte auf Miss Iselin hinunter – Kathleen, wie sie verlangte, dass er sie unter vier Augen nannte. Sie und ihre Mutter waren zwei von fünfzehn Gästen auf der Jacht, alles Mitglieder der Elite von Newport. Außerdem waren Tompkins und Bennett wegen des laufenden Wahlkampfes mit an Bord.

Die Bänder von Kathleens Sonnenhaube flatterten im Wind, und ihr Kleid schmiegte sich an etwas, das wirkte wie eine leicht üppige Figur. Er wartete darauf, etwas zu fühlen … irgendetwas. Enttäuscht wandte er seinen Blick ab. »Ja, das ist es. Segeln Sie gern?«

»Ja.« Sie lehnte sich an die Reling und schloss die Augen. »Es hat etwas Befreiendes, auf dem Meer zu sein. Es lehrt einem Bescheidenheit. Eine Mahnung, wie wenig Einfluss wir im Universum haben.«

»Das ist sehr tiefsinnig.« Er hatte oft genau dasselbe gedacht, wenn er auf dem Schiff war. Ein weiterer Hinweis darauf, dass Kathleen einen größeren Tiefgang hatte als die meisten Mädchen in ihrem Alter. »Und ja, es kann beeindruckend sein, vor allem bei schlechtem Wetter.«

»Das Schiff meines Vaters hat ungefähr die gleiche Größe«, bemerkte sie. »Sie müssen das Segeln lieben.«

»Ja, obwohl ich es viel zu selten genieße. Ich bin häufiger rausgefahren, als Lizzie noch jünger war.«

»Ihre Schwester ist sehr reizend. Ich kann mir vorstellen, dass es schwer für Sie war, als sie geheiratet hat, da Sie beide sich so nahestehen.«

Sensibel ist sie auch. Nicht viele Menschen würden das vermuten – und falls sie es taten, würden sie es ihm gegenüber nicht erwähnen. Es gefiel ihm, das Kathleen das getan hatte. »Sie ist glücklich mit ihrem neuen Leben, was mich sehr freut. Das ist alles, was ich mir für sie gewünscht habe.«

»Aber?«

Er schmunzelte und beugte sich vor, um die Ellenbogen auf die hölzerne Reling zu legen. »Es gibt kein ›aber‹. Sie müssen sich für Ihre ältere Schwester gefreut haben, als sie vor ein paar Jahren heiratete.«

Kathleen zuckte mit den Schultern. »Ich war froh, als die

Hochzeit vorbei war. Ich fand den Ablauf recht langweilig.«

»Ist eine große, prachtvolle Hochzeit, an der die Spitzen der Gesellschaft teilnehmen, nicht der Traum jeder Frau?«

»Meiner ist es nicht.« Ihre Miene wurde wehmütig, fast scheu. »Ich finde, je größer die Hochzeit ist, desto weniger Aufmerksamkeit wird dem gewidmet, was die dabei gesprochenen Worte bedeuten.«

Will spürte, wie sich etwas Schweres auf ihn legte und sich eine innere Spannung herausbildete, die im Gegensatz zu dem stand, was ihm sein Kopf erzählte: nämlich dass dieses Mädchen absolut perfekt zu sein schien. Sie sagte lauter richtige Dinge, faszinierte ihn, war intelligent, hübsch, hatte denselben sozialen Hintergrund wie er. Will hätte eigentlich hochzufrieden sein sollen angesichts des Wissens, dass sich alles, was er haben wollte, nun in Reichweite befand. Stattdessen spannte sich seine Haut unbehaglich, als probierte er einen Mantel an, der ihm zwei Nummern zu klein war.

»Ah, hier sind Sie beide also«, sagte Tompkins und trat neben Will. »Ein schöner Tag zum Segeln, nicht wahr?«

Will stieß einen unverbindlichen Laut aus, während Kathleen höflich antwortete: »Ja, das ist es.«

»Miss Iselin hat mir vorhin von ihrem Interesse an karitativer Arbeit erzählt«, teilte Tompkins Will mit. »Sie widmet ihre Zeit sogar einem kleinen Waisenhaus in Battery Park.«

Sie machte eine wegwerfende Handbewegung. »Es sind nur ein paar Stunden die Woche. Meine guten Taten können sich nicht annähernd mit dem großen Rahmen dessen messen, was Mr. Bennett und Mr. Sloane zu erreichen hoffen, wenn sie die Wahl gewinnen.«

»Vielleicht könnten die beiden Kandidaten dem Waisenhaus einen Besuch abstatten und einer guten Sache etwas Aufmerksamkeit schenken. Ich meine, vorausgesetzt, dass dem Waisenhaus die dadurch erzeugte öffentliche Aufmerksamkeit nützt.«

Miss Iselin errötete, wodurch ihre porzellanfarbene Haut mit einem kleidsamen Rosa überzogen wurde. »Ich bin sicher, dass sie das zu schätzen wüssten. Ich könnte das ja mit ihnen klären und Sie dann informieren.«

»Das wäre wunderbar«, sagte Tompkins in die Stille hinein, als Will nicht reagierte. »Bitte informieren Sie Mr. Sloane, sobald Sie mit ihnen gesprochen haben.«

»Das werde ich. Wenn die Herren mich entschuldigen.«

Kathleen lief anmutig über das schwankende Deck, um sich wieder zu den anderen zu gesellen. Will atmete vor Erleichterung aus. Er war froh, dass er sich jetzt für ein paar Augenblicke auf etwas anderes konzentrieren konnte.

»Sie ist absolut perfekt für Sie. Ich hoffe, Sie haben das bemerkt«, sagte Tompkins. »Allerdings stelle ich einen Mangel an Begeisterung Ihrerseits fest.«

Tompkins spitze Bemerkung traf zwar zu, aber sie verärgerte Will. »Der Grad meiner Begeisterung geht Sie wohl kaum etwas an.«

»Nicht?« Tompkins trat näher an ihn heran und sagte mit gedämpfter Stimme: »Ich glaube, ich kenne den Grund, warum Sie Miss Iselin nicht leidenschaftlicher umwerben. Muss ich ihn aussprechen?«

Will starrte Tompkins in die Augen, und die Wahrheit lag im Blick des Mannes. Er hatte keine Ahnung, woher Tompkins von Wills Affäre mit Ava wusste, aber das tat er. Zumindest hatte der Berater bemerkt, dass Wills Interesse irgendeiner anderen Frau galt. »Noch einmal, das ist meine Angelegenheit, nicht Ihre. Ich bin derjenige, der darüber entscheidet, ob und wann ich heirate.«

»Ist Ihnen klar, was Sie da sagen? Für den Wahlkampf ist es erforderlich, dass Sie sich verloben. Das wird Ihr Foto in sämtliche Zeitungen bringen, und die Wähler werden Miss Iselin anbeten. Sie ist unschuldig, intelligent und will die Welt verbessern. Darüber hinaus steht Sie mit Ihnen auf der gleichen sozialen Stufe. Jede Andere wäre eine Belastung, die wir uns nicht leisten können. Die *Sie* sich nicht leisten können. Haben Sie eine Vorstellung über das heimliche Gelächter über die Sloanes, seit Ihre Schwester Cavanaugh geheiratet und angefangen hat, selbst zu arbeiten?«

Will gefiel es nicht, dass Ava als »Belastung« bezeichnet wurde, obwohl er schon ein- oder zweimal selbst diesen Gedanken gehabt hatte. Er begann allerdings, sich immer weniger darum zu scheren, was die Wähler wollten. »Jeder, der über meine Schwester lacht, wird mir Rechenschaft ablegen müssen. Und gestatten Sie mir, mich selbst um meine Verpflichtungen zu kümmern.«

»Das würde ich, wenn ich den Eindruck hätte, dass Sie mit ihnen umzugehen wissen. Es beginnt aber für mich offenkundig zu werden, dass Sie das nicht können und es einer billigen Hure erlauben …«

Eine rasende Wut erfasste Will, und er reagierte rein gefühlsmäßig. Er packte Tompkins am Hemd. »Wagen Sie es nie wieder, so von ihr zu sprechen. Falls Sie das tun, mache ich Sie fertig.«

Tompkins grinste ihn höhnisch an. Sein Mangel an Respekt

war derart offensichtlich, dass Will ihn am liebsten zusammengeschlagen hätte. »Sie gottverdammter Idiot«, sagte Tompkins. »Und Sie haben sich Sorgen gemacht, dass Bennett durch das Medium dem Wahlkampf schaden könnte. Wenn die Opposition davon Wind bekommt, dass Sie mit der Schwester eines Ihrer Angestellten schlafen …«

Er beendete seinen Satz nicht, und Will nutzte die Gelegenheit, ihn anzublaffen. »Mein Privatleben geht niemanden außer mich selbst etwas an. Wenn die Opposition auch nur ein Wort über sie sagt, stampfe ich sie in Grund und Boden.«

Tompkins riss sich los und glättete seine Halsbinde und seine Weste. »Sie werden die Angelegenheit nicht mehr in den Sack zurückstopfen können, sobald sie erst einmal heraus ist, Sloane. Und wie wird sich Miss Iselin fühlen, wenn sie in den Zeitungen über Ihre wöchentlichen Stelldicheins liest?« Darauf hatte Will keine Antwort, also fuhr Tompkins fort: »Sie spielen mit dem Feuer. Passen Sie auf, dass wir nicht alle zusammen verbrennen.«

KAPITEL SIEBZEHN

Ava hatte einen einträglichen Nachmittag hinter sich. Sie hatte sechs private Readings durchgeführt, davon zwei für Neukunden. Die gestiegene Zahl an »Einstiegsberatungen« bedeutete, dass sich ihre monatlichen Einnahmen erhöhten. Vielleicht konnte sie Grey und Harris ein wenig Geld für ihr fiktionales Unternehmen in den Rachen werfen und sie sich so erst einmal vom Hals halten. Die Erpresser erwarteten von Avas Kunden, dass sie von Woche zu Woche mehr investierten, und das Fehlen solcher Investitionen würde die beiden Männer nur misstrauisch machen.

Sie öffnete ihre Reisetasche und legte die blonde Perücke hinein. Das verdammte Ding hatte die ganze letzte Stunde gejuckt. Ein Klopfen an der Tür ließ sie innehalten. Waren das vielleicht schon wieder Grey und Harris? Ihr wurde flau im Magen. Vielleicht würden sie ja wieder gehen, wenn sie sie einfach ignorierte und die Tür nicht öffnete?

»Madame Zalikow, ich weiß, dass Sie da sind.«

Sie konnte die ihr vertraute männliche Stimme nicht zuordnen. Handelte es sich um einen Kunden, der einen Termin durcheinandergebracht hatte? Sie griff in ihre Reisetasche, nahm die Perücke wieder heraus und setzte sie sich so gut wie möglich wieder auf. Als sie die Tür öffnete, sah sie Charles Tompkins, den Wahlmanager von Will und John, im Flur warten.

Er trug einen dunkelblau karierten Anzug mit einer passenden Weste, die über seinem großen Bauch spannte, und in der Hand hielt er eine Melone. Er lächelte sie unter seinem buschigen Schnurrbart hervor an. »Guten Nachmittag. Ich hoffe, ich störe nicht.«

»Nein«, sagte sie vorsichtig mit ihrem russischen Akzent. »Allerdings frage ich mich, warum Mr. Bennetts Wahlmanager mich aufsucht. Geht es John gut?«

Tompkins winkte ab. »Oh, John geht es gut. Bestens. Darf ich hereinkommen?« Ohne auf ihre Antwort zu warten, fegte der Mann an ihr vorbei und stürmte ins Zimmer.

Leise schloss sie die Tür. Obwohl Beklommenheit in ihr hochstieg, versuchte sie, ruhig und gefasst zu wirken. »Weshalb haben Sie mich aufgesucht?«

»Sie können Ihren russischen Akzent fallen lassen, Miss Jones. Wir kennen uns gut, glaube ich.«

»Ich ... Sie wissen, wer ich bin?«

Er nickte kurz. »Ja, ich weiß es schon seit einiger Zeit. Recht ... einfallsreich von Ihnen. Nicht viele Frauen hätten den Mut, das zu tun, was Sie getan haben.«

Sie sagte nichts. Er war aus einem bestimmten Grund hier, und sie wollte, dass er ihn aussprach.

»John weiß natürlich nichts«, fuhr er fort. »Ich bringe es nicht übers Herz, es ihm zu sagen.«

Eine Drohung hing in der Luft, eine, die ihr eine Gänsehaut über den Rücken jagte. »Aber ...?«

Er schlenderte tiefer in den Raum hinein und wischte mit einem behandschuhten Finger über die glatte Oberfläche des hölzernen Toilettentischs, als wollte er ihn überprüfen. Sie ließ sich nicht zum Narren halten. Ava war eine Darstellerin und wusste, wie man beim Publikum Spannung aufbaute. Und obwohl sie nicht auf einer Bühne waren, zog er mit absoluter Sicherheit eine Show ab.

»William Sloane wurde sorgfältig als Johns Vizepräsidentschaftskandidat ausgewählt, Miss Jones. Er hat eine makellose Herkunft, beeindruckende Kontakte, Reichtum und Charisma. Die Tatsache, dass er elegant und attraktiv ist, schadet auch nicht gerade.« Er blieb stehen, lehnte sich an den Toilettentisch und schob die Hände in die Taschen. »Diese beiden Männer sind absolut sichere Kandidaten für die Nominierung der Republikaner, die achtbare Partei von Lincoln, eine Kraft gegen die Tyrannei von Tammany Hall. Und sobald ich das ganze Gewicht der Partei hinter ihnen habe, werden die Demokraten Probleme haben, uns zu schlagen.«

Ihr Rücken straffte sich. In ihrem Metier war es überlebenswichtig, Leute durchschauen zu können. Im Moment durchschaute sie Tompkins so gut, als wäre er durchsichtig. Daher wusste sie, was nun kam – sie wusste es und nahm es ihm übel.

»Sie müssen begreifen, wie sehr Ihre Verbindung zu Mr. Sloane unseren Wahlkampf gefährdet. Dass ein Wort im falschen Ohr alles zunichtemacht, was wir zu erreichen hoffen.«

»Ich weiß nicht, warum Sie damit zu mir kommen. Schließlich ist Mr. Sloane Ihr Kandidat.«

Sein Blick wanderte von oben bis unten über ihre Gestalt, langsam, fast, als würde er ihr mit seinen Augen die Kleidung vom Körper schälen. Abscheu erfüllte sie. Zum Glück war sie vom Hals bis zu den Zehen bekleidet.

»Männer sind bemerkenswert dumm, wenn es um Mösen geht.« Sie fuhr bei diesem groben Wort zusammen, das sie noch nie zuvor jemanden hatte laut aussprechen hören. Sein darauf folgendes Lächeln war grausam und kalt. »Es macht Ihnen doch nichts aus, wenn ich geradeheraus spreche, oder? Ich vermute, dass Sie in Ihrem Teil der Stadt schon alle Arten von Wörtern gehört haben.«

Wie konnte er es wagen. Hass flammte in ihrer Brust auf und schnürte ihr die Kehle zu. Mühsam stieß sie hervor: »Tatsächlich ist das ein Wort, das ich bisher noch niemanden habe aussprechen hören.«

Sein Mundwinkel zuckte, als wäre er amüsiert. »Dann sollten Sie sich damit vertraut machen, Miss Jones, denn das ist es, was Sie für jemanden wie William Sloane sind. Ein schneller Fick. Bedeutungslos. Bequem. Ein warmer Körper, dessen Beine er spreizen kann, um sich Erleichterung von seiner Anspannung zu verschaffen. Männer können kopflos sein, wenn es außergewöhnlich gut ist.«

Sie konnte nichts darauf sagen. Ihre Zunge fühlte sich dick und nutzlos an, und sie war voller Wut und Empörung. Die Worte schmerzten, und das wusste er. Sie machte sich keine Illusionen bezüglich ihrer Beziehung zu Will, aber das so deutlich ausgesprochen zu hören, verletzte sie so sicher wie ein körperlicher Schlag.

»Lieber Himmel, ich kann es nicht glauben. Ich kann es Ihnen vom Gesicht ablesen. Sie haben geglaubt, dass er sich tatsächlich etwas aus Ihnen macht.« Er warf den Kopf zurück und stieß ein paar tiefe Lacher aus, die seinen gewaltigen Bauch beben ließen. »Was haben Sie gedacht? Dass er Sie heiraten würde? Und dass Mrs. Astor Sie zum Tee einlädt? Kommen Sie, Miss Jones. Ich habe Sie für klüger gehalten.«

In den hintersten Ecken ihres Herzens, die niemand sah und die sie sich selbst kaum eingestand, hatte Ava gehofft, dass ein kleiner Teil jenes Traums wahr werden würde, dass Will ein ehrbares Bündnis auf immer mit ihr eingehen wollte, dass die Gesellschaft und Mrs. Astor keine Rolle spielten und nur ihre gegenseitige Liebe zählte.

Aber sie war in den Slums aufgewachsen, wo man schnell lernte, dass Träume nur etwas für Dummköpfe und Kinder waren. Ihr Herz hätte sich vielleicht eine Ewigkeit mit Will gewünscht, aber ihr Kopf hatte nie die Tatsache aus den Augen verloren, dass dies nicht geschehen würde, weil ihre Lebensumstände ein gemeinsames Glück bis ans Ende aller Tage verhinderten.

»Worauf wollen Sie hinaus?«, fragte sie und stellte zu ihrer Überraschung fest, dass ihre Stimme trotz ihres inneren Aufruhrs fest klang.

»Ich will darauf hinaus, werte Dame, dass Sie die Sache mit William besser beenden – und zwar schnell. Wenn Sie das nicht tun, bin ich gezwungen, Ihre jämmerlichen Machenschaften den Zeitungen preiszugeben. Dann wird man Madame Zalikow mit dem nächsten Zug aus der Stadt jagen.«

»Das werden Sie nicht tun, denn wenn Sie mich bloßstellen, stellen Sie zugleich Bennett als Idioten bloß. Ganz zu schweigen von all den heiklen Dingen, die er mir anvertraut hat. Sie sind nicht der Einzige, der den Zeitungen eine Story liefern kann.« Sie würde Bennetts Vertrauen zwar nie missbrauchen, aber das wusste Tompkins nicht. *Und ja, du bist genau das, was er ganz zu Anfang in dir gesehen hat: eine Erpresserin.*

Tompkins nickte, als hätte er dies erwartet. »Wird New York einem dekorierten Kriegshelden und früheren Senator der Vereinigten Staaten glauben oder einer Scharlatanin, die darauf aus ist, auf die Schnelle Geld zu machen? Und das bringt dann Stephen van Dunn ins Spiel. Ein sehr interessanter Mann, unser Mr. van Dunn. Übrigens verfügt er über ein schockierend gutes Gedächtnis, vor allem, nachdem ich ihm versprochen habe, seinen Namen aus allen Storys rauszuhalten.« Sie presste eine Hand auf den Magen, und der Boden begann unter ihren Füßen zu schwanken. »Ich bin kein Dummkopf. Als mir klar wurde, was zwischen Ihnen und Sloane läuft, habe ich mir schnell alle Informationen über Miss Ava Jones beschafft. Sie können froh sein, wenn Sie noch an einem Stück sind, wenn ich mit Ihnen fertig bin.«

Schmach brannte ihr auf der Haut, und die Schrecken der Vergangenheit stürzten über sie herein wie ein Eimer voller glühender Asche. Stephen, die Affäre, die Schwangerschaft ... *Lieber Gott.* Der Gedanke, dass dies alles der Öffentlichkeit bekannt gemacht und in dem schmutzigen Versuch eingesetzt wurde, sie in Verruf zu bringen, ließ sie erzittern.

Aber alles in ihr lehnte sich dagegen auf, klein beizugeben. Sie hasste brutale Kerle, und sie hasste die Vorstellung, ihr Leben nicht mehr länger selbst in der Hand zu haben. Ihr schwirrte der Kopf, aber sie versuchte alles zu durchdenken. Vielleicht würde sie die Wahrheit gar nicht ruinieren. Schließlich hatte sie schon weit schlimmer gelitten und sich wieder davon erholt. Sie war sogar erfolgreich geworden, und das in einer Stadt, in der nur die Stärksten und Tüchtigsten überlebten. Und außerdem würden die Zeitungen vermutlich kaum etwas derart Schlüpfriges veröffentlichen, nicht solange die Comstock-Gesetze in Kraft waren.

Schließlich traf sie eine Entscheidung und erwiderte entschlossen: »Ich mag keine Drohungen. Wenn Mr. Sloane mich nicht mehr sehen will, soll er es mir sagen, nicht Sie.«

»Es ist mir zuwider, aber Sie lassen mir keine Wahl.« Er seufzte dramatisch und zog ein Stück Zeitung aus seiner inneren Jackentasche. »Wissen Sie, wo Mr. Sloane sein Wochenende verbracht hat?«

»In Newport.«

Er entfaltete das Papier behutsam. »Ja, das stimmt. Aber wissen Sie auch, warum?« Sie zögerte, und seine Lippen verzogen sich zu einem grausamen Lächeln. »Natürlich wissen Sie das nicht. Mr. Sloane macht einer Frau den Hof, Miss Jones. Einer jungen Frau seines Standes; einer, der er vor dem Ende dieses Sommers einen Heiratsantrag zu machen gedenkt.«

Ihr Mund wurde plötzlich trocken, und sie versuchte zu schlucken. Ja, er hatte früher im Sommer Miss Baldwin zu einer Séance begleitet, aber laut Will hatten sich die beiden seither nicht mehr gesehen. »Miss Baldwin?«

Mit vor Bosheit glitzernden Augen hielt ihr Tompkins den Zeitungsausschnitt hin. »Nein, nicht Miss Baldwin. Er hatte in diesem Frühjahr vier Ehekandidatinnen. Alle wurden aussortiert, bis auf eine. Hier, lesen Sie selbst.«

Sie starrte auf den Zeitungsausschnitt und wusste, dass sie sich besser weigern sollte, ihn zu lesen. Was auch immer in dem Artikel stand, es würde keine willkommene Nachricht für sie sein. Aber sie konnte sich nicht davon abhalten. Etwas zu wissen war schließlich immer besser, als es nicht zu wissen, oder?

Mit zitternder Hand nahm sie den Zeitungsausschnitt und begann zu lesen.

EISENBAHNERBE UMWIRBT ISELIN-ERBIN!

SLOANE VERANSTALTET PRIVATEN SEGELAUSFLUG FÜR SCHÖNHEIT!

EINE DEM PERFEKTEN PAAR NAHESTEHENDE QUELLE SAGT: »DIE VERLOBUNG STEHT UNMITTELBAR BEVOR.«

Verpflichtungen, hatte er gesagt. War die Iselin-Erbin diese Verpflichtung, oder hatte Will es einfach vorgezogen, das hier vor Ava zu verheimlichen? Sie atmete gepresst ein. Die Wahrheit starrte sie in schlichtem Schwarz-Weiß an. *Wenn du weitermachst, wirst du zu der anderen Frau. Zur Geliebten.*

Ihre Augen brannten und kündigten aufsteigende Tränen an, die ihre Demütigung noch verstärken würden. Sie drängte sie mit der reinen Kraft ihres Willens zurück. Tompkins würde sie nicht weinen sehen.

»Gut«, sagte sie und gab ihm den Zeitungsausschnitt zurück. »Aber überlassen Sie es mir, es ihm zu sagen, sonst würde er es nie glauben.«

Tompkins nickte zufrieden und steckte den Artikel wieder in seine Tasche. »Natürlich, Miss Jones. Aber es sollte noch in dieser Woche geschehen.«

Am Donnerstagnachmittag traf Will erst später ein, weil ein Mitglied der Geschäftsleitung unfähig gewesen war, sich kurzzufassen. Mit großen Schritten eilte er die Treppe hinauf. Vorfreude durchströmte ihn, die Begierde und Hunger in ihm auslöste, die nur von einer Frau befriedigt werden konnten. Wie es ihre Gewohnheit war, hatte sie die Tür nicht verschlossen. Also stieß er sie auf und trat in der Hoffnung ins Hotelzimmer, Ava auf dem Bett vorzufinden. Nackt.

Stattdessen saß sie züchtig und kerzengerade auf einem Sessel. In all den Wochen, in denen er sie hier getroffen hatte, war sie nie so … ernst gewesen. War das ein Spiel? Würden sie heute ein Rollenspiel machen? Unfähig, ein wölfisches Grinsen zu verbergen, schloss er die Tür und schlenderte zu ihr. »Hallo, Schatz. Machen wir ein Rollenspiel? Was ist das hier – missbilligende Lehrerin und störrischer Schüler?«

»Will, wir müssen reden …«

»Oh, daran habe ich keine Zweifel.« Er schüttelte seinen Gehrock ab und warf ihn auf den Toilettentisch. »Über meine schlechten Noten? Oder habe ich den Unterricht gestört?«

Ava sprang auf und schlang die Arme um sich selbst. »Nein. Du verstehst das falsch …«

»Ah, es ist die trauernde Witwe und der überfürsorgliche Eismann?« Er hob die Finger an seine Kehle, um seine Krawatte zu lösen. »Oder ein kranker Soldat, der von einer errötenden Unschuld gepflegt werden muss?«

Sie griff sich an den Nasenrücken, und ein zögerliches Lächeln breitete sich auf ihrem Gesicht aus. »Mein Gott, wie viele davon kannst du dir ausdenken?«

»Oh, ich fange gerade erst an. Frau verführt den älteren und attraktiveren Bruder ihres Mannes. Arzt untersucht seine schöne Patientin. Vollbusige Melkerin und Landarbeiter. Sultan und seine Haremsfavoritin …«

»Stopp«, lachte sie. »Hör auf zu reden, du schrecklicher Mann.«

Er stemmte die Hände in die Hüften und neigte den Kopf zur Seite. »Was ist es, Ava?«

Sie stieß einen tiefen Seufzer aus, der klang, als wäre sie unglücklich, und plötzlich fühlte Will sich beklommen. Er wollte sie in die Arme nehmen und küssen, bis sie lächelte, aber ihre Körperhaltung drückte Distanz aus, daher schob er stattdessen die Hände in die Hosentaschen. »Stimmt etwas nicht? Ist etwas passiert?«

»Ich weiß von Newport. Von Miss Iselin.«

»Newport?« Er versuchte einen Grund zu finden, warum eine Segelpartie mit Kathleen sie beunruhigen sollte. »Tut mir leid, ich verstehe nicht, was du meinst.«

»In der Zeitung stand ein ausführlicher Bericht über den Segelausflug, und es hieß, dass du vorhast, sie zu heiraten.«

Er runzelte die Stirn. Wie hatten die Zeitungen von dem Ereignis am Samstag erfahren? Von Tompkins? Will nahm sich vor, bei der ersten sich bietenden Gelegenheit ein Wörtchen mit seinem Wahlkampfmanager zu reden. Er wollte nicht, dass Einzelheiten über sein Privatleben in die Zeitungen kamen.

Aber war das nicht der eigentliche Grund dafür, Kathleen den Hof zu machen – die öffentliche Aufmerksamkeit, die den Wahlkampf unterstützen sollte?

Verwirrt strich er sich mit der Hand durch das Haar. »Ava, du solltest nicht alles glauben, was du über mich in der Zeitung liest. Ich mache mir schon längst nicht mehr die Mühe, auch nur einen Blick in die Klatschseiten zu werfen.«

»Also planst du nicht, sie zu fragen, ob sie dich heiraten will? Und du hast in diesem Frühjahr auch nicht vier Heiratskandidatinnen gehabt?«

»Das habe ich, aber …« Er wusste nicht, was er sagen sollte.

Dass seine Bereitschaft zu heiraten deutlich nachgelassen hatte, seit sie beide miteinander schliefen? Dass er nicht aufhören konnte, an sie zu denken? Dass er sich jede Sekunde bis in sein tiefstes Inneres nach ihr sehnte?

»Will, ich kann nicht die andere Frau sein. Ich kann nicht diejenige sein, die das an Zeit und Aufmerksamkeit von dir bekommt, was übrig bleibt. Es würde …« Sie brach ihren Satz ab.

»Was würde es?«, krächzte er.

Sie fuhr sich mit der Zunge über die Lippen und atmete tief ein. »Es würde mich umbringen.«

Ein schweres Gewicht legte sich auf seine Brust, die Schwere der Lebensumstände, die sie beide trennten. Er fühlte, wie sie ihm entglitt, und das ängstigte ihn. »Was sagst du da? Was willst du von mir, Ava?«

»Ich kann dich nicht wiedersehen, Will. Wir wussten …«

Will schlug mit der Handfläche krachend auf die Platte des hölzernen Toilettentischs. Eine ohnmächtige Wut erfasste ihn, die sein kleiner Gefühlsausbruch nicht verringern konnte. Er wollte auf irgendetwas einprügeln, irgendetwas zusammenschlagen, bis er das verwirrende Gefühl in sich im Griff hatte.

»Wir wussten«, beendete Ava, deren Stimme nun lauter und fester war, ihren Satz, »dass das hier vorübergehend sein würde. Ich werde nicht deine Geliebte sein, und die Umstände sind nun mal so, wie sie sind …«

»Zum Teufel mit dem Umständen«, polterte er los. Er war unfähig, die traurige Entscheidung zu akzeptieren, die er in ihrem Blick sah. War sie denn tatsächlich so entschlossen, ihn aufzugeben?

»Du meinst das nicht. Unsere Leben könnten unterschiedlicher nicht sein, Will. Unsere Hintergründe, unsere Verpflichtungen. Du würdest es mir verübeln, wenn ich dich zwingen würde, irgendetwas daran zu ändern. Und ich will nicht, dass du einmal irgendetwas bereust.«

Er verschränkte die Arme und schob die geballten Fäuste unter seine Achseln. »Ist es wirklich so einfach für dich, wegzugehen?«

Schmerz zuckte über ihr Gesicht, bevor sie ihre Mimik wieder unter Kontrolle hatte. Dieser kleine Riss in ihrer eisigen Entschlossenheit gab ihm Hoffnung. Vielleicht konnte er sie dazu bringen, ihre Meinung zu ändern.

Er ging zu ihr und umfasste ihr Kinn mit seiner Hand. Ihre Haut war weich und geschmeidig, und er wusste, wie wunderbar sie schmeckte. Er hob ihren Kopf an und zwang sie, ihn anzusehen. »Ist es das?«

»Es spielt keine Rolle, ob es leicht oder schwer ist«, flüsterte sie. »Das Leben ermöglicht uns nicht immer schmerzlose, einfache Entscheidungen. Aber trotzdem muss man sie treffen.«

»Ja, aber warum muss diese Entscheidung *jetzt* getroffen werden?«

»Weil es wehtut, Will. Und morgen wird es noch schlimmer wehtun, und den Tag darauf sogar noch schlimmer. Jeder weitere Tag, an dem ich mir vormache, dass du mir gehörst – und nur mir –, bewirkt nur, dass es noch mehr schmerzt.«

Er fühlte einen lodernden Stich in seiner Brust. Wie hatte sich dieser Tag so schrecklich entwickeln können? Er wäre am liebsten zurück in sein Bett gegangen, um den Tag erneut zu beginnen, dann hierherzukommen und von ihr lächelnd und bereit für ihn empfangen zu werden. »Gib mir mehr Zeit, Ava.« Er strich ihr mit dem Daumen über das Kinn. »Ich bin noch nicht bereit, dich gehen zu lassen.«

»Es tut mir leid, aber das kann ich nicht.« In ihren Augenwinkeln sammelte sich eine glitzernde Nässe, und dieser Anblick zwang ihn fast in die Knie. Bloß keine Tränen – alles, aber keine Tränen. Lieber sollte sie ihn anschreien und ihm einen Briefbeschwerer an den Kopf werfen.

Er beugte sich zu ihr hinab und presste seinen Mund auf ihren; ein schlichtes Verschmelzen von Lippen, das sich wie ein Zuhause anfühlte. Wie das, was er sich immer gewünscht hatte: Liebe und Glück, Lachen und Lebendigkeit.

Sie verharrte zunächst reglos, aber schon bald begann sie, ihn zurückzuküssen, und ihr Mund kam seinem in einem zerbrechlichen Austausch entgegen, in den sich Trauer mischte. Als ihre Finger über seine Schultern wanderten und durch sein Haar fuhren, vertiefte er den Kuss. So standen sie einen langen Augenblick da, schmeckten sich und genossen einander, bis sie sich schließlich von ihm löste.

»Will, bitte. Mach es nicht noch schwerer, als es sein muss.«

»Also soll ich es leichter für dich machen, wegzugehen?« Er packte ihre Hüften, zog sie zu sich und presste sie an seinen Körper. Sie sollte fühlen, wie sehr er sie begehrte. »Das kann ich nicht, du wunderbare Frau. Ich will dich viel zu sehr, um dir kampflos zu erlauben, fortzugehen.«

Ihr Kopf fiel an seine Brust, und ihre Schultern sackten kraftlos in sich zusammen. »*Will* …«, wimmerte sie.

Er presste einen Kuss auf ihren Scheitel. »*Ava* …«, sagte er im gleichen Tonfall.

Sie sagte nichts, aber ihre Hände glitten zu seinen Hüften, hinauf zu seinem Brustkorb, über seinen Bauch.

Er sehnte sich danach, sie überall zu berühren. »Bitte, Ava«, flehte er. »Verlass mich nicht. Bleib.«

Ohne eine Antwort abzuwarten, kniete er nieder und begann, ihre Röcke höher zu schieben. Seine Finger flogen über ihre in Strümpfen steckenden Waden und Knie ihre lange Unterhose hinauf bis zu dem Punkt zwischen ihren Beinen. »Halt die«, befahl er und schob die Stoffschichten ihrer Röcke zu ihr hoch. Ihre Brust hob und senkte sich rasch, als sie ihre Rocksäume in die Hände nahm und Will so freien Zugang zu dem Schlitz in ihrer Unterhose gewährte.

Er konnte sie, den verlockenden Duft ihrer Erregung, riechen, und er spürte, wie es in seiner Erektion pulsierte. »Willst du das hier?«, fragte er und beugte sich vor, um über ihrem Spalt auszuatmen. »Sag mir, Ava, darf ich dich an diesem Nachmittag haben?« Alles hing von ihrer Antwort ab. Wenn er sie heute überreden konnte, standen die Chancen gut, dass er sie auch in der Zukunft würde überreden können. Und er war bereit, mit unfairen Mitteln zu arbeiten, um zu bekommen, was er wollte.

Sie stand zitternd da, ihr Geschlecht seinem gierigen Blick entblößt. »Du bist der Teufel, Will Sloane.«

»Das ist keine Antwort.« Zart rieb er mit der Nase über die samtweiche Haut an der Innenseite ihrer Schenkel, und sie schnappte nach Luft. »Ich will hören, dass du es sagst.«

»Vermutlich wäre es eine Schande, das Hotelzimmer ungenutzt zu lassen.«

Ein süßes Siegesgefühl stieg in ihm auf, und seine Lippen verzogen sich zu einem Grinsen. Er belohnte sie, indem er seine Zunge kurz über die gespannte Knospe ihres Geschlechts streifen ließ. Sie zuckte zusammen, und ihre Finger verklammerten sich in seinem Haar. Aber er rührte sich nicht weiter. »Sag mir, dass du mich brauchst, Ava. Dass du *das hier* brauchst.«

»Ja, Will. Himmel, ja.«

Er stürzte sich auf sie, bereit, sie zu verschlingen und ihr zu beweisen, dass sich niemand je mit ihm würde vergleichen lassen; um sie an ihn zu binden und zu verhindern, dass sie ihn je verließ; um mehr Zeit zu gewinnen. Er konnte nicht zulassen, dass es schon vorüber war.

Plötzlich griff sie nach seinem Kopf, um zu verhindern, dass er sich weiter bewegte, und er sah neugierig zu ihr hoch. »Ich werde dich nicht noch einmal treffen. Das hier ist das letzte Mal, Will. Bitte versteh, dass ich nicht weitermachen kann, nicht auf die Weise, nicht unter diesen Umständen.«

Enttäuschung brach über ihn herein, und er stand wieder auf. »Verdammt, Ava, du bist unvernünftig. Ich bin noch nicht einmal verlobt!«

Ihre Röcke fielen herab und bedeckten ihre verführerischen Beine und Knöchel.

»Und du nutzt die Anziehung zwischen uns beiden aus, um mich zu manipulieren. Um zu bekommen, was du willst. Hör auf, nur an dich selbst zu denken!«

Am liebsten wäre er laut geworden und hätte geschrien und gestritten, bis er gewann. Aber er wusste, dass sie recht hatte. Er war egoistisch. Also ging er zum Fenster und sah hinab auf den Straßenverkehr. Er hatte New York immer geliebt, aber in diesem Moment fühlte sich seine geliebte Stadt wie eine Schlinge um seinen Hals an.

Warum musste sie so dickköpfig sein? Er konnte nicht einfach irgendeine Frau heiraten, die er wollte. So funktionierte die Gesellschaft nicht, nicht für einen Mann in seiner Position. Und würde sein Vater ihm nicht eine lange Nase machen, wenn Will nach über zweihundert Jahren der peniblen Pflege ihres Stammbaums ein Medium heiratete? »Du ruinierst alles«, hatte sein

Vater oft gesagt. Will würde den Teufel tun und zulassen, dass der alte Mann recht behielt.

Einen Augenblick später schlangen sich kleine Arme um seine Taille, und das schwere Gewicht ihrer Brüste drückte gegen seinen Rücken. Er fasste ihre Handgelenke und suchte nach den richtigen Worten. Aber es gab keine Worte; zumindest keine, die den Schmerz in seiner Brust lindern konnten. »Du weißt, dass du jederzeit deine Meinung ändern kannst«, sagte er schließlich, während er beobachtete, wie die Nachmittagssonne die Gebäude in orangefarbene und rote Lichtstreifen tauchte. »Ein Teil von mir wird immer auf dich warten.«

Er hörte, wie sie ruckartig einatmete. »O Will. Ein Teil von mir wird immer bei dir sein.«

Der Straßenlärm hüllte sie ein, während sie sich aneinanderklammerten wie Moos an einen Felsen. War das Liebe, dieses überwältigende Bedürfnis, die gleiche Luft wie diese Frau zu atmen? Wie um alles in der Welt hatte sie für ihn in so kurzer Zeit so wichtig werden können? In der Vergangenheit hatte er nie Probleme gehabt, sich von einer Geliebten zu trennen. Im Moment jedoch hätte die Stadt in sich zusammenfallen können, ohne dass Will das sonderlich interessiert hätte.

Sie legte die Hand auf seine Schulter und drehte ihn langsam zu sich um. Ihre Augen waren voller Traurigkeit, aber in ihnen blitzte auch etwas Verschmitztheit. »Unser letztes Mal, Eisenbahnmann. Sorg besser dafür, dass es ein Erlebnis wird.«

Der Nieselregen am frühen Abend passte zu Avas Stimmung, als sie die Hudson Street entlangeilte. Ihre Füße schmerzten ebenso wie ihr Rücken, und ihr Herz – nun, ihr Herz fühlte sich an, als wäre es von einem Pferdegespann durch ganz Manhattan geschleift worden, und zwar zwei Mal.

Sechs Tage war es her, seit sie ihn zuletzt gesehen und sie miteinander geschlafen hatten. Sie wartete darauf, dass der Schmerz abebben würde, doch das Glück hatte sie nicht. Selbst der Anblick der Hochbahn ließ Tränen in ihre Augen steigen. Nicht auszudenken, was geschehen würde, wenn sie den Hauptbahnhof betrat. Zu wissen, dass sie das Richtige getan hatte, war ein geringer Trost angesichts der Tatsache, dass sie sich noch immer nach ihm sehnte.

Aber sie hatte schon Schlimmeres durchgestanden, oder? Als sie ihr Baby verloren hatte. Als sich Stephen von ihr abgewandt, sie verlassen und gefeuert hatte. Oder als ihre Eltern gestorben waren und sie mit der Aufgabe zurückgelassen hatten, sich um ihre drei Geschwister zu kümmern. All diese Ereignisse hatten den Verlust eines Millionärs aus der Oberschicht bei weitem übertroffen – und sie hatte es überlebt. *Du wirst überleben, Ava. Das tust du immer.*

Sie hatte darauf bestanden, das Hotelzimmer als Erste zu verlassen. *Besser wegzugehen als zurückgelassen zu werden.* Wenn sie geblieben wäre, hätte sie möglicherweise nie den Mut gefunden, zu gehen. Die Versuchung, in der Bettwäsche zu schlafen, die nach ihm roch, wäre zu groß gewesen, als dass sie hätte widerstehen können.

Sie hatte jedoch einen seiner Kragenknöpfe mitgenommen. Es war nicht schwer gewesen, ihn abzulenken und den kleinen, mit einer Perle verzierten Knopf aus solidem Gold in ihre Tasche zu stecken. Törichterweise hatte sie etwas von ihm haben wollen, ein kleines Andenken, das sie bei sich tragen konnte. Später würde sie ihm den Knopf zurückschicken – nachdem sie ihn ein paar Monate lang in ihrem Kragen getragen hatte.

Sie zog einen Schlüssel aus einer kleinen Tasche an ihrem Gürtel und schob ihn in das Schloss der Eingangstür.

»Miss Jones.«

Bei dem Klang der tiefen Stimme hinter ihr ließ sie den Schlüssel fallen, der klappernd auf der Treppe landete. Sie wirbelte herum und sah Mr. Grey und Mr. Harris, die drohend hinter ihr aufragten. *Verflucht.* Ihr gefiel es nicht, dass diese Männer vor ihrem Haus waren, in der Nähe ihrer Geschwister. Mary und Sam waren sicher schon zu Hause, Tom möglicherweise auch. Sie wollte auf gar keinen Fall, dass einer von ihnen dieses Gespräch mithörte.

»Guten Abend, Gentlemen«, sagte sie, bückte sich, hob den Schlüssel auf und umklammerte ihn fest. »Wie kann ich Ihnen helfen?«

»Wir haben Sie heute im Hotel vermisst.« Grey neigte den Kopf. »Keine Kunden heute?«

Sie bemühte sich, keine Reaktion zu zeigen und ihr Gesicht in eine gleichmütige Maske zu verwandeln. »Nein. Ich habe mir eine Woche frei genommen.« Das war eine Lüge. Sie hatte das Hotel gewechselt, um diesen beiden zu entkommen.

Harris lachte gekünstelt, wobei sich die Narbe auf seiner Wange verzog. »Eine Woche frei genommen – Sie? Vermutlich um zu Ihrer Sommerresidenz zu reisen?«

»So ähnlich. Ich nehme an, dass Sie das Geld erhalten haben, das ich Ihnen in der vergangenen Woche geschickt habe.«

»Oh, das haben wir«, sagte Grey und kam näher, um einen Fuß auf die erste Treppenstufe zu stellen. »Aber wir sind etwas irritiert darüber. Warum ist das Geld von Ihnen und nicht von einem Ihrer Kunden gekommen?«

Sie räusperte sich. »Weil sie nicht gern mit Außenstehenden zu tun haben. Sie vertrauen mir, dass ich das Investment für sie tätige.« Eine weitere Lüge, Gott mochte ihr vergeben. Sie hatte keinen ihrer Kunden gedrängt, in das fiktive Spekulationsobjekt von Grey und Harris zu investieren. Stattdessen hatte sie ihnen etwas von ihrem eigenen Geld geschickt, in der Hoffnung, sie damit ein wenig zu beschwichtigen.

»So funktioniert das nicht«, schaltete sich Harris ein und kam die Treppen hoch, bis er direkt vor ihr stand. Grey folgte ihm und ergänzte: »Wir wollen, dass Ihnen klar ist, dass Sie Ihren Teil zu erledigen haben und uns nicht einfach nur dann Geld senden können, wenn Ihnen gerade mal danach ist.«

»Ich glaube kaum, dass das wichtig ist, solange Sie Geld bekommen«, erwiderte sie und wich vor ihnen zur Tür zurück.

»Es ist wichtig. Wir können sie reinholen und dazu bringen, in weitere Spekulationsobjekte zu investieren, sobald Sie sie zu uns schicken. Nur schicken Sie niemanden zu uns.«

»Ich wusste nicht, dass Ihnen das lieber ist.« Sie versuchte, den Abstand zu den Männern zu vergrößern. »Ab morgen werde ich mich dahingehend besonders bemühen.« *Ich denke gar nicht daran.*

Harris drängte sie an die Tür. Er stand jetzt keine dreißig Zentimeter von ihr entfernt und nutzte seine Körpermasse, um sie einzuschüchtern. »Sehen Sie zu, dass Sie das tun, Miss Jones. Wenn wir bis Freitag niemanden haben, wird alles, was Sie sich aufgebaut und wofür Sie gearbeitet haben, weg sein. Sie werden zur Witzfigur von New York werden.«

Nun trat auch Grey dicht an sie heran, und sein höhnisches

Grinsen war Furcht einflößend, selbst in dem schummrigen Licht. »Nicht nur Sie werden ruiniert sein, auch ein paar andere werden mit Ihnen untergehen, sobald Sie bloßgestellt sind.«

»Ava?«

Grey und Harris traten von ihr zurück, und Ava sah Tom unten auf dem Gehweg mit besorgt gerunzelter Stirn stehen. »Ist alles in Ordnung?«, fragte er.

Harris hob die Hände, und beide Männer gingen die Treppe hinunter. »Keine Sorge, mein Sohn. Wir hatten nur eine freundliche Unterhaltung mit deiner Schwester.«

Grey grinste Ava an, als hätten sie gerade einen Kaffeeplausch gehalten. »Wir sehen uns dann am Freitag, nicht wahr, Miss Jones?«

»Ja«, sagte sie mit schwacher Stimme. »Freitag.«

Die beiden Männer schlenderten die Bank Street hinunter Richtung Hudson Street, aber Ava wandte ihre Aufmerksamkeit nun Tom zu. Sie war unfähig, irgendetwas zu sagen, und ihr graute davor, auch nur zu fragen, wie viel er mitbekommen hatte. Tom kam die Treppen zu ihr hoch und warf Grey und Harris einen besorgten Blick hinterher.

»Worum ging es?«

»Um nichts. Wie war dein Tag?« Sie drehte sich um und machte sich daran, die Tür mit ihrem Schlüssel zu öffnen. Nur zitterte ihre Hand dabei so, dass es ihr nicht gelang.

»Ava.« Tom legte seine Hand auf ihre. »Hör auf und erzähl mir, was hier los ist. Wer waren die beiden Männer? Was haben sie von dir gewollt?«

»Readings natürlich.«

»Quatsch. Du vergisst, mit wem du sprichst. Ich bin keiner

deiner Kunden, die du beschwindeln kannst. Ich will die Wahrheit wissen.«

»Die beiden sind ein Problem, an dem ich arbeite. Du musst dir deswegen keine Sorgen machen.«

Tom stemmte die Hände in seine schmalen Hüften und starrte sie missbilligend an. Er war zwar noch nicht einmal sechzehn, aber er war mit großer Geschwindigkeit dabei, sich von einem Heranwachsenden zu einem Mann zu entwickeln. »Ich bin kein Kind mehr. Ich habe eine Stelle, und ich bin der Mann in der Familie. Du kannst mich nicht wie die beiden anderen behandeln. Ich habe es verdient, zu wissen, was los ist.«

Sie presste die Lippen aufeinander. Es wäre zwar schön, jemanden zu haben, der ihr hin und wieder dabei half, ihre Last zu tragen. Aber ihr Bruder sollte nicht in dieses Durcheinander verwickelt werden. Je weniger er wusste, desto besser war es.

»Ich weiß, dass du helfen willst, aber diesmal gibt es nichts, was du tun könntest. Ich habe da ein kleines Problem, aber ich werde mir etwas einfallen lassen.«

»Ist das der Grund, warum du in dieser Woche weder gegessen noch geschlafen hast?«

Nein, hätte sie am liebsten gesagt. *Will Sloane ist der Grund.* »Ich wusste gar nicht, dass du mitbekommst, was ich tue.«

»Schwer zu übersehen, wenn wir auf so engem Raum miteinander essen und schlafen, Ava. Außerdem hängen deine Kleider an dir herunter wie Mehlsäcke.«

Sie blickte an sich hinab. Vielleicht saß ihr Oberteil etwas lockerer. »Tom, lass es gut sein. Ich werde mir überlegen, was zu tun ist.« Sie hatte keine Ahnung, was, denn ihr blieb keine große Wahl. Sie hatten noch nicht genug Ersparnisse, um New York zu verlassen. Doch vielleicht konnten sie für ein Weilchen nach New Jersey ziehen …

»Wenn du mir nicht die Wahrheit sagst, werde ich da hochgehen und Sam erzählen, dass es keinen Weihnachtsmann gibt.«

»Das würdest du nicht wagen! Er ist der Einzige, der noch an ihn glaubt.«

Tom sah sie mit erhobenen Brauen herausfordernd an, und Avas Schultern sackten ein. Gut, er wollte es wissen. Dann würde sie es ihm eben erzählen. Es würde nichts ändern, aber vielleicht konnte ihr Tom dabei helfen, sich eine Möglichkeit auszudenken, Harris und Grey Geld zu geben, ohne dass sie merkten, dass es von ihr kam.

»Diese beiden Männer haben mich vor etwas über einem Monat aufgesucht …«

KAPITEL ACHTZEHN

In den Büros des *New York Mercury* an der Park Row herrschte emsige Geschäftigkeit. Reporter, Hilfskräfte und Drucker konzentrierten sich auf die Fertigstellung der Ausgabe für den nächsten Tag, und ihre Unruhe war fast greifbar, während sie sich im Wettlauf mit der Zeit befanden. Will allerdings achtete nicht auf all das. Gefolgt von Tom Jones steuerte er auf sein Ziel weiter hinten im Raum zu.

Bei seinem Auftauchen erhob sich eine Sekretärin von ihrem Schreibtisch. »Kann ich Ihnen helfen, Sir?«

Will verlangsamte noch nicht einmal seinen Schritt. »Er erwartet mich.«

»Ja, aber ich brauche trotzdem ...«

Er ging an ihr vorbei durch die Tür in den Privatbereich des Verlegers. Sein großes, im dreizehnten Stock befindliches Büro hatte vom Boden bis zur Decke reichende Fenster, von denen man auf die City Hall am Broadway blicken konnte. Vor dem Schreibtisch standen zwei Männer, die aufblickten, als Will hereinplatzte.

Calvin Cabot, der Verleger des *Mercury*, richtete sich zu seiner vollen schlaksigen Größe auf und grinste zur Begrüßung. Er trug keinen Gehrock, nur eine Weste und Hemdsärmel, und war unrasiert. »Sloane, was für ein überraschendes Vergnügen«, sagte er und wandte sich an den anderen Mann. »Jim, ein paar Minuten bitte, dann kehren wir wieder zu dem hier zurück.«

»In Ordnung, Mr. Cabot«, erwiderte der Angestellte, sammelte ein paar Papiere ein, verließ den Raum und schloss die Tür hinter sich.

»Cabot, das hier ist Tom, einer meiner Angestellten.«

Cabot schüttelte Tom die Hand und klopfte dann Will auf die Schulter. »Sie sehen grässlich aus, Sloane. Hatten Sie eine lange Nacht?«

Wills Gesicht verhärtete sich. Er hatte seit einer Woche kaum geschlafen. Seine Konzentration war angeschlagen, und seine Stimmung befand sich auf einem Tiefpunkt. Die Angestellten von Northeast machten in diesen Tagen einen weiten Bogen um ihn – alle außer Tom, der Will häufig misstrauische, prüfende Blicke zuwarf.

»Manche von uns arbeiten, um sich ihren Lebensunterhalt zu verdienen, Cabot. Nicht jeder besucht jeden Abend Bierpaläste und Boxkämpfe.« Cabots rauer Lebensstil war allgemein bekannt. Dass er es schaffte, daneben noch drei Zeitungen zu leiten, verblüffte Will immer wieder. Doch man konnte sich darauf verlassen, dass Cabot eine Story auf genau die richtige Art anpackte, um magische Dinge geschehen zu lassen. Und Will benötigte an diesem Tag dringend diese Art von Magie.

»Tom, es tut mir leid, dass Sie dazu verurteilt sind, für diesen altmodischen Menschen zu arbeiten«, sagte Calvin und wies auf die beiden Stühle vor seinem Schreibtisch. »Wenn Sie mal ein wenig Spaß haben wollen, dann kommen Sie zu mir und bewerben sich hier.«

Will knöpfte seinen Gehrock auf und setzte sich. Tom tat es ihm nach und sagte höflich: »Danke, Sir.«

»Sir?« Calvin schüttelte den Kopf. »Wir sind hier doch nicht beim Militär, mein Sohn. Nennen Sie mich Cabot. Jeder tut das.«

»Sind Sie fertig?«, fuhr Will Cabot an. »Ich habe heute noch Termine. Und müssen Sie nicht eine Zeitung in den Druck bringen?«

Cabot ließ sich in seinen Sessel fallen und lehnte sich zurück. »Und ich dachte, Sie seien gekommen, um mich um einen Gefallen zu bitten.«

Will schnaubte verärgert. Cabot hatte recht, Will benahm sich unmöglich. »Ich entschuldige mich. Ich brauche tatsächlich einen Gefallen von Ihnen, und zwar eine Geschichte in der morgigen Zeitung.«

»In der morgigen Zeitung?« Cabot riss die Augen auf. »Verdammt, Sloane. Der Satz ist bereits fertig, und sie werden die Druckmaschinen in …« – er warf einen Blick auf seine Taschenuhr – »… fünfzehn Minuten anwerfen.«

»Sagen Sie ihnen, dass sie warten sollen.«

Cabot starrte Will mit ausdrucksloser Miene an und strich sich über das Kinn. Dann stand er auf, ging zum Wandtelefon und drehte an der Kurbel. Sobald jemand abhob, sagte er in die Sprechmuschel: »Charles, sag ihnen, dass sie warten sollen. Möglicherweise muss ich noch ein paar Änderungen vornehmen.« Er setzte sich wieder und machte eine auffordernde Handbewegung. »Lassen Sie hören.«

»Ich will, dass zwei Erpresser bloßgestellt werden.« Cabot hob die Brauen, und ein erwartungsvolles Leuchten trat in seine

Augen. Also forderte Will Tom auf: »Erzähl ihm alles, was du mir erzählt hast.«

»Meine Schwester ist Madame Zalikow.«

»Das Medium?«, fragte Cabot, und seine Brauen schossen noch höher. »Hab sie letztes Jahr gesehen. Sie ist gut.«

Tom nickte und hob das Kinn. »Ja, das ist sie. Vor einem Monat haben zwei Männer sie aufgesucht und verlangt, dass sie ihren Kunden sagt, sie sollen in ihr Unternehmen investieren ...«

»... das natürlich nicht existiert«, beendete Cabot seinen Satz. »Dann geht das ›Unternehmen‹ unter und nimmt all das Geld mit, das diese Männer einsacken und das Spiel dann munter fortsetzen. Nicht sonderlich originell, aber leider erfolgreich. Was also hat Ihre Schwester gesagt?«

»Sie wollte es nicht machen und hat versucht, ihnen das zu sagen. Aber sie haben ihr damit gedroht, sie als Betrügerin bloßzustellen, ihre Identität aufzudecken und dafür zu sorgen, dass sie aus der Stadt gejagt wird.«

»Das habe ich erwartet, denn das ist ihr einziges Druckmittel. Und nun werden sie ungeduldig, weil sie sie hinhält?«

Will staunte über Cabots rasche Auffassungsgabe. Durch und durch Reporter, konnte Cabot eine Spur schneller verfolgen als jede andere Person, die Will kannte.

»Ja«, antwortete Tom. »Sie hat versucht, ihnen ihr eigenes Geld zu schicken, und hat behauptet, dass es von Investoren stammt, aber sie haben es ihr nicht abgenommen und sie erneut bedrängt. Sie haben ihr bis morgen Zeit gegeben, jemanden aufzutreiben, der zu ihrem falschen Büro kommt und bereit ist, dort etwas zu investieren.«

»Sie könnte jemanden hinschicken, der ein wenig Geld hat. Einen Freund oder Verwandten.«

»Sie kennen Ava nicht«, erwiderte Tom mit einem kurzen Lacher. »Sie ist niemand, der andere um Hilfe bittet.«

Eine krasse Untertreibung, dachte Will. Und wenn Ava wüsste, was Tom und Will in diesem Augenblick gerade taten, wäre sie wütend. Aber Will war das egal. Er hatte die Macht, ihr zu helfen, also würde er dafür sorgen, dass dieses Problem gelöst wurde, ob sie das nun wollte oder nicht. Das war das Mindeste, was er für sie tun konnte.

»Wer sind denn diese reizenden Gentlemen? Haben Sie ihre Namen?«

»Sie hat mir gesagt, dass sie Harris und Grey heißen.«

»Harris und Grey? Einer trägt einen langen Bart, und der andere hat eine Narbe quer über der Wange?« Als Tom nickte, warf Cabot den Kopf in den Nacken und lachte. »O nein, die beiden gehören zu Tammany. Ist denen denn nichts peinlich?«

»Können Sie sie bloßstellen?«, fragte Will. »Ich möchte, dass es in der Ausgabe von morgen steht, bevor sie zurückkommen, um sie erneut zu bedrohen.«

Cabots Mund verzog sich, und seine Lippen zuckten, als würde er ein Grinsen unterdrücken. »Tom, ich muss mit Sloane unter vier Augen sprechen. Tun Sie mir den Gefallen und warten Sie im Vorraum, ja? Sie können sich gern einen Kaffee nehmen.«

»Klar doch. Danke, Sir. Ich meine, Mr. Cabot.«

Tom verschwand schnell aus dem Raum, und Will wappnete sich. Cabot war nicht dumm.

»Diese Geschichte gefällt mir. Zigarre?« Cabot griff in die kleine Kiste auf seinem Schreibtisch und zog eine perfekt gerollte Zigarre hervor. Auch Will nahm sich eine, dankbar, einen Moment lang seine Hände beschäftigen zu können. Sobald beide Zigarren angeschnitten und entzündet waren, lehnte Cabot sich in seinem Sessel zurück und legte seine in Stiefeln steckenden Füße auf den Schreibtisch. »Es ist also die Schwester«, sagte er.

Will atmete langsam einen Mund voll Rauch aus. »Ich weiß nicht, was Sie meinen.«

»Der Grund für Ihre miserable Laune. Die Tränensäcke unter Ihren Augen. Die Art, wie Ihnen der Anzug von den Schultern hängt. Und es sieht Ihnen nicht ähnlich, sich ohne einen verdammt guten Grund in derartige Dinge einzumischen.«

Himmel, musste Cabot so scharfsinnig sein? »Besteht vielleicht die Möglichkeit, dass wir auf dieses Gespräch verzichten?«

»Nein«, entgegnete Cabot grinsend und zeigte mit seiner Zigarre auf Will. »Nicht, wenn Sie Ihre Geschichte gedruckt haben wollen, Sie große Nummer.«

»Manchmal hasse ich Sie regelrecht.«

»Nein, Sie lieben mich – genau wie alle anderen in dieser schönen Stadt. Aber ich kann die Druckmaschinen nicht noch sehr viel länger anhalten, also erzählen Sie mir Ihre Geschichte lieber schnell.«

»Versprechen Sie, Ihren Namen rauszuhalten?«

Cabot kratzte sein bärtiges Gesicht. »Wird eine ziemliche Herausforderung, eine Story über eine Frau, die erpresst wurde, zu schreiben, wenn ich den Namen der Frau nicht nennen darf. Haben Sie Gefühle für diese Frau?«

»Ja«, gestand Will und schockierte damit sogar sich selbst. »Wir waren ... intim. Aber jetzt nicht mehr.«

»Will Sloane und Madame Zalikow«, sagte Cabot mit einem

erfreuten Seufzer. »Mein Reporterherz macht Freudensprünge. Was würde ich nicht dafür geben, *die* Geschichte zu drucken.«

»Das können Sie nicht, wenn Sie wollen, dass Ihre Eier heil bleiben.«

Cabot lachte laut auf. »Ich glaub es nicht! Will Sloane hat gerade mein zweitliebstes Körperteil bedroht. Ich hätte das von einem Cavanaugh erwartet, nicht von Ihnen. Diese Frau muss eine ganz schöne Nummer mit Ihnen abgezogen haben.«

Das hatte sie, aber Will war nicht bereit, jetzt darüber zu sprechen. Er rieb seinen schmerzenden Magen, klemmte sich die Zigarre zwischen die Zähne und rauchte.

»Wie ich höre, machen Sie Miss Kathleen Iselin den Hof«, sagte Cabot hinterhältig, um den Dingen auf die ihm übliche Art auf den Grund zu gehen. »Zumindest berichtet das die *Sun*.«

»Nur ein Gerücht, das Tompkins in die Welt gesetzt hat. Ich hatte sie und ihre Mutter zu einem Segelausflug in Newport eingeladen.«

Cabot starrte einen Moment lang aus den hohen Fenstern. »Sie sollten sich vor Tompkins hüten. Er ist ... gefährlich ehrgeizig. Ehrgeizig genug, alle Mittel einzusetzen, um an die Spitze zu kommen.«

Will dachte einen Augenblick darüber nach. Er hatte Tompkins nie gemocht, aber bisher hatte der Mann seinen Zwecken gedient. Doch Cabot hatte meist recht mit seinem Urteil über Menschen. »Also bringen Sie die Geschichte?«

»Natürlich.« Cabot stand auf. »Aus zwei Gründen. Der erste ist, dass ich es liebe, Tammany bei jeder sich bietenden Gelegenheit eins auszuwischen.«

»Und der zweite?«

»Der zweite ist, dass Sie mir dafür als Gegenleistung einen Riesengefallen schulden.«

Ava saß über den Küchentisch gebeugt und knabberte mit langen Zähnen an ihrem mit Butter bestrichenen Brötchen. Wenn sie sich heute einfach ins Bett legte, würde das irgendjemanden kümmern?

Natürlich würden Grey und Harris es merken. Zweifellos würden die beiden Verbrecher sie später an diesem Tag wieder aufsuchen. Sie hatte keine Ahnung, was sie tun sollte. Die gesetzte Zeit war verstrichen, und sie würde sie nicht länger hinhalten können. Als Tom vor ein paar Minuten zur Arbeit aufgebrochen war, hatte er ihr gesagt, sie solle sich keine Sorgen machen, aber sein Optimismus hatte sie nicht anstecken können. In letzter Zeit ging alles in Avas Leben schief. Warum solle es jetzt anders sein?

Sie entfaltete ein verblichenes Stück Zeitung. Eine Anzeige für ein idyllisches Farmhaus auf dem Land im Staat New York blickte ihr entgegen, mit Lattenzaun, zwei Etagen, einer Veranda, die sich hervorragend für das Anbringen einer Schaukel eignete, und einem ordentlichen Garten, in dem die Kinder spielen konnten. Die Anzeige war schon vor einigen Jahren veröffentlicht worden, aber sie hatte sie aufbewahrt, als Erinnerung, dass ein anderes Leben möglich war, als Ziel für eine bessere Zukunft.

Ein Kloß bildete sich in ihrem Hals. Sie musste New York verlassen – jetzt mehr denn je. An jeder Ecke und jeder Straße lauerten Erinnerungen. Jedes Mal, wenn eine elegante Kutsche vorbeifuhr, spähte sie hinab und hoffte, einen Blick auf sandblonde Haare werfen zu können …

Ach, sie war einfach jämmerlich. Sie hatte noch nicht einmal genug gespart, um dieses oder ein ähnliches Haus zu kaufen. Toms Gehalt bei Northeast war außerordentlich hilfreich, und ihre Ersparnisse waren gewachsen, aber Tom hatte auch weiterhin kein Interesse daran, die Stadt zu verlassen.

Wie konnte sie die Geschwister auseinanderreißen? Der Gedanke, ihren ältesten Bruder zurückzulassen und irgendwo anders ein neues Leben ohne ihn zu beginnen, war schmerzlich. Aber sie musste auch an Sam und Mary denken. Tom würde es gut gehen, wenn er hier für Will arbeitete und sich eine Zukunft aufbaute. Aber die beiden jüngeren Geschwister brauchten ebenfalls eine Perspektive. Es lag in Avas Verantwortung, sich um sie zu kümmern.

Ohne Vorwarnung öffnete sich die Tür, und Ava fuhr hoch. Tom kam hereingestürmt, eine Zeitung unter dem Arm.

»Ich dachte, du wolltest zur Arbeit gehen«, sagte sie alarmiert. »Was ist passiert?« Hatte Will ihn gefeuert?

»Hier«, erwiderte Tom und warf den *Mercury* auf den Tisch. »Lies das.«

Sie mied Zeitungen ganz bewusst, seit sie das mit Will und Miss Iselin erfahren hatte. Das Letzte, womit sie momentan umgehen konnte, war der Anblick der Bekanntgabe einer Verlobung oder irgendeine andere Auslassung über das Traumpaar der Oberschicht.

»Warum soll ich das lesen?«

»Ava, sieh es dir einfach mal an.«

Sie erlaubte sich einen kurzen Blick auf die Schlagzeile und rang nach Luft.

ERPRESSUNGSKOMPLOTT VON TAMMANY AUFGEDECKT
GREY UND HARRIS BETROGEN HUNDERTE
SCHWINDELUNTERNEHMEN LOCKTE INVESTOREN AN

»Wie …« Und dann wusste sie es plötzlich. Will hatte das getan. Irgendwie hatte er erfahren, was geschehen war, und den *Mercury* dazu überredet, diese Story zu bringen. Mit den Fingerspitzen strich sie über die schwarze Schrift und kämpfte mit den Tränen, als die Druckerschwärze ihre Haut färbte.

Er liebte sie. Sie hatte keinen Zweifel daran. Will würde ihr nie ein Gedicht oder einen Liebesbrief schreiben. Aber das hier … das war die Art ihres Eisenbahnmanns, seine Gefühle auszudrücken.

»Du hast es ihm erzählt.«

»Ja«, sagte Tom. »Ich wusste, dass er helfen würde. Ich hab es an der Art gemerkt, wie er dich angestarrt hat, wenn du nicht hingesehen hast. Und es ist offensichtlich, warum er uns neulich an dem heißen Abend in sein Haus eingeladen hat. Ich weiß nicht, warum ihr beide rumlauft wie jemand, dessen Hund umgebracht wurde, aber ich musste ihn um Hilfe bitten.«

Sie begann, den Artikel zu lesen, ohne weiter auf den kleinen Schauer zu achten, der sie bei dem Gedanken durchfuhr, dass auch Will litt. *Ein Teil von mir wird immer auf dich warten.* Vielleicht hatte er sich ja noch gar nicht verlobt. Nicht dass das eine Rolle spielte. Er konnte sie niemals heiraten, und Ava konnte niemals seine Geliebte sein. Die Schrift der Zeitung verschwamm vor ihren Augen, und sie atmete tief ein, um ihre Fassung wiederzugewinnen.

»Er hat deinen Namen rausgelassen«, sagte Tom.

»Das ist eine Erleichterung für mich.«

»Ich dachte, es stimmt dich glücklicher, wenn du erfährst, dass Mr. Sloane gesagt hat, dass diese beiden Männer heute verhaftet werden.«

Sie zwang sich zu einem Lächeln. »Ich bin glücklich. Sehr sogar. Es ist eine große Entlastung für mich, weil ich immer noch nicht wusste, was ich gegen sie tun sollte. Danke, Tom.«

»Gern geschehen. Ich sag dir ja ständig, dass ich helfen kann. Du solltest das hier nicht mehr alles allein tun müssen, Ava.«

Sie nickte, unfähig zu sprechen, und kämpfte gegen ihre Tränen an. Tom schien zu verstehen. Er setzte seine Melone auf und sagte: »Ich muss los, sonst komme ich zu spät zur Arbeit.«

»Arbeitest du gern da? Was ist, wenn wir …«

Seine Gesichtszüge wurden hart, und eine feste Entschlossenheit ließ ihn viel älter als fünfzehn erscheinen. »Ich arbeite sehr gern da und vermisse mein altes Leben kein bisschen. Und bitte mich nicht, wegzugehen, Ava, weil ich das nicht tun werde.«

Sie nickte. Seine Antwort überraschte sie nicht, und sie hatte kein Recht, ihn dazu zu zwingen, etwas aufzugeben, das ihm am Herzen lag. »Nun lauf schon, bevor du dich noch selbst in Schwierigkeiten bringst.«

Tom ging zur Tür und griff nach dem Türknauf. Dann drehte er sich noch einmal um. »Hast du noch irgendeine Nachricht, die ich übermitteln soll?«

Ihr Blick fiel erneut auf die Zeitung. »Nein«, sagte sie leise. »Ich werde das selbst erledigen.«

Die Oper plätscherte dahin, und eine Arie ging in die nächste über, während der Abend nur schleppend verstrich. Will achtete kaum darauf. Er war unfähig, die Stimmen als mitreißend und die Musik als bewegend zu empfinden, wie er es sonst tat. Überhaupt hatte er in den vergangenen neun Tagen kaum etwas empfunden. *Sie hat dich fühlen lassen. Sie hat dich mehr fühlen lassen, als du es je für möglich gehalten hättest.*

Ja, und sie war gegangen. Himmel, wann würden diese deprimierenden Gedanken endlich aufhören? Und selbst diese Gedanken waren eine Kleinigkeit im Vergleich zu den Träumen, die ihn nachts heimsuchten, voller sexueller Spannung und so heiß, dass er schwitzend erwachte. *Verdammt.* Noch nie in seinem Leben hatte er so viel Alkohol getrunken wie in den letzten Tagen.

Die Menge begann zu klatschen, und Will schloss sich ihr an. Als der Lärm erstarb, beugte sich Mrs. Iselin zu ihm. »Ich sehe eine liebe Freundin, die ich gern besuchen würde.«

Will erhob sich, um sie zu der benachbarten Loge zu begleiten, aber Mrs. Iselin legte abwehrend die Hand auf seinen Arm und sagte: »Danke, Mr. Sloane, aber ich gehe allein hinüber. Es ist ja nicht weit. Ich wünsche Ihnen und Kathleen noch gute Unterhaltung.«

Er wartete, bis sie die Loge verlassen hatte, bevor er seinen Platz wieder einnahm. Kathleen sah zu ihm herüber. »Sie wirken geistesabwesend.«

»Verzeihen Sie. Ich hatte eine lange Woche, was mich nicht entschuldigt, aber dennoch wahr ist.«

Sie wartete kurz, bevor sie sagte: »Es war sehr freundlich von Ihnen, uns heute Abend zu begleiten.«

»Es ist mir ein Vergnügen. Ich habe mich gefreut, als ich die Nachricht Ihrer Mutter erhielt, in der sie mich um eine Begleitung bat. Halten Sie sich noch länger in der Stadt auf?«

»Nur über das Wochenende. Mein Vater musste hierher zurück, und da habe ich meine Mutter überredet, mich mitzunehmen.«

»Und warum?«

Sie senkte den Kopf und wich seinem Blick aus, und plötzlich begriff er. *Er* war der Grund, warum sie dieses Wochenende zurückgekommen war.

Eigentlich hätte ihn dieses Wissen angesichts seiner Heiratspläne begeistern müssen. Schließlich war Miss Iselin die perfekte Wahl. Politisch interessiert, intelligent, schön, unschuldig und mit einem gesellschaftlichen Stammbaum, der sich mit dem der Sloanes messen konnte ...

Warum also war er nicht freudig erregt? *Weil du jemand anderen begehrst.* Aber das war kaum von Bedeutung. Ava hatte eine Entscheidung getroffen. Sie wollte nichts mehr mit ihm zu tun haben.

»Ich verstehe«, sagte er, weil er nicht recht wusste, was er dazu sagen sollte.

»Sie klingen, als wären Sie unglücklich über meine Rückkehr. Hätte ich in Newport bleiben sollen? Ich dachte ...«

Sie brach ihren Satz ab, aber er hatte verstanden, was sie meinte. *Ich dachte, Sie würden sich freuen, mich zu sehen.* Was für ein Flegel er nur war. Dieses Mädchen war wegen ihm losgefahren und hatte gehofft, dass er ihr Interesse erwidern würde, aber er war auf jemand anderen fixiert – auf eine Frau, die er nie würde heiraten können. *Was sonst sollte Kathleen denn denken, nachdem du sie zu einem Segelausflug eingeladen und sie in die Oper begleitet hast?*

Plötzlich legte sich das Gewicht des gesamten Raumes – die Erwartungen ihrer akkuraten kleinen Welt – auf seine Brust. Seine Fliege engte seine Luftzufuhr ein, und er konnte nicht atmen. Er sprang auf. »Ich glaube, ich hole mir im Salon etwas zu trinken. Möchten Sie auch etwas?«

»Champagner, bitte.«

Will eilte zum Vorraum der Loge und goss sich ein Glas Scotch ein. Er hatte es gerade heruntergekippt, als Kathleen in der Tür erschien. Er schluckte und verzog bei dem unseligen Brennen in seinem Magen das Gesicht. *Zumindest das fühle ich noch.*

Ohne eine Erklärung nahm er eine Flasche aus dem silbernen Eiskübel und goss ihr ein Glas mit kaltem Champagner ein. Sie nahm das tulpenförmige Glas und legte ihre schmalen Finger um den Stiel. Er begann, sich von ihr abzuwenden, aber eine Hand auf seinem Arm hielt ihn zurück. »Will, warten Sie.«

Er blieb stehen und sah auf sie hinunter. »Ja?«

Ihre Wangen zeigten eine fleckige Röte, aber sie hob das Kinn, als hätte sie eine wichtige Entscheidung getroffen. »Einer der Gründe, warum mir in diesem Jahr nicht sonderlich der Hof gemacht wurde, ist der, dass ich zu scharfsichtig bin. Ich habe ein Vermögen, ja, und ich sehe recht ansprechend aus. Aber Männer – na ja, Männer in *meinem* Alter – interessieren sich nicht für meine Ansichten und Gedanken. Sie wollen mich mit ihrem Wissen über Pferderennen oder Segeln beeindrucken.

Aber Sie sind anders. Sie sprechen nicht nur auf Augenhöhe mit mir, Sie hören auch zu, was ich zu sagen habe.«

Lieber Gott, er musste dem Einhalt gebieten. Ihre Aufmerksamkeit war zu viel für ihn. Er verdiente sie nicht. »Kathleen …«

»Nein, warten Sie. Lassen Sie mich ausreden.« Sie trank rasch einen Schluck aus ihrem Kristallglas. »Mir wäre es lieb, wenn wir beide ehrlich miteinander wären. Ich bin keine hohlköpfige Debütantin, die darauf aus ist, sich einen Ehemann einzufangen, welche Gefühle er auch haben mag. Ich will einen guten Mann, einen ehrlichen Mann. Und noch wichtiger, ich will einem Mann, der mit mir zusammen sein will. Fühlen Sie sich nicht verpflichtet, mir etwas vorzuspielen.«

Er seufzte. »Ich … Ich weiß nicht, was ich sagen soll. Es war nicht meine Absicht, Ihnen Unbehagen zu bereiten.«

»Ich genieße es hier; das tue ich immer, wenn ich in der Oper bin. Aber ich kann spüren, dass Sie nicht glücklich sind. Sie wünschen sich, woanders zu sein. Und ich bedauere es zutiefst, Sie gezwungen zu haben, uns heute Abend zu begleiten. Hätte ich das gewusst, dann hätte ich meine Mutter niemals darum gebeten, Ihnen zu schreiben.«

»Entschuldigen Sie sich nicht. Ich bin derjenige, dem es leidzutun hat. Als ich mich bereit erklärte, Sie zu begleiten, hatte ich vergessen, wie einfühlsam Sie sind.« Sie lächelte, und ihre Schönheit fiel ihm erneut auf. Aber dennoch fühlte er nichts außer Bewunderung und Freundschaft für sie. Was bedeutete, dass er jetzt den erforderlichen ehrenhaften Schritt gehen musste. Also sagte er: »Sie werden eines Tages eine wunderbare Frau für einen glücklichen Mann sein. Aber ich fürchte, dass ich nicht dieser Mann sein werde.«

Sobald er diese Worte ausgesprochen hatte, entspannte sich sein gesamter Körper, und er wusste, dass er das Richtige getan hatte. Er konnte diese Frau nicht glücklich machen, und sie hatte etwas Besseres verdient.

»Ich verstehe«, sagte sie leise. Sie nahm die Information in sich auf, und dann straffte sie ihren Körper. Ihre Lippen verzogen sich zu einem kleinen Lächeln. »Ehrlich gesagt, ist es mir lieber, das jetzt herauszufinden als irgendwann in ein paar Monaten. Ich hoffe jedoch, dass wir Freunde bleiben.«

»Darüber würde ich mich allerdings freuen. Sie sind eine intelligente, schöne Frau, Kathleen.«

»Danke, Will. Unsere Bekanntschaft hat mir Hoffnung gegeben. Selbst wenn Sie nicht mein künftiger Ehemann sind, weiß ich jetzt, dass es zumindest einen Mann da draußen gibt, der bereit ist, zuzuhören.«

Er lächelte. »Zweifellos gibt es noch einen anderen, und ich bin mir sicher, dass Sie ihn finden werden.«

»Die große Madame Zalikow!« Mr. Ashgate, der Gastgeber, der sie für den Abend gebucht hatte, musste die Stimme erheben, um gehört zu werden. »Willkommen!«

Die Gäste drängten sich in dem Raum hinter ihm. Es waren weit mehr Menschen, als sie erwartet hatte. Würden all diese Leute an der Séance teilnehmen?

Der Termin für diesen Abend war erst vor ein paar Tagen vereinbart worden. Ava hatte zwar erst am Abend zuvor eine Séance durchgeführt, aber sie war erpicht darauf, zu arbeiten, um ihre Gedanken von einer speziellen Person abzulenken.

Darum hatte sie die Gelegenheit ergriffen, ohne zuvor irgendwelche Erkundigungen einzuziehen, wie sie es sonst tat.

Normalerweise stellte sie Fragen zum Gastgeber, um herauszufinden, ob sie ihn kannte. Außerdem erkundigte sie sich danach, wer teilnehmen würde, wie der Raum eingerichtet war und ob sie über das Umfeld bestimmen konnte. Dieses Mal hatte sie keinerlei Fragen gestellt, und Unbehagen kroch ihren Rücken hinauf. Sie bekämpfte es und lächelte freundlich.

»Guten Abend, Mr. Ashgate.«

Er schüttelte ihr derart übertrieben die Hand, dass er an ihrer Schulter riss. »Es ist uns eine Ehre, Sie heute Abend hier zu haben. Dies ist in der Tat etwas ganz Besonderes. Sicherlich wird es ein Abend, an den wir uns alle erinnern werden.« Er führte sie zu den Gästen. »Kommen Sie, lassen Sie mich Sie vorstellen.«

»Wenn es Ihnen nichts ausmacht, Mr. Ashgate, würde ich gern den Raum sehen, in dem die Séance stattfinden soll.«

»Dafür bleibt uns noch genug Zeit. Kommen Sie.«

Schon bald fand sie sich mitten unter den Gästen wieder, denen sie einem nach dem anderen vorgestellt wurde. Normalerweise hätte ihr das nichts ausgemacht. Aber in Ashgates Überschwang lag ein Hauch von irgendetwas anderem als Begeisterung. Sie wusste nicht, was es war, aber irgendetwas Unterschwelliges pulsierte durch den Raum, etwas, das ihr nicht gefiel.

Atme tief durch, Ava. Du benimmst dich albern.

Zu den Gästen gehörten prominente Mitglieder der Gesellschaft; es war die wohlhabende und privilegierte Elite, die sie nur zu sehr an Will erinnerte. Zweifellos würde er jeden kennen, während sie nur ihre Namen in der Zeitung gelesen hatte. Ein älterer Mann kam auf sie zu. »Madame Zalikow, ich bin Robert Murphy.« Er verbeugte sich über ihrer Hand. »Es ist mir ein Vergnügen, Sie kennenzulernen.«

»Ich freue mich ebenfalls, Sie kennenzulernen, Mr. Murphy«, sagte sie lächelnd, aber in ihrem Kopf überschlugen sich die Gedanken. Sie kannte ihn … aber woher? Robert Murphy. Warum war ihr der Name vertraut? Lächerlich, da sowohl der Vor- als auch der Nachname sehr häufig vorkamen. Dennoch wurde sie das Gefühl nicht los, dass sie ihm schon einmal begegnet war.

»Sie sind ja in aller Munde. Ich erwarte großartige Unterhaltung von dem heutigen Abend.«

»Das hoffe ich doch.« Während sie das sagte, fragte sie sich, wo Ashgate war. Vor zehn Minuten war er verschwunden und hatte gesagt, er würde bald zurückkommen. Sie lächelte Mr. Murphy an. »Ist dies Ihre erste Séance?«

»Ja. Wie ich gehört habe, haben Sie eine enge Verbindung zur Welt der Geister. Mr. Bennett lobt Sie ja in den höchsten Tönen.«

»Sie kennen John Bennett?«

»Allerdings, und zwar seit vielen Jahren. Ich werde gegen ihn als Gouverneur antreten.«

Ihr Unbehagen verstärkte sich noch. Dies war also der Favorit der Demokraten, also der, der von Tammany unterstützt wurde. »Tatsächlich?«

»In der Tat, auch wenn man nie wissen kann. Vielleicht werden Bennett und Sloane gar nicht nominiert. Die Politik in New York ist ein verzwicktes Geschäft.«

Ava wollte nur noch weg. Sie nickte freundlich und entschuldigte sich, um nach Ashgate zu suchen. Vielleicht konnte sie ihren Auftritt für diesen Abend noch absagen, indem sie behauptete, die Geister seien nicht ansprechbar, oder indem sie eine plötzliche Erkrankung vorschob. Egal was, Hauptsache, sie kam hier raus.

»Da sind Sie ja!« Ashgate erschien an ihrer Seite. »Möchten Sie den Salon sehen?«

Du schaffst das. Eine schnelle einstündige Darbietung, dann kannst du gehen.

Ashgate führte sie zu dem Raum, wo die Séance stattfinden sollte. Sie folgte ihm in der Absicht, den Raum in Augenschein zu nehmen und dort die entsprechenden Vorbereitungen zu treffen. Da an diesem Abend mehr Gäste anwesend waren, als sie erwartet hatte, wollte sie vor allem sehen, wie groß der Tisch war, den Ashgate aufgestellt hatte. Mehr als sechs Gäste machten eine Darbietung unmöglich.

Er ließ eine Schiebetür zur Seite gleiten und führte sie hinein. »Ich hoffe natürlich, heute Abend einen Geist *sehen* zu können.«

»Nicht alle Geister wollen gesehen werden«, erwiderte sie und stellte ihre Reisetasche auf dem Boden ab. »Wenn wir sie beschwören können, entsprechen sie vielleicht unseren Wünschen. Aber sie sind flüchtige Geschöpfe, Mr. Ashgate.«

»Das verstehe ich durchaus. Es ist nur so, dass es den Medien bei den anderen Séancen, die wir hier durchgeführt haben, nicht gelungen ist, tatsächlich einen Geist erscheinen zu lassen. Aber ich habe zu Mrs. Ashgate gesagt, wenn eine Frau so ein mystisches Kunststück vollbringen kann, dann Madame Zalikow.«

»Danke«, murmelte sie. Geistererscheinungen zu beschwören, war eine heikle Angelegenheit, vor allem ohne einen verlässlichen Partner im Raum. Ava würde vorgeben, selbst der

Geist zu sein, indem sie von ihrem Platz am Tisch aus als Bauchrednerin auftrat. Zum Glück hatte sie Gaze eingepackt.

Nachdem sie versichert hatte, dass der Raum geeignet war, zog Mr. Ashgate sich zurück, um ihr einen Augenblick der Ungestörtheit zu gewähren, und Ava machte sich an die Arbeit. In Windeseile hatte sie ihre Requisiten vorbereitet, die Stühle aufgestellt und das Licht hinreichend abgedunkelt.

Kurz darauf öffnete sich die Tür wieder, und Ashgate kam mit einigen der Gäste einschließlich Murphy hereingeschlendert. Alle setzten sich auf die Stühle, die um den Tisch herum standen. Insgesamt waren es sieben Personen, fünf Männer und zwei Frauen. Das war ungewöhnlich für eine Séance, da normalerweise mehr Frauen als Männer teilnahmen. Aber ihr war das gleichgültig. Solange sie dafür bezahlten, konnte von ihr aus auch der Familienhund daran teilnehmen.

Sobald alle bequem saßen, dimmte sie die Lampen noch etwas mehr und leitete die Gruppe zu mehreren Sprechgesängen an. Die Luft im Raum wurde im Verlauf des Singsangs stickig und abgestanden. Als sie spürte, dass die Gäste bereit waren, begann sie, die Geisterwelt anzurufen. Vorweg rief sie einen Geistführer herbei.

»Unser Geistführer ist hier!«, verkündete sie, und mehrere Gäste sogen die Luft ein. »Es ist eine junge Frau, die uns heute Abend helfen will. Ich kann sie spüren. Sie hilft uns, mit der anderen Seite zu kommunizieren. Sind Sie hier, Miss? Können Sie sich zeigen?«

Ava bewegte den Tisch mit ihrer Stiefelspitze, und eine der Frauen schrie überrascht auf. »Ich habe es gefühlt!«, flüsterte sie ihrem Nachbarn zu.

Die Geistführerin beantwortete die Fragen der Anwesenden, angefangen mit Erkundigungen zu toten Verwandten über die Zukunft bis hin zur Lösung von Problemen mit Nachbarn. Während sich die Stunde hinzog, wurde Ava müde. Sie beschloss, den Abend mit etwas Bemerkenswertem zu beenden.

»Dürfen wir dich sehen, Geistführerin?« Als die Geistführerin zögerte, forderte Ava die Gruppe zu einem nachdrücklichen Sprechgesang auf, der bewirken sollte, dass der Geist seine Meinung änderte. Während die Gäste den Spruch aufsagten, erhob sich Ava vom Tisch. Da sie die ganze Zeit niemanden an den Händen gehalten hatte, würden ihre Nachbarn auch nicht mitbekommen, dass sie ihren Platz verlassen hatte. Ihre Röcke raschelten nicht, und die Dunkelheit verbarg ihre Bewegungen, als sie hinter einen hohen Wandschirm in der Ecke ging und ein Stück Gaze aus ihrer Tasche zog. Sie streifte sich Handschuhe über und griff ein Gefäß, das mit Phosphor versetztes Öl enthielt …

Ein schnelles Ziehen an ihren Röcken erschreckte sie. Sie wirbelte herum, um zu sehen, was die Ursache dieser Empfindung war. Aber sie konnte nichts entdecken. Vielleicht hatte sich ihr Absatz in ihrem Unterrock verheddert.

Sobald sich der Stoff mit dem Öl vollgesaugt hatte, wurde die Gaze unheimlich weiß. Sie befestigte die Gaze am Ende eines ausziehbaren Stabes, den sie in ihrer Rocktasche aufbewahrte, sodass die spukhaften Stoffschichten wie eine Geistererscheinung wirkten. Sie zog die Handschuhe wieder aus, stopfte sie in ihre Rocktaschen und ließ den Stab in den Raum schnellen.

Die Gäste stießen erschrockene und bestürzte Rufe aus, und Ava begann, der Geistführerin weitere Fragen zu stellen. Nach einer angemessenen Zeit bat sie um neue Sprechchöre und ließ die Gaze schnell wieder in ihrer Tasche verschwinden. Durch die Dunkelheit hinreichend verborgen, nahm sie wieder ihren Platz ein.

Plötzlich und unvermutet wurden die Lampen hochgedreht, was sie blinzeln ließ. Sie sah einen Mann mit einem Grinsen am Schalter stehen. Zwei andere Männer erhoben sich vom Tisch.

»Was soll das?«, fragte sie in ihrem hochmütigsten Ton mit russischem Akzent. »Die Séance ist noch nicht beendet.«

Der Mann am Schalter stieß die Schiebetüren des Salons auf, und die anderen Gäste aus dem großen Salon kamen herein, ihre Blicke voll gieriger Erwartung. Ein kaltes Grauen bündelte sich in ihrem Magen.

»Madame Zalikow, ich bin Neville Sedgwick«, sagte einer der Männer mit britischem Akzent. »Diese Herren sind meine Mitarbeiter von der SMR, der Society for Mediumship Research. Wir würden uns gern mit Ihnen unterhalten.«

Die Kehle schnürte sich ihr zu, und plötzlich wurde ihr alles klar. Die Unterhaltung am heutigen Abend bestand nicht in ihrer Darbietung, sondern in ihrem Untergang.

KAPITEL NEUNZEHN

Will schlängelte sich zwischen den Tischen mit gut gekleideten Speisenden hindurch, die den Abend im Sherry's genossen. Schwarz und Weiß beherrschten den Raum, und die Monotonie wurde nur von steil aufragenden Straußenfedern unterbrochen. Er nickte auf seinem Weg Bekannten zu, bis er schließlich bei zwei Männern stehen blieb, die sich erhoben, um ihn zu begrüßen. »Guten Abend, Mr. Bennett. Mr. Tompkins.«

Die drei Männer schüttelten einander die Hände, bevor sie sich gemeinsam setzten. Politische Strategie stand nicht ganz oben auf Wills Liste der Dinge, die er an einem Sonntagabend noch erledigen wollte, aber Bennett und Tompkins hatten auf dem Treffen bestanden. Und um die Wahrheit zu sagen, tat Will etwas Ablenkung vermutlich ganz gut, nachdem er bis auf den Opernbesuch seit zehn Tagen rund um die Uhr gearbeitet hatte.

»Danke, dass Sie zu unserem Treffen gekommen sind«, sagte Tompkins. Seinen gewaltigen Bart hatte er an diesem Abend gebändigt, aber seine Augen funkelten berechnend. »Wir müssen uns über ein paar Dinge unterhalten, und ein Essen erschien uns als der beste Rahmen dafür.«

Sie trafen sich zwar jede Woche in Wills Büro, aber Tompkins wollte, dass sich die beiden Kandidaten in der Stadt zeigten. Er sagte, dass sie dadurch häufiger in den Zeitungen landeten, was sie den Wählern immer wieder neu ins Bewusstsein rückte. Will leuchtete zwar nicht ein, warum ihnen die Erwähnung, dass er in einem Restaurant Langustenpastete gegessen hatte, Stimmen einbringen sollte, aber am heutigen Tag war er nicht in der Laune zu streiten.

»Kein Problem, ich hatte für heute Abend noch nichts vor.«

Sie bestellten Getränke bei einem der Kellner und entspannten sich etwas. Will beobachtete Paare, die zusammen speisten, und sah das zaghafte Lächeln der Frauen und die hungrigen Blicke der Männer. Er bedauerte, dass er Ava nie zum Essen ausgeführt hatte. Oder in die Oper. Und warum hatte er das nicht getan? Weil er Angst vor dem Gerede gehabt hatte, wenn er in aller Öffentlichkeit mit einer Frau verkehrte, die nicht seiner Schicht angehörte. Jetzt erschien ihm das lächerlich angesichts der Tatsache, dass ihm diese Möglichkeit nun für immer verwehrt war. Er verzog das Gesicht und rieb sich den Magen, während er sein Schuldgefühl verdrängte.

Die Aperitifs kamen, und sie plauderten beiläufig, während sie daran nippten. Bennett war ungewöhnlich schweigsam, während Tompkins ununterbrochen schwatzte. Will hatte ihn noch nie derart redselig erlebt.

Der Kellner kehrte schon bald zurück, und sie bestellten sich etwas zu essen. Will hatte keinen sonderlichen Hunger, aber er musste etwas zu sich nehmen. Sein Diener hatte schon damit gedroht, dass er kündigen würde, wenn Wills Anzüge noch weiter verengert werden mussten.

»Wissen wir schon, wo die nächste Kundgebung stattfindet?«, fragte er.

»In drei Wochen in Buffalo«, antwortete Tompkins. »Dann in Rochester.«

Gut. Die Reisen würden ihm die Möglichkeit geben, sich auf etwas anderes zu konzentrieren als auf die Northeast-Geschäfte – und Ava.

»Wie gehen die Dinge mit Miss Iselin voran?«, fragte Bennett.

Will stellte sein Glas ab. »Sie gehen nicht voran. Ich werde nicht um ihre Hand anhalten.«

Tompkins beugte sich vor. »Ich dachte, wir hätten darüber gesprochen. Wir waren uns doch alle einig, Mr. Sloane.«

Will war nicht bereit, sich einschüchtern zu lassen, und beugte sich ebenfalls vor. »Wir waren uns über nichts einig. Ich werde diesen geschmacklosen Weg nicht weitergehen, nur weil Sie glauben, das sei das Beste für den Wahlkampf.«

»Geschmacklos? So nennen Sie das jetzt?« Die Muskeln an seinem Kinn spannten sich an, während er sich in seinem Stuhl zurücklehnte. »Sie muss ihre Haken ja ziemlich tief in Sie hineingebohrt haben.«

»Ich weiß nicht, wovon Sie reden«, gab Will mit eiserner Stimme zurück.

»Nicht?«

»Sloane, ich muss Sie kurz sprechen.«

Wills Kopf schoss hoch. An ihrem Tisch stand Calvin Cabot. »Cabot. Guten Abend.«

Cabot riss den Kopf zur Seite. »Ich muss Sie kurz sprechen. Sofort.«

Will stand hastig auf. Cabot war ein von Natur aus lockerer

Mensch, weshalb ihn die Besorgnis, die aus den blauen Augen des Verlegers sprach, zutiefst alarmierte.

Sie entfernten sich ein paar Schritte von den Tischen, sodass sie ungestört miteinander reden konnten.

»Ich habe heute Abend etwas über jemanden gehört, mit dem Sie befreundet sind. Es gibt da eine gerade aus England angereiste Gruppe der Society for Mediumship Research. Wissen Sie etwas darüber?«

Wills Atem stockte, und alle Muskeln in seinem Körper spannten sich an. *O verflucht.* Er hatte der Gesellschaft nicht noch einmal telegrafiert, um seine Bitte, Ava bloßzustellen, zurückzunehmen. »Sind sie hier, um ...«

»Ja. Ashgate hat eine Séance in seinem Haus arrangiert, und sie werden sie nun entlarven.«

»Ashgate?« Ashgate war ein enger Freund von Murphy, dem Kandidaten der Gegenpartei, und beide gehörten schon seit langer Zeit zu Tammany. Warum schaltete sich Tammany ein, um Ava ... Er schloss die Augen, als die Wahrheit über ihn hereinbrach wie das Beil eines Henkers. *Wegen dir.*

Irgendwie hatte Tammany von seiner Verbindung zu Ava erfahren, und nun benutzten sie sie, um ihn – und Bennett gleich mit – durch den Dreck zu ziehen. Er musste hingehen und dem Ganzen ein Ende bereiten.

»Wann?«

»Um sieben. Ich bin gleich gekommen, um Sie zu holen, nachdem ich es erfahren hatte.«

Will murmelte einen Fluch, den er nicht sehr oft laut aussprach. Es war bereits Viertel vor acht. »Ich muss zu Ashgate und versuchen, ihr zu helfen.« Er drehte sich um und eilte zum Ausgang. »Sagen Sie Bennett und Tompkins, dass ich fort musste.«

»Ich komme mit Ihnen. Sie könnten einen Freund benötigen.«

Will sah ihn über seine Schulter hinweg an. »Danke, Cabot.«

»Mr. Sloane!« Tompkins war herbeigeeilt und griff Wills Ellenbogen, um ihn festzuhalten. »Wohin wollen Sie?«

»Ich werde anderswo benötigt«, erwiderte Will ärgerlich und riss sich los. »Ich entschuldige mich für meinen plötzlichen Aufbruch.«

Statt zu nicken und wegzugehen, kam Tompkins näher und sagte mit gesenkter Stimme: »Ashgate weiß nichts über Sie beide. Alles, was Tammany will, ist, dass der Prozess gegen Harris und Grey fallengelassen wird.«

Will erstarrte, als hätte ihn der Blitz getroffen. »*Sie?* Sie haben das veranlasst?« Er konnte es kaum fassen. Tompkins hatte Ava für Harris und Grey verraten? Das konnte doch einfach nicht wahr sein. Er packte Tompkins am Revers und fuhr ihn an: »Sie Idiot. Was zum Teufel ist los mit Ihnen? Wissen Sie, was Sie da angerichtet haben?«

»Sie ruiniert unsere Pläne. Gehen Sie nicht da hin, sonst reißt sie Sie mit in den Abgrund. Nicht nach allem, was ich getan habe, um Sie zu schützen.«

»Sloane«, sagte Cabot sanft. »Dies ist weder der geeignete Zeitpunkt noch der geeignete Ort.«

Wills Blick fuhr hoch, und er bemerkte die neugierigen Blicke überall im Raum. Cabot hatte recht, sie konnten das hier nicht in der Öffentlichkeit klären. Er ließ Tompkins los und trat zurück. »Mit Ihnen befasse ich mich morgen«, versprach er, bevor er das Restaurant mit großen Schritten durch den Haupteingang verließ.

Ein freudig erregtes Summen erfüllte die Luft – eine Stimmung, die Ava nicht teilte. Inzwischen hatten sich alle Besucher an den Wänden aufgestellt und sie eingekreist, um an ihrer Demütigung teilzunehmen. Sie fühlte sich ein wenig wie Mary Shelleys Monster; es fehlten nur noch die Heugabeln.

»Die Society for Mediumship Research«, fuhr Mr. Sedgwick fort, »hat Medien in ganz England überprüft und sogar einige in Chicago und Boston. Wir sind hier nach New York gerufen worden, um das Vorhandensein oder Nichtvorhandensein Ihrer Kräfte zu untersuchen, Madame Zalikow. Und ich muss sagen, dass die Vorführung von heute Abend doch recht aufschlussreiche Erkenntnisse geliefert hat.«

Die *Society for Mediumship Research*. Jetzt erinnerte sie sich wieder daran, dass Will ihr mit dieser Organisation gedroht hatte. War dies Wills Werk? Er hatte seine Drohung wahr gemacht und sie gerufen, um Ava zu entlarven. *Zum Teufel mit dir, Eisenbahnmann.*

Sie atmete tief ein und versuchte, ruhig zu bleiben. Das Fehlen übersinnlicher Phänomene zu beweisen war fast so unmöglich wie der Beweis ihres Vorhandenseins. Solange sie ihre Sachen nicht durchsuchten, konnten sie ihr nichts nachweisen.

»Ich begrüße Ihre Untersuchung, Mr. Sedgwick. Wo sollen wir anfangen?«

Er blinzelte, als würde ihn ihre Bereitschaft überraschen. Die meisten Medien brachen entweder in Tränen aus oder versuchten, das Ganze hinauszuzögern. Ava würde keins von beidem tun.

Er gab seinem Kollegen ein Zeichen. »Bitte, Mr. Evans.«

Ein anderer Mann trat vor. »Der erste Trick war das Bewegen des Tisches. Madame Zalikow hat dies bewerkstelligt, indem sie ihrer Schuhspitze, die, wie ich bemerkt habe, über einen geeigneten Rand am äußeren Ende verfügt, unter eines der Tischbeine geschoben hat. Dann hat sie ihre Beinmuskeln eingesetzt, um die Position des Tisches zu verändern.«

Ava ließ sich auf einen Stuhl fallen und versuchte, den Zeh unter das Tischbein zu schieben. Seufzend sagte sie: »Ich fürchte, ich bin nicht stark genug, um das zu tun, was Sie behaupten.« Erfolglos riss sie ihr Bein hoch. »Sehen Sie, ich bin nicht imstande, das Möbelstück nur mit dem Fuß anzuheben.«

Mr. Evans Mundwinkel zuckten. »Ich vermute, dass wir mit der angemessenen Motivation zu einem anderen Ergebnis gelangen würden. Dessen ungeachtet fahre ich fort. Es gab Fragen zu meiner Tante Katie, die an einem Magenleiden verstarb, was Madame durch ihre Geistführerin bestätigt hat.« Er schüttelte mit gespieltem Bedauern den Kopf. »Ich habe keine Tante Katie, und sie ist auch nicht an einem Magenleiden gestorben.«

»Die Geister können irregeleitet werden«, entgegnete Ava geschmeidig. »Vielleicht gab es jemand anderes im Raum mit einer Tante oder Cousine, die an einem Magenleiden gestorben ist.«

»Ich denke, dass Sie soeben fast jeden der Anwesenden beschrieben haben«, sagte Sedgwick trocken. »Was ist, Mr. Blackburn?«

Ein weiteres Mitglied der SMR trat vor. »Als die Geistführerin kam, habe ich eine Bewegung im Raum wahrgenommen. Ich habe den Verdacht, dass sie von Madame Zalikow stammte, die ihren Geist präpariert hat.«

»Ich habe den Tisch nie verlassen. Sie können die Gäste fragen, die links und rechts von mir saßen. Wir haben uns an den Händen gehalten, und ich habe nie losgelassen.« Zwar hatten die beiden Gäste einander bei den Händen gehalten und nicht ihre Hände, aber außer ihr wusste das niemand.

»Tatsächlich?«, fragte Blackburn. »Dann ist es in der Tat ein glücklicher Umstand, dass ich ein kleines Stoffstück von den Röcken der Person abgeschnitten habe.«

»Von den Geisterröcken«, warf Sedgwick grinsend ein.

»Ja, von den Geisterröcken.« Blackburn zog ein Stoffstück aus seiner Tasche. Es war schwarz, genau wie Avas Röcke. *Verdammt.*

Sie konnte nicht anders, sie veränderte ihre Sitzposition, um ihre Röcke übereinanderzulegen. »Es gibt keinen Beweis, dass das Stück von meinen Röcken stammt. Es gibt im Moment drei Frauen im Raum, die Schwarz tragen.«

»Ja, aber vielleicht sind Sie so freundlich, aufzustehen und uns Ihre Kleidung untersuchen zu lassen.«

Bevor sie irgendetwas sagen konnte, fügte Sedgwick hinzu: »Und sobald Ihre Kleidung gründlich untersucht worden ist, werden wir unsere Aufmerksamkeit Ihren Habseligkeiten zuwenden.«

Der Magen sackte ihr in die Kniekehlen, und sie hatte das Gefühl, wie Steve Brodie im freien Fall nach unten zu stürzen. *Das hier* war es, was sie fürchtete. Die zwei Jahre harter Arbeit, in denen sie sich einen Ruf aufgebaut und ihre Künste perfektioniert hatte, würden in einem Augenblick zunichtegemacht werden. Alles, worauf sie gehofft hatte, war verloren. Sam und Mary konnten nicht mehr von ihren jämmerlichen Tätigkeiten befreit werden. Das kleine Farmhaus mit dem Lattenzaun, der frischen Luft und dem weiten Land – alles war fort. Es gab keine Lüge, mit der sie sich herauswinden konnte; keine Darbietung, um die Anwesenden abzulenken. Sie war ertappt worden.

Die Gesichter der sie umstehenden Gäste geiferten geradezu angesichts des Schauspiels vor ihren Augen. Ihr wurde klar, dass nicht viele von sich behaupten konnten, einer Vorführung beigewohnt zu haben, bei der ein Medium des Betrugs überführt worden war.

Dennoch straffte sich ihr Rücken. Sie würden sie nicht erniedrigen. Was auch immer sie finden oder sagen mochten, Ava Jones würde diesen Raum mit erhobenem Kopf verlassen. Langsam erhob sie sich. »Dann bitte, Sir. Tun Sie, was Sie ...«

»Was geht hier vor sich?«, fragte eine vertraute Stimme von der Türschwelle aus.

Avas Blick sprang zur Tür. Dort stand Will, und seine Miene war hart und zornig. Doch seine Worte waren nicht an sie gerichtet. Nein, seine grauen Augen starrten durchdringend Sedgwick und Blackburn an. War er gekommen, um sein Werk zu begutachten?

Ein tiefer Schmerz angesichts dieses Verrats bohrte sich durch ihre Brust. Er war nie mit Madame Zalikow einverstanden gewesen, aber sie hatte geglaubt, dass er sich in den letzten paar Wochen mit ihrer Berufswahl abgefunden hatte. Offensichtlich war dem nicht so. Er hatte nicht nur die SMR herbeigerufen, er hatte sich auch noch zu den Ashgates bemüht, um das Blutbad mitzuerleben.

»Mr. Sloane, was für eine Überraschung«, sagte Murphy. »Sie hatten wir an diesem Abend nicht erwartet.«

»Ja, aber ich habe von dieser Veranstaltung hier erfahren.« Er betrat mit ruckartigen, steifen Schritten den Raum. »Was ist das hier? Eine Art von Hexenjagd?«

Sedgwick blinzelte. »Sir, das hier ist die Aufgabe der Gesellschaft – Betrug aufzuspüren, wo es nötig ist. Ich dachte, Sie wären derjenige gewesen, der …«

»Nein«, schnitt Will ihm in einem Ton das Wort ab, der keinerlei Einwand zuließ. »Ich habe diese Zusammenkunft am heutigen Abend ganz sicher nicht arrangiert.«

Ava runzelte die Stirn. Sagte er die Wahrheit? Wenn er es nicht gewesen war, wer hatte diese Farce dann eingefädelt?

»Kennen Sie diese Frau?«, fragte Sedgwick und zeigte auf Ava. »Sie ist …«

»… eine Lügnerin«, murmelte jemand in der Menge.

»… eine Betrügerin«, sagte eine andere Stimme lauter.

»Sie ist nichts davon«, entgegnete Will scharf und wandte sich zur Tür. »Cabot?«

Ein anderer Mann, den Ava bisher nicht bemerkt hatte, trat vor. Er war schlaksig und attraktiv und zwinkerte Ava zu. Dann grinste er breit. Wie ein echter Schauspieler breitete er die Arme aus, bevor er zu den Anwesenden sprach.

»Für diejenigen, die mich nicht kennen: Ich bin Calvin Cabot, Verleger des *Mercury,* des *Bugle* und des *Chicago Morning Star*. Diese Frau ist Ava Jones. Sie ist eine Reporterin, die verdeckt für mich arbeitet, um in der spiritistischen Szene Täuschungen und Betrügereien aufzuspüren.«

»Ich … Ich fürchte, ich verstehe nicht recht«, stotterte Sedgwick. »Entspricht das nicht dem, was wir tun?«

»Nein, das ist es nicht, was mein Mädchen hier macht. Sie haben doch sicher von Nellie Bly gehört?«, fragte er, an die Menge gerichtet. Alle nickten. In New York gab es niemanden, der Nellie Bly nicht kannte. Joseph Pulitzer hatte die Reporterin eingestellt, um die schrecklichen Zustände der Anstalt auf Blackwell's Island zu beschreiben. »Miss Jones ist meine Nellie

Bly. Ich sende sie sozusagen in den Bauch des Ungeheuers, damit sie Erfahrungen aus erster Hand beschreibt.«

»Also … gibt sie vor, ein Medium zu sein, um darüber zu schreiben, wie die Tricks ausgeführt werden? Sie hat vor, zu erklären, wie sie das Publikum durch Schwindeleien dazu gebracht hat, ihr zu glauben?« Blackburn kratzte sich am Kinn. »Aber sie tritt schon seit Jahren auf.«

»Alles auf Anordnung der Zeitung, versichere ich Ihnen. Wir hatten gehofft, zu beweisen, wie erpicht das Publikum darauf ist, diesen Betrügern zu glauben. Damit will ich niemandem hier zu nahe treten«, sagte er, an die Anwesenden gewandt. »Wir wollten damit den wirklichen Medien helfen, denen mit seriösen Gaben. Ihre Geschichte war auch schon fast fertig. Jammerschade ist das, Miss Jones.« Er sah Ava erwartungsvoll an und forderte sie mit seinem Blick auf, ihm zuzustimmen.

»O ja«, sagte sie. »Das ist wirklich jammerschade, Mr. Cabot.«

»Und wie sind Sie in all dies verwickelt, Mr. Sloane?«, fragte Murphy. »Erzählen Sie mir nicht, dass Sie an den Nachforschungen beteiligt waren, denn meines Wissens haben Sie und Miss Jones eine *spezielle* private Verbindung.«

Eine sengende Hitze erfasste Avas Kopf und Nacken, und ihr Gesicht wurde feuerrot. Die Bedeutung der »speziellen privaten Verbindung« war wohl jedem im Raum klar. Und eben hatte sie noch gedacht, das Schlimmste wäre vorbei …

Sie schluckte und fand ihre Stimme wieder. »Mr. Sloane ist lediglich ein Freund.«

»Ein Freund, der jeden Donnerstag den Nachmittag mit Ihnen in einem Zimmer im Washington Square Hotel verbringt.«

Zwei Damen rangen nach Luft, und Ava wünschte sich, dass sich der Boden unter ihren Füßen auftun und sie verschlingen würde. Sie warf einen Blick in Wills Gesicht und hatte erwartet, dort Demütigung oder Ungläubigkeit zu sehen. Stattdessen bebte sein ganzer Körper; seine Muskeln waren vor Zorn angespannt, und er wirkte wütender, als sie ihn je gesehen hatte. Es hätte sie nicht gewundert, wenn er sich auf Mr. Murphy gestürzt und ihn erwürgt hätte.

»Wollen Sie die Ehre dieser Frau in Zweifel ziehen?«

Murphy lenkte in keinster Weise ein. »Ja, ebenso wie Ihr augenscheinlich getrübtes Urteilsvermögen.«

»Miss Jones ist meine Verlobte, Mr. Murphy. Sie beleidigen meine zukünftige Frau.«

Avas Schultern versteiften sich angesichts dieser knappen, befremdlichen Worte. Verlobte? Hatte er denn jetzt völlig den Verstand verloren? Waren die gesellschaftlichen Auswirkungen einer Affäre mit ihr derart unerträglich, dass er eine derartig große Lüge über ihre Beziehung auftischen musste?

»Mr. Sloane«, sagte sie mit schwacher Stimme, »Sie ...«

»Nein, Ava. Ich weiß, dass es dir lieber gewesen wäre, diese Neuigkeiten ein wenig länger geheim zu halten, aber ich will, dass sie es hören.«

Murphy kicherte ungläubig. »Moment mal – Sie *heiraten* sie? Das kann doch nicht Ihr Ernst sein. Ob sie nun ein Medium oder eine Reporterin ist – sie ist ein *Niemand*. Ihr Vater würde sich im Grabe umdrehen, ganz zu schweigen davon, was die Gesellschaft dazu sagen wird.«

»Es ist immer noch meine Entscheidung.«

Will stand groß und stolz da, eine dynamische Naturgewalt, die alle Augen im Raum auf sich zog. Avas Herz schmerzte, wenn sie ihn nur ansah. Es war klar, dass er Cabot gerufen hatte, um sich die Geschichte mit der journalistischen Undercoverrecherche auszudenken und so zu verhindern, dass ihr beruflicher Ruf zerstört wurde. Sie würde ihm stets dankbar für seine Intervention sein, aber die Lüge über die Verlobung beunruhigte sie. Sie war der Lügen müde, und sie war es ebenso müde, sich wegen ihres Wohnsitzes und ihrer Herkunft minderwertig zu fühlen. Ihre Karriere als Medium war nun vorbei, aber das bedeutete nicht, dass sie und Will die Aussicht auf eine mögliche gemeinsame Zukunft hatten. Sie beide wussten, dass dem nicht so war, und offensichtlich wussten alle anderen im Raum das ebenso.

Aber wie dem auch sein mochte, sie war erledigt. Sie konnten reden, worüber sie wollten, Ava würde nicht noch länger bleiben und sich ihr Hohngelächter anhören. Zutiefst betrübt und erschöpft erhob sie sich und nahm ihre blonde Perücke ab. Ein paar Gäste prusteten los, aber sie ignorierte sie und durchquerte den Raum, um ihre Reisetasche zu holen. »Wenn Sie mich entschuldigen«, sagte sie und ging geradewegs zur Tür hinaus.

Am nächsten Morgen stopfte Ava ihre blonden Perücken in einen Beutel. Es war seltsam, die Rolle der Madame Zalikow abzulegen, die zwei Jahre lang einen zentralen Teil ihres Lebens ausgemacht hatte. Aber vielleicht konnte ein anderes Medium ihre Ausstattung noch gebrauchen.

Ein Klopfen an der Tür unterbrach sie in ihren Gedanken. Sie reckte ihren Rücken und überlegte, einfach nicht darauf zu reagieren. Ihre Geschwister waren bereits zur Arbeit gegangen, und alle drei hatten zum Glück nichts davon mitbekommen, was sich am vorigen Abend im Haus der Ashgates zugetragen hatte. Sie wusste noch nicht, wie sie ihr Einkommen nach der Vernichtung von Madame Zalikow aufbessern sollte, aber sie hatte schon ein paar Ideen. In jedem Fall war es besser, ihre Geschwister nicht durch irgendwelche Informationen zu beunruhigen, bevor sie sich eine andere Arbeit beschafft hatte.

Es klopfte erneut. Seufzend ging sie zur Tür und öffnete. Ein großer Mann in einem Cutaway aus Tweed stand vor ihr. Sie kannte ihn bereits. Er wirkte ungepflegter, als sie ihn in Erinnerung hatte, und seine Augen irrlichterten merkwürdig.

»Mr. Tompkins.«

»Miss Jones. Darf ich hereinkommen?«

Ava trat zurück und zog die Tür weit auf. Nachdem er eingetreten war, schloss sie die Tür nicht ganz, sondern lehnte sie nur an. »Wie kann ich Ihnen helfen?«

»Haben Sie eine Vorstellung davon«, begann er, während er durch den Raum schlenderte, als wäre das sein Zuhause, »was Sie angerichtet haben?«

Sie wandte sich ihm zu. Mit solch einer Schuldzuweisung hatte sie nicht gerechnet. »Was ich angerichtet habe?«

»Ja, Sie lächerliche Scharlatanin.« Mit vor der Brust verschränkten Armen sah er ihr in die Augen. »Was Sie angerichtet haben. Sie haben *alles* zerstört.«

»Ich habe keine Ahnung, wovon Sie sprechen, aber ich möchte, dass Sie jetzt gehen.«

Sie wollte zur Eingangstür gehen, aber er packte sie am Arm und hielt sie fest. »Nein, ich gehe nicht, Ava«, fauchte er und beugte sich zu ihr vor. »Nicht, bevor wir uns nicht verstanden haben.«

Sie versuchte, vor seinem nach Alkohol und Zwiebeln stinkenden Atem zurückzuweichen. »Lassen Sie mich los, und verlassen Sie meine Wohnung.«

Er stieß sie von sich weg, und sie strauchelte. »Sie werden die Wahl jetzt auf keinen Fall mehr gewinnen. Ja, zum Teufel, sie werden noch nicht einmal mehr nominiert werden. Sie sind *erledigt*. In der Politik haben sie ausgespielt. Alles wegen Ihnen.«

»Ich habe ihn gestern Abend nicht gebeten zu kommen. Ich habe keine Ahnung, wie er erfahren hat ...«

»Cabot hat davon erfahren. Ich hatte die ganze Sache so sorgfältig eingefädelt, und Cabot hat sich eingemischt.« Er schwankte. »Und alles ist zum Teufel gegangen.«

»Moment ... Sie haben das eingefädelt? Sie haben die SMR nach New York geholt?«

»Nein, das war Ihr *Verlobter*.« Das letzte Wort spuckte er geradezu aus. Avas Stimmung sank bei dieser Bestätigung, dass Will die SMR kontaktiert hatte, um sie überprüfen zu lassen. Er hatte das angedroht und es offensichtlich auch durchgeführt, ohne ihr davon zu erzählen. Zum Glück würde sie ihn nie mehr sehen, weil sie sonst ein paar sehr spezielle Worte für diesen Mann parat hätte.

»Und weil ihr beide eure Unterhosen nicht anbehalten konntet«, fuhr Tompkins fort, »habe ich jetzt zwei Kandidaten, die selbst dann nicht gewählt werden würden, wenn sie die einzigen beiden im Rennen wären. Ich bin *ruiniert*.«

»Sie sind nicht ruiniert. Vielleicht haben Mr. Sloane und Mr. Bennett einen schwierigen ...«

Er ballte die Hand zur Faust und schlug damit auf ihren alten hölzernen Esstisch. »Natürlich bin ich ruiniert. Wer, glauben Sie, hat wohl die Strippen bei diesem Wahlkampf gezogen? Bennett? Der hat keinen Weitblick und ist unfähig, über sein nächstes Treffen hinaus zu planen. Und Sloane hatte andere Dinge im Kopf – sein Geschäft, seine Geliebte ...«

Sie biss die Zähne zusammen, verzweifelt darauf bedacht, nicht loszuplatzen: *Ich bin nie seine Geliebte gewesen.* Der Unterschied nützte ihr allerdings wenig, da jetzt die gesamte New Yorker Gesellschaft die Wahrheit kannte. Es war schrecklich. Sie war so dumm gewesen.

Sie dachte an die Massen in Albany, die mit Schildern in den Händen marschiert waren, um die Kandidatur von Bennett und Sloane unterstützen. »Es könnte doch auch ihre Beliebtheit steigern. Sie wissen doch, wie verrückt die Öffentlichkeit nach einem schönen Skandal ist.«

»Sie haben die Zeitung von heute nicht gelesen, oder?« Er schwankte auf seine Absätze zurück und griff in seine Jackentasche, um eine Zeitungsseite daraus hervorzuziehen. »Lesen Sie, was Sie vollbracht haben, Madame Zalikow.«

Unfähig, es nicht zu tun, beugte sie sich vor, um die Schlagzeilen zu lesen.

SLOANES MEDIUM-GELIEBTE
SEIN MITKANDIDAT BENNETT IST AUCH KUNDE
REPUBLIKANISCHE PARTEI DISTANZIERT
SICH VON BEIDEN KANDIDATEN!

O nein, der arme Will. Er war so erpicht auf die Nominierung gewesen. Sie schluckte und flüsterte: »Das habe ich nicht gewollt. Für keinen von beiden.«

Fleischige Finger packten ihren Oberarm und schüttelten sie heftig. »Du dämliche Fotze. Wie konntest du nicht wissen, dass das passieren würde?«

Er stieß sie von sich, und Ava verlor das Gleichgewicht. Sie schwankte auf ihren hochhackigen Stiefeln und versuchte, sich wieder aufzurichten, stolperte jedoch über einen Stuhl am Esstisch. Mit einem dumpfen Knall krachte sie zu Boden, wobei die Röcke verrutschten und die Tournüre zerdrückt wurde.

Verdammt, tut das weh.

Eine plötzliche Erregung trat in Tompkins Augen, die ihr Angst einjagte. Sie waren allein, und obwohl die Tür nur angelehnt war, glaubte Ava kaum, dass ihre Nachbarn auf ihre Hilfeschreie reagieren würden.

»Du siehst gut aus auf dem Boden; genau wie die Schlampe, die du bist.« Er knöpfte seinen Gehrock auf und begann, ihn auszuziehen.

Sie atmete schnell und flach und versuchte, wieder auf die Füße zu kommen oder wenigstens wegzukriechen – alles, um Abstand zwischen sich und ihn zu bringen. »Raus aus meiner Wohnung!«, schrie sie.

»Was zum Teufel ist hier los?«

Will Sloane stand in der Tür, die Lippen weiß vor Wut. Ava atmete erleichtert auf. Zumindest musste sie nun keine Angst mehr haben, dass Tompkins sie an diesem Morgen vergewaltigen würde.

Tompkins drehte sich zu ihm um. »Hab mir schon gedacht,

dass Sie kommen und um ihr Haus herumschleichen würden«, höhnte Tompkins. »Sie können eben einfach nicht genug von dieser billigen Hure bekommen.«

Mit einem Satz war Will bei Tompkins, winkelte den Arm an und schlug ihm mit der Faust direkt auf die Nase. Tompkins taumelte nach hinten und ruderte mit den Armen, bevor er krachend auf den Boden fiel.

Will schüttelte fluchend seine Hand und wandte sich dann Ava zu. »Geht es dir gut?« Er streckte ihr seine andere Hand entgegen, die, mit der er nicht soeben Tompkins niedergestreckt hatte.

Sie griff nach seinem Handgelenk, und er zog sie hoch. »Mir geht es gut«, sagte sie leise und ließ ihn los.

Aus Tompkins Nase strömte Blut und tränkte den vorderen Teil seiner Weste. »Du Bastard! Du hast mir die Nase gebrochen!«

Will ließ Ava zurück und ging zu Tompkins hinüber. Er beugte sich zu ihm hinunter und fuhr ihn an: »Wenn Sie nicht sofort von hier verschwinden, breche ich Ihnen eine Menge mehr als nur Ihre dämliche Nase!« Statt Tompkins' Antwort abzuwarten, griff Will den riesigen Mann am Revers, riss ihn auf die Füße und zerrte ihn zur offenen Tür. »Falls Sie es wagen, Miss Jones *jemals* wieder anzusprechen, werde ich Sie vernichten, Charles. Ihr Geld, Ihr Ansehen, Ihre *Familie* – ich werde Ihnen alles nehmen. Ich habe die Mittel dazu, das zu tun – und Sie wissen das. Darum denken Sie sehr, sehr sorgfältig nach, bevor Sie es in Erwägung ziehen, sie jemals wieder anzusprechen.«

Tompkins riss sich los und stolperte in den Flur. Er sah ihn verächtlich über die Schulter an. »Und dafür haben Sie alles aufgegeben? Ist sie es wirklich wert?«

Wills Antwort traf Ava völlig überraschend. Er packte die Tür und erwiderte »Ohne jeden Zweifel«, bevor er sie Tompkins vor der Nase zuschlug.

KAPITEL ZWANZIG

Will stand einen Moment lang da, versuchte wieder zu Atem zu kommen und seine Selbstbeherrschung zurückzugewinnen. Dieser verfluchte Tompkins. Will hätte gleich bei Ava vorbeisehen sollen, statt in seinem Haus herumzulaufen, um eine schickliche Zeit für einen Besuch bei ihr abzuwarten.

Er fühlte sich mehr als schuldig wegen dem, was Ava widerfahren war, angefangen mit der Geschichte mit Miss Iselin bis zu der Sache mit der Society for Mediumship Research. Und jetzt hatte auch noch Tompkins sie tätlich angegriffen. Hörte dieser Wahnsinn denn nie auf? *Doch, das wird er*, sagte er sich und atmete tief durch. All das würde heute aufhören, weil Will Wiedergutmachung leisten würde.

»Ist alles in Ordnung mit dir?«, fragte er erneut und drehte sich zu ihr um.

Große braune Augen sahen ihn an. Zerzaust, rotwangig und zornig, wie sie war, war sie ihm nie schöner erschienen.

»Ja. Du bist eingetroffen, bevor … hässliche Dinge passiert sind. Nun ja, also noch hässlichere.«

»Es tut mir leid. Ich hätte nicht gedacht, dass er dich aufsuchen würde.«

»Nach dem gestrigen Abend ist das kaum überraschend. Tatsächlich rechne ich nun jeden Augenblick damit, dass eine lange Schlange von Matronen aus der besseren Gesellschaft mit geschärften Klauen an meiner Tür auftaucht, um es der Frau heimzuzahlen, die es gewagt hat, ihnen einen ihrer Männer zu stehlen. Worauf ich ihnen dann erzählen muss, dass die Geschichte mit der Verlobung nichts als eine Lüge war.«

»Das muss es nicht sein.«

Sie zog die Brauen zusammen. »Wie bitte?«

»Eine Lüge. Die Verlobungsgeschichte. Es gibt keinen Grund, warum das eine Lüge sein muss.«

»Du machst wohl Scherze.«

»Nein, das mache ich nicht.« Bei den Ashgates war er mit der Schwindelei herausgeplatzt, um ihren Ruf zu schützen, aber er hatte die ganze Nacht Zeit gehabt, um darüber nachzudenken. Und je länger er über den Gedanken nachdachte, desto mehr Sinn schien ihm eine Heirat zu machen. Der Wahlkampf spielte keine Rolle mehr, und auch das Argument der gesellschaftlichen Ächtung schreckte ihn nicht länger ab. Er wollte sie – jeden Tag und jede Nacht, und die Gesellschaft sollte sich zum Teufel scheren. »Ich will dich, Ava.«

»Du willst … mich heiraten?«

»Ja, das will ich.«

Ihr Gesicht wirkte ausdruckslos, während sie ihn anstarrte. Er wünschte, er wüsste, was sie gerade dachte. Gefiel ihr der Gedanke, ihn zu heiraten? Es gab keinen Grund, warum das nicht so sein sollte, nicht angesichts der Leidenschaft, mit der sie auf ihn reagiert hatte. Sie beide passten perfekt zusammen, und ihr war das sicherlich auch klar.

»Es tut mir leid, aber ich kann das nicht.«

Sein Verstand tastete die Worte ab, und es dauerte ein paar Sekunden, bis er sie zusammengesetzt hatte. *Sie hat nein gesagt.* »Du ... kannst mich nicht heiraten? Warum nicht?«

»Will«, seufzte sie und zog ihr Oberteil wieder glatt. »Sei vernünftig. Eine Heirat ist nicht das, was du willst.«

»Natürlich ist es das. Warum sollte ich dich nicht heiraten wollen?«

»Weil du ...« Sie machte eine Handbewegung zu ihm hin, als wäre das ihre Antwort.

Er blickte an sich herab und streckte die Arme aus. »Weil ich ... was? Ich verstehe dich nicht, Ava. Wie willst du meine Gefühle so genau kennen, wo sie mir selbst gerade erst klar geworden sind?«

Ihre Lippen waren zu einer flachen Linie aufeinandergepresst. »Es ist Wollust, Will. Du willst lediglich wieder mit mir schlafen. Ich bin sicher, dass das Gefühl bald verschwinden wird.«

»Das ist fraglich. Und wieder erzählst du mir, was ich fühle, Ava. Ich möchte gern wissen, was *du* in dieser Angelegenheit fühlst.«

»Na schön«, blaffte sie ihn an, »dann erzähle ich dir, was *ich* fühle. Gestern Abend wurdest du in einem Raum, der voll von deinen Freunden und Standesgenossen war, gedemütigt, weil du einer Affäre mit einer Frau überführt wurdest, die deiner blaublütigen Küsse nicht würdig ist. Also hast du die Verlobungsgeschichte erfunden, um ...«

»Halt«, unterbrach er sie. »Du glaubst, dass die Verlobungsgeschichte *mir* nutzen sollte?« Er lachte ungläubig. »Ava, fast jeder Mann, den ich kenne, hat nebenbei eine Geliebte. Meist sind es Schauspielerinnen oder Verkäuferinnen oder Tänzerinnen. Man würde mir anerkennend auf die Schulter klopfen, Madame Zalikow dort einreihen zu können. Die Lüge war zu deinem Besten, um deinen Ruf zu schützen.«

Sie verdrehte die Augen zur Decke. »Als wenn ein Skandal für eine Frau wie mich eine sonderliche Bedeutung hätte. O nein!«, rief sie und legte die Hände an ihre Wangen. »Werde ich nun etwa keine Einladungen mehr zu Bällen und Kotillons bekommen?«

»Sehr komisch«, meinte Will gedehnt. »Du solltest dich aber lieber doch wegen eines Skandals sorgen, vor allem, wenn er in den Zeitungen erscheinen könnte. Was würden deine Geschwister sagen, wenn ihre Schwester auf der Titelseite durch den Schmutz gezogen werden würde?«

»Das ist bereits geschehen. Hast du die heutige Zeitung nicht gesehen?«

Sie wies zur Zeitungsseite auf dem Esstisch. Beim Anblick der Schlagzeile zuckte Will zusammen. Er hatte die Gazetten an diesem Morgen ganz bewusst gemieden.

»Und es macht nichts«, fuhr Ava fort. »Das ist deine Welt, nicht meine. Meine Geschwister werden das verstehen.«

»Falsch. Das mag meine Welt sein. Aber es ist automatisch auch deine Welt, wenn du mit mir zusammen bist. Darum musst du lernen, damit umzugehen.«

»Ich bin nicht mehr mit dir zusammen!«, schrie sie fast. »Merkst du nicht, was du sagst? Deine Argumente drehen sich im Kreis.«

Er schob seinen Gehrock auseinander und stemmte die Hände in die Hüften. »Wenn du das meinst, dann hörst du mir nicht zu. Unsere Beziehung ist noch lange nicht vorbei, Ava.«

»Das hast du nicht zu entscheiden! Du kannst nicht einfach

bestimmen, dass wir heiraten, und erwarten, dass ich mich deinen Wünschen beuge. Dass ich dankbar bin, weil du mir diese Ehre erweist, diese riesengroße Ehre, deine Frau werden zu dürfen. Ich, das arme kleine, sich abquälende Straßenkind, das nur auf einen starken, reichen Mann gewartet hat, der all meine Probleme verschwinden lässt. Geh zum Teufel, Will!«

Damit wandte sie sich zum Fenster und kehrte ihm den Rücken zu.

Er kniff die Augen zusammen. Ihr Ärger überraschte ihn. Er hatte keine Dankbarkeit von ihr erwartet, aber … irgendeine positive Reaktion. Vielleicht Begeisterung? Erleichterung? Zuneigung? Ava verwirrte und irritierte ihn immer wieder neu. Würde er sie je verstehen können?

»Du irrst dich«, sagte er sanft. »Ich sehe dich nicht so, Ava. Du bist stark, vielleicht die stärkste Frau, der ich je begegnet bin. Die Ehre wäre ganz auf meiner Seite.«

»Tatsächlich?« Sie drehte sich zu ihm um und sah ihm in die Augen, und ihm gefiel der Schmerz nicht, den er in ihrem Blick las. »Ist dies die Art, wie du Miss Iselin, Miss Baldwin oder irgendeiner der anderen Debütantinnen auf deiner Liste einen Antrag gemacht hättest? Wo ist der Ring? Wo sind die zärtlichen Worte?« Sie schluckte und faltete die Hände. »Du hast sie nicht, stimmt's? Weil es dir nie in den Sinn gekommen ist, dass du sie brauchen würdest. Du hast erwartet, dass ich mich vor Begeisterung überschlagen würde, deine Frau werden zu können. Das beweist, dass du mich überhaupt nicht kennst.«

Seine Brust wurde eng vor Bedauern und Selbstvorwürfen. »Ava, sei etwas nachsichtiger mit mir. Der Gedanke ist mir erst gestern Abend gekommen. Ich werde dir einen Ring kaufen …«

»Ich will nicht, dass du mir einen Ring kaufst. Und ich will keine Ehe, die mir für immer das Gefühl vermittelt, minderwertig zu sein. Ich brauche Augenhöhe, Will. Ich brauche einen Partner, keinen über mir stehenden Herren.«

»Ich will dir ein Partner sein. Ich will, dass du an meiner Seite bist, dass du mit mir schläfst und mir Kinder schenkst. Du und niemand sonst.«

Sie schüttelte den Kopf bereits, bevor er zu Ende gesprochen hatte. »Nein, das willst du nicht. Du willst eine Frau, die so ist wie du selbst; eine Frau aus einer der besten Familien, die sich in deiner Welt mit Leichtigkeit bewegen kann. Eine, die du in der Oper stolz vorzeigen oder in Newport auf einen Segelausflug mitnehmen kannst. Eine Frau, die als Gattin eines Politikers aufzutreten weiß.«

»Das ist albern! Du tust, als wärest du eine Aussätzige. Du kannst all das sein, Ava. Du gibst sogar vor, ein russisches Medium zu sein.«

»Ich will nicht vorgeben, jemand zu sein, der ich nicht bin, noch nicht einmal deine Frau. Es würde mich umbringen, jeden Tag ein wenig mehr, bis nichts mehr von mir übrig ist. Wer auch immer mich heiratet, wird mich so nehmen müssen, wie ich bin, im Guten wie im Schlechten.«

»Mein Gott«, stöhnte er und fuhr sich mit einer Hand durch die Haare. »Du bist die komplizierteste Frau, der ich je begegnet bin.«

»Weil du es nicht gewohnt bist, dass dir etwas verweigert wird. Ein weiterer Grund, warum wir nicht zusammenpassen würden.« Sie wandte sich wieder von ihm ab und sah aus dem Fenster. Ihre Umrisse bildeten ein regloses Schattenbild vor dem spärlichen Morgenlicht draußen.

Er packte die Rückenlehne eines der alten Holzstühle, lehnte sich vor und senkte den Kopf. Die Schlagzeile dieses Morgens sprang ihm entgegen.

SLOANES MEDIUM-GELIEBTE

Will konnte nur hoffen, dass Cabots Zeitungen die Vorgänge am gestrigen Abend in einem wohlwollenderen Licht wiedergaben.

Warum war alles so entsetzlich aus dem Ruder gelaufen? Alles, was er wollte, war diese Frau. Die vergangenen zwei Wochen waren schrecklich gewesen. Natürlich konnte er jetzt zärtliche Worte an sie richten – aber was würde das bringen? Sie war stur, seine Ava. Doch er war nicht bereit, sie aufzugeben. Er dachte gar nicht daran.

»Ich habe dich gern«, sagte er leise. »Ich will, dass das hier funktioniert. Du und ich. Verheiratet.«

»Wann hast du die Society for Mediumship Research nach New York gerufen?«

Er kniff angesichts dieses Themenwechsels die Augen zusammen. Wollte sie wirklich jetzt darüber sprechen, nachdem er sie gebeten hatte, ihn zu heiraten? Doch er schuldete ihr eine ehrliche Antwort. »Als du dich geweigert hast, die Kundgebung in Albany zu besuchen. Und dann habe ich es vergessen ... Im Trubel der Ereignisse habe ich vergessen, mich erneut an sie zu wenden und meine Einladung zu widerrufen. Ich entschuldige mich dafür, Ava.«

Sie nickte und starrte weiter, ohne ein Wort zu sagen, aus dem Fenster.

»Ich habe nicht gewollt, dass irgendetwas davon geschieht«, sagte er zu ihr.

»Daran zweifele ich nicht, aber es war unvermeidlich. Es gibt Zeiten, in denen wir die Hindernisse akzeptieren müssen, die uns das Leben in unseren Weg stellt.«

»Nein, das glaube ich nicht – und du tust das auch nicht. Unser beider Leben war voller Hindernisse, und dennoch haben sie uns nicht aufgehalten. Gib mich nicht auf, Ava.«

»Ich habe aufgehört zu kämpfen, Will.« Sie klang müde, und er hasste die Niedergeschlagenheit in ihrer Stimme.

»Nun, ich habe noch nicht aufgehört zu kämpfen. Also mach dich auf etwas gefasst – ich habe gerade erst damit angefangen.«

Mr. Cabot stand von seinem Schreibtisch auf und streckte seine Hand aus, die Ava bereitwillig ergriff und schüttelte. »Ich freue mich, dass Sie auf mein Angebot eingegangen sind, Miss Jones.«

Zeitungsreporterin. Ava konnte es kaum glauben, aber die Idee begeisterte sie. Korruptionen aufdecken, Missstände beheben und jenen eine Stimme geben, die nicht gehört wurden – Cabot hatte ihr all das versprochen. Ihre Karriere als Madame Zalikow hatte vor fast einer Woche geendet, und sie konnte es kaum erwarten, diese nächste Phase ihres Lebens zu beginnen.

»Nochmals danke, Mr. Cabot. Ich bin voller Dankbarkeit für diese Chance.«

»Unsinn. Der *Mercury* ist stolz, Sie an Bord willkommen zu heißen. Doch bevor Sie sich hier einrichten, habe ich eine erste Aufgabe für Sie. Er griff nach seinem Gehrock auf der Rückenlehne eines Stuhls. »Kommen Sie mit mir. Wir müssen zu einer Pressekonferenz.«

»Zu einer Pressekonferenz?«, fragte sie und lief hinter ihm her, wobei sie ihre Füße doppelt so schnell wie er bewegen musste, um mit ihm Schritt zu halten.

»Sie wissen schon, wenn Reporter – und Reporterinnen – zusammenkommen, um sich irgendeine Bekanntmachung anzuhören. Danach rennen wir alle zurück zu unseren Schreibtischen und versuchen jeder, die Geschichte zuerst rauszubringen.«

»Klingt anstrengend.«

»Oh, das ist es auch, Miss Jones. Das Zeitungsgeschäft ist grässlich, voller mörderischer Taktiken und verdeckter Abmachungen.« Er grinste und begann, die Treppen hinunterzulaufen. »Darum liebe ich es.«

»Nennen Sie mich doch bitte Ava.«

»Nun, dann wäre es mir eine Ehre, wenn Sie mich schlicht Cabot nennen würden. Fast alle im Verlag nennen mich so.«

»Gut. Danke.«

Am Straßenrand wartete ein Zweispänner, und Cabot half ihr hinein. Er stieg nach ihr ein, und kurz darauf fuhren sie in Richtung Westen.

»Wohin fahren wir?«

»Zu einem Unternehmen in der Vesey Street. Offenbar geht es um eine große Fusion.«

Sie nickte und richtete den Blick auf den Verkehr und auf St. Paul's direkt vor ihnen. Natürlich fuhren sie zur Vesey Street. Noch eine weitere Erinnerung an Will, da die Büros von Northeast dort lagen. Sie fand es schier unerträglich, dass so vieles in der Stadt sie an ihn erinnerte. Ob es ihr wohl je gelang, nicht mehr an seine stahlgrauen Augen oder an seine breite, flache

Brust zu denken? An seine arrogante Art, die Lippen zu verziehen, oder an die Küsse, die sie schwindelig machten? Sie schluckte und verdrängte die Erinnerungen, schob sie zurück in die Vergangenheit, wo sie hingehörten.

Schließlich fuhren sie vor einem großen Gebäude im föderal-klassizistischen Stil vor, das aus roten Ziegeln erbaut war und Gesimse aus Kalksandstein hatte. Die aneinandergereihten Kassettenfenster reichten bis in den sechsten Stock. Cabot half ihr aus der Kutsche, dann stiegen sie beide die Treppen zum Haupteingang hinauf. Dort hatten sich mehrere Männer versammelt. Einige standen nur da und rauchten Zigarren, andere schrieben etwas auf kleine Notizblöcke. »Sollte ich etwas zum Schreiben bei mir haben?«, fragte sie Cabot, sobald sie in der Lobby waren.

»Heute nicht. Sie sind nur als Beobachterin hier. Wir müssen in den dritten Stock.«

Sie stiegen weitere Treppen empor, bis Cabot sie schließlich durch mehrere Korridore führte. Dort kamen sie an zwei geöffnete Türen. Der Raum war mit Stuhlreihen gefüllt, die sich wie in einem Theater vor einem Podium befanden. Auf den meisten Stühlen saßen bereits Reporter, und wohin Ava auch blickte, überall waren braune und schwarze Melonen zu sehen. Mehrere der Anwesenden riefen Cabots Namen, und er verbrachte einige Augenblicke damit, Hände zu schütteln und auf Schultern zu klopfen. Ihr neuer Boss war eine Legende im Zeitungswesen, was vor allem angesichts seiner Jugend beeindruckend war.

Als sie sich setzten, waren nur noch hinten im Raum Plätze frei. »Ich wette, Sie haben Insiderinfos«, flüsterte ein Mann hinter ihr. Sie blickte über die Schulter, um zu fragen, was der Mann meinte, aber Cabot fuhr ihn an: »Halten Sie Ihre Klappe,

Jenkins«, worauf sich der Mann zurücklehnte und schwieg und es vermied, Ava anzusehen.

»Was hat er gemeint?«, flüsterte sie Cabot zu.

»Kümmern Sie sich nicht um ihn. Es geht los.« Er zeigte nach vorn, wo sich eine Tür hinter dem Podium geöffnet hatte. »Passen Sie auf.«

Die Reporter lehnten sich vor, und in den Reihen war ein aufgeregtes Gemurmel zu hören. Es musste sich um eine bedeutende Bekanntmachung handeln, wenn sie eine derartige Reaktion erzeugte. Ava hatte keine Ahnung, was geschehen würde, aber auch sie rutschte auf ihrem Stuhl nach vorne.

Ein junger Mann legte einen Stapel Papiere auf das Podium, das vorne auf dem Podest stand. Sie reckte den Hals, um über ihre großen Vordermänner und all die Hüte hinwegsehen zu können. Dann kam ein großer blonder Mann durch die Tür, und alle Reporter sprangen auf und riefen Fragen durcheinander, wobei jeder darauf erpicht war, in dem allgemeinen Lärm gehört zu werden. Ava erstarrte, weil sie den großen blonden Mann kannte. Er war *Will.*

Warum war er hier, auf der Pressekonferenz? Würde er etwas sagen? Und warum hatte Cabot sie hierhergebracht? Sie spürte ein schmerzhaftes Stechen in der Brust und wandte sich Cabot zu, der sie aufmerksam musterte. »Soll das ein Scherz sein?«

»Nein, Ava. Das würde ich Ihnen nicht antun. Geben Sie ihm bitte eine Chance, ja?«

Ohne zu antworten, blickte sie auf das Meer aus dunklen Anzügen, das sie umgab. Sich da durchzudrängen, um zum Ausgang zu gelangen, erschien ihr lächerlich und war zudem kaum möglich. Verdammt. Sie rieb sich den Nasenrücken und versuchte, sich in Geduld zu üben.

»Bitte setzen Sie sich alle. Ich fange nicht an, bevor Sie sich alle gesetzt haben.« Wills Stimme übertönte den Lärm. Sein Ton klang autoritär und bestimmt. »Setzen Sie sich, Sie alle. Dann beginne ich.«

Es dauerte eine Weile, aber schließlich beruhigten sich die Reporter und setzten sich wieder, wodurch Ava Will nach fast einer Woche nun wieder in voller Größe sehen konnte. Er wirkte müde, wenn auch noch immer attraktiv. Wenig überraschend begann ihr Inneres zu flattern und ihre Atmung sich zu beschleunigen, während sie ihn auf sich wirken ließ.

Sein blondes Haar war perfekt geölt und gekämmt, sein Gesicht säuberlich rasiert. Er trug einen makellosen Cutaway aus marineblauer Wolle, die seine grauen Augen besonders zur Geltung brachte. Mit entspannten Schultern und hocherhobenem Kinn war er der Herr über alle, die er musterte. Er war reich und privilegiert und so unerreichbar, dass ihr Tränen in die Augen stiegen. »Ich muss gehen«, sagte sie zu Cabot und machte Anstalten, sich von ihrem Stuhl zu erheben.

»Ava, warten Sie. Gehen Sie nicht jetzt schon. Ich verspreche Ihnen, dass Sie das, was jetzt kommt, werden hören wollen.«

Sie schluckte mit stockendem Atem und blieb sitzen. Wills scharfer Blick schweifte über die Menge, bis er bei ihr landete. Sie konnte seiner Miene nicht entnehmen, was er dachte, aber er atmete sichtbar auf, als wäre er erleichtert, sie unter den Anwesenden zu finden.

»Verehrte Herren – und verehrte Dame«, begann er. »Wie Sie alle wissen, habe ich Northeast Railroad von meinem Vater geerbt. Ich habe das Unternehmen übernommen und es um ein Vielfaches vergrößert und seine Gewinne Jahr für Jahr verdreifacht und vervierfacht. Wir betreiben nicht nur ein Netzwerk von Eisenbahnlinien quer durch die Vereinigten Staaten, wir waren auch daran beteiligt, hier in New York eine Hochbahn zu bauen. Aber nun ist es Zeit für mich, die Leitung von Northeast Railroad abzugeben …«

Alle im Raum rangen gleichzeitig nach Luft. Doch die Reporter fingen sich schnell wieder und begannen, Will Fragen zuzurufen. Der hob erneut die Hände.

»Ich verspreche Ihnen, dass ich all Ihre Fragen beantworten werde. Aber zuvor will ich noch ein paar Dinge sagen.« Der Lärmpegel verebbte, und Will fuhr fort: »Jemand, den ich wertschätze, sagte einmal zu mir, dass es Zeiten gibt, in denen wir die Hindernisse akzeptieren müssen, die uns das Leben in den Weg stellt, und dass manche Dinge unvermeidlich sind.« Er hielt inne, und Ava spürte, wie sie errötete. Warum erwähnte er ihre Worte ausgerechnet jetzt?

»Aber«, setzte er seine Rede fort, »ich habe stets daran geglaubt, dass Menschen die Fähigkeit zur Veränderung haben. Dass wir als Gemeinschaft stärker, gerechter, intelligenter und besser sind als wir alle als eigenständige Individuen. Ich hatte darauf gehofft, gemeinsam mit John Bennett nach der Wahl in diesem Herbst eine wirkliche Veränderung im Staate New York herbeiführen zu können. Ich wollte das Leben vieler Menschen durch ehrliche politische Aktivitäten verbessern, statt durch Bestechung Politik zu machen, und ich wollte jenen eine Stimme geben, auf die sonst niemand hört. Aber das Leben hat mir ein Hindernis in den Weg gestellt, und ich muss nun entscheiden, den Kurs zu ändern oder aufzugeben.«

Er lachte leise. »Wer mich kennt, weiß, dass ich nicht so leicht aufgebe. Und ich habe festgestellt, dass ich die Fähigkeit habe, meinen Kurs zu ändern. Zugegeben, das ist eine kleinere Größenordnung als Albany, aber für mich und für diejenigen, die ich liebe, ist es nicht weniger wichtig.« Seine Blick richtete sich auf Ava, und fast alle Köpfe im Raum drehten sich zu ihr, um sie anzustarren. Sie ignorierte sie, gefesselt von dem Mann vor ihr.

»Sehen Sie, es gibt da eine Frau, die ich heiraten möchte, und sie will mich nicht, bis wir nicht auf Augenhöhe sind, wie sie es nennt. Also übergebe ich Northeast an jemanden; an einen Mann, der sich hervorragend um das Unternehmen kümmern wird. Und das ist gut, weil ich arbeitslos sein und meine Aktiendividenden brauchen werde.« Die Reporter brachen in Gelächter aus. »Dadurch müsste ich dann genug Freizeit haben, um diese besondere Frau davon zu überzeugen, mich zu heiraten. Denn ich liebe sie, und ich werde nicht aufhören, zu versuchen, sie zu überzeugen.«

Geschockt und überwältigt zugleich, legte Ava die Hand vor den Mund. Er *liebte* sie? Ihr blieb die Luft weg, und sie wünschte sich, ihn in diesem Moment berühren zu können, um sich zu versichern, dass sie nicht träumte.

»Nun würde ich Ihnen gern den neuen Besitzer von Northeast vorstellen«, sagte Will, und seine Stimme klang ein wenig unwirsch. »Es ist mein Schwager, der Besitzer von East Coast Steel, Emmett Cavanaugh.«

Die Reporter sprangen erneut auf und drückten ihre Überraschung und Aufgeregtheit über die Neuigkeit aus. Ava drehte sich der Kopf von all dem. Er gab sein Unternehmen auf? Und liebte sie? Und er verabscheute seinen Schwager nicht?

Die mächtige Gestalt von Emmett Cavanaugh schritt zum Podium und stellte sich neben Will. »Beruhigt euch, ihr Schakale«, knurrte Cavanaugh. »Ich werde euch all eure Fragen zu Northeast, meinem Unternehmen und der Zukunft von beiden beantworten. Aber nur, wenn ihr auf zivilisierte Weise fragt und euch nicht wie bei einer Keilerei in einer Kneipe in der Bowery aufführt. Also, wer ist der Erste?«

Mit klopfendem Herzen stieß Will die Tür zu dem leeren Büro auf, das nicht weit von dem Raum entfernt war, in dem die Reporter Cavanaugh noch immer mit Fragen bombardierten. Er sah Ava am Fenster stehen, und ihr Anblick beruhigte ihn. Was auch immer nach dem heutigen Tag geschehen mochte, es war ihm gleichgültig, denn diese Frau hier vor ihm war es wert, alles zu riskieren. Nun musste er sie nur noch überzeugen.

Sie blickte über die Schulter, als er auf sie zuging. »Will«, stieß sie mit glänzenden Augen hervor.

»Hallo, Ava.« Er kam dicht an sie heran, blieb aber weit genug entfernt stehen, um sie nicht zu berühren. Seine Finger sehnten sich danach, über ihre Haut zu streichen, aber er hielt sich zurück und schob seine Hände stattdessen in die Taschen.

»Ich kann nicht glauben, dass du es weggegeben hast.«

»Um der Wahrheit die Ehre zu geben, habe ich es verkauft. Cavanaugh ist schon einige Zeit hinter Northeast her, und ich habe es ihm schließlich überlassen.«

»Warum?«

In den vergangenen Tagen war er das viele Male gefragt worden, und jetzt gab er zum ersten Mal eine ehrliche Antwort auf diese Frage. »Wegen dir.«

»Wegen *mir*? Das verstehe ich nicht. Als ich von Augenhöhe

sprach, habe ich damit nicht gemeint, dass du dein Unternehmen aufgeben sollst.«

»Ich weiß. Ich habe das auch nicht wörtlich genommen, Ava, aber ich habe verstanden, was du gemeint hast. Ich habe die Jahre, die ich Northeast geleitet habe, nicht genossen, sondern ich war davon getrieben, immer mehr erreichen zu müssen, unabhängig davon, welchen Preis das mir und allen anderen abverlangte.«

»Die Magenschmerzen?«

»Ja, sicher, das gehört mit dazu. Die Zeit, die Sorgen, die Kopfschmerzen ... Aber ich bin drangeblieben, weil ich beweisen wollte, dass ich besser als mein Vater bin. Dass er sich geirrt hat, als er meine Fähigkeiten anzweifelte.« Er stieß ein freudloses Lachen aus. »Es ist albern, sich den Kopf darüber zu zerbrechen, was ein alter Mann denken würde. Aber ich habe es getan. Es gab bestimmte Dinge, die ich erreichen musste, und ich gab mich nur mit dem Besten zufrieden. Bis ich dich getroffen habe.«

»Weil ich nicht das Beste bin?«

»Nein, meine Liebe, weil du nicht Teil meiner Pläne warst. Du warst nicht auf der Liste der Dinge, die ich für mich erreichen wollte. Aber manchmal ...«

»... stellt dir das Leben Hindernisse in den Weg?«, beendete sie seinen Satz, als er verstummte.

»Genau. Du hast meine sorgfältig aufgebaute Welt erschüttert, Ava. Du bist anders als alle Frauen, denen ich je begegnet bin. Du hast mehr Herz, mehr Integrität und mehr Charakterstärke als alle anderen auf dieser Welt. Du bist nicht das, was ich gewollt habe, aber ... du bist besser als das, was ich gewollt habe. Du bist das, was ich *brauche*.«

Sie schluckte und schloss kurz die Augen, bevor sie fragte: »Wie kannst du sicher sein? Möglicherweise änderst du deine Meinung und bereust es dann. Denn ich werde mich nicht ändern, Will.«

»Ich will nicht, dass du dich änderst«, sagte er bestimmt. »Ich habe mich in eine selbstbewusste Frau verliebt. Und mir ist es gleichgültig, ob sie von der Gesellschaft akzeptiert wird oder sich für Segelausflüge interessiert. All das spielt keine Rolle, solange *du* diese Frau bist.«

Er fiel vor ihr auf ein Knie und griff in seine Jackentasche. Mit der anderen Hand ergriff er ihre Finger und hielt sie fest. Ihre Augen weiteten sich, und ihr Mund formte ein kleines O, während sie zu ihm herunterstarrte. Dann sagte er: »Ava Jones, ich liebe dich mit allem, was ich bin, mit allem, was ich habe, und allem, was ich haben werde. Ich habe Northeast verkauft, um dafür Liebe und Lachen mit dir zu erhalten, um unsere Kinder und deine Geschwister großzuziehen, um jeden Tag da zu sein. Denn ich will keinen einzigen Augenblick mit dir an meiner Seite verpassen.«

Avas Lippen zitterten, und ihr Blick war glasig, aber Will wartete ihre Reaktion nicht ab. Er nahm den vierkarätigen Platindiamantring seiner Großmutter und schob ihn auf Avas Ringfinger.

»Wirst du mir die Ehre erweisen, meine Frau zu werden? Ich weiß, du wolltest nie einen blaublütigen Millionär als Ehemann, aber ich schwöre, dass ich dich glücklich machen werde.«

Sie öffnete den Mund, aber es kam kein Wort heraus. Er wartete mit verkrampftem Magen und trockenem Mund, während sich ihre Lippen tonlos bewegten. Himmel, wenn sie nein sagte, würde er das möglicherweise nicht überleben.

Dann geschah es. Eine kleine Bewegung, die kurz darauf zu einem Nicken wurde. »Ja«, flüsterte sie. »Ich werde dich heiraten.«

Er stand auf, schlang seine Arme um sie und zog sie eng an seine Brust. »Gott sei Dank. Ich habe mir schon Sorgen gemacht.«

Sie drückte ihr Gesicht an sein Halstuch. »Du bist verrückt, Will Sloane.«

»Aber?«, hakte er nach.

Ihre Lippen berührten sein Kinn. »Aber ich liebe dich trotzdem.«

Er beugte sich zu ihr hinunter und nahm ihren Mund mit seinem in Besitz. Zärtlich küsste er sie. Schließlich löste er sich von ihr und sagte: »Bitte erkläre dich mit einer kurzen Verlobungszeit und langen Flitterwochen einverstanden.«

»Zu beidem sage ich ja. Obwohl ich erst mal fragen muss, ob Cabot mir eine Auszeit für die Flitterwochen gibt.«

»Ich glaube, dass er einverstanden sein wird. Wir haben ihn gerade sehr glücklich gemacht.«

»Wieso?«

Will zog eine Zeitungsseite aus seiner Jackentasche. »Dies ist aus dem morgigen *Mercury*, der gedruckt wird, während wir hier miteinander sprechen. Ich habe um ein Vorabexemplar der Titelseite gebeten, um sie dir zu zeigen.« Er entfaltete das Blatt und hielt es ihr hin. »Der *Mercury* wird die einzige Zeitung sein, die diese Geschichte in ihrer morgigen Ausgabe hat.«

Sie nahm das Blatt und las. Er wusste genau, wie die Schlagzeilen lauteten:

SLOANE VERKAUFT NORTHEAST AN
EAST COAST STEEL
»ICH HABE ES AUS LIEBE GETAN«,
SAGT DER EISENBAHNBARON
SLOANE HEIRATET DIE *MERCURY*-REPORTERIN
AVA JONES

Ava verzog die Lippen. »Du bist ziemlich selbstsicher, oder? Was, wenn ich nein gesagt hätte?«

»Dann hätte ich dich so lange geküsst, bis du ja gesagt hättest. Und dich möglicherweise entführt.«

Sie kicherte. »Du hast noch nie mit fairen Mitteln gekämpft. Wie hätte ich dir nur je widerstehen können?«

Lächelnd beugte er sich zu ihr hinab, um sie zu küssen. »Weiß der Himmel, warum du es überhaupt versucht hast.«

KAPITEL EINUNDZWANZIG

Oceancrest
Newport, Rhode Island
September 1888

»Ich glaube, wir haben ein Problem.«

Ava drehte sich beim Klang der Stimme ihrer neuen Schwägerin um. Die Cavanaughs gaben auf ihrem neuen, am Meer gelegenen Anwesen in Newport ein Gartenfest zum Ende der Saison. Eine riesige Anzahl an Gästen war erschienen. Kinder, zu denen auch die Geschwister Jones gehörten, rannten über den Rasen, während die Erwachsenen tranken, miteinander plauderten oder Krocket spielten.

»Haben wir das?«, fragte sie Lizzie.

»Ja, da drüben.«

Lizzie hakte sich bei Ava ein und zeigte mit der freien Hand zur Ecke des Zeltes. Dort stand Tom dicht bei Emmett Cavanaughs vierzehnjähriger Schwester Katie. Ava und Lizzie beobachteten, wie Tom eine einzelne Blume hinter seinem Rücken hervorzog und ihr hinhielt. Katie nahm die Blume errötend und zögernd an.

»O nein.«

»Genau. Dein Bruder ist ein anständiger junger Mann, aber Emmett ist … Na ja, beschützerisch trifft nicht annähernd die Haltung, die er gegenüber seinen Schwestern einnimmt.«

Ava hatte den Mann inzwischen häufig genug aus der Nähe erlebt, um das auch selbst schon bemerkt zu haben. »Ich rede mit Tom.«

»Nein, verschreck ihn nicht. Ich glaube, wir sollten den Dingen ihren Lauf lassen. Sie sind nur Kinder, und es ist irgendwie süß. Aber Tom sollte darauf achten, dass er alle romantischen Avancen vor Emmett geheim hält und sich dabei nicht von ihm beobachten lässt.«

»Ja, eine hervorragende Idee. Ich will ganz bestimmt keinen Ärger mit deinem Mann haben.«

Ava mochte ihre neue Schwägerin. Die beiden Frauen hatten erstaunlich viele Gemeinsamkeiten, mehr als nur ihre Liebe zu Will.

»Mit wem spricht Will denn da gerade?«, fragte Ava Lizzie. Ihr Mann hatte die letzte halbe Stunde aufmerksam einem Mann zugehört, den Ava noch nicht kannte.

Lizzie reckte den Hals, um zu sehen, wen Ava meinte. »Oh, das ist Teddy. Er ist ein langjähriger Freund der Familie. Komm, ich mache dich mit ihm bekannt.«

»Nein, das ist …«

»Unsinn. Er hat immer draußen im Westen gelebt, musst du wissen. Teddy weiß tausend interessante Geschichten zu erzählen.« Lizzie zog Ava zu Will und dem anderen Mann. »Teddy!«, rief sie. Darauf drehte sich der Mann um, und unter seinem Schnurrbart breitete sich ein Grinsen aus.

»Hallo, Lizzie«, sagte er und küsste ihre Wange. »Die Meeresluft bekommt dir augenscheinlich.«

Will legte einen Arm um Avas Taille und zog sie eng an sich. »Ava, ich möchte dir gern Mr. Theodore Roosevelt vorstellen. Teddy, das hier ist meine Frau, Ava Sloane.«

»Die Zeitungsreporterin, die verdeckt als Medium gearbeitet hat.« Teddy verbeugte sich über ihrer Hand. »Das erfordert Mut, Mrs. Sloane.«

»Aus dem Munde eines Mannes, der gegenwärtig Wahlkampf für Benjamin Harrison macht, ist das ein ziemliches Kompliment«, meinte Will.

»Ah, aber er wird die Präsidentschaft gewinnen, Will. Und dann ziehe ich nach Washington.« Daher kannte sie seinen Namen, dachte Ava. Theodore Roosevelt war Abgeordneter gewesen und hatte auch als Bürgermeister kandidiert. »Und«, fuhr Teddy fort und wandte sich an Ava, »ich versuche Ihren Mann dazu zu bringen, sich mir anzuschließen.«

»In Washington?« Sie sah Will an. »Für was denn?«

»Teddy meint, ich solle in zwei Jahren für das Repräsentantenhaus kandidieren.«

»Für den Kongress?«, fragte Lizzie. »Interessiert dich das?«

Will zuckte mit den Schultern. »Ich bin mir nicht sicher. Ich müsste das erst einmal mit meiner Frau besprechen.« Er drückte Avas Taille.

»Natürlich«, stimmte Teddy ihm zu. »Es würde mir nicht im Traum einfallen, irgendetwas ohne die Zustimmung meiner Edith zu machen. Aber die Parteiführer waren von deinem Wahlkampf beeindruckt. Sie sagten, du hättest doppelt so viel Anziehungskraft wie Bennett gehabt. Und ich vermute, dass du und Mrs. Sloane durch eure kürzliche Heirat sehr bekannt seid.«

»Ich?«, platzte Ava heraus.

»Ja, Sie, meine Liebe. Seit Cabot über Sie berichtet hat, sind Sie eine ziemliche Berühmtheit geworden – die hübsche Reporterin, die den begehrtesten Junggesellen der Stadt an Land gezogen hat.«

»Ich versuche ja ständig, ihn zurück ins Wasser zu werfen«, erwiderte sie, und Teddy warf den Kopf zurück und lachte laut.

»Ich mag sie«, sagte er zu Will. »Du hast dir da ein wahres Energiebündel eingefangen.«

»Als wüsste ich das nicht.« Will drückte erneut ihre Taille, und Ava hatte begonnen, diesen Ausdruck seiner Zuneigung sehr zu mögen. »Und ich bin jeden Tag dankbar dafür.«

Teddy winkte jemandem auf der anderen Seite des Rasens zu und sagte: »Ich muss los, aber denk darüber nach, Will. Ich würde dich sehr gern in Washington an meiner Seite haben.« Damit verabschiedete er sich.

Auch Lizzie ging bald, um ihren Mann zu suchen, und so blieben Will und Ava allein in der gut gekleideten Menge zurück.

»Ich wusste gar nicht, dass du nach Washington ziehen willst«, sagte Ava und sah zu dem Profil ihres attraktiven Ehemannes hoch. Ihre Atmung beschleunigte sich, und ein Schwindelgefühl überkam sie, wie es immer der Fall war, wenn sie sich in seiner Nähe befand. Würde sie je immun gegen seinen Anblick werden?

»Wäre das so schlimm?« Er legte seine Finger unter ihr Kinn, und diese schnelle, einfache Berührung ließ sie bereits erschauern. Seine Lippen verzogen sich zu einem kleinen Lächeln, und er wiederholte die Berührung.

»Hör auf, mich abzulenken«, sagte sie und schlug seine

Hand weg. »Das hier ist eine ernste Angelegenheit, Will. Ich bin mir nicht sicher, dass du mich als Politikergattin willst.«

»Schatz, wer hat denn Mrs. Astor bei unserer Hochzeit bezaubert? Wer hat Cavanaughs knallharten Gangster Kelly becirct, mit ihr einen Walzer auf der Hochzeitsparty zu tanzen? Und wer hat einen pedantischen Eisenbahnmann davor bewahrt, ein Leben in Einsamkeit zu führen?«

Sie verdrehte die Augen. »Na, wer becirct hier wen? Du weißt, dass Politik eine völlig andere Sache ist.«

»Teddy hat nicht gelogen. Ich habe die Zeitungen während unserer Flitterwochen von dir ferngehalten, aber die neue Mrs. Sloane hat ziemlich viel Aufmerksamkeit erregt. Cabot will ein exklusives Feature, wenn wir nach New York zurückkehren.«

»Über uns?«

»Nein, über dich.«

Ihr fiel die Kinnlade herunter, und ihr Ehemann schloss sie mit einem Finger wieder. »Ava, du gewöhnst dich besser an deine Bekanntheit. Bald will jeder wissen, warum ich mich in dich verliebt habe.«

Der Ernst in seiner Stimme und die Zärtlichkeit in seinem Gesicht ließen ihr das Herz übergehen. Sie liebte diesen Mann.

»Was auch immer ich tue«, fuhr er fort, »ich will, dass du an meiner Seite bist. Ich lasse dich nicht allein in New York zurück, damit dich die anderen Reporter begaffen können.« Will war überzeugt davon, dass die meisten männlichen Reporter des *Mercury* bereits halb in sie verliebt waren. Eine alberne Vorstellung, aber es gefiel ihr, ihn ab und zu ein wenig eifersüchtig zu sehen.

Aber sie als Frau eines Politikers? »Will …«

»Ava, du kannst tun, was immer du dir in den Kopf gesetzt hast. Du hast vielleicht keine spirituelle Gabe, aber du hast dennoch bemerkenswerte Fähigkeiten.«

»Bist du sicher, dass du nicht lieber Northeast behalten würdest? Es ist noch nicht zu spät, deine Meinung zu ändern, und deine Magenschmerzen sind besser geworden.«

Sie hatten dieses Gespräch schon hundertmal geführt, und seine Antwort war stets dieselbe geblieben. »Nein. Der Verkauf an Cavanaugh war die beste Entscheidung. Durch die Verbindung beider Unternehmen können wir Carnegie die Stirn bieten. Aus dem Grund bleibe ich auch im Vorstand des neuen Unternehmens, damit ich Einfluss darauf habe. Außerdem dachte ich, dass du mich gern in deiner Nähe hast.«

»Wo ich dich nicht haben würde, wenn du dich um ein politisches Amt bewirbst.«

»Dann werde ich absagen.«

»Das würdest du tun?«

Er legte die Hände an ihre Wangen und blickte sie mit ernsten grauen Augen an. »Es gibt nichts, was ich nicht für dich tun würde, Frau, nichts. Du bedeutest mir mehr als jede Stellung, jedes Amt, jede Nominierung und jedes Unternehmen.«

Sie wusste, dass er meinte, was er sagte, und ein tiefes Gefühl stieg in ihr auf. Dieser Mann war alles für sie, und ihn daran zu hindern, mehr zu tun, war purer Egoismus ihrerseits. Will hatte das Charisma, den Tatendrang und die Intelligenz, eine wirkliche Veränderung in diesem Land durchzusetzen. Warum sollte sie ihm diese Möglichkeit verwehren? »Ich glaube, ich brauche noch ein wenig Überzeugungsarbeit von dir«, sagte sie mit der dunklen, heiseren Stimme, die er so liebte.

Sein Mund verzog sich zu einem sündigen Lächeln. »Brauchst du das?«

Sie biss sich auf die Lippe und nickte. Daraufhin nahm Will ihren Ellenbogen und führte sie durch die Menge. »Du siehst müde aus. Vielleicht sollte ich dich in ein Schlafzimmer bringen, wo du dich ein Weilchen ausruhen kannst.«

»Meinst du nicht, wo *wir* uns ausruhen können?«

»O meine Liebe. Ich lege mich möglicherweise hin, aber ich werde mich ganz bestimmt nicht ausruhen.«